KB177709

DONGSUH MYSTERY BOOKS 1

THE GOLD BUG

황금벌레

에드거 앨런 포/김병철 옮김

동서문화사

옮긴이 김병철 (金秉喆)
중국 중앙대학원을 졸업하다. 중앙대에서 문학박사 학위를 받다. 중앙대
교수·명예교수 역임. 지은책 《헤밍웨이문학의 연구》《미국문학사》《한국근
대번역문학사연구》《한국근대서양문학이입사연구》 등이 있다.

ᵗᵗᵗᵗ
DONGSUH MYSTERY BOOKS 1
황금벌레
에드거 앨런 포 지음/김병철 옮김
초판 발행/1977년 12월 1일
중판 1쇄/2003년 7월 1일
중판 4쇄/2015년 1월 10일
발행인 고정일/발행처 동서문화사
창업 1956. 12. 12. 등록 16-345(윤)
서울 강남구 도산대로 163(신사동, 1층)
☎ 546-0331~6 (FAX) 545-0331
www.dongsuhbook.com

＊

편찬·필름·제작 일체 「동판」 자본으로 이루어짐에 따라
출판권 소유권자 「동판」에서 제조출판판매 세무일체를 전담합니다.
사업자등록번호 211-90-02201
ISBN 89-497-0082-4 04840
ISBN 89-497-0081-6 (세트)

황금벌레
차례

검은 고양이······ 11

어서 집안의 몰락······ 23

모르그 거리 살인······ 47

라이지아······ 100

윌리엄 윌슨······ 122

적사병의 가면······ 150

마리 로제의 수수께끼······ 158

황금벌레······ 222

도둑맞은 편지······ 276

아몬틸라도 술통······ 305

절름발이 개구리······ 315

범인은 너다······ 328

말하는 심장······ 345

군중 속의 남자······ 352

애드거 앨런 포의 생애와 작품······ 363

검은 고양이

　이제부터 펜을 들어 기록하려는 가장 끔찍하고도 가장 솔직한 이야기에 대하여 나는 다른 이들이 믿어 주기를 바라지도 않을 뿐더러 애원하지도 않는다. 내 오관까지도 그것을 부인하려 드는데, 다른 사람들에게 믿어 달라는 것은 참으로 미치광이의 잠꼬대일 것이다. 아직 나는 미친 것도 아니고 절대 꿈을 꾸고 있는 것도 아니다. 그러나 나는 내일 이 세상을 떠날 신세다. 그러므로 오늘 내마음의 무거운 짐을 죄다 풀어 버릴 생각이다. 내 말의 목적은 간단한 가정에서 일어난 일련의 사건을 지리한 설명은 빼 버리고 솔직하고 간결하게 세상 사람들 앞에 피력하고 싶은 것이다.

　결과부터 말하면 이 사건은 결국 나에게 공포를 주고, 번민을 주고, 나를 파멸시켜 버린 것이다. 아직 나는 그 이유를 설명하고 싶지 않다. 그 사건은 나에겐 오로지 공포감을 주었을 뿐이지만, 다른 사람들에게는 어쩌면 오히려 기이함을 줄지도 모르겠다. 뒤에 아마 어떤 지력(智力)――내가 이제 의구심에 차 자세히 얘기하려는 전말을 극히 당연하고 평범한 인과 관계의 연속으로밖에 생각지 않는――

—이 나타나서 나의 환상을 흔한 일로 만들어 버릴지도.

어렸을 때부터 나는 온순하고 인정이 많은 성격으로 유명하였다. 이 유약한 마음은 친구들의 놀림거리가 될 만큼 두드러진 것이었다. 특히 동물들을 매우 좋아했고, 나를 귀여워한 부모는 여러 가지 동물을 사다 주었다. 이러한 동물들을 데리고 나는 대부분의 시간을 보냈으며 그들에게 먹을 것을 주거나 머리를 쓰다듬어 주며 애무할 때처럼 즐거운 때는 또 없었다. 이 성격은 나이와 같이 자라나 내가 장년에 이르렀을 때에는 중요한 오락의 하나가 되었다. 주인에게 충실하고 영리한 개에게 애정을 느껴 본 사람들에게는 이러한 동물들로부터 나오는 만족감의 정도를 여기서 또다시 구구하게 설명할 필요도 없을 것이다. 동물의 비이기적이고 희생적인 사랑에는 인간의 변변치 못한 우정과 경박한 성질에 부대껴 본 사람의 마음을 직접 꼭 찌르는 그 무엇이 있는 것이다.

나는 일찍 결혼하였는데, 다행히 아내의 성격도 나와 같았다. 내가 동물을 좋아하는 것을 보고 아내도 기회만 있으면 귀여운 짐승들을 사들였다. 그 수가 늘어 새, 금붕어, 개, 토끼, 조그마한 원숭이, 그리고 고양이에까지 이르렀다. 이 고양이는 굉장히 크고, 아름답고, 전신이 까맣고 놀랄 만큼 영리한 녀석이었다. 내심 적지않게 미신을 믿고 있는 아내는 무슨 얘기 끝에 그녀석이 영리하다는 얘기가 나오면 으레 까만 고양이는 모두 변신한 마녀래요! 하며 옛 전설을 가끔 들춰내는 것이었다. 이 말은 아내가 늘 그 점에 큰 관심을 두었다고 하는 건 아니다. 다만 갑자기 머리에 그 생각이 선뜻 떠오르니까 말할 뿐이지 별다른 이유가 있어서 그러는 것은 아니었다.

플루토(Pluto. 로마 신화에 나오는 지옥의 왕)——이것이 고양이의 이름이다——는 나의 마음에 드는 장난 친구였다. 나만이 음식을 주었으며, 집 안 어디고간에 반드시 내 뒤를 졸졸 쫓아다녔다. 내가 외출할 때 거리로 따라오지 않도록 하는 데는 여간 힘이 드는 게 아니었다. 이와 같이 나와 고양이는 수년 동안 친밀하게 지냈는데, 그동안 내 기질과 성격은 고백하기에 부끄러운 일이지만 폭음(暴飲)의 결과로 한꺼번에 극도로 악화되었다. 내 성격은 날이 갈수록 침울해 갔고, 아무렇지도 않은 일에 공연히 발끈하며 다른 사람의 감정 같은 것은 염두에 두지 않게 되었다. 아내에게 욕설까지 퍼붓게 되고 마침내는 완력에 호소하게까지 이르렀다. 물론 귀여워하던 동물들에게도 내 성격의 변화가 미치지 않을 리가 없었다. 나는 그것들을 본 척도 하지 않았을 뿐더러 학대까지 하였다. 그러나 플루토에 대해선 그래도 다소 애정이 남아 있어서 토끼, 원숭이, 개들이 우연히 혹은 반가워하며 내 곁에 왔을 때 그들에게 하던 것처럼은 감히 학대할 수 없었다. 그러나 내 병적인 버릇은 점점 악화되어—— 알코올과 같은 병벽이 또 어디 있으랴! ——마침내 늘그막에 이른 지금은 괜히 조그만 일에도 발끈하여 플루토에게까지 손을 대게 되었다.

어느 날 밤의 일이다. 늘 다니던 거리의 술집에서 곤드레만드레 돼서 집에 돌아오니까 고양이가 내 앞을 피하는 것 같았다. 나는 고양이를 붙잡았다. 그랬더니 내 꼴에 깜짝 놀란 고양이는 이빨로 내 손을 할퀴어 손등에 가벼운 상처를 내었다. 순간 나는 악마와 같은 분노의 불덩어리가 되어 나 자신을 잊어버렸다. 선천적 영혼까지도 대번에 내 몸으로부터 사라지고 악마도 못당할 진에 중독된 간사한 마음이 몸 구석구석까지 확 퍼졌다. 나는 태연히 조끼 주머니에서 칼을 꺼내 불쌍한 고양이의 목을 붙잡고 한쪽 눈을 도려냈다! 이 잔인무도한 폭행을 기록하자니 나는 얼굴이 화끈거리며 온몸이 떨린다.

아침에 잠이 깨고, 마음 상태가 이성적으로 돌아왔을 때——전날 밤 폭음의 여독이 수면과 같이 빠져 버렸을 때——내 범죄에 대하여 공포와 참회가 반반 섞인 감정을 금할 수가 없었다. 그러나 그 감정도 결국은 미약하고 일시적인 감정에 지나지 않았고 내 마음의 근본을 흔들만한 것은 아니었다. 나는 여전히 폭음으로 날을 보내고 곧 그 행동에 대한 모든 기억을 술에 파묻어 버렸다. 이러는 동안 조금씩 조금씩 고양이는 회복해 갔다. 도려낸 눈의 형상은 사실 무서운 꼴이었지만, 이제는 별로 고통을 받는 것 같지는 않았다. 고양이는 전과 다름없이 집 안을 이리저리 걸어다녔지만, 내가 가까이 가면 아니나 다를까 극도로 무서워하며 도망치는 것이었다. 전에 그토록 나를 따르던 동물의 변한 태도에 처음에는 비애도 느꼈다.

그래도 처음에는 본심이 남아 있었으나 이 감정마저 곧 분노로 바뀌어 마침내는 나를 헤어날 수 없는 마지막 파멸의 구렁텅이로 몰아넣으려는 것처럼 짓궂은 감정이 복받쳐 올랐다. 이러한 감정에 대해서 철학은 아직까지 아무런 설명도 없다. 하지만 이것은 인간 심정의 원시적 충동의 하나──인간성을 지배하는 불가분적 기본 능력 혹은 순화된 정서의 하나라고 나는 확신한다. 해서는 안 되는 이유를 알고 있기 때문에 오히려 우리들은 몇 번이고 죄악과 어리석음을 범하고 있는 것이 아닐까? 또 법률이 그렇다는 것을 알고 있는 까닭에 우리들은 오히려 최선의 판단을 무시하고 다만 늘 그것을 범하려는 경향에 놓여 있는 것이 아닐까? 거듭 말하거니와, 이 짓궂은 감정이 기어이 나의 최후의 파멸을 초래하고야 만 것이다. 아무 죄도 없는 고양이에게 나는 더욱 위해를 가하여 결국은 고양이를 죽이도록 나를 재촉함으로써 내 마음속에 번민을 주고, 내 본성을 유린하면서도 악을 위해 악을 범하려는 헤아릴 수 없는 영혼의 욕망을 낳게 했다.

어느 날 아침, 태연자약한 마음으로 나는 고양이의 목을 매어 나뭇가지에다 걸었다. 눈물을 흘리면서, 마음 한구석에 이루 헤아릴 수 없는 후회를 느끼며 목을 매달았다. 고양이가 나를 사랑한 것을 알고 있었기 때문에, 고양이가 나에게 분노를 일으킬 만한 아무런 이유도 없었기 때문에, 이렇게 하는 것이 죄악을 범하는 것이라는 것을 알았기 때문에, 나의 불멸의 영혼을——만약 그런 일이 있을 수 있다면——자비하신 신의 헤아릴 수 없는 무한한 자비심을 가지고도 구해낼 수 없는 심연 속에 빠뜨릴 최악의 죄악이라는 것을 알았기 때문에, 나는 고양이의 목을 나뭇가지에 매단 것이었다.

이 참혹한 행위를 한 그날밤, 불이야! 하는 소리에 나는 잠을 깼다. 내 침대 커튼에 불이 붙어올랐고, 집은 온통 불길에 휩싸였다. 아내, 가정부, 나는 가까스로 화염 속을 빠져나왔다. 파괴는 철저해서 온갖 재산은 단숨에 날아가 버렸고, 나는 그 후 절망의 함정 속에서 헤매지 않으면 안 될 신세가 되어 버렸다.

나는 이 재난과 내 광포한 행위 사이에 무슨 인과 관계를 찾아보려고 할 만큼 마음이 약한 위인은 아니다. 그러나 모든 사실을 자세히 얘기하는 이 마당에 비록 그 일부분일지라도 소홀히 넘기고 싶은 마음은 없는 것이다.

화재 다음날, 나는 불탄 자리에 가 보았다. 벽은 한쪽만 남은 채모두 허물어지고, 그 한쪽이라는 것은, 집 한복판에 있는 내 침대의 머리 쪽이 놓여 있던 그리 두껍지 않은 칸막이 방의 벽이었다. 회를 바른 게 상당히 불에 강했는데, 나는 아마 최근 새로 발랐기 때문에 그러려니 추측하였다. 이 벽에 많은 사람이 모여들어 어떤 한 곳을 썩 세밀하고도 열심히 조사하고 있는 것 같았다.

"이상한걸! 신기한데!" 또는 그와 같은 다른 말이 내 호기심을 끌었으므로 가까이 가보았더니 흰 벽에 얇게 조각이나 한 것처럼 굉장히 큰 고양이 상(像)이 나타나 있었다. 그 인각(印刻)이 놀라울 만큼 정확하고 고양이 목에는 밧줄이 감겨 있었다. 맨 처음 이 유령——나는 그렇다고밖에 볼 수 없었다——을 보았을 때의 놀라움이나 공포는 극도의 것이었다. 그러나 생각이 점차 나를 도와 주었다.

고양이는 분명히 집 가까운 뜰에 걸려 있었던 것이다. 불이야! 하는 소리에 사람들이 마당에 잔뜩 모여들어 나를 깨우게 할 작정으로 어쩌면 그 고양이의 시체를 누가 열린 창을 통하여 내 방 안으로 던진 것에 틀림없을 게다. 다른 쪽 벽돌이 무너지는 바람에 고양이는 새로 바른 벽에 틀어박혀, 벽의 석회분과 화염과 시체에서 발산되는 암모니아분이 함께 혼합되어 이와 같은 흔적이 되었으리라고 나는 생각하였다. 그러나 이제 방금 자세히 설명한 이 놀라운 사실을 나의 양심은 용납하지 않았고, 나의 이성에 대해 이와 같이 용이하게 설명하긴 하였지만 역시 상상력에 심각한 인상을 주지 않을 수 없었다. 그 후 여러 달 동안 고양이의 환영이 나를 떠나지 않고, 후회 같으면서도 후회 같지 않은 모호한 감정이 내 마음 한모퉁이에 싹트기 시작했다. 고양이가 없어진 것을 섭섭히 여기고, 그때 뻔질나게 다니던 싸구려 술집 같은 데서도 혹 똑같은 종류의 것이나 또는 다소 닮은 고양이가 있지나 않나 하고 휘휘 주위를 둘러보게까지 되었다.

어느 날 밤, 어떤 싸구려 술집에서 멍하게 정신 없이 앉아 있으려니 술집의 중요한 가구를 이루고 있는 진 또는 럼 술통 위에 쭈그리고 있는 어떤 것이 갑자기 눈에 띄었다. 아까부터 그 술통 위를 쭉 바라보고 있었는데, 더 빨리 눈에 띄지 않았다는 것이 참 이상한 일이었다. 무언가 하고 나는 가까이 가서 만져 보았다. 그것은 아주 크고 까만 고양이었다. 바로 플루토만한 몸집에 한 군데만 빼놓고는 똑같았다. 플루토는 전신이 검둥이였으나 이 고양이는 거의 가슴 전체가 희미하나마 커다란 반점처럼 흰 털로 덮여 있었다. 쓰다듬으니까 곧 일어나 연방 골골대며 손에다 몸을 비비며 내가 아는 척한 것을 기뻐하는 낯이었다. 이거야말로 내가 찾고 있던 고양이었다. 내가 곧 주인에게 그 고양이를 사겠노라고 말했더니 주인은 제것이 아니고 어디서 왔는지도 모르며 전에 본 일조차 없다는 것이었다. 나는 집에 돌아갈 때까지 고양이를 애무하였는데 내가 일어서니까 고양이도 역시 쫓아올 기미를 보였으므로 그냥 내버려두었다. 집에 오는 도중에도 여러 번 허리를 굽혀 머리를 쓰다듬어 주었다. 집으로 돌아오자 고양이는 대번에 길이 들고 아내도 이내 귀여워했다. 그러나 나는 곧 싫증을 느끼게 되었다. 참으로 뜻밖의 일이었다. 어째서 그런지는 몰랐으나 고양이가 나를 사랑해서 하는 짓임에 틀림없는 행동들이 오히려 나를 불쾌하게 하고 성가시게 만들었다. 이 불쾌감과 혐오감은 점차 극도의 증오로 변해 버렸다. 나는 고양이를 피하였다. 일종의 치욕감과 전에 저지른 참혹한 행위의 추억이 나로 하여금 고양이를 육체적으로 학대하게 하지는 않았으므로, 그 후 여러 주일 동안 때리지도 않고 별로 심하게 학대하지도 않았다. 그러나 점점 고양이에게 이루 표현할 수 없는 증오감을 느끼게 되어 나는 마치 전염병 환자의 호흡을 피하듯이 고양이 앞을 슬슬 피하게 되었다.

고양이를 집에 데리고 온 다음날 아침에야 플루토와 같이 한쪽 눈이 먼 것을 알게 된 것도 틀림없이 고양이에 대한 증오감을 늘게 한 이유였다. 그러나 전에도 얘기했거니와 대단히 인정이 많은 내 아내는 이러한 사정으로 도리어 한층 더 고양이를 측은히 여기는 것이었다. 그리고 이러한 성격이야말로 전에는 나의 특징이었던 동시에 대개 가장 단순하고 순수한 쾌락의 근원이었던 것이다. 그러나 내가 고양이를 미워하면 미워할수록 고양이는 오히려 나를 더욱더 사랑하는 것만 같았다. 독자에게 이해시키기 곤란할 만큼 고양이는 성가시게 내 뒤를 쫓아다녔다. 내가 어디에 앉든지 으레 쫓아와서 내 의자 아래에 앉거나, 무릎 위에 뛰어올라 지긋지긋하게도 핥거나 또는 제 몸을 비벼대는 것이었다. 내가 일어나서 걸어가려고 하면 어느새 다리 새로 기어들어와 하마터면 곤두박질할 뻔하게 하거나, 그렇지 않으면 길고 뾰족한 손톱으로 옷에 매달려 가슴까지 기어올라온다. 이럴 때에는 그저 당장 한 번에 때려 죽이고 싶었지만 전에 범한 죄악이 머리에 떠올라, 솔직히 고백하면 주로 고양이가 까닭 없이 아주 무서워져 감히 손을 대지 못하였다. 이 공포감은 확실히 육체적인 위험을 느끼는 공포는 아니었지만 그렇다고 해서 딱히 이렇다 하고 규정하기에는 좀 곤란한 것이다. 실은 이 중죄수 감방에서 고백하기엔 터무니없이 부끄러운 일이지만, 고양이가 나에게 기름을 부은 그 공포감이라는 건 가장 보잘것없는 망상으로 말미암아 생겨난 것이다.

이 고양이와 전에 내가 죽인 고양이 사이의 유일하게 다른 점은 가슴에 있는 흰 반점이라는 것은 전에도 얘기하였거니와, 이 흰 점이 좀 이상해요! 하고 내 아내는 여러 번 내 주의를 환기시켰다. 이 반점은 크기는 했지만 본래는 대단히 희미한 것이었다. 그러던 것이 거의 눈에 띄지 않을 정도로 조금씩——나의 이성은 오랫동안 그것을 공상으로 부정하려고 싸워왔는데——마침내는 분명한 윤곽이 나타났다. 그것은 무어라고 이름 짓기에도 몸서리가 쳐지는 형상이고, 이것 때문에 더없이 그 괴물이 미웠고, 무서웠고, 될 수 있으면 없애 버리고 싶었던 것이다. 그것은 등골이 오싹해지는 무서운 교수대의 형상! 아, 공포와 죄악과 고민과 죽음의 슬프고도 무서운 형구(刑具)의 형상이었다.

나는 사실 이제는 보통 인간의 처참 이상의 처참한 상태로 떨어져 버렸다. 한 마리의 짐승이, 내가 죽여 버린 보잘 것 없는 한 짐승이 전능하신 하느님의 모습대로 만들어진 인간인 내게 이와 같은 참을래야 참을 수 없는 고민을 주리라고는! 아, 괴롭다! 낮이고 밤이고 간에 나에겐 안식의 기쁨이라고는 쥐꼬리만큼도 없었다. 낮이면 고양이가 한시도 내 곁을 떠나지 않았고, 밤이면 또 밤대로 시시각각 표현할 수 없는 공포의 꿈에 시달리다 벌떡 일어나면 내 얼굴에는 고양이의 뜨거운 입김이 훅훅 끼쳐왔으며, 가슴 위에는 내 힘으론 꼼짝도 않는 천근이나 되는 악몽의 화신이 잔뜩 누르고 있는 것이었다! 이러한 고통의 압박 밑에서 쥐꼬리만큼이나마 나에게 남아 있던 '선'의 자취는 그만 꼬리를 감춰 버렸다. 흉악한 사상, 가장 꺼멓고 가장 흉악한 사상이 나의 유일한 친구가 되었다. 나의 무뚝뚝한 성격은 점점 변해 모든 것과 모든 사람들을 미워하게까지 되었다. 시시각각 돌발하는 억제하기 힘든 분노의 폭발에 나는 맹목적으로 몸을 내맡기게 되었는데, 아무 불평도 없이 그 고통을 꾹 달게 참는 희생자는 불쌍하게도 언제나 내 아내였다.

우리는 가난해서 할 수 없이 오래 된 낡은 집에서 살고 있었는데, 어느 날 집 일로 아내는 나를 따라 땅광에 들어왔다. 고양이도 험한 계단을 쫓아내려와서 하마터면 나를 거꾸로 틀어박을 뻔했으므로 나의 노여움은 극도에 달하였다. 나는 격분에 휩싸여 그때까지 참고 있던 어린애 같은 공포감도 잊어버리고 도끼를 들고 고양이를 향해 내리갈기려 하였다. 물론 내 맘대로 떨어졌다면 고양이는 그 자리에서 죽어 버렸을 것이나 아내의 제지로 뜻대로 되지 않았다. 이 간섭으로 말미암아 나는 악마도 못 당할 만큼 격노에 싸여 아내의 손을 뿌리치고 대신 그 도끼를 아내의 머리에 내리박았던 것이다. 아내는 소리도 내지 못하고 그 자리에 푹 쓰러졌다. 이 무서운 살해가 끝나자 나는 곧 이 시체를 감출 방법을 깊이 생각하였다. 낮이든 밤이든 간에 이웃 사람의 눈에 띄지 않게 시체를 집에서 끌어 낼 수 없다는 것은 뻔한 일이었으므로, 여러 계획이 머리에 떠올랐다. 한번은 시체를 잘게 썰어 불에 태워버리려고도 생각하였다. 다음에는 땅광 마루 밑에 구멍을 파고 그 밑에 파묻어 버릴까도 생각해 보았다. 또는 마당 우물에 던져 버릴까, 상품처럼 포장해서 상자에 집어 넣어 가지고 인부를 시켜 집에서 지고 나가게 할까 궁리도 하여 보았지만, 마침내 그 어느 것보다도 굉장한 계획이 머리에 떠올랐다. 중세의 사제들이 그들이 죽인 희생자를 벽에 틀어박고 발라 버렸다고 전해지는 것처럼 나도 벽과 벽 사이에 이 시체를 넣고 발라 버리리라 결심하였다.

이러한 목적에 대해선 이 땅광이야말로 더할 나위 없이 적당하였다. 사면의 벽은 아무렇게나 쌓아올린 채 흙손질도 제대로 않고 최근 회로 슬쩍 한 번 발라 버린 것인데, 땅광 안의 습기로 아직 굳지도 않았다. 더욱이 벽 한쪽은 장식용 연통과 난로를 묻어서 다른 부분과 같아 보이게 하기 위해 툭 튀어 나와 있었다. 나는 이 벽이라면 벽돌 짝을 뗀 다음 시체를 그 속에 틀어박고 누가 보더라도 의심하지 않을 만큼 틀림없이 벽을 먼저대로 감쪽같이 해놓을 수 있으리라고 믿었다.

이 계획은 빈틈없었다. 쇠뭉둥이로 야주 쉽게 벽돌을 떼어 시체를 살짝 안쪽 벽에 기대 세운 다음 별로 힘들이지 않고 벽돌을 전과 같이 쌓아올릴 수 있었다. 그 다음에는 모르타르, 모래, 짚을 좀 섞어서 조심조심하여 전과 조금도 다름없이 벽돌과 벽돌 사이를 골고루 발라갔다. 일이 끝났을 때 나는 자! 이젠 되었다 하는 안도감을 느꼈다. 벽은 조금도 손을 댄 것처럼 보이지 않았다. 마루에 떨어진 티끌은 하나도 없이 낱낱이 주웠다. 나는 의기양양하게 주위를 휘휘 둘러보며 '흥, 그래도 헛수곤 아니었군' 하고 혼자 중얼거렸다. 그 다음에 할 일은 이와 같은 불행의 원인을 만들어 낸 그 고양이를 찾는 것이었다. 결국 내가 그 놈을 죽여 버리려고 굳게 결심한 것이다. 그때 고양이가 눈에 띄기만 하였다면 그놈의 운명은 두말할 것도 없었겠지만, 이번의 격노에 질겁하여 녀석은 능글맞게도 슬며시 없어진 채 내가 이러한 기분으로 있는 동안은 내 앞에 얼씬도 하지 않았다. 미운 고양이가 없어져서 마음이 홀가분해진 그 통쾌한 감각은 그야말로 기록하는 것은 고사하고 상상조차 할 수 없었다. 고양이는 그날 밤새도록 모습을 나타내지 않았으므로 내가 녀석을 집에 데리고 온 이후 적어도 이 날 밤만은 살인죄라는 무거운 짐이 내 혼을 누르고 있었는데도 나는 푹 단잠을 잘 수 있었다.

이틀이 지나고 사흘이 지나도 고양이는 나타나지 않았으므로 나는 또다시 자유로운 몸이 되어 안도감을 느꼈다. 괴물은 무서워 영원히 집으로부터 도망친 것이다! 고양이는 더 이상 나타날 리 없을 게다! 나의 행복은 더할 나위 없다! 내가 범한 그 무서운 죄도 별로 나를 괴롭히지 않았다. 여러 차례 취조가 있었지만 문제없이 대답할 수 있었고, 가택 조사까지 한 번 있었지만 물론 아무것도 발견될 리 없었다. 장래의 행복은 확정적이라고 나는 낙관하였다.

사건이 있은 뒤 나흘째 되는 날, 뜻밖에도 한 무리의 경관이 달려들어 또 한 번 엄중히 가택 조사를 시작했다. 그러나 시체를 감춘 곳이야 제아무리 날뛰어도 탄로날 리 만무하리라고 확신하고 있었기 때문에 나는 조금도 당황하지 않았다. 경관들은 수색중에 나에게 동행할 것을 명하고 집 안 구석구석까지 낱낱이 조사하였다. 드디어 서너 번째나 그들은 땅광으로 내려갔지만 나는 꼼짝도 하지 않았을 뿐더러, 내 심장은 마치 천진난만하게 잠을 자고 있는 사람처럼 태연하게 뛰고 있었다. 팔짱을 낀 채 이리저리 유유히 활보하였다. 경관들은 완전히 의심이 풀어져 떠나려 했다. 내 마음의 기쁨은 억제할 수 없을 만큼 강렬한 것이었다. 나는 다만 한 마디라도 승리를 표현해서 나의 무죄를 그들에게 한층 더 확실하게 하고 싶은 마음으로 불탔다.

"여러분!" 경관들이 계단을 올라갈 때 참다 못해 나는 입을 열었다. "여러분들의 의심이 풀어져 무엇보다 기쁩니다. 자! 그러면 여러분들의 건강을 빌며 경의를 표합니다. 그런데 여러분, 이 집은요, 이 집은 말이죠, 그 구조가 아주 썩 잘 되어 있답니다. (아무거나 무작정 술술 얘기하고 싶은 격렬한 욕망에 싸여 무얼 얘기하고 있는지 나도 몰랐다) 특별히 잘 지어진 집이라 할 수 있죠. 이 벽들은 말이죠, 아, 여러분들 그만 가시렵니까? 이 벽돌은 말이죠, 견고하게 쌓여 있답니다. "

여기서 일단 말을 멈추고 공연히 미치광이처럼 나는 내가 가지고 있던 막대기로 아내의 시체가 있는 바로 그 부분을 힘껏 내리갈겼다.

그러나 하느님, 악마의 손길로부터 나를 구해 주소서! 때린 소리의 울림이 채 가시기도 전에 무덤 속에서 새어 나오는 듯한 소리가 들려 왔다! 처음에는 막혔다 끊어졌다 하는 어린애 울음 소리처럼 들리던 것이, 갑자기 길고 높게 이어지는 아주 이상하고도 잔인한 비명으로 변했다. 마치 지옥에 떨어진 수난자의 울부짖는 비명소리와 그에게 형벌을 주며 기뻐 날뛰는 악마들이 동시에 지르는 공포와 승리가 반반씩 뒤섞인 외침이었다.

내 기분 따위를 얘기한다는 것은 어리석은 일이다. 정신이 아뜩해서 나는 비슬비슬대며 저쪽 벽으로 넘어질 것 같았다. 계단 위로 올라가던 경관들도 그 순간 깜짝 놀라 잠시 우두커니 서 있더니 다음 순간에는 열두 개의 굳센 손이 달려들어 벽을 허물기 시작했다. 벽은 한꺼번에 떨어지고 벌써 대부분 썩고 핏덩어리가 말라 붙은 시체가 여러 사람들 눈앞에 우뚝 나타났다. 그 머리 위에는 시뻘건 큰 입을 벌리고 불같은 한 눈을 크게 뜨고 있는 그 무서운 고양이가 앉아 있었다. 나에게 살인을 시키게 한 것이나, 비명을 내서 교수대로 끌려가게 한 그 모두가 이 고양이의 간계였다. 나는 이 괴물도 시체와 함께 벽 속에다 틀어박고 발라 버렸던 것이다.

어서 집안의 몰락

그의 마음은 걸어 둔 비파, 손대기만 해도 둥둥 울리네.
드 베랑저[1]

그해 가을, 하늘엔 구름이 무겁게 내리덮어 흐리고 어둡고, 소리 하나 없이 고요한 어느 날의 일이었다. 나는 홀로 하루 종일 말을 달려 이상하게도 황량한 시골 길을 지나, 어둠의 장막이 내리기 시작할 무렵에야 겨우 음침한 어서 집안의 저택이 보이는 지점에 이르렀다. 왜 그랬는지 모르지만 그 집을 한번 바라본 순간 견딜 수 없는 침울한 기분이 내 마음속으로 스며들었다. 내가 견딜 수 없다고 한 것은, 아무리 황량하고 무서운 자연의 경치라도 늘 시적으로 보며 기분좋게 받아들이는 내 평소의 감정으로도 기분이 조금도 완화되지 않았기 때문이다. 나는 내 앞에 전개된 경치를——다만 한 채의 집과 집 안의 보잘것없는 경치, 황폐한 담, 멍하게 크게 뜬 눈과 같은 창, 몇 줄의 사초 더미, 몇 그루의 썩은 나무들의 흰 줄기를——표현할 수 없는 침울한 기분으로 바라보았다. 이때의 내 기분은 달콤한 꿈에서 깨어

나는 아편기가 다해가는 중독자처럼, 현실을 덮고 있는 장막이 으스스하게 흘러내리면서 이젠 되돌아가야 한다고 깨닫는 비통한 타락의 느낌 외에는 세상 그 어떤 감정과도 비할 길이 없었다. 마음이 얼음 장처럼 싸늘해지고 기운이 빠지고 속이 메스꺼워지는 것 같았다. 아무리 강렬한 상상력을 구사하더라도 도저히 밝은 마음으로 돌아갈 수 없는, 견딜 수 없는 적막감이었다.

'웬일일까?' 나는 숨을 돌리며 생각했다. 어서 저택을 바라다보고 있는 나의 마음을 이토록 어지럽게 하는 것은 대체 무엇일까? 그것은 아무리 해도 풀 수 없는 수수께끼였으며, 그걸 생각하는 동안 무수히 몰려드는 어두운 환상들을 쫓아낼 수가 없었다. 확실히 그 안에는 극히 단순한 자연물의 모습이 엉켜 있어, 이와 같이 우리들을 괴롭히는 것인데, 그 힘의 실체를 분석한다는 것은 우리들로서는 도저히 불가능하다는 만족스럽지 못한 결론에 도달할 수밖에 없었다. 또는 하나하나의 경치나 그림을 좀 다르게 배열하여 보면 슬픈 인상을 주는 힘을 어느 정도 융화시킬 수도 있고, 혹은 아주 없앨 수도 있으리라는 생각이 들었다. 그래서 나는 절벽으로 말을 몰아가서 집 옆에 있는 잔잔한 수면이 시커멓고 무시무시하게 빛나는 늪을 내려다보았다. 그러나 회색 사초와 무시무시한 나무 줄기와, 멍하니 뜬 눈과 같은 창들이 재구성되어 거꾸로 물 위에 비치는 모습은 더욱더 몸서리치게 하는 그 무엇이 있었다.

그러나 나는 이 음산한 집에서 몇 주일을 머물 예정으로 온 것이다. 이 집 주인인 로드릭 어셔는 어릴 때 친구였지만, 서로 헤어진 뒤로는 오랫동안 한 번도 만난 적이 없었다. 그랬던 것이 먼 시골에 떨어져 살고 있는 나에게 어셔가 보낸 한 통의 편지가 왔는데, 사연이 너무도 중대했으므로 직접 와 보는 외에는 별다른 방법이 없을 것 같았다. 그의 필적에는 신경이 몹시 흥분 상태에 놓여 있음이 여실히 드러나 있었다. 그는 편지에서 몸이 극도로 쇠약해졌으며 정신 이상으로 견딜 수 없다는 사실과 더불어 자기가 가장 사랑하는, 즉 그에게는 하나밖에 없는 벗인 나를 한 번 만나서 다정하게 말을 주고받음으로써 조금이나마 병고를 덜고 싶다고 적었다. 편지에는 이러한 사연과 그밖의 여러 가지 사랑이, 또는 그의 간청과 아울러 표시된 그의 열성이 나에게 주저할 틈을 주지 않았다. 그러므로 나는 대단히 이상한 초청이라고는 생각하면서도 대번에 응한 것이었다.

우리들이 어렸을 때는 그야말로 친밀한 사이였지만, 나는 이 친구에 대해서 별로 아는 것은 없었다. 그는 지나치리만큼 말이 적은 편이었다. 그렇지만 가문의 내력이 긴 그의 집안은 썩 오랜 옛날부터 유별나게 민감한 성질로 유명하였으며, 그 기질은 대대로 많은 우수한 예술품이 되어 나타났고, 최근에 와서는 일면 관대하면서도 겸허한 자선사업으로 나타난 동시에 또 한편 음악에서 정통적이고 알기 쉬운 음계보다는 오히려 복잡한 음에 대한 열렬한 열정으로 나타나 있다는 것을 나는 알고 있다. 또 어서 집안이 꽤 오랜 가문임에도 불구하고 어느 시대고 간에 한 번도 오랫동안 뻗어나간 방계(傍系) 친족이 없었다는 것, 다시 말해 일족 전체가 아주 사소한 일시적인 변천은 있었지만 직계에 속하며, 또 언제나 그러했다는 특기할 만한 사실도 알고 있다. 집 구조의 특징이 세상에 알려져 있는 가족의 특징과 완전히 일치한다는 것을 떠올리면서 나는 몇 세기라는 긴 세월이 지나는 동안 전자가 후자에게 끼쳤을 영향을 다음과 같이 추측해 보았다. 이 집안에 방계 혈족이 없다는 결점과 아울러 집의 이름과 재산이 대대로 변함없이 부자간에 상속된 사실이 결국에는 이 둘을 같은 것으로 해버려서, 어서 집안이라는 기묘하고도 애매한 명칭——농부들은 가족과 건물을 뭉뚱그려 이 명칭을 사용하는 듯 했다——속에 일가 본래의 이름을 혼돈해 버린 것이 아닌가 하는 생각도 들었다.

　나는 나의 좀 어리석은 경험, 늪 속을 들여다본 것이 내가 맨 처음 느낀 기괴한 인상을 더욱 강하게 했을 뿐이라는 것은 앞에서도 말하였다. 물론 나의 미신이——미신이라고 불러 안 될 이유가 어디 있겠는가——갑자기 강해졌다는 자각이 도리어 미신을 더욱더 강하게 믿게끔 하였다는 것만은 사실이다. 이미 오랜 경험을 통해 알고 있는 것이었지만, 모든 공포의 감정은 이와 같이 모두 모순된 경로를 밟는 것이다. 그리고 내가 늪 속에 비친 집의 그림자로부터 눈을 들어 실제로 집을 쳐다보았을 때, 내 마음속에 이상한 공상이——사실 싱겁기 짝이 없는 공상이므로, 다만 그때 나를 괴롭혔던 감각의 위력을 표시하기 위해서 기록함에 불과하다——선뜻 머리에 떠오른 것도 어쩌면 이러한 이유에서였는지도 모르겠다. 나는 내멋대로 이리저리 따져 본 결과, 집과 그 근처에 하늘의 대기와는 아주 딴판인 썩은 나무와 흰 벽과 혹은 잠잠한 늪으로부터 증발된 특유한 대기——희미하고 완만하여 겨우 알아볼 수 있는, 우중충한 빛깔을 띤 독기어린 증기가 집 주위를 떠돌고 있다고까지 믿게 되었다.

　아무래도 악몽으로밖엔 생각되지 않는 이러한 망상을 내 마음속으로부터 쫓아내 버리고 나는 한층 더 자세히 집 모양을 살펴보았다. 대단히 오래된 집이라는 것이 그 중 뚜렷한 특징이었는데, 오랜 세월을 지내온 동안 건물은 퇴색하였다. 집 외부 전체가 온통 잘다란 곰팡이로 뒤덮여 섬세하게 뒤얽힌 거미줄처럼 추녀 끝에 축 늘어져 있었다. 그러나 그것만 보고는 대단한 황폐라고 할 수 없었다. 주춧돌의 어느 부분도 허물어져 있진 않았지만, 손질을 한 완전한 부분과 퍼석퍼석 바스러진 조각을 한 개 한 개 쌓아올린 돌 사이에는 큰 부조화가 있는 것처럼 보였다. 이러한 모양은 오랜 동안 조금도 바깥 기운을 쐬지 못한 채 쓰지 않고 그대로 내버려둔 땅광 속에서 썩어

버린 겉모양만 번드레한 낡은 목공을 보는 것 같은 연상을 나에게 불러일으켰다. 이와 같이 이것저것 모두가 황폐의 빛을 띠고 있었지만, 집이 넘어질 염려는 없어 보였다. 더욱 조심해서 바싹 들여다보니까 눈에 띌까말까한 균열이 건물 앞쪽 지붕으로부터 담까지 꾸불꾸불 내려와 음침한 늪 속으로 사라져 버린 것이 눈에 띄었다.

이러한 것들을 바라다보며 나는 자갈이 깔린 짧은 길을 지나 집 쪽으로 말을 몰았다. 기다리고 있던 하인에게 말을 떠맡기고 나는 고딕풍의 현관 아치 문 속으로 들어갔다. 그리고 거기서부터 발소리를 죽이며 걷는 하인이 아무말도 없이 몇 개의 어둠침침하고도 복잡한 복도를 지나 주인의 서재로 나를 안내하였다.

왜 그런지 도중에서 눈에 띈 여러 건물들은 이미 내가 말한 그 적막감을 한층 더 강하게 해주었다. 주위의 물건들——천장의 조각, 벽에 걸려 있는 어둠침침한 태피스트리[2], 꺼먼 흑단 마루, 또는 환영을 새겨 넣은 것 같은 문장(紋章)이 들어간 발을 옮길 때마다 덜컥덜컥 울리는 전리품의 갑옷 등, 어렸을 때부터 나의 눈에 익은 이러한 물건들이 새로이 기이한 환상을 불러일으키는 데는 더욱 놀라지 않을 수 없었다. 어느 계단에서 나는 이 집 의사를 만났다. 그의 용모에는 경험에서 오는 교활함과 당황스런 표정이 떠돌고 있었다. 의사는 당황한 태도로 나에게 인사를 하곤 지나가 버렸다. 얼마 안 되어 하인은 어느 방문을 열고 나를 그의 주인 앞에 안내하였다.

내가 들어간 방은 대단히 넓고 천장도 높았다. 창문들은 길고 좁고 뾰죽했는데, 꺼먼 떡갈나무 마루에서 꽤 떨어진 높은 곳에 나 있었기에 방 안에서는 좀처럼 닿을 수 없을 것 같았다. 진홍색의 가는 빛이 격자창으로부터 흘러들어와 그런 대로 주위에 떠오르는 물건들을 알아볼 수 있었다. 그러나 아무리 눈을 크게 뜨고 보아도 먼 방 쪽의 구석이나 반원형의 완자 무늬로 장식한 천장의 한 모서리는 보이지가 않았다. 벽에는 칙칙한 태피스트리가 걸려 있고, 대체로 지나치게 많은 가구들은 모두가 우중충하고 낡아 빠지고 무늬가 떨어져 있었다. 많은 서적과 악기들이 난잡하게 여기저기 흩어져 있어서 방에 활기를 주지 못했다. 나는 이것들을 바라보면서 슬픈 마음이 솟구치는 것을 금할 수가 없었다. 엄숙하고 쓸쓸한, 어찌해야 좋을지 모를 침울한 기분이 방 안에 떠돌며 모든 곳에 깊이 스며들어 있었다.

내가 방 안으로 들어가자 어셔는 쭉 뻗고 누워 있던 소파에서 일어나, 진정으로 반가이 맞아 주었다. 처음에는 억지로 만들어 낸 진정——인생에 대해 권태를 느낀 사람이 흔히 만들어 내는 가면적 노력——에서 나온 것이 아닌가 싶었지만, 그의 얼굴을 힐끗 쳐다본 순간 나는 그것이 진정한 열성에서 나온 것임을 알았다. 우리들은 앉았다. 그리고 잠시 그가 말이 없는 동안 나는 연민과 두려움을 동시에 느끼면서 그를 쳐다보았다. 로드릭 어셔처럼 짧은 시일 내에 이토록 무서운 꼴로 아주 싹 달라져버린 사람도 드물 것이다. 이제 내 눈앞에 앉아 있는 이 창백한 남자가 오랜 옛날, 소년시절의 나의 친구였다고는 도저히 믿어지지 않았다. 그러나 그의 얼굴의 특징은 조금도 변한 데가 없었다. 누런 얼굴빛, 크고도 부드러우며 유난히 번쩍이는 두 눈, 약간 얇고 창백하지만 대단히 아름다운 곡선을 이루고 있는 입술, 우아한 헤브루[3]형이면서도 그러한 형체에는 드물게 보는 콧구멍이 넓은 코, 잘생겼지만 쑥 들어간 탓으로 도덕적 정력이 부족해 보이는 턱, 거미줄 이상으로 부드럽고 가는 머리칼 등의 갖가지 특징이, 귀밑 뼈 위쪽이 남달리 넓게 생긴 것과 아울러 쉽사리 잊혀지지 않는 특이한 인상을 주고 있었다. 이러한 용모의 주요한 특징이며 외모에 나타난 표정의 너무나도 과장된 변화가 내가 지금 누구와 이야기하고 있는지 의심할 만큼 나를 놀라게 하였다. 그 소름이 끼칠 만큼 창백한 피부 빛깔이며 이상한 광택을 발하는 눈이 무엇보다도 나를 놀라게 하는 동시에 공포감마저 주었다. 비단결 같은 머리카락 역시 제멋대로 자라서 굵게 짠 명주처럼 얼굴 주위에 떨어져 있다기보다는 오히려 두둥실 떠 있다고 하는 편이 좋은 형상이었다. 그러므로 나는 이 아라비아풍의 용모를 보통사람의 것이라고는 도저히 믿을 수 없었다.

나는 친구의 태도에 앞뒤가 어울리지 않는 모순이 있는 것을 대번에 알아챘다. 그리고 나는 곧 이것은 습관적인 경련——극도의 신경 흥분——을 억제하려는 연약하고 쓸데없는 노력의 계속에서 나온 것임을 알았다. 하긴 이러한 것들은 그의 편지 또는 그의 소년 시절에 대한 회상, 그의 특유한 체질이라든가 기질로 미루어 이미 각오하고 있었던 것이지만. 그의 태도는 쾌활하다가도 갑자기 침울해지며, 목소리는 어떤가 하면, 만사가 다 성가실 때에는 부들부들 떨리는 어쩔 줄 모르는 목소리가 되다가 갑자기 또 마치 곤드레만드레가 된 주정꾼이나 처치 곤란한 아편 중독자가 극도로 흥분하였을 때 버럭 지르는, 그 급하고 무게 있는 태평스러운 굵은 목소리——침울하고, 침착하고 완전히 조절된 후음(喉音)——로 변했다.

이러한 어조로 그는 나를 부른 목적과 나를 만나고 싶어한 그의 열망과 또 내가 그에게 줄 것이라고 기대하고 있었던 위안들에 대하여 대강 말한 다음 그의 병의 본질로 생각되는 점에 화제를 돌려 상당히 길게 이야기했다. 그의 얘기를 들으면 병은 유전적으로 내려오는 것이므로 치료의 방법이 전혀 없다고 단념하고 있다는 것이었고, 그렇지만 간단한 신경 계통의 병세에 불과하니 곧 틀림없이 나을 것이라고 말이 떨어지기가 무섭게 덧붙이는 것이었다.

어쩌면 그의 말투와 말하는 태도에도 적지않게 관계가 있었겠지마는 이 병세는 많은 부자연스러운 감각으로 나타나, 그가 자세히 그것을 이야기하고 있는 동안 그 어떠한 감각이 나를 재미나게도 하고 당황하게도 만들었다.

그는 병적 과민성으로 대단히 고통을 받고 있었다. 음식물은 아주 깨끗한 것이라야만 했고, 옷도 일정한 색채의 것이 아니면 안 되었다. 꽃의 향내는 그 어떠한 것이고 간에 숨이 막힌다는 것이었고, 약한 광선이라 할지라도 눈부셔했다. 그리고 그에게 공포심을 일으키지 않는 음향은 특수한 것에만 한했고, 그것도 고작 현악기 정도였다.

그가 일종의 변태적인 공포에 항상 시달리고 있다는 걸 나는 발견했다.

"나는 통탄할 만큼 이렇게 우스운 병으로 죽지 않으면 안 될 것일세. 다른 아무런 이유도 없이 나는 이 모양으로 죽어 버릴 것일세. 내가 무서워하는 것은 미래에 일어날 사건 따위가 아니고 그 결과일세. 비록 사소한 사건이라 할지라도 그놈이 내 영혼에 이러한 참을 수 없는 충동을 일으킨다는 것을 생각하면 소름이 끼치네. 나는 위험 같은 것은 무서워하지 않아. 다만 공포를 일으키는 절대적 영향을 무서워하는 것일세. 이처럼 기진맥진한 가련한 상태에 빠져 무시무시한 '공포'의 환영과 싸우는 동안에 조만간 생명도 이성도 모두 내버려야 할 시기가 꼭 올 것만 같네."

그는 이와 같이 말했다. 이 외에도 나는 때때로 터져나오는 한 토막 한 토막의 애매한 암시로부터 그의 정신상태의 또 다른 기이한 특징을 발견하였다. 그것은 여러 해 동안 한 걸음도 문밖 출입을 않은 그가 자기 집 이야기를 할 때 느낀 사실이었다. 그의 말이 너무 애매해서 여기서 다시 설명할 수는 없지만, 그는 대대로 살아온 이 집의 형태와 어떤 특징이——회색 벽과 지붕의 작은 탑, 또는 이 두 물체가 내려다 보고 있는 어둠침침한 늪 수면이——마침내 자기 영혼에 실제로는 있을 수 없는 영향을 미쳤다는 일종의 기이한 미신적 착각의 포로가 되어 있었다. 그러나 그는 또다시 주저하면서도 이와 같이 그에게 번민을 준 특수한 우울증의 대부분은, 보다 더 자연스럽고 보다 더 알기 쉬운 근원——여러 해 동안 그의 유일한 가족이며 세상에서 단 하나밖에 없는 육친인 누이동생이 오랜 병으로 이제 죽음이 확실히 눈앞에 닥쳐왔다는 사실에 기인한 것이라고 고백하였다. "누이동생이 죽어 버리면 내가, 절망적이고 허약한 내가 유서깊은 어셔 집안의 최후의 생존자일 것일세" 하며 그는 결코 잊을 수 없는 비통한 어조로 말했다. 그가 이렇게 말하고 있을 바로 그때, 레이디 메들라인(이것이 누이동생의 이름이다)이 내가 있는 것도 알지 못하고 조용히 방 건너편으로 가서 그대로 사라져 버렸다. 나는 공포마저 섞인 극도의 경악감으로 그녀를 주시했다. 그러나 왜 그렇게 놀라고 두려움마저 느꼈는지는 도저히 알 수가 없었다. 저쪽으로 멀어지는 발소리를 머릿속에서 쫓고 있는 동안 나는 정신이 아뜩해짐을 느꼈다. 마침내 동생의 모습이 문 뒤로 사라져 버렸을 때 나는 본능적으로 어셔의 표정을 열심히 살폈다. 그러나 그는 얼굴을 두 손에 파묻고 있었으므로 나는 다만 빼빼마른 손가락이 그전보다 훨씬 더 창백해진 것과 그 사이로 뜨거운 눈물이 뚝뚝 떨어지는 것밖에는 볼 수가 없었다.

이 메들라인의 오랜 병에 대해선 능숙한 의사들도 혀를 내둘렀다. 고질이 되어 버린 무감증, 신체의 점진적 쇠약, 짧은 동안이지만 번번이 일어나는 부분적인 강직 현상 등이 그녀의 이상 증세였다. 지금까지 그녀는 자기의 병고를 꾹 참고 누우려고도 하지 않았지만, 내가 도착한 그날 저녁 무렵(어셔가 말할 수 없이 흥분한 어조로 그 날밤 나에게 말한 바에 의하면) 끝내 병마의 무서운 힘에 쓰러지고 말았다는 것이었다. 그러므로 그때 슬쩍 쳐다본 그만 최후이고, 적어도 그녀가 살아 있는 동안에는 또다시 그녀를 보지 못할 것만 같았다.

그 후 며칠 동안은 나도 어셔도 그녀의 이름을 입 밖에 내지 않았다. 그동안 나는 열심히 이 친구의 우울증을 위로해 주려고 애를 썼다. 우리들은 같이 그림도 그리고 책도 읽었다. 혹은 그가 즉흥적으로 격렬하게 뜯는 교묘한 기타 소리에 꿈꾸듯 귀를 기울였다. 이와 같이 두 사람의 관계가 갈수록 친밀해짐에 따라 그는 자기의 속을 보다 허물없이 털어놓게 되었지만 그러면 그럴수록 그의 마음을 즐겁게 하려는 나의 모든 노력이 허사임을 더욱 비통하게 깨닫지 않을 수 없었다. 왜냐하면 그 마음으로부터 암흑이, 마치 선천적으로 타고난 확고한 본질과도 같이 물질과 정신 모든 것 위에 우울하게 끊임없이 내뿜어져 나왔기 때문이다.

어서 집안 주인과 이렇게 단둘이 보낸 그 수많은 엄숙한 시간들의 기억은 영원히 내 머릿속에서 사라지지 않을 것이다. 그러나 그와 내가 무슨 연구를 하고 무슨 일에 몰두하고 있었는지, 또는 그가 나에게 무엇을 당부했는지는 아무리 해도 도무지 정확하게 전달할 수가 없을 것 같다. 흥분된, 극도로 본성을 잃은 상상력이 모든 것 위에 인광과 같은 퍼런 빛을 던지고 있었다. 그가 지어 부르던 몇 편의 긴 즉흥 만가(挽歌)만은 언제까지나 내 귓전에 쩅쩅 울릴 것이다. 특히 무엇보다도 폰 베버*¹의 마지막 왈츠의 격렬한 음조에 그가 덧붙인 일종의 기묘한 전주곡과 변주곡이 지금도 내 가슴에 아프게 남아 있다.

그의 치밀한 공상에서 시작되어 한 붓 한 붓 색칠해 나감에 따라 더한층 몽롱한 느낌을 일으키는 그의 그림은 웬일인지 더 무서웠다. 그의 그림은 아직까지도 내 눈앞에 뚜렷하게 아물거리지만, 도저히 여기서 무어라고 표현할 수는 없다. 극도의 단순성과 그의 의도가 노골적으로 표현되어 있는 점이 보는 사람의 주의를 끌며 위압감을 느끼게 했다. 만약 어떠한 하나의 사상을 그림 위에 표현한 사람이 있다 하면 그는 바로 이 로드릭 어셔이리라. 그때 나를 둘러싸고 있었던 환경 속에서 이 우울병자가 캔버스 위에 그리려고 애쓴 순수한 추상 관념으로부터는, 푸젤리*2의 그 타오르는 듯하면서도 구체적인 환상화(幻想畫)를 조용히 내려다보았을 때에도 느껴지지 않던, 참을 수 없이 극심한 공포가 적어도 내게는 느껴졌다.

어셔의 환상적 그림 중엔 그다지 추상적 기분이 강하게 나타나 있지 않아서 희미하나마 말로 표현할 수 있는 것이 하나 있다. 그것은 평평하고 아무 변화도 장식도 없는 긴 벽이 있는, 무한히 긴 장방형의 천장 혹은 굴의 내부가 그려진 소품인데 의도적으로 굴을 지면보다 썩 낮은 곳에 있는 것처럼 보이게 하였다. 넓은 내부 어느 곳에도 문이 없고, 횃불이나 인공적 광원(光源)은 보이지 않지만 넘칠 듯한 강렬한 광선이 사면에 충만하여 이상하고 섬뜩한 광휘 속에 모든 것을 똑똑히 드러내고 있었다.

어셔의 청신경의 병적 상태가 현악기를 제외한 다른 악기는 참을 수 없을 만큼 그를 괴롭혔다는 것은 앞에도 말한 바가 있다. 이와 같이 제한된 좁은 범위 내의 곡목으로만 그가 `기타를 연주했다는 것은 도리어 기이한 느낌을 주었다. 그러니 그가 흥에 겨워 즉흥적으로 작곡해 내는 그 재주야말로 놀라운 것이었다. 그의 환상적인 곡이며 가사(그는 가끔 기타를 뜯으며 운율을 맞춘 즉흥시를 읊었다)는 예술적 감격이 최고조에 달했을 순간에나 볼 수 있는 강렬한 정신적 통일과 집중의 소산이라고 아니할 수 없다. 이러한 즉흥시의 한 구절을 나는 쉽게 욀 수가 있었다. 어셔가 읊은 그 즉흥시에 내가 더욱 강렬한 인상을 받았던 것은, 시의 의미 밑바닥 또는 그 신비로운 흐름 속에서 어셔가 그의 옥좌 위에서 자기의 고고한 이성이 비틀거리는 걸 완전히 의식하고 있음을 처음으로 깨달은 듯한 느낌이 들었기 때문이다. 그가 읊은 《유령궁》이라는 시는 정확하지는 않으나 대략 다음과 같은 것이었다.

푸른 빛 짙은 골짜기에
천사들 모여 살던
아름답고 웅장한 궁전
빛나는 궁전 우뚝 솟아 있다
'사상'의 제국에
거기 궁전은 솟아 있노라 !
천사도 이와 같이 아름다운 궁전에는
와 본 적 없으리라 !

찬란히 빛나는 황금빛 깃발들
지붕 위에 휘날렸도다.
(이는 모두 아주 먼 옛적)
그리운 그날
엄숙하고 창백한 보루(堡壘)를 스쳐
솔솔 부는 부드러운 바람
향기로운 깃을 달고 살며시 스쳤노라.

행복의 골짜기를 헤매는 방랑의 무리들
빛나는 두 개의 창으로부터
은은히 들리는 비파 소리에 따라
춤추며 옥좌를 돌고 도는
신들을 보네
옥좌에는 남빛 옷 입은 천자(天子) !
그럴듯한 위엄을 띠고
나라의 제왕 계신 것이 보인다.
아름다운 궁전의 문은

진주와 루비 빛으로 비치고
그 문으로 흐르고 흘러
또 영원히 번쩍이는
산울림의 무리 뛰어들다
세상에서도 드문 아름다운 소리로
임의 크신 공덕을
찬미하는 것을 오직 의무로 삼고.

악마들은 슬픔의 옷을 입고
제왕의 옥좌를 부수었도다
(아! 슬프다. 제왕을 다시는 보지 못하리)
궁터에 떠도는
빨갛게 피어오른 영광도
이제는 묻혀 버린
지난날 추억의 한 줄기.

골짜기를 지나는 여행자의 무리들
이제는 다만
붉은 빛 비치는 창으로부터
미친 듯이 터져나오는 음악 소리 맞춰
희미하게 흔들리는 커다란 그림자를 볼 뿐
무서운 급류와도 같이
창백한 문을 지나
괴물의 무리 영원히 터져나와
큰 소리로 웃는다
미소는 벌써 볼 수도 없구나.

지금도 머릿속에 똑똑히 남아 있지만, 이 짧은 시가 준 암시는 나에게 여러 가지 생각을 일으키게 하고 마침내는 어셔가 가지고 있는 견해까지 확실히 알 수 있게 하였다. 그 견해라 함은——신기하기 때문이라기보다도(그런 견해를 가진 사람이 그 외에도 있었다) 그가 너무도 거기에 집착하고 있었기 때문에 언급하는 것이지만——모든 식물이 감각성을 가지고 있다는 것이었다. 그러나 그의 무질서한 공상 속에서 이 생각은 일단 더 대담하게 되고, 어떠한 조건하에서는 무기체에까지 뻗친다는 것이었다. 나는 이제 그의 신념 전부와 열성을 표현할 수는 없으나 그 신념은 전에도 잠깐 암시는 하였지만 선조로부터 대대로 내려온 이 집의 잿빛 돌담과 무슨 관계가 있는 듯싶었다. 그런 것이 감각성을 지니고 있다는 증거는 주춧돌이 배열된 양식에 있다고 그는 상상하였다. 돌과 돌들을 덮고 있는 수많은 곰팡이, 또는 돌담 근처에 서 있는 썩은 나무들의 배열 순서, 특히 이 순서가 오랫동안 파괴되지 않고 그대로 있다는 것과 그 자태가 늪의 고요한 물 위에 반영되고 있다는 사실로써 알 수 있다는 것이었다. 그 증거로, 물과 벽 근처에 있는 대기가 저절로 서서히 그러나 확실히 굳어지는 것으로도 감각성이 있다는 것을 알 수 있다고 그는 말했다. (이 말을 듣고 나는 깜짝 놀랐다.) 수세기 동안 이 집의 운명을 좌우하고, 또 자기를 이러한 인물로 만들어 버린 것은 그 암울하고 무서운 힘의 결과라고 그는 덧붙였다. 이러한 그의 견해는 별로 설명을 요하지 않으므로 나는 따로 이야기하지 않겠다.

서적——여러 해 동안 이 환자의 정신생활을 대부분 지배해 온 서적——은 물론 이러한 환상적 생활에 꼭 알맞은 것들 뿐이었다. 그레쎄[*3]의 《베르베르와 샤르트뢰즈》, 마키아벨리의 《벨프고르》, 스베덴보리[*4]의 《천국과 지옥》, 홀베르그[*5]의 《니콜라스 클림의 지하 여행》, 로버트 플러드[*6], 쟝 댕다지네[*7], 드라 샹브르 등의 《손금법》과,

티크*8의 《창공의 여행》, 캄파넬라의 《태양의 도시》를 우리들은 탐독했다. 도미니크파 신부 에이메릭 드지론느*9의 《종교 재판법》의 소형(小型) 8절판도 우리의 애독서 중 하나였으며, 폼포니우스 멜라*10의 작품 가운데 고대 그리스의 사티로스*11 또는 이지판*12에 관한 기사는 어셔가 몇 시간이고 꿈꾸듯이 취해 탐독하는 것이었다. 그러나 그가 가장 심취해서 탐독한 서적은 4절 고딕 서체판의 진귀한 책 《메인스교회 성가대에 의한 사자(死者)에게 드리는 밤샘의 기도》라는 서적이었다. 나는 이 서적에 기록된 광포한 의식과 그것이 이 우울병자에게 끼친 영향을 생각하지 않을 수 없었다. 그러던 어느 날 밤 갑자기 그는 누이동생 메들라인이 죽었다는 것을 알리고, 최후로 매장하기 전에 약 2주일 동안은 시체를 안방 벽 뒤에 있는 땅광 속에 가매장할 작정이라고 말했다. 하지만 그런 별난 방법을 취하는 현실적인 이유는 내가 반대할 수 있는 성질이 못 되었다. 고인이 걸렸던 병의 이상한 성질과, 의사들이 어떤 것을 주제넘게 꼬치꼬치 캐는 것, 그리고 가족 묘지가 멀고 황폐한 것들을 고려해서 이와 같이 작정한 것이라고 어셔는 말했던 것이다. 그리고 나 역시도 이 집에 온 첫날 보았던 그녀의 불길한 용모를 회상할 때 이 방법이 조금도 해될 것이 없고 전혀 부자연스러울 게 없는 조처라고 생각되어 반대하고 싶은 마음이 조금도 없었던 것은 사실이다.

어셔의 간청으로 나는 손수 이 장례 준비를 도와 주었다. 시체를 관에 넣은 다음 우리들은 단둘이서만 관을 메고 가매장할 곳으로 갔다. 우리가 관을 내려놓은 땅광(너무도 오랫동안 닫혀 있었던 탓으로 손에 든 횃불이 숨이 막힐 듯한 공기에 반질식되어 도무지 주위를 분간할 수 없는)은 좁고 축축하고, 광선 한 줄기 들어올 틈조차 없는 곳으로, 내 침실로 되어 있는 방 바로 밑 꽤 깊은 곳에 있었다. 먼 옛날 봉건시대에는 확실히 지하 감옥으로 사용하였고, 그 후에는 화약이라든가 또는 그와 같은 불붙기 쉬운 물질의 저장소로 사용되었던 것같이 마루의 한쪽과 우리들이 들어온 아치문의 내부가 빈틈없이 동판으로 싸여 있었다. 큰 철문도 그 모양으로 되어 있었다. 무척 큰 무거운 돌쩌귀 위에서 그 철문은 움직일 때마다 삐걱삐걱 소리를 냈다.

이 슬픈 짐을 무시무시한 방 안에 마련되어 있는 안치대 위에 올려놓고 못박지 않은 관 뚜껑을 한쪽만 살짝 열고 망인의 얼굴을 들여다보았을 때, 난 처음으로 이 두 남매의 얼굴이 너무도 꼭 닮은 데 주의가 끌렸다. 내 마음속을 짐작했던지 어셔도 뭐라고 몇 마디 중얼거렸는데, 나는 그의 말에서 그들이 쌍둥이였으며, 그들 사이에는 뭐라고 해명할 수 없는 교감이 항상 존재했음을 알았다. 그러나 우리들은 그리 오랫동안 시체를 내려다보지 않았다. 무서워서 내려다볼 수 없었던 것이다. 꽃같은 청춘 시절에 이와 같이 그녀의 생명을 빼앗아가 버린 병은, 강직 현상에서 으레 볼 수 있는 증세로 가슴과 얼굴에 아직도 희미한 붉은 점을 남겨 놓았고, 입술 위에는 죽은 사람이라고 보기에는 너무도 무섭고 끔찍한 미소가 떠돌고 있었다. 우리는 뚜껑을 맞추어 못을 박은 뒤 철문을 꼭닫고, 토굴과 별로 다름없는 음침한 위층 방으로 돌아왔다.

이럭저럭 슬픈 며칠이 지나가자 어셔의 신경병 증세에는 현저한 변화가 나타났다. 그의 평상시의 태도는 어디로 갔는지 사라져버리고, 여태까지 하던 일도 소홀히 생각하거나 잊어버렸다. 그는 걷잡을 수 없이 바쁘게, 아무일도 없이 괜히 이방 저방으로 비틀거리며 돌아다녔다. 창백한 얼굴은 한층 더 무섭게 창백해지고, 눈은 썩은 생선처럼 아무런 윤택도 없었다. 그의 목쉰 소리는 이제 들을 수 없고 극도의 공포에서 나오는 듯한 떨리는 소리가 그의 목소리의 특징이 되었다. 걷잡을 수 없이 흔들리는 그의 마음은 어떤 참을 수 없는 비밀과 맹렬히 싸우고 있고, 지금은 그것을 고백하기에 필요한 용기를 찾고 있는 것이 아닌가 하고 나는 가끔 생각하였다. 또 어떤 때에는 미친 사람이 환상에 쫓긴다고 밖에는 생각할 수 없는 행동도 하였다. 그는 아무 소리도 들리지 않는 것을 무언가 들리는 것처럼 귀를 기울이고 멍하니 허공을 바라다보았다. 이러한 어셔의 행동은 나에게 공포감을 주었고, 마침내는 나에게까지 그 기분이 감염되었다. 나는 어셔의 환상적이면서도 인상 깊은 미신의 무서운 영향이 점점, 그리고 확실히 나에게로 스며들어오는 것을 느꼈다. 내가 이런 느낌을 특히 전적으로 받은 것은 레이디 메들라인을 지하실에 매장한 뒤 7, 8일째의 날, 밤늦게 잠자리에 들어갔을 때였다. 잠은 내 침상을 찾아 주지 않았다. 그리고 그동안 시간은 흐르고, 또 흘러갔다. 나는 나를 지배하고 있는 신경과민증을 이성으로 이겨 보려고 애썼다. 내 신경과민의 원인의 전부는 아니지만 그 대부분이, 방 안의 침울한 가구나 확 불어 들어오는 바람을 받고 벽 위에서 건들거리며 침대 장식 부근에서 바스락바스락 음침하게 흔들리는 컴컴하게 퇴색한 태피스트리의 정체 모를 영향에서 온 것이라고 구태여 믿어 보려고까지 노력하였다. 그러나 헛수고였다. 어떻게 할 수 없는 전율이 전신에 번져 결국에는 까닭모를 공포의 악마가 내 심장을 꽉 눌러 괴롭혔다. 헐떡거리며 애써 이 공포를 박차 버리고 나는 겨우 베개 위에 몸을 일으켜 방 안의 어둠 속을 뚫어져라 바라보며――나의 본능이 이렇게 시켰다는 것 외에는 아무런 이유도 없이――폭풍우가 그친 뒤, 한참 있다가 알지 못할 곳에서 들려 오는 얕고 막연한 소리에 귀기울였다. 알 수 없고, 참을 수 없는 격렬한 감정에 사로잡혀 나는 갑자기 옷을 걸치고(잠이 올 것 같지도 않았기 때문에) 방 안을 이리저리 서성대며 이 처참한 상태로부터 벗어나려고 애를 썼다. 이러한 모양으로 방 안을 두서너 번 오락가락하였을 때 바로 문 밖 계단을 올라오는 듯한 가벼운 발소리가 얼핏 들려 왔다. 곧 그것이 어셔의 발소리임을 깨달았다. 다음 순간 그는 가볍게 내 방문을 두드리더니 한 손에 램프등을 들고 방 안으로 들어왔다. 얼굴빛은 여전히 시체와도 같이 창백했지만 두 눈 에는 이글이글 타오르는 기쁨의 빛이 떠돌았고, 전신의 거동에서는 확실히 히스테리 발작을 억지로 참고 있는 듯한 낌새가 보였다. 나는 그의 태도에 놀랐지만 아무튼 그때까지 내가 오래 참고 있던 적막감 보다는 나을 것 같았으므로 나는 하늘이 돌보신 것같이 그가 온 것을 기쁘게 맞아 들이기까지 하였다.

"그럼 자네는 그것을 보지 않았네 그려? 정말 보지 않았어? 그래 가만히 있게, 보여 줌세."

잠시 그는 주위를 휘둘러보더니 갑자기 이렇게 말했다. 그리고 조 심해서 램프를 가려 놓은 다음 창문으로 달려가 문 하나를 활짝 열어 젖뜨렸다. 확 불어 들어온 폭풍은 거의 두 사람을 날려 보낼 듯했다. 폭풍은 온 하늘을 뒤흔들고 있었지만 그날 밤은 엄숙하게 아름다운 밤, 공포와 아름다움이 뒤섞인 이상한 밤이었다. 회오리바람은 확실 히 이 집 부근에다 세력을 집중시키고 있었다. 바람은 시시각각 맹렬 한 기세로 방향을 바꿨고, 지붕의 작은 탑을 누를 듯이 얕게 내리덮 인 구름의 과도한 밀집도 이 구름들이 사방에서 서로 맹렬한 속도로 달려들어 부딪치는 것을 보지 못하게는 하지 않았다. 그러면서도 서 로 멀리 달아나거나 흩어지지는 않았다. 그렇다고 해서 달이나 별이 떠 있던 것도 아니고, 또 천둥이 치거나 번개가 번쩍인 것도 아니다. 그러나 우리들을 둘러싸고 있는 삼라만상은 물론 바람에 흔들리는 수 증기의 커다란 덩어리의 아래쪽까지도, 집을 둘러싸고 떠도는 희미한 가스체가 내뿜는 광선을 받고 있었다.

"안 돼, 이런 것을 봐선 안 돼. 자네를 괴롭히는 이러한 경치는 어 디서든지 흔히 볼 수 있는 전기 현상에 불과한 거야. 혹은 늪의 썩은 독기가 발산하는 것일지도 몰라. 자, 창문을 닫게! 바람이 차서 자네 몸에 해가 될 것이니. 여기 자네가 좋아하는 소설이 한 권 있네. 자! 내가 읽어 줄 테니까, 듣고 있게. 그리고 이 무서운 밤을 같이 보내기로 하세.”

창으로부터 공손히 그러나 억지로 어셔를 끌어다 앉히며 나는 이렇게 말했다. 내가 손에 든 한 권의 고서는 런슬럿 캐닝*13 경의《어지러운 회합》이었다. 그러나 나는 진심으로 그런 것이 아니라, 오히려 농담으로 그것을 어셔의 애독서라고 한 것이다. 왜 그러냐 하면 이 책의 미숙하고도 비정상적인 이야기엔 그의 고상한 영적인 이상에 감흥을 줄 만한 것이라고는 사실 아무것도 없었기 때문이다. 하지만 그때 손 앞에 있던 책이라고는 이것뿐이었으므로 혹시나 이 우울증 환자의 흥분이 내가 이제 읽으려는 싱거운 이야기에서라도 좀 가라앉지나 않을까 하는 막연한 기대가 머리에 떠올랐다(왜냐하면 이러한 좀 색다른 것도 어떤 때에는 정신 이상자의 마음을 가라앉게 할 수 있기 때문에).

사실 내가 읽는 이야기에 그가 귀를 기울이고 있고, 분명히 긴장하여 하나하나 빼놓지 않고 귀담아 듣는 듯한 그의 태도로 미루어 보아 내 계획이 일단은 성공했다고 기뻐해도 좋았던 것이다. 나는 이 소설의 주인공 에들레드가 은자의 집에 들어가려고 공손히 그가 찾아온 뜻을 고했으나 받아 주지 않았으므로 마침내는 폭력으로 침입하려는 그 유명한 구절에 이르렀다.

‘……천성이 용맹스러운 에들레드, 들이켠 술기운으로 완고하고도 짓궂은 자와 이 이상 더 담판해도 소용없을 것을 깨닫던 차에 마침 빗방울이 뚝뚝 떨어져 폭풍우가 일어날 기세를 보인지라, 선뜻 쇠메를 들어 문 널빤지를 몇 번 후려갈기니 순식간에 수갑 찬 손이 들어갈 만한 구멍이 생기더라. 구멍에 손을 틀어넣고 닥치는 대로 잡아채며, 꺾고 분지르니, 바싹 마른 널빤지의 생기더라. 구멍에 손을 틀어넣고 닥치는 대로 잡아채며, 꺾고 분지르니, 바싹 마른 널빤지의 깨지는 소리 중천에 진동하고, 이 소리가 방방곡곡까지 미치더라······.'

이 구절의 끝까지 읽었을 때 나는 깜짝 놀라 숨을 멈췄다. 그때 나는(흥분된 공상이 나를 속인 것으로 추측은 하였지마는) 런슬럿 경이 그다지도 자세히 묘사한 그 찢어발기는 듯한 소리가 집 먼 구석으로부터 희미하게 들려오는 것만 같았기 때문이다. 물론 내가 그렇게 생각한 것은 우연의 일치에 불과한 것이었다. 창문들이 덜커덕대는 소리며 또는 아직까지 계속해서 불어오는 폭풍의 요란한 소리에는, 내 주의를 끌어내 마음을 산란하게 할 만한 것은 틀림없이 아무것도 없었기 때문이다. 나는 읽기를 계속했다.

'······그러나 용사 에들레드가 문으로 들어가 보니, 흉악한 은자는 꼬리도 보이지 않는 것에 버럭 화를 내면서도 한편 놀랐다. 은자가 있어야 할 그 자리에 은자는 없고, 비늘이 번쩍거리고 불타는 것 같은 혀를 가진 어마어마한 용 한마리가 쭈그리고 앉아 은마루 깔린 황금 궁전 앞을 경호하고 있더라. 벽에는 찬란한 놋쇠 방패가 걸려 있고, 그 속에 이렇게 새겨져 있었다.

여기 들어온 자는 정복자이다.
용을 죽이는 자는 이 방패를 가질 것이다.

——그것을 본 에들레드, 쇠메를 들고 용의 머리를 내리치니 용은 그 앞에 푹 쓰러져 독기를 내뿜으며 통곡하더라. 그 음침하고 무서운 소리는 귀를 꿰뚫을 듯, 장사 에들레드도 이 소리엔 그만 두 손으로 귀를 막더라. 참으로 이러한 소리는 이제까지 들은 적이

없었으니…….'

여기서 나는 또다시 깜짝 놀라 말을 그쳤다. 바로 그때 어디서 들려 왔는지는 알 수 없으나 날카롭고 길게 외치는 듯하면서도 애원하는 듯한 소리가 틀림없이 멀리서 낮게 들려왔다. 이 소설의 작자가 묘사한 용의 기괴한 통곡소리란 이런 것이 아니었을까 하고 내가 상상하던 것과 조금도 다름없는 소리를 확실히 들었기 때문이다. 나는 이 두 번째의, 그리고 가장 기괴한 우연의 일치에 적이 놀라며 극도로 공포를 느꼈지만 어셔의 과민한 신경을 자극시켜서는 안되겠다고 생각하고 꾹 참으면서 마음을 가라앉혔다. 나는 어셔가 이 이상한 소리를 들었는지는 확실히 알 수 없었다. 하지만 최후의 몇 분 동안 그의 태도에 이상한 변화가 나타난 것만은 분명했다. 처음에는 나와 마주 앉아 있던 그가 점점 의자를 돌려 나중에는 방문 쪽을 향해 앉게 되었고, 그래서 그가 무어라고 중얼대는 것처럼 입술이 부들부들 떠는 것이 보이기는 했지만 그의 모습 일부밖에는 볼 수가 없었다. 그는 머리를 가슴에 푹 박고 있었으나 얼핏 옆모습을 보았을 때 눈을 크게 뜨고 있는 것으로 미루어 보아 자고 있는 것이 아니라는 것만은 알 수 있었다. 그는 조용히 그러나 쉴새없이 일정하게 몸을 좌우로 흔들고 있었다. 이런 것을 흘끗 바라다본 다음 나는 그 책을 또 계속 읽었다. 이야기는 다음과 같았다.

'……이제 무서운 용의 격노를 모면한 용사 에들레드, 그 놋쇠 방패를 생각하고 그 위에 씌어 있는 마력을 없애 버릴 생각으로 눈앞에 있는 용의 시체를 한쪽에 치워 놓은 뒤 배에다 힘을 주고 용감하게도 성(城)의 은마룻바닥을 쿵쿵 구르며 방패 걸린 벽 쪽으로 달려드니, 그가 가까이 오기도 전에 놋쇠 방패는 쿵 무서운 소리를 내며 장사의 발 근처 마루 위에 떨어지더라…….'

이러한 구절이 내 입술 사이로 흘러나오자마자 바로 놋쇠 방패가 정말로 은마룻바닥에 무겁게 떨어진 것과도 같이 뚜렷하고도 무거운 금속성의, 분명히 눌러덮치는 듯한 반향이 들려 왔다. 나는 깜짝 놀라 급히 일어났다. 그러나 어셔의 태도에는 조금도 변화가 없었다. 나는 그가 앉아 있는 의자로 달려갔다. 그의 두 눈은 뚫어져라 앞을 바라보고 있고, 얼굴에는 돌과 같은 엄숙한 빛이 떠돌고 있었다. 하지만 내가 그의 어깨에 손을 얹었을 때 그는 전신을 부들부들 떨며 병적인 미소를 입가에 띠었다. 그는 내가 있는 것도 모르는 듯 들리지도 않는 얕은 소리로 무어라고 급히 중얼거렸다. 그에게 바싹 허리를 구부리고서야 겨우 그의 말의 무서운 의미를 이해할 수 있었다.

"저 소리가 안 들려? 아냐, 들리네. 지금도 들리는걸. 오랫동안, 오랫동안, 여러 분, 여러 시간, 여러 날, 그 소리가 들렸어. 하지만 난 감히 입 밖에 내지 못했네……이 비참한 녀석을 불쌍히 여겨주게! 나는, 나는 감히 입 밖에 내지 못한 거야! 누이동생을 생매장해 버렸단 말야! 내 감각이 예민한 것은 자네도 잘 알지 않나? 알겠나, 그 텅빈 관에서 누이동생이 꿈틀거리는 희미한 소리가 들려 왔네. 며칠 전에 벌써 그 소리를 들었어. 그러면서도 나는, 나는 감히 말을 못한 거야! 그러나 이제, 오늘 밤——에들레드, 하! 하! 은자의 집문이 부서지는 소리, 용이 죽는 소리, 방패가 쨍! 울리며 떨어지는 소리! 오히려 그것은 누이동생의 관이 터지는 소리, 또는 지하실 철문의 돌쩌귀가 삐걱거리는 소리, 굴속의 동판 깐 마룻바닥에서 그애가 기쓰는 소리라고 하는 것이 좋을 것일세! 아! 어디로 도망쳐야 할까? 그애가 곧 이리로 오지나 않을까? 내 조급한 행위를 책망하러 달려오는 것이 아닐까? 계단을 올라오는 그애의 발소리가 들리지 않았냐 말야! 그애 심장이 무겁고도 무섭게 뛰는 것을 모를 줄 알고? 응, 이 미친 놈아!"

여기까지 말하고 그는 갑자기 후닥닥 일어나 죽을 힘을 다하여 한 마디 한 마디 버럭버럭 소리를 질렀다.

"이 미친 놈아! 누이동생이 이제 바로 문밖에 와서 서 있어!"

어셔의 초인간적 외침의 기세에는 마치 마법이라도 들었는지, 그가 가리킨 커다랗고 오래된 나무벽이 갑자기 무거운 흑단의 한모퉁이를 서서히 뒤로 열어젖뜨렸다. 물론 확 불어들어온 폭풍의 탓이었겠지만. 그런데 그때 문 밖에는 수의를 몸에 감은 키가 크고 호리호리한 레이디 메들라인이 서 있었다. 흰 옷에는 붉은 피가 묻었고 여인의 몸 군데군데에는 격렬한 몸부림의 자취가 역력히 보였다.

그녀는 잠시 문지방 위에서 부들부들 떨며 이리저리 비틀거리더니 얕은 신음소리와 함께 방 안에 있는 오빠에게로 쾅 하고 쓰러졌다. 격렬한 단말마의 고통으로 오빠를 마룻바닥에 내던지니, 오빠는 그만 시체가 되어 버렸다. 어셔는 그가 예기하고 있던 바와 같이 공포의 희생이 되고 만 것이다. 나는 질겁을 하여 그 방으로부터 도망쳤다. 자갈이 깔린 오래 된 길을 건너고 있을 때 폭풍은 한층 더 심하여져 여전히 사면을 온통 휩쓸고 있었다. 갑자기 한 줄기 이상한 빛이 길 위에 번쩍였다. 내 뒤에는 다만 황량한 한 채의 큰 집과 그 그림자밖에는 아무것도 없었기 때문에 어디서 이러한 빛이 갑자기 흘러 나왔나 하고 나는 뒤돌아보았다.

그것은 막 가라앉고 있는, 피흐르듯이 새빨갛고 둥그런 만월의 빛이었다. 달은 이제 내가 전에 이야기한, 전에는 보일까말까했던 갈라진 벽 틈새기로 밝게 비치고 있었다. 우두커니 서서 바라다보고 있으니까 이 갈라진 부분은 점점 넓어지고 회오리바람이 한번 획 불더니 갑자기 내 눈 앞에 달 모양이 둥그렇게 나타났다. 거대한 벽이 무너지며 산산조각으로 쏟아지는 것을 보았을 때 나는 머리가 어찔했다. 거센 파도소리와도 같이 길고도 요란한 고함소리가 들리더니, 내 발

밑에 있는 깊고 어둠침침한 늪이 높은 소리도 없이 음침하게 어서 저택의 파편을 삼켜 버리고는 그 수면을 닫았다.

⑴ Pierre Jean de Béranger. 1780~1857. 프랑스의 샹송 작사가.

⑵ tapestry. 색실로 짠 장식천.

⑶ Hebrew. 서남아시아의 고대 왕국 중 하나. 서남아시아의 고대 왕국 중 하나. 서남아시아의 고대 왕국 중 하나.

＊1 폰 베버는 독일의 작곡가.

＊2 푸젤리는 스웨덴 화가.

＊3 그레쎄는 프랑스 시인. 작품 《베르베르와 샤르트뢰즈》 중 수도원 수녀와 앵무새의 이야기, 또 하나는 칼뱅파 교회 이야기를 쓴 시.

＊4 스베덴보리는 스웨덴의 신학자이며 철학자.

＊5 홀베르그는 덴마크 극작가.

＊6 로버트 플러드는 영국의 의사이며 신학자

＊7 쟝 댕다지네는 16세기 독일의 신부.

＊8 티크는 독일 시인이며 작가.

＊9 에이메릭 드 지론느는 스페인의 종교 재판관.

＊10 폼포니우스 멜라는 서기 약 43년 경의 로마 지리학자.

＊11 사티로스는 그리스 신화에 나오는 윗몸은 사람, 아랫몸은 양의 다리를 한 산신.

＊12 이지판은 그리스어로 산양의 의미, 빵을 주는 신.

＊13 포가 끼워넣은 가공의 작자와 작품.

모르그 거리 살인

사이렌들이 어떤 노래를 불렀고 아킬레스가 여자들 틈에
몸을 숨겼을 때 어떤 가명을 썼는지 그것은 분명 어려운 문
제지만, 추측이 전혀 불가능한 것은 아니다.

토마스 브라운 경[*1]

흔히 말하는 분석적 기능을 자체 분석하기란 거의 불가능하다. 우
리들은 그저 결과만 보고 높이 평가할 따름이지만, 한 가지 분명한
사실은 분석적 지능을 가진 이는 늘 더없이 생생한 즐거운 자극을 얻
는다는 점이다. 체력이 튼튼한 자가 육체적 능력을 자랑하며 근육을
움직이는 일에 기쁨을 발견하듯이, 분석가는 '해명한다'는 정신 활동
을 기리는 것이다. 분석가는 그러한 능력을 발휘할 수 있는 일이라면
아무리 사소해도 거기에서 기쁨을 찾아낸다. 그는 수수께끼, 난제,
암호를 좋아하며, 그것들을 해명할 때는 보통사람의 이해력으로 보면
초인적이라 여겨지는 예민함을 나타내는 것이다. 따라서 그가 내리는
결론은 진실로 질서정연한 순서를 거쳐 얻어지는 것임에도 얼른 보기

엔 직감적인 해답처럼 생각된다.

　해명하는 능력이 수학 연구, 특히 그 최고분야인 '분석학'에 의하여
크게 고양될 수 있다는 것은 사실이다. 그러나 그것이 역행 조작을
활용한다는 것만으로 거기에다 당연한 것처럼 분석학이라는 명칭을
붙이고 있는 것은 잘못이다. 왜냐하면 계산하는 것이 곧 분석하는 것
은 아니기 때문이다. 예를 들어 체스를 두는 사람은 계산은 하지만
분석하려고는 하지 않는다. 그러므로 체스를 두는 일이 지능의 육성
에 유용하다고 하는 의견은 아주 의심스럽다. 물론 나는 한 편의 논
문을 쓰려고 하는 것은 아니다. 단지 다소 기괴한 이야기를 함에 앞
서 생각나는 대로 하찮은 의견을 약간 피력하려는 것 뿐이다. 그래서
이 기회를 빌려 주장하고 싶은 것은 보다 고도의 반성 능력은, 교묘
하고 번거로운 체스보다는 한결 단순한 체커[1]에서 보다 결정적이고
보다 유용하게 발휘될 수 있다는 점이다. 체스에서는 말이 저마다 다
르게 제멋대로 이동하고 말의 의미도 갖가지로 변하기도 한다. 그래
서 단지 복잡한데 지나지 않음에도 흔히 심원한 것으로 착각하기 쉽
다. 하긴 체스에서는 주의력이 중요하다. 한순간이라도 주의력이 산
만해지면 제대로 보지 못해 막대한 손해를 입기도 하고 커다란 실패
를 맛보기도 한다. 말을 이동시키는 방법이 복잡다단하므로 제대로
보지 못할 가능성은 배로 커진다. 그러므로 이기는 것은 대개 주의력
이 있는 인간이지 명석한 인간 쪽은 아니다. 그와 반대로 체커에서는
말의 움직임이 일정하여 변칙적인 움직임은 거의 없으므로 실수로 보
지 못할 가능성은 적어서 단순한 주의력은 비교적 문제가 되지 않는
다. 그러므로 누가 유리한가 하면 바로 명석한 쪽이다. 조금 더 구체
적으로 이야기해 보자. 체커 게임 중에 말이 킹 네 개만 남았다고 치
자. 이렇게 되면 물론 실수로 못 보거나 하는 경우는 우선 생각하기
어렵고 두 사람의 실력이 비슷하다면 승패는 그저 판을 읽는 것으로,

즉 분석적 지능으로 결정될 것이 분명하다. 평범한 수를 다 쓰고 나면 분석가는 상대의 마음속에 뛰어들어 자기를 상대에게 일치시키고, 그리하여 상대방이 실수를 저지를 수 있거나 또는 성급한 오산에 빠질 수 있는 유일한 묘수(때로는 어처구니없이 단순한 수)를 발견하는 경우가 적지 않다.

휘스트[2]는 오래 전부터 소위 계산 능력 함양에 좋은 영향을 주는 것으로 알려져 왔으며, 최고 지성의 소유자 가운데 체스는 시시하다고 경멸하면서도 휘스트에는 좀 이해하기 어려울 정도로 열중하는 사람들을 흔히 볼 수 있다. 사실 휘스트만큼 고도로 분석 능력이 요구되는 종류의 놀이는 없다. 세계 제일의 체스 명수는 단지 체스의 명수에 지나지 않는다. 그러나 휘스트에 능하다는 것은 두뇌와 두뇌가 우열을 겨루는 더 중요한 다른 인간 활동의 여러 분야에 있어서도 성공할 수 있는 능력을 구비하고 있다는 것을 의미하게 된다. 그런데 여기서 능하다는 것은 게임에 있어서의 완벽성이라는 뜻이며, 그 완벽성에는 정당한 이점을 얻는 급소는 모조리 파악하는 자질도 포함하고 있다. 이러한 급소는 수도 많지만 형태도 갖가지인지라 평범한 사고력으로는 도저히 도달할 수 없는 내면 깊숙이 숨겨져 있는 것이 보통이다. 빈틈없이 관찰한다는 것은 똑바로 기억한다는 이야기이다. 이 점에서는 주의력이 있는 체스의 명수라면 휘스트도 꽤 잘할 것이며, 그 호일*2의 법칙도(본래 단순한 게임 방법에 기초를 둔 법칙이므로) 아무에게나 충분히 이해될 수 있는 종류의 것이라고 할 수 있다. 그런데 분석가의 수완이 발휘되는 것은 단순한 법칙의 한계를 넘은 차원에서이다. 그는 말없이 일련의 관찰이며 추리를 한다. 그런데 그런 일은 상대방도 할 것이다. 그렇다면 획득된 정보에 격차가 생기는 것은 추리의 옳고 그름에 의한다기보다는 관찰의 질에 의한다는 이치가 된다. 필요한 것은 무엇을 관찰할 것이냐를 아는 일이다. 분석가는 자기를 한정하는 짓은 일체 하지 않는다. 게임이 목적이라고 해서 게임 이외의 일에서의 연역을 거부하는 일도 하지 않는다. 그는 자기 편 얼굴 표정을 음미하여 그것을 상대편 두 사람의 표정과 상세히 비교 검토한다. 그리고 손에 쥔 카드를 어떻게 분류하는지 주의하여 그들이 카드에 던지는 눈길로 패를 읽는 방법 또한 흔한 일이다. 게임이 진행되는 동안 상대의 표정 변화를 일일이 관찰하여 확신, 놀라움, 득의감, 아쉬움과 같은 표정의 차이에서 분석의 재료를 수집한다. 카드를 집어가는 태도에서 상대가 계속할지 어떨지를 판단하고 카드를 테이블에 던지는 동작으로 상대방의 가장된 태도 속에 무엇이 숨어 있는지를 간파한다. 슬쩍 또는 무심코 내뱉는 한 마디, 우연히 카드 한 장이 떨어지거나 뒤집혔을 때 당황해 하느냐, 아니면 태평한 얼굴을 유지하느냐 하는 것, 카드를 세고 배열하는 순서, 당황, 망설임, 서두름, 몸의 경련, 그러한 모든 것이 마치 직관처럼 보이는 그의 판단에 사태의 진상을 알려주는 단서가 되는 것이다. 게임을 한두 차례 또는 세 차례쯤 치르고 나면 그는 각자가 갖고 있는 패를 완전히 알아채고 그 다음부터는 마치 상대방 모두가 카드를 내보이고 있는 것처럼 아주 정확하게 차례차례로 패를 끊어 가는 것이다.

분석력을 단순히 추리력과 혼동해서는 안된다. 분석가는 하나같이 추리에 능하지만 추리에 능하면서도 의외로 분석적이지 못한 사람은 많기 때문이다. 흔히 추리력은 구성력 내지는 결합능력이라는 형태로 표출된다.

그리고 골상학자들은 이를 원시적 능력으로 간주하면서 어떤 독립된 기관의 작용으로 보고 있는 듯 하나 내 생각은 틀리다. 한때 도덕을 논하는 사람들 사이에서 많은 관심이 일었던 것처럼 이러한 능력은 다른 면에서는 거의 백치와 맞먹는 인간들에게서 가끔 보게 되는데, 추리력과 분석력의 차이는 공상과 상상력의 차이보다도 훨씬 크지만, 그 성질은 아주 엇비슷하다. 사실상 추리력이 있는 사람은 항상 공상적이며, 참말로 상상적인 인간은 항상 분석적임을 알 수 있을 것이다.

독자에게는 이제부터 하는 이야기가 위에서 서술한 명제에 대한 일종의 주석처럼 비칠지도 모르겠다.

나는 18××년 봄에서 초여름에 걸쳐 파리에 머무르고 있었는데, 거기서 C. 오귀스트 뒤팽이라는 인물을 사귀게 되었다. 이 젊은 신사는 양가, 아니 명문 출신이나 잇따른 불운으로 말미암아 활력을 잃은 나머지 세상에서 활약하겠다든가 가문을 다시 일으키겠다든가 하는 생각을 단념하고 있었다. 채권자들의 호의로 유산 일부가 아직 그의 명의로 되어 있었으므로 거기서 나오는 수입으로 되도록 검약한 생활을 하며 지나친 사치를 피하고 그럭저럭 일상의 양식을 확보하고 있었는데, 책이 그의 유일한 사치품이었다. 게다가 파리는 책을 구입하기에 편리하기도 하다.

맨 처음 그를 만난 것은 몽마르트 거리의 이름 없는 도서관에서였다. 우연히 두 사람은 다같이 진귀한 책을 찾고 있었는데, 그것을 인연으로 가까이 사귀게 되었다. 우리는 자주 만났다. 프랑스인은 자기 일을 화젯거리로 삼을 때는 그야말로 솔직하다. 그러한 솔직함으로 그가 이야기해 준 그 집안의 작은 역사라고나 할 만한 것에 나는 깊은 흥미를 느꼈다. 또 그의 독서가 광범함에도 감탄했지만 무엇보다도 그의 분방한 상상력의 열기며, 발랄한 신선미에는 나의 몸안에서도 불이 붙는 듯한 느낌이었다. 당시 나는 어떤 물건을 찾기 위하여 파리에 있었기에 마침 이런 사람과의 교제가 더할 나위 없이 유익한 일이라고 느꼈고 그러한 느낌을 솔직히 그에게 고백했다. 그러다가 결국 내가 파리에 있는 동안은 둘이서 함께 살자는 데 의견이 일치했다. 주머니 사정은 내가 다소 나은 편이었으므로 집세와 가구 일체의 비용은 내가 부담하기로 하고, 포부르생 제르망의 구석지고 황량한 한구석에 붕괴 직전의 꼴로 서 있는 고색창연하고 그로테스크한 저택을 빌렸다. 무슨 연유인지 물어보지는 않았으나 여하튼 어떤 종류의 미신때문에 오랫동안 사는 사람이 없었던 이 저택을 우리는 우리 두 사람에게 공통된 다소 환상적이고 우울한 성격에 맞는 스타일로 장식했다.

이 집에서의 두 사람의 일상 생활이 세상에 알려졌다면 우리는 틀림없이 미치광이로 취급되었을 것이다. 하기야 무해한 미치광이이긴 하지만…… . 우리는 완전히 세상과는 인연을 끊고 살고 있었다. 외부의 인간은 일체 출입시키지 않았다. 물론 이 은신처의 소재에 대해서는 나의 옛 친구들에게 알려지지 않도록 충분히 유의하였고, 뒤팡 쪽은 파리에서 소식을 끊은 지 이미 오래였다. 우리는 둘만의 세계에 살고 있었던 것이다.

밤이기 때문에 밤에 매혹된다는 것이 내 벗의 취미(달리 어떻게 부르면 좋을까?)였고 다른 경우들처럼 나는 어느 틈인지 이 이상한 버릇에도 쉽게 물이 들어 마침내 그의 분방한 변덕에 완전히 몸을 내맡기게 되었다. 밤의 여신이 늘 함께 있어 주기를 바랄 수는 없었지만 그 존재를 위조할 수는 있었다. 첫새벽 동이 트자마자 우리는 이 낡은 건물의 육중한 셔터를 전부 내리고 촛불을 두 개 켠다. 이 촛불은 강한 향기를 띠고 있어, 파랗게 질린 희뿌연 태양 광선마저 내모는 것이었다. 이러한 준비를 갖추고 나서, 독서하고 글을 쓰고 이야기를 나누는 등 분주히 꿈속을 헤매다 보면 시계의 종이 진짜 밤의 도래를 알리는 것이었다. 그러면 우리는 성급히 서로 팔을 끼고 거리에 뛰어나가 낮의 화제를 계속하든가 늦도록 멀리 돌아다니면서, 요기어린 빛과 그림자가 교차하는 이 대도시에서 조용한 관찰만이 베풀어 주는 무한한 정신적 흥분을 구했던 것이다. 그때마다 마땅히 그의 풍부한

상상력에서 예상하고 있었으나 뒤팡의 특이한 분석 능력에 다시 한번
감탄하지 않을 수 없었다. 물론 그는 그러한 능력을 자랑하는 법은
없었지만 사용하는 일에는 기쁨을 느끼는 것 같았고 또 망설임 없이
표현했다. 그는 킥킥 입 속으로 웃으며 자기가 보는 바에 의하면 대
개의 인간은 가슴에 창을 달고 있는 것과 같다고 장담하고 곧 나의
심중 따위는 완전히 간파하고 있다는 것을 나타내는 구체적이고 놀라
운 증거를 들어 그 주장을 실증해 보이는 것이었다. 이럴 때 그의 태
도는 냉담 그 자체이며, 또 신들린 듯 보이기도 했다. 눈에서는 표정
이라는 것이 사라지고 평소에는 중후한 테너이던 음성도 갑자기 고음
이 되어, 만약 말하는 자세가 온화하지 않고 또 말의 매듭이 명료하
지 않다면 히스테리라도 일으키고 있는 것처럼 들렸을 것이다. 이러
한 상태의 그를 바라보고 있으면 나는 곧잘 고대 철학의 '이중 영혼

설'이 생각나서 창조적인 뒤팽과 분석적인 뒤팽이라는 두 사람의 뒤팽을 가상하고 혼자 묘한 공상에 잠기곤 했다.

여기서 미리 알려 둘 것은 이렇게 써왔다고 해서 괴담을 늘어놓을 심산도 공상소설을 쓸 속셈도 아니라는 점이다. 내가 이 프랑스인에 대해서 서술한 것은, 흥분 혹은 병적인 지성의 결과에 불과한 것이었다. 그러나 앞서 말한 그런 경우에 그가 어떠한 말을 했느냐 하는 것은 실례를 들어 설명하는 것이 가장 손쉬울 것이다.

어느 날 밤 우리는 팔레 르와얄 부근의 길게 일직선으로 뻗쳐 있는 불결한 길을 거닐고 있었다. 둘 다 깊은 생각에 잠겨 적어도 15분 동안은 서로 말 한 마디 꺼내지 않았다. 그런데 뒤팽이 갑자기 이런 말을 끄집어 내는 것이었다.

"과연 그 작자는 키가 작아. 만담이나 하는 무대에 알맞겠군."

"그건 틀림없어" 하고 나도 모르게 대답하고 있었으나 너무 생각에 열중하고 있었으므로 상대가 내 생각에 꼭 파장을 맞추어 온 그 방법의 기묘함을 당장은 눈치채지 못했다. 그러나 문득 제정신으로 돌아와 나는 몹시 놀랐다.

"뒤팽!" 나는 정색하고 말했다. "이건 의외로군, 아니 놀랐다고 해도 좋지만 말야. 하여간 내 귀를 믿지 못할 지경이야. 어떻게 그런 것을 알 수 있었지? 내가 생각하고 있던 것을……." 여기서 나는 말을 끊었다. 내가 누구 일을 생각하고 있었는지 그가 정말로 알고 있었는지 어떤지를 확인할 심산이었던 것이다.

"샹틸리잖아" 하고 그는 말했다. "왜 말을 끊지? 저렇게 키가 작아서야 비극에는 맞지 않는다고 속으로 생각하지 않았어?"

그야말로 틀림없이 내 사색의 주제였다. 샹틸리는 생 드니가 거리의 구두 수선공이었는데, 아주 연극에 열중하여 크레비용*3의 비극

《크세르크세스》의 주역을 자청해 나섰으나 형편없이 망신만 당했다.

"부탁이야, 말해 줘" 하고 나는 다급히 말했다. "내가 무슨 생각을 했는질 자네는 감쪽같이 알아챘는데, 만약 방법이 있다면 그 방법을 ……?" 사실 나는 몹시 놀라 그 일에 대해서 정직하게 고백할 마음이 도무지 생기지 않았다.

"그 과일 장수 말이야" 하고 뒤팡은 대답했다. "그 사람 때문에 자네는 그 결론에 도달한 거야. 그 구두 수선공이 크세르크세스는 말할 것도 없고 그 비슷한 종류의 역할에는 키가 작다고 말이야."

"과일 장수라고! 뜻밖이군. 과일 장수 따위 기억에도 없는데……?"

"이 거리로 들어섰을 때 자네에게 부딪친 사나이 말일세. 그렇지, 아마 15분쯤 전 일이지."

그리고 보니 C거리에서 이리로 들어서면서 나는 사실 커다란 사과 광주리를 머리에 인 과일 장수와 부딪쳐 넘어질 뻔했다. 그러나 이것이 샹틸리와 어떻게 결부되는지 나로선 전혀 짐작이 가지 않았다.

뒤팡에게는 사람을 속이고 있는 기색은 털끝만큼도 없었다.

"그럼 설명하지"

그는 말했다.

"똑바로 이해하게끔 우선 내가 자네에게 말을 건 시점에서 문제의 과일 장수와의 부딪침까지의 자네 사고를 거꾸로 더듬어 보기로 하지. 대충 말해서 자네 사고의 줄거리는 이렇게 되지……샹틸리, 오리온 성좌, 니클즈 박사, 에피쿠로스, 스테레오토미(截石法), 길에 깔린 돌, 과일 장수, 하는 식으로 말야."

인생의 한 시점에서 자기가 했던 생각이 어떻게 거기에 도달했는가를 거꾸로 더듬어보는 것에 흥미를 가진 사람은 좀처럼 없으리라. 그러한 작업에는 종종 흥미진진한 그 무엇이 있어, 그러한 일을 처음으로 해보는 자는 그 출발점과 도달점 사이에 생기는 얼핏 보아 무한하게까지 보이는 거리, 그 모순에 아연해지는 것이다. 그러므로 이 프랑스인의 주장을 듣고 더구나 그 정확성을 인정하지 않을 수 없었을 때 나의 놀라움이 어떠했는지 상상하기 어렵지 않으리라.

그는 계속 설명했다.

"내 기억이 틀림이 없다면 C거리를 지나가기 직전 우리는 말[馬] 이야기를 하고 있었지. 그것이 우리의 마지막 화제였어. 이 거리에 들어왔을 때 머리에 커다란 광주리를 인 과일 장수가 우리 옆을 쓱 스쳐갔지. 그 순간 자네는 포장용 돌더미 위로 밀려났지. 보도가 수리 중이고 거리에 돌이 쌓여져 있었기 때문에. 자네는 발이 걸려 미끄러져 발목을 약간 삐끗하고는 아파서 불쾌하게 한두 마디 중얼대고는 돌더미에 눈길을 보내고 그러고는 다시 묵묵히 걷기 시작했지. 나는 별로 자네의 일거일동에 주의하고 있었던 건 아니야. 하지만 최근에는 관찰하는 일이 뭐라할까, 고질이 되어서 말야."

"자네는 눈을 내리깐 채 걸어갔어. 포장한 길의 구멍, 수레바퀴 자국을 언짢은 듯이 보고 있길래 '자네가 아직 돌에 대해서 생각하고 있구나' 하고 생각했던 거야. 우리는 마침내 라마르틴이란 이름의 작은 길에 나섰지. 그 길은 시험적으로 고정시키는 포장 방식이 채용되고 있었어. 거기에 오자 자네 얼굴이 갑자기 밝아졌지. 그리고 입술도 움직였어. 그것을 보고 자네가 '스테레오토미'라는 말을 중얼댔음이 틀림없다고 확신했네. 이러한 포장법에 대해 사람들이 아주 기꺼이 붙이는 명칭이니 말야. 자네가 스테레오토미라고 중얼대고 나면 그 다음에는 원자와 나아가서 에피쿠로스의 학설을 연상하지 않을 수 없으리라고 믿었지. 그런데 바로 얼마 전에 자네와 이 문제를 논의할 때 나는 이 위대한 그리스 인의 막연한 추측이 최근의 우주 성운(星雲) 기원설에 의해 확인되었음에도 사람들의 주의는 거의 끝지 못했다고 말한 적이 있었잖나? 그래서 나는 자네가 오리온 성좌를 찾아 눈길을 돌리지 않을 수 없으리라고 생각했고 틀림없이 그러리라고 기대하고 있었다네. 그런데 아니나 다를까. 자네는 하늘을 쳐다봤네. 그래서 나는 확신을 얻었어. 자네 사고의 궤적을 정확히 더듬어 왔다고. 그런데 어제 〈뮈제〉에 실렸던 그 샹틸리를 무자비하게 헐뜯던 기사에서 그 풍자가는 비극을 한다고 구두 수선공이 이름을 바꾼 것을 천하게 빈정대며 우리가 곧잘 화제로 올렸던 그 라틴어 시구를 인용하지 않았나? 바로 이거지.

'처음 글자는 옛 소리를 잃었도다.'

이것은 예전에 자네에게 말했던 오리온(Orion)이라는 글자가 옛날에는 우리온(Urion)이라는 소리지. 그때 내가 꽤 심한 말을 했으니 자네가 잊지는 않았으리라 생각했지. 따라서 자네가 오리온과 샹틸리를 결부시키리라는 건 분명했네. 사실 자네가 그 두 가지를 결부시킨 것은 자네 입술에 문득 떠오른 미소의 성질로 알았지. 자네는 그 불쌍한 구두 수선공의 낭패를 생각했지. 그때까지 자네는 몸을 움츠리고 걷고 있었는데, 갑자기 허리를 쭉 펴더군. 그래서 자네가 샹틸리의 키 작은 것을 생각하고 있었던 것이 명백해졌네. 내가 자네의 명상에 끼어들어, 과연 그 작자는 키가 작아, 그 샹틸리는 만담이나 하는 무대에 알맞다고 말한 것은 바로 그때였지."

이런 일이 있은 뒤 얼마 안되어 〈가제트 데트리뷰노〉의 석간을 살피고 있는데, 다음과 같은 기사가 우리의 주의를 끌었다.

'기괴한 살인 사건 오늘 새벽 3시경 생 로스 구(區)의 주민은 일련의 무서운 비명에 잠이 깨었다. 비명은 모르그 거리에 있는 마담 레스파네와 딸 마드모아젤 카미유 레스파네가 살고 있는 건물의 4층에서 새어나온 것이 분명했다. 이웃의 열 사람 정도가 경관 두 사람과 함께 달려와 건물 안으로 들어가려 했으나 열리지 않았으므로 다소 시간이 지체되어 겨우 쇠지레로 입구 문을 비틀어 열고 집으로 들어갔다. 그 무렵 비명은 그쳐 있었다. 그러나 일행이 1층에서 2층의 계단을 뛰어올라가고 있을 때 다투는 듯한 거친 목소리가 두세 번 똑똑히 들렸는데 건물의 3, 4층 근처인 듯했다. 2층 층계참에 이르렀을 때에는 그 소리도 그쳐서 사방은 아주 고요해졌다. 일행은 갈라져서 각 방을 조사하며 다녔다. 4층 안쪽의 커다란 방에 들어가 보니(그 문은 안에서 잠겨 있었으므로 억지로 비틀어 열고 들어갔는데), 눈뜨고 볼 수 없는 비참한 광경이 전개되어 그 자리에 있던 사람들을 몸서리치게 했다.

실내는 난잡하기 그지없었다. 가구는 부서져서 사방 가득히 널려 있었다. 하나밖에 없는 침대는 침구가 벗겨져 바닥 복판에 내동댕이쳐져 있었다. 의자 위에는 피투성이의 면도칼이 하나, 난로 위에는 잿빛의 길다란 사람 머리칼의 굵은 뭉치가 두셋 있었는데, 이것도 뿌리째 뽑힌 것처럼 피투성이였다. 나폴레옹 금화 4개, 토파즈의 귀걸이 1개, 은숟가락 3개, 작은 양은 숟가락 3개, 금화 약 4천 프랑이 든 주머니 2개 등이 바닥에 흩어져 있었다. 방 한구석의 장롱 서랍은 마구 흐트러진 채 열려 있었으나 안의 물건은 많이 남아 있었다. 열쇠가 꽂힌 채 뚜껑이 열려 있는 소형 철제금고가 침구(침대가 아니다) 밑에서 발견되었는데, 그 속에는 몇 개의 낡은 편지와 그다지 주요하지도 않은 몇몇 서류밖에 없었다.

마담 레스파네의 모습은 보이지 않았다. 그러나 난로에 꽤 많은 양의 검댕이 보여 굴뚝을 조사한 결과(기사로 하기에도 꺼림칙한데) 머리를 밑으로 한 딸의 시체가 끌어내려졌다. 이러한 꼴로 좁은 틈바귀의 꽤 위까지 억지로 밀어 넣은 모양이다. 몸은 아직 따스했다. 조사해 보니 몸에는 그 상처들은 밀어올려지고 끌어내려졌

을 때 생긴 다수의 찰과상이 보였고, 얼굴은 심하게 긁힌 상처투성
이고, 목에는 시꺼먼 타박상과 깊은 손톱 자국이 있어 피해자는 교
살된 것으로 짐작되었다.

가옥을 샅샅이 수사했으나 그 이상은 발견되지 않았고, 일행이
건물 뒤쪽 돌이 깔려있는 뜰에 나갔더니 거기에 노부인의 시체가
있었다. 목이 심하게 찢겨져 있어 들어올리려는 순간 머리가 굴러
떨어졌다. 머리도 그러려니와 몸통도 무참하리만큼 마구 찢어져 있
었다. 특히 몸통의 상태는 심하여 거의 원형을 알아볼 수 없었다.

현재까지의 경위로 보아 이 괴사건 해결의 단서는 아무것도 발견
되고 있지 않은 모양이다. '

이튿날 아침 신문은 다음과 같은 상세한 보도를 게재했다.

'**모르그 거리의 참극** 끔찍한 괴사건으로 많은 참고인들이 취조
를 받았다——알다시피 사건(atfaire)이라는 프랑스어는 영어처럼
그렇게 가볍게 취급되지 않는다. 그러나 이 수수께끼를 풀 단서는
아무것도 없으며 이하는 중요 증언의 전부이다.

세탁부 폴린 뒤부르의 증언——증인은 피해자 두 사람과 3년 동
안 알고 지내온 사이다. 이 기간 동안 세탁물을 도맡고 있었기 때
문이다. 노부인과 딸 사이는 좋아 보였고 서로 위로하고 지내는 것
같았다. 돈계산은 깨끗했다. 살림살이나 수입원에 대해서는 알지
못한다. 마담이 점을 쳐서 생계를 꾸렸다고 생각한다. 돈을 모았다
는 소문이 있었다. 세탁물을 가지러 가든가 빨래한 것을 가지고 가
든가 할 때 집 안에서 타인을 본 일은 없다. 사람을 부리는 기색도
없었다. 4층 외에는 아무데도 가구류는 없는 것 같았다.

담배가게 피에르 모로의 증언——증인은 4년간에 걸쳐서 적은

양의 담배 및 코담배를 마담 레스파네에게 팔아 왔다. 이 근처 태생으로 계속 여기에서 거주. 노부인과 딸은 사체가 발견된 집에서 6년 이상 살고 있었다. 그 이전에는 보석상이 들어 있었는데, 그는 위층 방들을 각양각색의 사람들에게 싸구려로 세를 주었다. 이 건물의 주인은 마담 레스파네. 그녀는 세든 사람이 자기 건물을 제멋대로 유용하는 것이 못마땅해 자신이 직접 들어오고 나서는 아무에게도 방을 빌려주려고 하지 않았다. 노부인은 순진한 데가 있었다. 증인이 딸을 만난 건 6년 간에 대여섯 번. 두 사람은 세상과는 전혀 교섭이 없는 생활을 하고 있었다. 부자라는 소문이 있었다. 근처 사람들에게서 마담네가 점을 치고 있다는 이야기를 들은 적은 있지만, 그렇게는 생각하지 않는다. 노부인과 딸 외에는 운송업자가 한두 번, 의사가 여덟 번 내지 열 번 그 입구로 들어가는 것을 보았을 뿐이다.

그 밖에 다수의 이웃이 거의 비슷한 증언을 했다. 이 집에 자주 드나들었다는 평판이 있는 자는 없었다. 마담 레스파네와 딸의 근친자가 생존하고 있는지의 여부는 불분명. 길 쪽으로 면한 창의 덧문이 열려 있는 일은 좀처럼 없었다. 건물 뒤쪽의 창은 그 4층 뒤쪽 방의 창을 제외하고는 닫혀져 있었다. 집은 훌륭한 건물로 아직 그리 낡지 않았다.

경관 이시도르 뮈제의 증언——증인은 오전 3시경 통보를 받고 그 집으로 달려갔는데, 2, 30명의 사람이 건물 입구에 떼지어 들어가려고 하고 있었다. 결국 문을 총검으로 (쇠지레가 아니다) 비틀어 열었다. 문은 겹문, 또는 여닫이문이라고 하는 것으로 상하 모두 볼트가 걸려 있지 않았으므로 여는 데는 그다지 힘들지 않았다. 비명은 문이 열릴 때까지 계속되다가 갑자기 그쳤다. 그것은 극심한 고통을 받고 있는 어떤 한 사람(또는 그 이상)이 지르는 비명

같았는데, 크고 길게 꼬리를 무는 것이었지 짧고 빠른 성질의 것은 아니었다. 증인은 선두에서 계단을 올라갔다. 최초의 층계참에 이르렀을 때 큰 소리로 화를 내며 다투는 듯한 두 사람의 음성이 들렸다. 하나는 굵고 탁한 음성, 또 하나는 몹시 날카로운 아주 기괴한 음성. 굵은 음성에서 나오는 말 중 그 몇 마디는 분간할 수 있는 프랑스 어였다. 여자 음성이 아니었다는 것은 확실하다.

"제기랄!"이라든가 "세상에!"라고 하는 것을 알 수 있었다. 날카로운 음성은 외국인의 소리. 남자 소린지 여자 소린지 알 수 없었다. 내용은 알 수 없었으나 스페인 어였다고 생각된다. 방 및 시체의 상황에 대한 본 증인의 진술은 어제 보도된 바와 같다.

근처의 은세공하는 앙리 뒤발의 증언——증인은 처음에 건물에 들어간 일행의 한 사람. 뮈제의 증언을 대강 뒷받침하고 있다. 떼밀고 들어가자 곧 문을 잠궜다. 한밤인데도 곧 사람들이 모였으므로 그들을 들어오지 못하게 하기 위해서였다. 이 증인의 의견으로는 날카로운 소리는 이탈리아 어지 프랑스 어는 아니라고 확신. 남자 소리였다고는 단언할 수 없다. 여자 목소리였을지도 모른다. 이탈리아 어는 잘 모름. 말을 알아들을 수는 없었지만 그 억양으로 판단해서 이탈리아 인이라고 믿는다. 마담과 딸과는 아는 사이로 두 사람과는 곧잘 이야기를 했다. 날카로운 소리가 어느 피해자의 목소리도 아니었다는 것은 확실하다.

식당 주인 오덴헤이머의 증언——이 증인은 자진하여 증언에 응했다. 프랑스 어를 몰라 심문은 통역을 통해서 행해졌다. 태생은 암스테르담. 비명이 났을 때 집 곁을 지나가고 있었다. 비명은 수분, 그렇지, 10분쯤 계속되었다. 크고 길게 꼬리를 물었다. 소름이 끼치도록 고통스러운 소리. 건물에 들어간 사람 중 하나. 한 가지를 제외하면 여태까지의 증언과 일치. 날카로운 소리가 남자 목소리이고 더구나 프랑스 어였다고 확신하고 있는 점이 그것이다. 말은 알아들을 수 없었다. 크고 빠른 말투에 높낮이가 심해서 화를 내면서도 겁에 질린듯한 목소리. 날카롭다기보다는 귀에 거슬리는 쩨지는 소리였다고 하는 쪽이 더 정확하다. 굵은 음성은 "제기 랄!"이라는 말과 "세상에!"라는 말을 여러 번 하고 딱 한 번 "지독한 놈!" 하고 말했다.

드를렌느 거리의 미뇨 부자(父子) 은행 총재 쥘레 미뇨의 증언. ——마담 레스파네에게는 다소의 재산이 있었다. 당 은행과는 8년 전 봄부터 거래가 있었다. 틈틈이 예금을 했다. 예금 인출은 전혀 없다가 죽기 사흘 전에 처음으로 직접 찾아와서 4천 프랑의 금액을 찾아갔다. 전액 금화로 지불하고 행원 한 사람에게 그 돈을 집까지 가져다주게 했다.

미뇨 부자 은행의 행원, 아돌프 르 봉의 증언——당일 정오경 증인은 4천 프랑이 든 두 개의 주머니를 들고 마담 레스파네를 따라 그녀 집까지 갔다. 문이 열리고 마드모아젤 레스파네가 모습을 나타내어 그의 손에서 주머니 하나를 받고 노부인은 다른 한쪽 주머니를 받았다. 그래서 인사를 하고 그 집을 뒤로 했다. 당시 한길에는 인적이 없었다. 골목이어서 한적했다.

양복점 주인 윌리엄 버드의 증언——옥내로 들어간 일행의 한 사람으로 영국인. 파리에 산 지 2년, 계단을 올라갔을 때의 선두 집단의 한 사람. 문제의 소리는 들었다. 굵은 목소리는 프랑스 인, 몇 가지 말을 알아들을 수 있었으나 전부는 기억이 없다. "어이 쿠!"와 "지독한 놈"은 똑똑히 들었다. 몇 사람이 한데 얽혀 다투고 있는 듯한 소리가 났다. 서로 뜯고 할퀴고 격투하는 것 같은 소리, 날카로운 소리는 아주 컸다. 굵은 목소리보다 훨씬 컸다. 영어가 아닌 것만은 확실. 독일어 비슷했다. 여자소리였는지도 모른다. 독일어는 모른다.

위의 증인 중 네 사람이 다시 소환되어 증언한 바에 의하면 마드모아젤 레스파네의 시체가 발견된 방의 문은 일행이 도착했을 땐 안쪽에서 잠겨 있었다. 일체의 소리도 나지 않았다. 신음 소리는 물론 아무런 소리도 나지 않았다. 떼밀고 들어갔을 때에는 인기척은 없었다. 창은 앞뒤쪽 모두 닫힌 채 안에서 꼭 잠겨 있었다. 두 개의 방을 연결하는 문은 잠겨 있었으나 자물쇠는 걸려 있지 않았다. 앞쪽 방에서 복도로 통하는 문에는 자물쇠가 걸려 있었으나 열쇠가 안에서 꽂혀 있는 채였다. 건물 앞쪽에 해당하는 4층 복도의 막다른 작은 방의 문은 활짝 열려 있었다. 이 방에는 낡은 침대, 상자 등이 쌓여져 있었다. 이러한 물건도 일일이 들어내어져 수사가 행해졌다. 신중한 조사가 행해지지 않은 장소는 집 안에 한 치도 없었다. 굴뚝은 스위프를 이용해서 조사하였다. 이 집은 4층 건물로 다락방이 붙어 있었다. 다락방의 천장에 붙은 들창은 단단히 못박혀져 있었다. 수년 내내 열렸던 흔적은 없었다. 다투는 소리를 듣고 방문을 비틀어 열기까지 경과한 시간에 대한 증인의 진술은 저마다 다르다. 어떤 사람은 3분밖에 안걸렸다고 하고, 어떤 사람은 5분이나 되었다고 한다. 어쨌든 문을 여느라 시간이 지체된 것이다.

장의사 알퐁조 가르시오의 증언——스페인 태생, 옥내로 들어간 일행의 한 사람. 그러나 2층에는 올라가지 않았다. 신경질적이었으므로 흥분하면 뒤에 좋지 않으리라 생각했기 때문에. 다투는 소리는 들었다. 굵은 목소리는 프랑스 인의 소리였다. 무슨 말인지는 알아듣지 못했다. 날카로운 소리는 영국인의 목소리였다. 이것에는 확신이 있다. 영어는 모르지만, 억양으로 그렇게 판단했다는 것.

과자점 주인 알베르토 몽타니의 증언——선두에서 계단을 올라

간 사람 중의 하나. 문제의 소리는 들었다. 굵은 목소리는 프랑스인의 음성. 몇 마디의 말도 알아들을 수 있었다. 달래고 있는 듯한 느낌이 들었다. 날카로운 소리 쪽은 말뜻을 알아들을 수 없었음. 빠른 어조로 높낮이가 심했다. 러시아 어같이 느껴졌다. 대개의 줄거리는 다른 증언과 같다. 증인은 이탈리아 인이나 러시아 인과 대화한 일은 없다.

몇 사람의 증인이 다시 호출되어 증언한 바에 의하면 4층의 어느 방의 굴뚝도 도무지 인간은 통과할 수 없을 정도로 좁다는 말. 위에 적은 '스위프'란 굴뚝 청소부가 사용하는 원통 모양의 굴뚝 청소용 브러시를 말하며 이것으로 집 안의 모든 굴뚝을 쑤셔 보았다. 일행이 계단을 올라가는 동안 계단 밑으로 내려갈 만한 뒷길은 없다. 마드모아젤 레스파네의 시체는 굴뚝에 푹 끼어 있어 일행 중 서너 명이 힘을 합하여 끌어내리지 않으면 안 되었다.

의사 폴 뒤마의 증언——새벽녘에 검시를 위해 호출되었다. 시신은 모두 마드모아젤 레스파네의 시체가 발견된 방의 침대 매트리스 위에 안치되어 있었다. 딸의 시체에선 심한 타박상과 찰과상이 발견되었다. 이것이 굴뚝에 쑤셔넣어졌다는 견해를 설명하는데 충분한 뒷받침이 된다. 목은 몹시 벗겨져 있었다. 턱 바로 밑엔 깊이 긁힌 상처가 몇 군데 있고 또 일련의 납빛 반점도 있었는데 분명 손가락으로 압박돼 생긴 것으로 여겨진다. 얼굴색이 현저하게 변했고 눈알이 튀어나와 있었다. 혀의 일부가 물려 잘라져 있었다. 명치의 커다란 타박상은 무릎의 압박으로 생긴 것으로 여겨진다. 뒤마 씨의 견해에 의하면 레스파네 양은 한 사람 또는 여러 사람에 의하여 교살되었다는 것이다. 모친의 시체는 무참히 칼질이 되어 있었다. 오른쪽 다리와 오른팔 뼈는 여러 군데 많은 손상을 입고 있었다. 왼쪽 늑골 모두와 왼쪽 정강이뼈는 금이 가 부서져 있었다. 전신이 타박 상태로 변색되어 있었다. 가해 방법에 대해서 단정할 수는 없다. 무거운 곤봉, 폭넓은 철봉 아니면 의자 종류의 중량 있는 대형 둔기가 매우 힘센 사나이에 의해 휘둘러졌을 때 이런 결과가 생길 가능성은 있다. 여성의 경우 어떠한 흉기든 이러한 타격을 가하는 것은 불가능하다. 피해자의 머리 부분은 증인이 검시했을 때에는 완전히 몸통에서 절단되어 있었고 더구나 몹시 손상되어 있었다. 목은 분명히 예리한 도구에 찢겨 있었다. 도구는 아마도 면도칼로 추정된다.

외과의사 알렉산드르 에티엔이 소환되어 뒤마 씨와 함께 검시에 임했는데, 증언은 뒤마 씨의 견해와 같았다.

그밖에 몇 사람의 신문이 행해졌으나 새로운 사실은 나오지 않았다. 어느 모로 보나 이토록 곤혹스럽기 짝이 없는 이상한 살인사건은 지금껏 파리에서 일어난 예가 없다. 물론 살인이 있었다는 가정하에서 하는 말이지만. 이 사건은 처음 보는 형태일 뿐아니라 도저히 단서를 찾아내기 어려워 경찰들은 완전히 궁지에 몰려있다. '

이 석간 신문이 보도하는 바에 의하면 생 로스 거리는 아직도 어수선한 상태로 문제의 저택에 신중한 재수사가 행해지면서 새로운 증인이 불려갔으나 모든 것이 헛수고였다고 한다. 그러면서 아돌프 르 봉의 체포 수감을 덧붙이고 있었다. 이미 보도한 사실 외에 그를 범인으로 단정할 만한 단서는 없는 것 같은데도 말이다.

뒤팡은 이 사건의 경위에 각별한 관심을 기울이고 있는 것 같았다. 이 사건에 대해서 그는 입을 다물고 있었으므로 그의 태도로 그렇게 판단할 수밖에 없었는데, 이 살인 사건에 대해 나에게 의견을 타진하러 온 것은 르 봉 수감의 발표가 있은 다음이었다.

이 사건을 불가해한 수수께끼로 보는 점에서는 나도 모든 파리 시민과 같은 의견이라고 말할 수밖에 없었다. 범인을 가려 낼 수단이 내게 있었던 것은 아니다.

"이런 외면적인 조사만 가지고" 하고 뒤팡은 말했다. "수단 운운 할 수 있나! 파리 경찰은 명민하다는 평판이지만 단지 잔꾀 뿐이군. 그들의 수사 절차에는 진정한 방법이라는 것이 없어. 임기응변이 다 야. 그들은 온갖 종류의 수사 기법을 가지고 있지만 그 기법이라는 것들이 당면 문제와 너무도 맞지 않는 경우가 적지 않아, 주르댕*4 선생을 떠올리게 한다네. 왜, 그 음악이 더 잘들릴까 싶어 실내복을 가져오게 한 벼락부자 말이야. 그들이 얻어내는 성과는 이따금 눈부신 것도 있지만 대개는 부지런히 뛰어다닌 덕분이지. 이런 소박한 노력이 효과가 없으면 그들도 여지없이 무너져 버린다네. 가령 비독처럼, 직감도 뛰어나고 인내심도 강한 사내지만 배운게 없어서 너무 열심히만 하니까 오히려 늘 실패만 하는 거라구. 그는 대상을 너무 가까이에서 들여다봐서 도리어 대상을 간과하고 만 거야. 그야 한두 가지 점은 보통 이상으로 더 잘 보였겠지. 당연한 결과이지만 그렇게 하고 있는 동안 일 전체의 윤곽을 잃고 말지. 너무 깊게 탐구한단 말야. 그런데 진리가 항상 우물 속 깊이 있다고는 할 수 없어. 게다가 진리보다 더 중요한 지식이 문제가 된다면 나는 언제나 표면에서 찾으라고 말하고 싶네. 깊이라는 것은 우리들이 진리니 지식이니 하는 것을 찾고 있는 계곡에 속한 것이지, 정작 산꼭대기에는 없는 것이라 네. 이런 실패는 천체를 유심히 살펴보면 잘 알거야. 말하자면 별은 한번 슬쩍 보는 편이, 즉 망막 바깥으로 보는 편이 훨씬 바른 방법이라는 말일세. 망막 가장자리가 중심보다 엷은 빛의 인상을 더 잘 받아들이니까 빛의 밝기를 가장 똑바로 알 수 있지. 별은 마주 바라보면 흐려지고 만다네. 사실 이때가 눈에 들어오는 빛의 양은 가장 많지만 곁눈질할 때의 경우가 지각의 섬세함, 민감함에 있어서는 더 나

은 것이지. 통찰이 깊은 것도 정도 문제이지 도를 넘치면 도리어 사고를 흩뜨리고 사고력을 약화시키는 거야. 그러므로 너무 오랫동안, 너무 집중적으로 또 너무 정면으로 응시하고 있으면 마침내는 샛별도 하늘에서 자취를 감추어버리는 경우도 없지 않아 있다네."

"그런데 이번의 살인 사건 말인데, 어디 한번 우리 독자적인 조사를 해보지 않겠나? 견해를 정리하는 것은 그러고 나서도 늦지 않아. 조사한다는 것은 즐거운 일이거든. (즐겁다는 말을 이런 식으로 쓰는 것은 좀 어떨까 하고 생각했지만 그냥 가만히 있었다.) 게다가 르 봉에게는 신세진 일도 있고…… 은혜를 입지 않은 것도 아니야. 한번 나가서 직접 눈으로 집을 확인하고 오지 않으려나? 경시총감인 G는 아는 사이니까 필요한 허가라면 쉽사리 얻을 수도 있을 걸세."

허가를 얻어 우리는 곧 모르그 거리로 갔다. 리슐리외 거리와 생
로스 거리 사이에 있는 보잘것없는 동네였다. 이 구역은 우리가 사는
곳에서는 꽤 떨어져 있었으므로 이 길목에 당도한 것은 오후가 훨씬
지나서였다. 집은 곧 찾았다. 아직 많은 사람이 도로 반대쪽에서 닫
혀진 덧문을 멀거니 바라보고 있었다. 그것은 파리라면 어디에도 있
는 그러한 집으로, 입구 한쪽에 유리창이 달린 방이 있고 창에는 여
닫이문이 있어, 그것이 문지기방임을 알려 주었다. 집 안으로 들어가
기 전에 우리는 길을 쭉 걸어가서 샛길을 돌아, 그리고 또 한 번 돌
고 건물 뒤로 나섰다. 그동안 뒤팽은 그 집뿐만 아니고 부근 일대에
도 열심히 눈길을 돌리고 있었는데, 나로서는 그가 무엇을 보고 있는
지 짐작할 수 없었다.

우리는 또 건물 앞으로 되돌아와서 초인종을 누르고 감시하는 형사
에게 허가증을 보이고 안으로 들어가게 되었다. 우리는 계단을 올라
가 레스파네 양이 시체로 발견된 방으로 들어갔는데 거기엔 아직 두
사람의 시체가 놓여 있었다. 방 안의 어지러운 상태는 당연히 그대로
보존되어 있었다. 〈가제트 트리뷰노〉 지가 보도했던 이상의 일은 아
무것도 내 눈에는 비치지 않았다. 뒤팽은 일일이 면밀하게 조사했다.
피해자의 시체도 예외는 아니었다. 그러고 나서 우리는 다른 방에도
가고 뜰에도 나가 보았다. 그 동안 줄곧 두 사람의 경관이 곁에 따라
다녔다. 우리는 어두워질 때까지 조사에 열중하고 그리고 나서는 그
집에서 물러나왔다. 돌아가는 길에 뒤팽은 어느 일간 신문사에 잠깐
들렀다.

전에도 말했듯이 이 친구의 변덕이란 도무지 종잡을 수 없어 나는
으레 그러려니 한다——여기에 딱 맞는 영어는 모르겠다. 아무튼 그
는 다음날 정오까지는 이 살인사건을 조금도 입에 담으려 하지 않았
다. 그러다 정오 무렵에 느닷없이 흉악한 범행 현장에서 '특이한' 무

엇을 발견하지 못했느냐고 내게 묻는 것이었다. '특이한'이라는 말을 강조하는 그의 어조에는 무엇인가가 있어 웬일인지 나는 전율을 느꼈다.

"아니 특이한 것이라곤 아무것도" 하고 나는 말했다. "적어도 그 신문에 씌어진 이상의 일은 말야."

"〈가제트〉는" 하고 그는 대답했다. "사건이 괴상하게 무시무시하다는 점을 언급하지 않은 것 같아. 하지만 신문의 태평스런 의견 따윈 아무래도 좋아. 내가 보기엔 이 사건을 해결 불가능한 것으로 간주하게 하는 바로 그 이유가 실은 이 사건의 해결을 쉽게 만드는 이유가 될 것 같단 말야. 그 이유란 사건의 외관상의 특징을 말하는 거지. 경찰이 갈피를 잡지 못하고 있는 것은 살인 그 자체의 동기가 아니라, 그다지도 흉포하게 죽이지 않으면 안 될 동기가 있을 것 같지 않다는 점에 있지. 그들이 어리둥절해하는 또 하나는 언쟁하는 소리를 들었다는 것과 이층 방에는 살해당한 레스파네 양 외에는 아무도 없었고 거기다가 계단을 오르고 있었던 일행에 눈치채이지 않고 탈출할 방법이 없다는 것, 이 두 가지 사실이 아무래도 부합되지 않는 데에 있는 것이야. 방이 심하게 흐트러져 있었다는 것, 시체가 머리를 밑으로 굴뚝에 박혀 있었다는 것, 노부인의 몸이 마구 칼질되어 있었다는 것, 이런 온갖 사실들이 앞에서 내가 지적한 점과 별 대수롭지 않게 보이는 것들과 한 덩어리가 되어 명민한 경찰당국의 손을 묶어두고 정신을 못차리게 하는 게지. 그 사람들은 이상야릇함과 난해함을 혼동하는 흔해 빠진 오류를 범하고 있는 거야. 그러나 모름지기 이성이 진리를 찾아 바른 길로 나아가려면 이러한 범상한 차원에서 벗어나야 하는 거지. 이제 우리가 추구하여 나가는 조사에 있어서는 '무엇이 일어났느냐'보다는 '지금까지 일어난 적이 없는 어떤 일이 일어났느냐'를 문제삼아야 할 걸세. 나는 곧 이 사건을 해결해 보이겠는데, 아니 실은 이미 해결한 거나 마찬가지지. 얼마나 간단했냐 하면 경찰의 눈에 비친 그 해결 불가능한 정도와 정비례할 걸세."

나는 어안이 벙벙하여 그저 말없이 그를 바라보고 있었다.

"지금 나는 누구를 기다리고 있는데 말야" 하고 그는 말을 이으며 방문 쪽으로 눈길을 돌렸다. "지금 내가 기다리고 있는 사람은 아마 학살의 장본인은 아니겠지만 어느 정도 관계가 있는 것은 확실한 사나이야. 이 범행의 최악의 부분엔 아마 그가 끼어들진 않았겠지만, 이 가정이 맞으면 다행이야. 이 가정에 입각해서 수수께끼를 푸는 것이 나의 의도니 말이야. 그 사나이는 여기에, 이 방으로 지금 당장이라도 올걸세. 하기야 오지 않을 수도 있지. 그러나 틀림없이 올 거야. 만약 그가 오면 그를 잡아둘 필요가 있어. 자, 여기 권총이 있네. 이걸 써야 할 일이 있을 때 어떻게 하는지는 말하지 않아도 알고 있겠지?"

나는 내가 무엇을 했는지 또는 무슨 말을 들었는지 거의 분간도 못할 멍한 태도로 권총을 받아들었으며, 뒤팽은 그 동안에도 거의 독백처럼 말을 계속하였다. 이럴 때 그가 신들린 사람처럼 된다는 건 이미 말했다. 그의 이야기는 나를 상대로 하는 것이었지만, 그 음성은 결코 큰 소리는 아니라 할지라도 마치 멀리 떨어진 사람에게 이야기하는 듯한 억양을 띠고 있었다. 그의 눈은 표정을 잃은 채 오직 벽만을 응시하고 있었다.

"계단에서 일행이 들었다는 그 다투던 목소리가" 하고 그는 말했다. "그 부인들의 음성이 아니었다는 것은 그들의 증언으로 완전히 입증이 되었지. 그렇게 되면 그 노부인이 우선 딸을 죽이고 그러고 나서 자살한 것이 아닌가 하는 의혹은 일체 고려하지 않아도 돼. 짐짓 이런 말을 하는 것은 다름이 아니라 사고 방식의 순서를 명백히 해두고 싶어서야. 그러나 아무튼 마담 레스파네의 힘으로는 딸의 시체가 발견된 것과 같은 모양으로 굴뚝에 쑤셔넣는 그러한 일은 도무지 할 수 없을 것이고, 또 그녀 자신의 몸에 난 상처로 봐서도 자살의 가능성은 완전히 배제되지. 그렇다면 범행은 그밖의 제삼자에 의하여 행하여진 것이 되며, 말다툼하고 있었다는 소리가 그 제삼자의 소리라는 결과가 돼. 그럼 여기서 잠깐 주의를 돌려 보세. 그 음성에 관한 전체 증언으로서가 아니라 그 증언에 나타난 '특이한' 점으로 말일세. 그 증언에서 어떤 특이한 점을 발견하지 못했나?"

굵고 탁한 음성은 프랑스 인의 음성이라고 하는 점에서는 모든 증인의 의견이 일치해 있는데, 날카로운, 또는 한 증인이 귀에 거슬리는 거친 소리라고 한 그 음성에 대해서는 의견이 가지각색이었다는 점을 나는 지적했다.

"그것은 증언 자체지" 하고 뒤팽은 말했다. "증언의 특이성은 아냐. 자네는 아무것도 특별한 것을 발견하지 못한 듯한데, 발견할 만한 일이 있었단 말야. 굵은 목소리에 대한 증인의 의견이 일치한 것은 자네가 지적한 대로야. 이 점에서는 만장일치였지. 문제는 날카로운 소리에 대해서인데 여기서 특이한 점은 견해의 불일치라는 것이 아니고, 이탈리아 인, 영국 인, 스페인 인, 네덜란드 인, 프랑스 인이 저마다 그 음성에 대해서 설명하려고 하면서 모두가 다 그것을 '외국인'의 소리라고 말하고 있는 점이야. 모두가 하여간 자기 동국인의 소리는 아니었다고 단언하고 있어. 누구나가 그것을 자기가 잘 알고 있는 나라 사람의 음성에 비기지 않고, 그 반대의 음성에 비기고 있는 거야. 프랑스 인은 스페인 사람이었다고, '스페인 어를 알고 있었더라면' 몇 마디 말은 알아들을 수 있었으리라고 했지. 네덜란드 인은 그것을 프랑스 인의 소리라고 주장하였는데, '프랑스 어를 몰라 신문은 통역을 통해서 행해졌다'고 하는 거야. 영국 인은 그것이 독일 인의 소리라고 생각하지만, '독일 어는 모른다'는 것이지. 스페인 사람은 그것이 영국 인의 소리였다고 '확신하는'데, 단지 '억양으로 그렇게 판단하는' 것뿐이고, 그것도 '영어는 전혀 모르므로'라고 했지. 이탈리아 인은 그것이 러시아 인의 소리라고 믿는데 '러시아 인과 대화한 일은 없다'는 거야. 또 한 사람의 프랑스 인은 최초의 프랑스 인과는 달리 그것을 이탈리아 인의 소리라고 단언하지만, '이탈리아 어는 모르므로' 아까의 스페인 사람과 마찬가지로 '억양에서 확신했다'고 했지. 그런데 이렇게도 가지각색인 증언을 얻을 수 있는 소리라면 실제로는 아주 기묘한 음성이었음에 틀림없겠지! 유럽 오대국의 인간이 똑같이 더구나 알아들을 수 있는 익숙한 말이 전혀 없는 목소리이니 말야! 자네라면 아시아 인이나 아프리카 인의 소리였을지 모른다고 말하겠지? 아시아 인이나 아프리카 인이 파리에는 그리 많은 편은 아니지만. 하여간 그렇다치고, 자네가 다음 세 가지 사실에 주의해 주었으면 하네. 어떤 증인은 그 목소리를 '날카롭다기보다는 귀에 거슬리게 거칠다'고 말했어. 다른 두 사람은 '빠르고 높낮이가 일정치 않다'고 표현했지. 그리고 어느 증인도 말, 아니 말다운 소리조차 분간할 수 없었다고 했네."

뒤팽은 계속했다.

"여태까지의 이야기가 자네의 이해력에 어떻게 작용했는지 그건 나로선 알 수 없지만 주저없이 말할 수 있는 것은 말야, 증언의 이부분, 즉 굵은 목소리와 날카로운 목소리에 관한 부분으로부터의 합리적인 추론만 가지고도 앞으로 이 사건을 어떻게 조사할지 방향을 잡기에 충분하다는 것이네. 방금 내가 합리적인 추론이라고 했는데, 아무래도 이것만으로는 나의 의도를 충분히 전할 수가 없겠지. 내가 말하려고 한 것은 그 추론이 유일하게 정당한 추론이며, 그런 추론으로부터의 유일한 결과로 그 의심이 불가피하게 나온다는 것이네. 하지만 그 의심이 무엇이냐는 것은 아직 말하지 않겠네. 단지 명백히 해두고 싶은 것은 내가 그 방을 조사할 때 이 의심들은 너무도 정연한 형태와 경향으로 충분히 나타나 있었다는 사실만은 자네도 알아주길 바라네.

자, 이제부터 우리의 공상의 날개를 그 방으로 옮겨 보세. 그런데 우리는 여기서 무엇부터 찾아야 할까? 범인이 어떻게 탈출했느냐는 것일세. 자네나 나나 초자연적인 현상 따위는 믿지 않는다고 말해도 좋겠지? 레스파네 모녀는 망령에게 살해된 것은 아니야. 범행을 저지른 자들은 유형적인 존재였고 도망친 것 또한 유형적이었겠지. 그러면 방법은? 다행히 이 점에 대해서는 단 하나의 추리법밖에 없으며, 그 추리법은 반드시 우리를 어떤 확고한 결론으로 이끌어 줄 걸세. 먼저 탈출 가능한 방법을 하나하나 검토해 보기로 하세. 일행이 계단을 오르고 있었을 때 범인이 마드모아젤 레스파네의 시체가 발견된 방이나 적어도 옆방에 있었던 것은 확실해. 그렇다면 우리가 찾아야 할 출구는 이 두 방밖에는 없다는 것이 되지. 경찰은 바닥, 천장, 벽의 돌 등 모든 곳을 다 뜯어 봤어. 어떠한 비밀 출구라도 경찰의 눈을 벗어날 수는 없었을 거야. 나는 그들의 눈을 믿지 않고 내 눈으로 확인해봤지. 그러나 역시 비밀 출구는 없었어. 두 개의 방에서 복도로 통하는 문은 둘 다 자물쇠가 꼭 잠겨 있었고 게다가 열쇠는 안쪽에 붙어 있었지. 그렇다면 다음에는 굴뚝이야. 이것은 난로에서 위쪽 10피트 정도까지는 보통 높이지만, 그 위는 고양이도 큰 놈은 지날 수 없을 정도야. 따라서 이미 말한 수단에 의한 탈출이 불가능하다는 것은 의심할 여지가 없지. 그렇다면 이제 남은 것은 창뿐일세. 양쪽 방의 창에서 탈출했다고 한다면 길에 있던 군중이 알아채지 못했을 리 없어. 그렇다면 범인은 뒤쪽 창으로 나갔음이 '틀림없지'. 그런데 이런 식의 명백한 방법으로 이런 결론에 도달한 이상 그것이 있을 수 없는 일이라고 해서 이러한 결론마저 물리친다는 것은 추리가로 자처하는 우리가 할 일이 못되네. 우리가 할 일은 이렇게 불가능하다고 생각되는 것이 실은 그렇지 않다는 것을 증명하는 일이야.

그 방에는 창문이 두 개 있지. 하나는 가구로 가로막혀 있지 않으므로 전체가 보이지. 또 하나는 멋없이 큰 침대가 빈틈없이 들어차 있었으므로 침대 머리에 숨겨져 밑의 절반은 보이지 않게 되어 있어. 첫 번째 창문은 안에서 꼭 잠겨 있고, 몇 사람이 힘을 다하여 들어올리려고 했으나 꼼짝도 하지 않았다네. 창틀 왼쪽에 송곳으로 낸 커다란 구멍이 있고 거기에는 대단히 단단한 큰 못이 거의 대가리까지 꽉 박혀 있었지. 또 한쪽 창문도 조사해 보니 같은 모양의 못이 같은 형태로 박혀 있었어. 이것도 들어올리려고 안간힘을 써 보았지만 역시 꼼짝도 하지 않았지. 이것으로 경찰은 이곳

으로 탈출했을 리는 없다고 단정하여 버린 거야. 그리고 따라서 못을 뽑고 창문을 여는 것은 그들이 할 바가 아니라고 생각했던 거지.

  나의 조사는 좀 더 면밀했는데, 지금까지 말해 온 대로의 이유에서였지. 즉 한편으론 불가능하다고 보이는 것이 실은 그렇지 않다는 것을 증명하지 않으면 안 되는 것은 바로 이 점이라고 알고 있었기 때문이야. 나는 귀납적으로 그렇게 생각을 해나갔던 거지. 범인은 두 창문 중의 어느 한쪽으로 도망친 게 분명하네. 그렇긴 하나 범인은 실제로 그렇게 되어 있었던 것처럼 안에서 창틀을 고정시킬 수는 없었을 것일세. 경찰은 이러한 생각에서 잘못을 발견할 수 없었으므로 이 부분의 탐색을 중지했던 거지. 분명히 창틀은 고정되어 있었어. '그렇다면 창문에는 자동적으로 고정되는 장치가 있어야 한다.' 이러한 결론을 내리지 않을 수 없었네. 나는 장애물이 없는 쪽 창에 가서 겨우 못을 뽑아내고 창틀을 들어올리려고 해봤어. 예측하였던 대로 역시 내 힘으로는 어쩔 도리가 없었지. 그래서 어딘가에 반드시 용수철이 숨겨져 있으리라는 걸 알았던 걸세. 이런 모양으로 내 생각이 뒷받침되고 보니 못에 관한 사정에는 아직 불가해한 데가 있었더라도 적어도 나의 전제가 맞았다는 확신을 얻었네. 잘 찾아보니 곧 숨겨진 용수철이 발견되었지. 나는 그것을 눌러 보았으나 그것을 발견한 것만으로 충분했으므로 창틀을 들어올려보지는 않았네.

  나는 못을 본래대로 박고 자세히 바라보았지. 이 창문으로 나간 인간은 창문을 닫을 수도 있었을 것이며 용수철도 걸렸을 것이다. 그러나 못을 제자리에 다시 꽂아 놓을 수는 도저히 없었을 걸세. 결론은 명백하며 나의 조사 범위는 또 다시 좁혀졌네. 범인은 다른 쪽 창문으로 도망쳤음이 틀림없는 거지. 그러면 양쪽 창틀의 용수

철이 같다고 한다면, 그리고 아마도 같겠지만 차이는 못에, 적어도 못이 걸리는 상태에 있음이 틀림없지. 침대 매트리스에 올라서 그 머리털 너머로 둘째 창문을 자세히 살펴보았네. 널빤지 뒤에 손을 넣어 보니 과연 용수철이 발견되었으므로 눌러 보았는데, 예상대로 그것은 옆의 창문과 꼭 같았네. 그래서 못을 조사해봤어. 단단한 점에서나 거의 대가리까지 푹 박혀 있는 점이나 앞의 못과 분명히 똑같았어.

자네는 내가 당황했으리라고 말하고 싶겠지만, 그렇게 생각한다면 귀납법이라는 것의 본질을 오해하고 있는 것이 틀림없네. 사냥에서 말하는 '냄새를 잃었다'고 하는 그러한 일은 내게는 한번도 없었어. 한순간이라도 냄새를 잃어 본 일은 없네. 쇠사슬의 고리는 어디에서도 끊겨져 있지 않았어. 비밀을 추구하여 궁극의 결과에 도달한 거지. 그리고 그 결과는 '그 못'이었네. 이 못이 모든 점에서 다른 한쪽 창문의 것과 꼭 닮아 있었던 건 사실이야. 그러나 이러한 사실도(결정적이라고 여겨질지 모르나) 바로 여기서 문제 해결의 단서가 끝났다는 점을 생각하면 전혀 아무것도 아니었던 걸세. '이 못에 무언가 잘못이 있음이 틀림없다'고 나는 생각했네. 그래서 못을 쥐고 잡아당겨 보았지. 그러자 대가리에 사분의 일 정도의 다리가 달린 못이 빠져 나왔네. 나머지 부분은 송곳으로 낸 구멍에 남아 있었던 것이며 못의 다리 부분은 도중에서 부러져 있었던 거야. 부러진 것은 꽤 전의 일일 것이며(그럴 것이 부러진 데가 몹시 녹슬어 있었으니 말일세) 아마 쇠망치로 박았을 때의 일인 듯했어. 못대가리의 일부가 창틀 뒷부분에 패어 들어가 있었으니 말야. 나는 이번에는 못대가리 부분을 본래의 구멍에 가만히 꽂아 보았지. 그러자 어떻겠나, 보기에는 완전한 못과 다름없어. 부러진 데는 보이지 않으니까 말야. 용수철을 눌러 창틀을 가만히 몇 인치 들어올려 봤지. 못대가리는 구멍에 꼭 자리잡힌 채 창틀과 함께 올라갔어. 그러자 또 완전한 하나의 못으로 보였지.

여기까지의 수수께끼는 풀린 셈이야. 가해자는 침대에 면한 창문으로 도망친 거지. 범인이 나갈 때 창문이 스스로 떨어지면서(또는 일부러 닫아서) 용수철로 고정되었던 걸세. 그런데 경찰은 창문이 용수철로 고정되는 것을 못으로 고정되는 것으로 착각하여 그 이상의 탐색은 불필요하다고 생각한 거지.

다음 문제는 내려가는 방법인데 그 점에 대해서는 자네와 함께 집 주위를 도는 동안에 만족할 만한 해답을 얻었네. 문제의 창문에서 5피트 반쯤 떨어진 곳에 피뢰침이 하나 걸려 있었네. 이 피뢰침에서는 누구든 창문 안으로 들어가는 것은 고사하고 창 자체에 손대는 일도 불가능했을 걸세. 하지만 나는 4층의 모든 덧문이, 파리의 목수들이 '페라드'라고 부르는 특수한 종류의 것임을 발견했네. 그것은 요즈음엔 쓰이는 일이 극히 드물지만, 리용이나 보르도의 유서 깊은 저택에서는 흔히 볼 수 있는 종류의 것이지.

모양은 보통 문(접는 문이 아니라 단 하나로 된 문)과 같지만, 아래 절반이 격자식으로 되어 있어 손으로 붙잡기가 아주 좋은 점이 다르지. 그런데 이 문제의 덧문들은 폭이 3피트 반은 족히 되네. 우리가 집 뒤쪽에서 보았을 때 이 덧문은 둘 다 반쯤 열려 있었지. 말하자면 벽으로부터 직각으로 떨어져 있었다는 말일세. 아마 경찰도 나나 마찬가지로 건물 뒤쪽을 조사했겠지.

하지만 그렇다고 해도 이 페라드의 폭을 정면에서 길이로 봄으로써(사실 그렇게 했음이 틀림없겠지만) 폭 자체의 크기를 그냥 지나쳤던가, 적어도 폭에 대한 것을 충분히 고려하는 것을 잊었던가 한 것이지. 사실 여기로 탈출한다는 것은 불가능하다고 단정해 버렸으므로 자연히 이 부분의 조사가 소홀해지고 말았던 게지. 그런데 침대 머리 쪽에 있었던 창의 페라드를 벽면에까지 힘껏 열면 피뢰침까지의 거리가 2피트 이내가 되는 것을 나는 똑똑히 확인했다네. 게다가 또 아주 놀라울 정도의 운동능력과 용기를 발휘하면 피뢰침에서 창문으로 들어가는 일도 이러한 방식으로라면 가능하다고 봤지. 2피트 반만 손을 뻗치면(페라드가 완전히 열려 있다고 치고 말야), 도둑은 격자 세공의 부분을 꼭 잡을 수가 있었을 것일세. 그리고는 발을 단단히 벽에 대고 피뢰침 쪽의 손을 놓고 단숨에 발을 걸치면 그 여세로 페라드는 닫히는 꼴이 되며, 만약 그때 창문이 열려 있었다면 몸 전체가 방 안으로 뛰어들 수 있었을 것이라는 계산이 되지.

내가 그렇게 위험하고 그렇게 어려운 곡예를 성공적으로 수행하기 위한 필수조건으로 언급했던 '아주' 놀라울 정도의 운동 능력이라는 말을 특히 명심하여 주기 바라네. 내 의도는 말일세, 첫째는 이러한 일이 불가능한 것은 아니라는 점을 자네에게 보여 주는 것이지만 둘째는, 그리고 실은 이쪽이 제일 중요한 건데 그 '아주 엄청난 점', 즉 그러한 짓을 해치운 민첩함의 거의 초자연적인 성격을 자네 마음속에 깊이 새겨 주고 싶은 걸세.

틀림없이 자네는 법률 용어를 써서 이렇게 말하겠지. '자기 주장을 입증하기 위해서는 그 행위에 필요한 운동 능력을 충분히 평가하느니보다 차라리 과소 평가해야 하지 않겠느냐'고 말일세? 법률 문제라면 그러는 것이 좋을지 모르나, 추리를 하는 데 있어서는 그런 게 있을 수 없네. 진실만이 나의 궁극적 목표니까 말일세. 나의 당장의 목적은 방금 말한 그 '아주 놀라울 정도의' 운동 능력과, 국적에 대해 단 두 사람의 의견 일치도 없고 발성에서 한 마디의 말소리도 발견할 수 없었던 '아주 기괴하게' 날카롭고(또는 귀에 거슬릴 정도로 거칠고) '높낮이가 일정치 않은' 그 음성, 이 두 가지를 자네로 하여금 결부시켜 생각하게 하려는 것일세."

이 말을 듣자 뒤팽이 무슨 말을 하려고 하는지 막연하게나마 알 것 같은 생각이 얼핏 내 머리를 스쳤다. 나는 이해할 수 있는 단계에 올라온 듯싶었다. 그러나 이해할 수는 없었다. 마치 사람들이 종종 기억이 날 듯 날 듯하면서도 끝내 기억이 나지 않는 그런 경우를 당하는 것처럼…… 내 친구는 이야기를 계속했다.

"내가 문제를 탈출 방법에서 침입 방법으로 바꾼 의도는 자네도 알 거야. 그것은 말야, 둘 다 같은 방법, 같은 장소를 이용해서 행해진 것을 분명히 하자는 데 있었지. 이제 실내로 눈을 돌려 보세. 여기서 그 상황을 살펴보세. 장롱 서랍은 많은 의류가 그대로 남아 있기는 했지만 약탈당했다고 했네. 이러한 결론은 불합리해. 그것은 단순한 추측, 그것도 아주 어리석은 추측에 지나지 않는 거야.

서랍에서 발견된 물건이 원래 거기에 있었던 물건의 전부가 아니라는 보증이 도대체 어디에 있단 말인가?

레스파네 모녀는 극도로 은둔적인 생활을 하고 있었네. 사귀는 사람도 없었고 좀처럼 외출도 하지 않았으니 갈아입을 의상도 그렇게 필요치 않았을 거야. 그 방에서 발견된 물건은 최소한 이런 종류의 여인들이 지닐 수 있는 것으로서는 가장 좋은 물건들이었을 걸세. 만약 도둑이 물건을 갖고 갔다고 한다면 왜 가장 좋은 것을 가져가지 않았을까. 아니 왜 전부 가져가지 않았을까? 무엇보다 말야, 귀찮은 의류를 한아름이나 갖고 가면서 왜 4천 프랑의 금화는 내버려 두고 갔단 말인가? 황금을 내버렸단 말야! 은행가인 미뇨 씨가 말했던 금액의 거의 전부가 그대로 주머니 속에 든 채 바닥 위에 뒹굴고 있었단 말야. 따라서 돈을 집 입구에서 직접 전했다는 증언의 그 부분에서 경찰의 머릿속에 박히게 된 그 '동기'라는 그릇된 생각은 자네 머리에서 깨끗이 추방해주기를 바라네. 돈을 내주고 그것을 받은 사람이 사흘도 못 되어 살해되었다는 이러한 우연의 일치보다 열 배나 두드러진 우연의 일치가 우리들 인생에 매일같이 일어나고 있다네. 그저 아무도 의식하지 못할 뿐인게지. 일반적으로 우연의 일치라는 것은 교육은 받았어도 확률론은 전혀 공부하지 못한 그러한 종류의 사색가에게 있어선 커다란 좌절이지. 이 확률론 덕분에 인간의 탐구 활동중 가장 빛나는 부분이 눈부신 성과를 올리고 있지만 말야. 이번 경우 만약 금화가 분실되었다면 그 사흘 전에 돈이 전달되었다는 사실은 우연의 일치 이상의 그 무엇이 되었을 것일세. 즉 동기라는 생각을 뒷받침하는 것이 되었을 것일세. 그러나 실제로 일어난 상황 아래서 이 끔찍한 범죄의 동기가 돈이었다고 가정하자면 이 범인은 돈과 동기를 다 함께 포기해 버릴 만큼 우유부단한 천치였다는 가정도 함께 하지 않을 수 없게 되겠지.

내가 자네의 주의를 환기시켰던 여러 가지——즉 그 기괴한 음성, 그 놀라운 민첩성, 그리고 이토록 흉악한 살인 사건치고는 기묘하리만큼 용기가 결여되어 있다는 점——그러한 점을 계속 염두에 두면서 사건 자체를 살펴보도록 하세. 한 여자가 손으로 교살되어 거꾸로 굴뚝에 쑤셔넣어져 있네. 보통 살인범이라면 이런 살인 방법은 쓰지 않네. 적어도 시체를 이런 식으로 처리하는 일은 없을 거야. 시체를 굴뚝 속으로 쑤셔 올린 그 방법에는 '너무나 극단적인' 그 무엇이, 인간 행위에 대한 우리의 통념과는 전혀 부합되지 않는 무언가가 있다는 것을 자네도 인정할 걸세. 모름지기 그놈들이 생각할 수 있는 한 가장 흉악무도한 인간이라고 해도 말일세. 게다가 또 생각해보게. 여러 사람이 힘을 합하여 겨우 끌어 '내렸을' 만큼 좁은 구멍 속으로 시체를 억지로 쑤셔 '올린' 힘이라면 도대체 얼마나 엄청난 힘이었겠는가를 말일세.

이번에는 이 놀라운 힘이 쓰인 다른 증거를 살펴보세. 난로 위에는 사람의 잿빛 머리털의 굵은 뭉치가 있었네. 몹시 굵은 뭉치였지. 이것은 뿌리째 뽑힌 것이었네. 2, 30개의 머리털이라도 머리에서 이렇게 뽑아 내려면 얼마만한 힘이 필요한지 자네도 상상이 갈 걸세. 나도 문제의 머리털 뭉치를 보았지만 자네도 보았지.

그 뿌리 끝에는(소름이 끼치네만!) 머리의 살점이 더덕더덕 들러붙어 있었네. 그것은 단번에 몇십만 개나 되는 머리털을 잡아뜯는 데 발휘된 엄청난 힘을 명백히 밝혀 주는 증거일세. 노부인의 목은 단순히 삐어진 것이 아니라, 머리가 몸통에서 완전히 잘려 있었네. 그런데 그 흉기는 보통 면도칼에 지나지 않았네. 이 행위의 '야수적' 잔인성을 다시 한번 유의해 주기 바라네. 마담 레스파네의 시체의 타박상에 대해서는 말하지 않겠네. 뒤마 씨와 그의 유능한 조수 에티엔 씨는 둔기에 의한 타박상으로 단정하고 있는데 거기까지는 두 사람 다 아주 정확하네. 둔기라는 것은 분명 뒤뜰에 깔린 돌이었으며, 희생자는 침대를 내려다보는 창문에서 그리로 떨어졌던 것이지. 이러한 추정은 이제와서는 아무것도 아니지만 경찰 관계자는 하지 못했던 것이지. 그것은 페라드의 넓이에 주의를 돌리지 못했던 것과 같은 이유에서이지. 즉 못의 문제가 있었으므로 창문이 열린 적이 있을지도 모른다는 데 대하여 그 사람들의 머리가 완고하게 밀폐되어 있었던 때문이네.

이런 모든 점에 덧붙여 방이 묘하게 흩뜨러진 점을 올바로 고찰했다면 이미 우리는 놀라운 민첩성, 초인적인 완력, 야수적인 잔인성, 동기없는 살육 행위, 인간적인 것과는 완전히 이질적인 소름끼치는 기괴함, 여러 외국인의 귀에 한결같이 이국적인 억양이었고 의미를 알 수 있을 만한 음절이 전혀 결여되었던 음성, 이상의 모든 것을 결부시킬 수 있는 단계에 와 있는 셈일세. 그럼 어떠한 결론이 나올까. 이제까지의 내 말에서 자네는 어떤 인상을 받았나?"

그런 질문을 받자 나는 등골이 오싹해지는 것을 느꼈다. 나는 대답했다.

"미친 놈이로군! 그런 짓을 한 것은 근처의 정신 병원에서 도망친 흉포성이 있는 작자야."

"어떤 점에서는" 하고 그는 대답했다.

"자네 생각도 전혀 어긋나지는 않아. 그러나 미치광이의 음성이라는 것은, 심한 발작이 일어났을 때에도 그 계단에서 들린 소리와는 전혀 닮지도 않은 소리란 말야. 미치광이라도 어느 나라의 인간이며, 비록 말하고 있는 내용은 지리멸렬하더라도 음절 쪽은 확실한 법이야. 게다가 아무리 미치광이라도 머리털까지 지금 내가 쥐고 있는 것 같은 이런 것은 아냐. 마담 레스파네가 꼭 쥐고 있던 것을 조금 빼왔는데, 자넨 이것이 뭘로 보이지?"

"뒤팡!" 하고 나는 몹시 놀라서 말했다. "이건 묘한 털이다. 인간의 털이 아냐."

"인간의 털이라고는 하지 않았어. 하지만 이 점에 대해서 결론을 내리기 전에 이 종이에 베껴 둔 스케치를 좀 보게나. 증언에서 마드모아젤 레스파네의 목구멍에 '검은 타박상과 깊은 손톱 자국'이라는 부분이 있었지. 그리고 뒤마 씨와 에티엔 씨의 증언의 다른 것에는 '분명히 손가락으로 눌린 자국으로 여겨지는 일련의 납빛 점'이라는 부분이 있었네. 이건 그 부분을 그대로 그린 그림이야. 보다시피" 하고 친구는 앞의 테이블에 종이를 펼치면서 계속했다.

"이 그림에서 보면 상당히 세게 꽉 쥔 것을 알 수 있네. 미끄러진 흔적은 없네. 어느 손가락도, 아마 피해자가 죽기까지……처음 먹어 들어간 무서운 힘 그대로 먹어 들어가고 있었던 게야. 그런데 시험삼아 자네 손가락을 전부 동시에 하나하나 이 손톱 자국에 똑바로 대어 보게."

나는 해보았으나 도무지 무리였다.

"어쩌면 이것은 올바른 방법이 아닐지도 모르지."

그는 말했다.

"종이는 평면상에 펼쳐져 있다. 그런데 인간의 목구멍은 원통형이다. 여기 장작이 하나 있네. 굵기도 바로 목구멍 정도야. 종이를 장작에 감아 다시 한번 해보세."

나는 그대로 해보았으나 아까보다 더욱 어려웠다. "이것은" 하고 나는 말했다. "사람의 손톱 자국이 아닐세!"

뒤팡은 대답했다.

"그럼 퀴뷔에[*5] 책의 이 부분을 읽어 보게."

거기에는 동인도 제도에서 사는 거대한 황갈빛 오랑우탄의 해부학적 기술(記述)과 생태학적 기술이 있었다. 이 포유류의 거대한 체격, 놀라운 힘과 운동 능력, 잔인성, 모방벽 등은 누구나 잘 알고 있다. 나는 이 살인사건의 공포의 전모를 대뜸 이해했다.

"손가락에 대한 기술은" 하고 나는 다 읽고 나서 말했다. "이 스케치와 정확히 일치하는군. 알았어, 여기에 기술되어 있는 종류에 속하는 오랑우탄 이외의 어떤 동물도 자네가 베껴 온 것과 같은 움푹 파인 구멍을 만들 수는 없었을 것일세. 게다가 이 황갈색 털도 퀴뷔에의 책에 있는 동물의 그것과 아주 같은 성질의 것이야. 그러나 이 가공할 사건의 세부는 아직 잘 모르겠네. 더구나 말다툼하는 두 소리가 났고 그 한쪽은 확실히 프랑스 인의 음성이었다고 하지 않았는가."

"그렇지, 그리고 자네도 기억하고 있겠지만, 그 소리가 말했다고 대부분 증인의 일치된 말. 그것이 '지독한 놈!'이란 말야. 이것을 꾸짖는 듯 달래는 듯한 어조라고 증인의 한 사람(과자점 주인 몽타니)이 말하고 있는데 이것은 그 경우의 상황을 정확히 포착한 말이야. 따라서 나는 주로 이 '지독한 놈!'이란 두 마디에 이 수수께끼를 완전히 해결할 희망을 걸어왔던 걸세. 한 사람의 프랑스인이 이 살인을 알고 있었네. 어쩌면 그는 그 참혹한 행위와는 조금도 관계가 없을지도 몰라. 아니 모른다기보다 거의 틀림없어. 오랑우탄이 그에게서 도망쳤을 거야. 사나이는 오랑우탄을 쫓아 그 방에까지 갔겠지. 그런데 그러한 소동이 벌어졌으므로 다시 붙잡을 수가 없었을 거야. 오랑우탄은 아직도 잡히지 않았네. 그러나 이런 추측은 이제 이만해 두기로 하세. 그 밑받침이 되어 있는 사고의 그림자는 나 자신의 머리로도 감지하기 어려울 만큼 희미하고 따라서 다른 사람에게 알아볼 수 있게 한다는 것을 엄두도 낼 수 없으니, 내가 그것을 추측 이상의 것으로 부를 권리는 없는 거지. 따라서 우선은 단순한 추측이라고 하고 접어두기로 하세. 만약 문제의 프랑스 인이 내가 상상하고 있듯 범행 자체와는 무관하다면 어젯밤 돌아오던 길에 〈르 몽드〉지(이것은 해운업계 신문으로 선원이 많이 읽는 다)의 사옥에 들러 의뢰하고 온 이 광고를 보고 찾아올걸세."

그는 나에게 신문을 넘겨 주었다. 그 광고에는 이렇게 씌어 있었 다.

〈**포획물** 황갈색 보르네오 종 오랑우탄. 이 달 ××일 이른 아침 (사건이 있었던 날 아침) 불로뉴 숲에서 포획, 소유주(말타섬 소속 선박의 선원으로 추정)에게 반환하겠음. 단 그것이 자기 소유임을 충분히 증명하고 포획 및 보관에 또한 약간의 비용을 지불할 것, 포부르 생 제르망 ××가 ××번지, 3층으로 내방 바람.〉

"어떻게 해서" 하고 나는 물었다. "그 사나이가 선원이며 게다가 말타 섬의 배 승무원이라는 걸 알았지?"

"알긴 뭘 알아" 하고 뒤팽은 말했다.

"확실히 알고 있는 건 아닐세. 하지만 여기 리본 조각이 있는데 그 모양이나 기름이 스며 있는 점이 아무리 봐도 선원들이 즐겨 하는 변발을 묶는 데 쓰는 것이야. 게다가 이렇게 매는 방법은 뱃사람 외에는 좀처럼 없고, 더구나 말타 섬의 독특한 것일세. 리본은 피뢰침 밑에서 주웠지. 피해자의 것이 아님은 확실해. 그런데 이 리본에서 그 프랑스 인이 말타섬의 배 승무원이라고 추정한 것이 잘못이라고 해도 광고에 그렇게 써 두어 안 될 것은 전혀 없는 거야. 비록 추리가 틀렸더라도 상대는 이쪽이 무슨 사정으로 잘못 생각하고 있다고 여길 뿐, 일부러 그러한 사정을 캐내어 보려고는 하지 않을 테니까 말야. 하지만 만약 내 추정이 정확하다면 이 점은 크지. 살인의 하수인은 아니더라도 사건을 알고는 있을 테니까 마땅

히 그 프랑스 인은 광고에 응하기를, 즉 오랑우탄을 찾으러 오길 주저할 걸세. 아마 이렇게 생각할 거야. '나는 무고하다. 돈도 없다. 오랑우탄은 값진 물건이다. 나에게는 한 재산이다. 위험한 생각만 자꾸 해서 큰 돈을 헛되이 잃을 수는 없다. 곧 손에 넣을 수 있는 판인데. 놈은 불로뉴 숲에서 잡혔어. 살인 현장에서는 꽤 멀다. 그런 짐승이 했으리라고는 누가 생각할 것이냐. 경찰도 단념하고 있어. 어떻든 간에 나는 이미 알려져 있는 거야! 광고주는 나를 그 짐승의 사육주라고 지명했다. 광고주가 어느 정도 알고 있는지 나로선 알 수 없으나 그건 그렇고, 내가 소유주로 알려지고 만일 값진 재산을 인수하러 가지 않는다면 적어도 그 짐승에게 혐의를 걸어 달라고 말하고 있는 거나 마찬가지다. 나도 그렇고 그 짐승도 그렇거니와 의심받는 건 이로운 일이 아냐. 광고에 응하여 오랑우탄을 인수하고 사건의 관심이 식을 때까지 가만히 숨겨 두자'고 말야. ”

이때 계단에서 발소리가 났다.

“권총을 준비하게. 단 내가 신호할 때까지는 쏘거나 보여서는 안돼. ”

뒤팡이 말했다.

현관 문은 열린 채로 있었으므로 방문객은 벨을 울리지 않고 들어와 계단을 몇 단 오르기 시작했다. 그러나 문득 망설이는 것 같았다. 이윽고 내려가는 발소리. 뒤팡은 성급히 문간으로 갔으나 또 올라오는 발소리가 났다. 이번엔 멈춰서지도 않고 단호한 걸음걸이로 올라와 우리의 방문을 두드렸다.

“들어오시오”

뒤팡은 쾌활하고 친근감이 감도는 어조로 말했다.

한 사나이가 들어왔다. 분명히 선원인 듯했다. 키가 크고 단단한 근육의 사나이로 어딘가 무모한 듯한 얼굴이었으나 전혀 애교가 없는 것도 아니었다. 아주 볕에 그을린 얼굴은 절반 이상 구레나룻과 수염에 덮여 있다. 커다란 떡갈나무 막대기를 쥐고 있었으나 그밖의 무기는 휴대하고 있는 것 같지 않았다. 그는 무뚝뚝하게 머리를 숙여 "안녕하슈" 하고 프랑스 어로 인사를 했다. 다소 뇌샤텔 사투리가 있었으나 그래도 본래는 파리 태생임을 잘 알 수 있었다.

"앉으시오! 오랑우탄의 일로 오셨겠지요. 아니 정말로 너무 훌륭한 것을 갖고 계셔 부러울 정돕니다. 그야말로 대단하며, 게다가 상당히 값진 것이겠죠? 그것이 몇 살쯤 됩니까?"

뒤팡이 말했다. 겨우 무거운 짐을 벗었다는 투로 선원은 긴 한숨을 쉬고 똑똑한 어조로 대답했다.

"잘 모르겠지만, 기껏 너덧 살 정도겠죠. 자식, 여기 있습니까?"

"아, 아니, 여기에는 사육할 시설이 없어서요. 뒤부르 거리의 세낸 우리에 넣어 두었소. 바로 근처죠. 아침이 되면 인도하겠소. 물론 당신이 소유주라는 증명은 가능하겠죠?"

"네, 되구 말구요."

"내놓는다는 게 좀 아까운 맘이 드는데……."

뒤팡은 말했다.

"수고를 공짜로 받아들이고 싶은 마음은 없습니다."

사나이는 말했다.

"그럴 수는 없으니까요. 그놈을 잡아 주신 보답은 기꺼이 하겠습니다. 부당한 요구만 아니라면 말입니다."

"그렇겠죠. 그건 정말 훌륭한 생각이군요. 그렇군요! 뭘 받기로 할까요? 응, 그렇지. 모르그 거리의 살인 사건에서 당신이 알고 있는 정보를 모두 받기로 할까요?"

뒤팡은 대답했다.

뒤팡은 마지막 말을 극히 낮은 어조로 천천히 하고, 또한 천천히 문쪽으로 걸어가 자물쇠를 잠그고 열쇠를 호주머니에 넣었다. 그리고는 가슴속에서 권총을 꺼내어 태연자약하게 그것을 테이블 위에 놓았다. 선원은 마치 숨이 막힌 듯 얼굴이 확 달아 올랐다. 그는 일어서자 막대기를 잡았다. 그러나 다음 순간 털썩 의자에 기대어 덜덜 떨기 시작했다. 얼굴은 마치 송장 같았다. 한마디도 하지 못했다. 사실 나는 이 사나이에게 동정을 금할 수가 없었다.

"아니" 뒤팡은 다정하게 말했다. "그다지 떨 필요는 없어요. 정말 해를 끼칠 마음은 티끌 만큼도 없으니까. 신사로서 프랑스 인으로서 맹세하지만 그럴 생각은 전혀 없소. 당신이 모르그 거리 살인의 흉악범이 아님은 잘 알고 있소. 그러나 그 일에 전혀 관계가 없다고 말해도 소용없소. 이만큼 말했으니 이제 당신도 알았으리라 생각하지만, 이 일에 대해서 나는 정보망을 갖고 있단 말요. 도무지 당신은 상상도 못할 만큼 말요.

요컨대 사태는 이렇게 되어 있소. 당신이 좋아서 한 일은 하나도 없소. 즉 죄가 될 만한 일은 뭣하나 저지르지 않았소. 벌받지 않고 물건을 훔칠 수 있었는 데도 말이오. 감출 것은 아무것도 없는 거요. 감출 이유가 없으니까. 그러나 당신은 알고 있는 것을 모조리 자백할 의무가 있는 것이며 그건 명예 문제요. 당신 때문에 지금 한 사람의 무고한 사나이가 감금되어 있는 거요."

뒤팡이 이렇게 말하고 있는 동안에 선원은 꽤 마음의 평온을 회복하고 있었다. 그러나 당초의 대담한 태도는 완전히 어디론지 사라지고 말았다.

사나이는 잠시 뒤 말했다.

"제기랄! 말하죠. 이 사건에 대해서 내가 알고 있는 건 모조리! 하지만 제가 말하는 것의 절반도 믿지 못하실 겁니다. 믿어 주시길 바란다면 제가 어리석은 놈이겠죠. 하지만 저는 아무 죄도 없습니다. 그 때문에 죽는다 해도 좋으니 속시원히 털어놓겠습니다. ”

사나이가 말한 것을 요약하면 이러했다. 그는 최근 인도네시아를 항해하고 돌아왔다. 그는 어느 일행과 보르네오에 상륙하여 오지까지 놀이를 겸한 탐험에 나섰다. 그와 또 한 사람의 친구와 둘이서 그 오랑우탄을 잡았다. 그런데 그 친구가 죽었으므로 자연히 이 짐승은 그의 것이 되었다.

귀항 도중 이 포획물이 이따금 감당할 수 없을 정도의 흉포성을 발휘하여 아주 애를 먹었는데 그럭저럭 무사히 파리의 자택까지 끌어올 수 있었다. 근처 사람들로부터 이상한 눈으로 보이게 되는 것은 싫었으므로 그는 고심해서 오랑우탄을 숨겨두고 그놈이 선상에서 발에 가시가 박혀 생긴 상처가 나을 때까지 기다리기로 했다. 결국 팔아치울 심산이었다.

살인 사건이 있었던 날 밤이라기보다는 아침, 선원 동료들과 한바탕 마시고 난 뒤 집으로 돌아가 보니, 그 짐승이 그의 침실에 있지 않는가! 옆의 작은 방에 꼭 가두어 두었는데, 그걸 부수고 침실에 들어왔던 것이다. 면도칼을 손에 쥐고 얼굴 전체가 비누 거품투성이가 되어 거울 앞에 앉아 수염을 깎으려는 심산인 모양이었다. 주인이 그렇게 하는 것을 이전부터 옆방 열쇠 구멍에서 엿보고 있었던 모양이다. 이러한 위험한 도구가 이런 흉포하고 더구나 그것을 교묘히 다룰 수 있는 동물의 수중에 있는 것을 보고 사나이는 아주 놀라 잠시 동안을 그저 어쩔 줄을 모르고 있었다. 하지만 이 짐승이 아무리 사납게 날뛸 때에도 평소 회초리를 사용하면 온순해졌으므로 이번에도 그 수를 쓰기도 했다. 그런데 회초리를 보자 오랑우탄은 방문에서 뛰어나가 계단으로 뛰어내려가 공교롭게도 열려 있던 한 창문으로 해서 밖으로 달아나고 말았다. 이 프랑스 인은 초조한 마음으로 열심히 뒤를 쫓았다. 그 짐승은 여전히 면도칼을 손에 쥔 채 이따금 멈춰서서 추적자에게 어서 오란 듯이 손짓하며 잡힐 듯하면 또 달아났다. 이러한 일이 되풀이되기만 했다. 때는 이미 오전 3시, 한길은 고요히 잠들고 있었다. 모르그 거리 뒤쪽 샛길에 접어들었을 때 이 쫓기고 있던 짐승은 마담 레스파네의 집 4층 방의 열려 있는 창문에서 새어나오는 불빛을 보았다. 건물에 다가가서 피뢰침을 발견하여 믿기지 않을 정도의 민첩한 동작으로 기어올라 벽에 딱 들러붙을 정도로 활짝 열려진 페라드를 붙잡고 그것에 매달려 그 반동을 이용하여 직접 침대의 헤드보드(머리 널) 있는 데에 뛰어들었다. 이 놀라운 곡예의 소요 시간은 1분도 되지 않았다. 오랑우탄이 방 안으로 사라지자 페라드는 반동으로 또 열렸다.

선원은 한편 안심하기도 했으나 난처하게 되었다고 생각했다. 안심한 것은 이번에야말로 틀림없이 잡을 수 있다고 생각했기 때문이었는

데, 그것도 그놈이 보기 좋게 뛰어든 올가미에서 도망치는 길은 우선 피뢰침 외에는 없고 거기를 내려올 때 잡으면 되리라는 계산이었다. 그런데 이 짐승이 집 안에서 무슨 짓을 저지를지 몹시 걱정이 됐다. 그것을 생각한 선원은 안절부절못하고 계속 짐승을 쫓았다. 피뢰침을 오르는 것은 특히 선원에게 있어서는 쉬운 일이었다. 그러나 왼쪽 멀리에 창문을 엿볼 수 있는 높이까지 올라갔을 때 그의 움직임은 뚝 멈추었다. 몸을 앞으로 해서 실내를 힐끗 살펴보는 것이 고작이었다. 힐끗 보기만 하고는 공포에 질린 나머지 손의 힘이 빠져 자칫하면 떨어질 뻔했다. 모르그 거리 주민의 잠을 깨운 그 무서운 외침소리가 밤의 고요를 깨뜨린 것은 그때였다.

마담 레스파네와 딸은 나이트 가운을 걸치고 앞에서 서술한 철제 금고를 방바닥 복판에 꺼내어 서류 정리를 하고 있는 듯했다. 금고는 열려 있고 그 안의 물건은 바로 곁의 방바닥 위에 널려 있었다. 희생자들은 창을 등지고 앉아 있었던 모양이다. 짐승이 침입해서 외침소리가 나기까지의 시간의 경과에서 곧 그것을 눈치채지 못했다는 것을 알 수 있다. 페라드가 타닥거리는 소리도 바람 탓으로만 여기고 마음에 두지 않았을 것이다.

선원이 엿보았을 때에는 거대한 짐승은 마담 레스파네의 머리털(갓 빗은 뒤라 풀어내려져 있었다)을 쥐고 이발사가 하듯이 면도칼을 그녀의 면전에서 휘두르고 있었다. 딸은 쓰러져 있어 꼼짝도 하지 않았다. 실신하고 있었던 것이다. 노부인이 비명을 지르고 몸부림치고 있었으므로(그 동안에 머리털이 뽑히었다) 오랑우탄도 처음에는 별로 악의가 없었겠지만, 마침내 정말로 화를 내기 시작했다. 그 강력한 팔을 힘껏 한 번 휘두르자 그녀의 머리는 거의 몸통에서 떨어져 나갔다. 피를 보고 짐승의 분노는 광기로 변하여 불타올랐다. 이빨을 갈고 눈에서 불을 내뿜으며 딸의 몸에 덮쳐 그 무서운 손톱을 딸의 목에 깊이 박고 숨이 끊어질 때까지 놓으려하지 않았다. 이때 그놈의 말똥말똥한 광포한 눈이 침대 머리 쪽에 향했다. 그 위쪽에 공포에 질린 주인의 얼굴이 힐끗 보였다. 짐승은 공포의 회초리 생각을 아직 잊지 못했는지 순간 그 분노가 공포로 변했다. 매를 맞을 만한 짓을 했다고 알아채고 피비린내나는 행위를 얼버무리려고 생각했는지 이 짐승은 광란 상태로 방 안을 날뛰고 돌아다니며 그동안 가구를 팽개치고 두들겨 부수고 침대에서는 침구를 마구 잡아끌어 냈다. 결국에는 우선 딸의 상체를 움켜쥐고 그때 발견된 채로의 모양으로 굴뚝 속에 박아 넣고 그리고는 노부인의 시체를 붙잡아 곧장 창문에서 거꾸로 내던졌다.

짐승이 마구 찢어진 시체를 안고 창문에 다가왔을 때 선원은 혼비백산하여 피뢰침 쪽에 피신하고 그 뒤는 내려간다기보다는 미끄러지듯 떨어져 뒤도 돌아보지 않고 집으로 도망쳐 돌아왔다. 이 흉악한 행동의 결과를 두려워하고 공포에 질려 있었으므로 오랑우탄의 운명 따위는 전혀 염두에 없었다. 일행이 계단에서 들었던 말이라는 것은 이 짐승의 악귀 같은 고함소리에 뒤섞인 프랑스 인의 공포와 경악의 외침소리였던 것이다. 이 이상 덧붙일 것은 거의 없다. 오랑우탄은 그 방 문이 부서지기 직전 피뢰침을 따라 도망쳤을 것이다. 창문을 빠져나와 이어 닫고 갔음이 틀림없다.

이 오랑우탄은 그 뒤 소유주 자신의 손으로 포획되어 사르댕 데 플랑데의 동물원에 상당히 비싼 값으로 인수되었다. 경시청 총감실에서 뒤팡의 설명과 더불어 우리가 일체의 사정을 이야기하자 르 봉은 곧바로 석방되었다. 총감은 나의 친구에게 호의를 품고는 있었으나 사건이 이러한 결말이 된 것이 역시 불쾌했던지 분함을 감출 길 없어, 쓸데없는 참견은 금물이라는 따위의 싫은 소리를 한두 마디 뇌까렸다.

"내버려 둬" 하고 뒤팽은 말했다. 그는 그러한 싫은 소리에 대답할 필요를 느끼고 있지 않았던 것이다.

"마음대로 떠들라지, 그래서 속이 풀린다면. 자기들 씨름판에서 꼬나 맸으니 이쪽은 만족이야. 하지만 그 작자가 사건 해결에 실패한 것은 그가 생각하는 만큼 이상할 건 없지. 그 경시총감이란 작자는 실은 깊은 생각을 하기에는 너무 영악하니까 말이야. 그의 지혜에는 굳건한 심지가 없다네. 머리는 있으나 몸체가 없는 여신 라베르나*⁶의 모습과 비슷한 셈이지. 아니면 고작해야 머리와 어깨뿐인……생선, 그래 대구에 불과해. 하지만 딱 잘라 이야기 하라면 어쨌든 좋은 사니이지. 세상 사람들은 교활하네 어쩌네 쑥덕대는 모양이지만, 나는 그 작자의 교활함을 제대로 표현한 문장 덕분에 그만 생각하면 마음이 즐거워져. '있는 것은 부정하고 없는 것은 설명한다*⁷(루소)' 이게 경시총감의 유일한 재주라네."

(1) checker. 흑백체크무늬 테이블에서 두 사람이 하는 게임.

(2) whist. 카드놀이의 일종.

*1 토마스 브라운 경은 영국의 의사겸 작가. 인용문은 그의 수상집(1685년) 제5장에서.

　사이렌은 시칠리아 섬 근처의 작은 섬에 살았던 半人半鳥의 바다 요정. 그 아름다운 목소리로 부르는 노랫소리에 매혹되어 그곳을 지나가던 뱃사람들이 바다에 몸을 던져 죽었다고 한다.

　아킬레스는 트로이 전쟁 때 그리스 측 영웅. 펠레우스와 여신 테티스 사이의 아들.

*2 에드먼드 호일은 휘스트 및 다른 게임에 관한 저작가.

*3 크레비용은 프랑스의 극작가.

＊4 몰리에르의 희극《벼락 신사(1670년)》의 주인공. 돈이 생겨
   벼락 신사가 된 사나이. 교양을 몸에 붙이려다가 도리어 희
   극적인 행동을 한다.

＊5 퀴비에는 프랑스의 유명한 박물학자·동물분류학자.

＊6 라베르나는 로마 신화에 나오는 도둑의 여신.

＊7 장 자크 루소의《新 에로이즈》중(원주).

라이지아

그리하여 거기에는 꺼질 줄 모르는 의지가 존재한다. 의지
의 신비함과 위력을 누가 알랴? 신이란 만물에 고루 스며드
는 위대하고 강력한 의지 바로 그것이거늘. 인간은 스스로의
연약한 의지에 의하지 않고서는 천사에게도, 그리고 또 죽음
에게도 완전히 몸을 내맡기는 법이 없다.

조셉 글랜빌

라이지아와 처음으로 사귀게 된 것이 언제 어떻게 해서였는지, 아
니 정확하게 어디서였는지조차 도무지 생각나지 않는다. 그 뒤 많은
세월이 흘렀고, 내 기억은 숱한 고뇌로 희미해졌다. 아니 어쩌면 지
금 내가 그러한 일들을 생각해낼 수 없는 이유는 나의 애인의 성격,
비할 데 없는 학식, 특이하면서도 잔잔한 미모, 사람의 마음을 사로
잡고야 마는 웅변적인 힘을 지닌 그 낮은 음악적 음성 등이 거의 의
식하지 못할 만큼 한결같고 은밀한 발걸음으로 내 가슴속에 스며들어
왔기 때문인지도 모른다. 그러나 내가 그녀를 처음 만났고, 또 가장

자주 만났던 곳은 라인 강가의 어느 쇠락해 가는 큰 옛 도읍이었다고 생각된다. 그 가계(家系)에 대해선 그녀의 입으로 직접 들은 일이 있다. 아주 오래된 가문이었다. 라이지아! 라이지아! 세상의 번거로움을 잊어버리는데 무엇보다도 알맞은 연구에 몰두하면서 지금은 없는 그녀의 모습을 마음속에 떠올리자면, 이 아름다운 말, 라이지아란 호칭에 의지할 수밖에 없다. 지금 펜을 잡고 있으니 문득 생각나는 것이 있는데, 그것은 나의 벗이요 약혼녀였던, 그리고 내 연구의 반려자가 되고 마침내는 마음을 허락한 아내가 된 그녀의 아버지 이름을 나는 한 번도 들어본 적이 없었다는 점이다. 내가 이 점에 대해서 아무것도 묻지 않게 된 것은 나의 라이지아의 장난스러운 요구 때문이었던가, 아니면 내 애정의 강도에 대한 시험 때문이었던가? 아니면 오히려 내 자신의 변덕, 또는 가장 정열적인 애정의 제단에 바쳐진 나의 몹시도 낭만적인 제물이었던 것일까? 나는 그 사실 자체는 막연하게밖엔 생각나지 않는다. 따라서 그 사실을 야기했던, 또는 그 사실에 수반된 상황들을 내가 완전히 잊어버렸다고 해서 조금도 이상할 게 없지 않겠는가? 그리고 사실상 저 로만스라는 이름의 정령이, 저 우상 숭배적인 이집트의 몽롱한 날개를 가진 창백한 아슈트페트 (로만의 정령)가 불행한 결혼을 주재하는 것이 사실이라면, 나의 결혼이야말로 이 여신이 주재했을 것은 거의 틀림이 없으리라.

그러나 이것만은 나의 기억에 잘못이 없는 그리운 이야깃거리가 하나 있다. 그것은 라이지아의 모습이다. 키는 크고 상당히 날씬했으며 뒤에는 여위기까지 했다. 그 태도의 고상함, 그 조용하고 차분함, 또 소리가 나지 않을 만큼 가벼운 발걸음은 정말 무어라고 표현할 수가 없다. 그녀는 그림자처럼 왔다가 그림자처럼 떠났다. 서재의 문을 열고 들어올 때도 대리석과 같은 손을 내 어깨에 걸치고 나직하고 아름다운 그 목소리로 다정하게 부를 때까지는 깨닫지조차 못할 정도였다. 그 얼굴의 아름다움은 어떤 아가씨도 따를 수 없었다. 흡사 아편의 꿈인 찬란한 광채, 잠자는 델로스 아가씨의 가슴을 오락가락하는 환상보다도 더욱 아득하여 이 세상의 것이 아닌 것처럼 마음을 순화시켜 주는 모습이었다. 그러나 얼굴생김은 이교도의 구전적 작품에서 숭배하게끔 우리가 그릇되게 교육받아 온 그 균형의 미와는 성질을 달리하고 있었다. 베룰람 경(卿) 온갖 종류의 미에 대해서 적절하게 말하고 있다. '뛰어난 아름다움에는 묘한 불균형이 있다'고.

그러나 라이지아의 얼굴 모습이 고전적 균형의 미에 속하지 않음을 알면서도 그 아름다움이 정말 뛰어난 것임을 알고, 균형적으로 어쩐지 '기묘함'이 많이 배어 있다고 느끼면서도 그 불균형이 어디에 있으며 그 기묘함이 어디서 나오는가는 아무리 밝히려 해도 규명할 수가 없었다. 우뚝하고 창백한 이마의 윤곽을 자세히 살펴도 보았다. 그러나 흠잡을 데가 없었다. 그토록 신성하고 거룩한 모습을 표현하기에는 얼마나 모자란 형용사란 말인가! 가장 순수한 상아에 비할 수 있을 살결, 그 위엄있게 넓은 잔잔함, 관자놀이 윗부분의 밋밋한 융기, 그리고 자연스럽게 물결치는 윤기 있고 숱이 많고 새까만 머리채는 '히아신드와 같다'라고 노래한 시인 호머의 수식어를 생생하게 떠올리게 했다. 그 코의 섬세한 선도 보았다. 그것은 히브리의 우아한 메달에서밖에는 비슷한 것을 본 적이 없을 만큼 완벽한 모습이었다. 그 히브리의 메달처럼 풍부한 매끄러움, 그처럼 겨우 알아볼 정도의 갈고리 모양, 그처럼 자유로운 영혼을 말해 주는 균형잡힌 곡선을 그리는 콧구멍. 나는 그 사랑스러운 입을 보았다. 여기에는 그야말로 천상의 모든 것의 승리가 있었다. 짧은 윗입술의 멋진 굴절, 부드럽고 육감적이고 잠자는 것만 같은 아랫입술, 보일 듯 말 듯한 보조개, 호소하는 듯싶은 입술 빛깔, 조용하고도 침착하게, 더구나 세상에도 드문 밝은 기쁨을 담은 미소를 띨 적마다 그곳에 넘쳐 흐르는 깨끗한 빛을 모두 반사하는 눈부실 만큼 반짝이는 이. 나는 턱 모양도 검토했는데, 여기서도 또한 그 그리스 인의 잔잔한 입김의 부드러움과 장려함, 풍만함과 신령한 품성, 즉 아폴로신이 아테네 인의 아들 클레오메네스에게 꿈속에서만 계시한 윤곽을 보았다. 그 다음에 나는 라이지아의 큰 두 눈을 응시했다. 이 눈에 맞는 모델은 먼 옛날에서도 찾아볼 수가 없다. 하긴 내 애인의 이 눈에야말로 베룰람 경이 말하는 그 비밀이 깃들어 있었는지도 모른다. 확실히 우리 나라의 보통 사람들의 눈보다는 훨씬 컸다. 심지어 누아자하드의 골짜기에 사는 영양(羚羊)들의 눈 가운데 가장 큰 눈보다도 더 컸다. 그러나 라이지아의 이 특징이 두드러지게 눈에 띄게 되는 경우는 어쩌다가 극도로 흥분할 때뿐이었다. 그리고 그러한 순간에 있어서의 그녀의 아름다움은——아마도 나의 들뜬 공상으로 인해 그렇게 보였겠지만——초지상적인 미였고 터키 인의 우화에 나오는 천녀(天女) 후리의 아름다움이었다. 눈동자는 더할 수 없을 만큼 새까맣고, 그 훨씬 위로 흑옥색 진주빛의 무척 긴 속눈썹이 달려 있었다. 그 선에 약간 불규칙한 데가 있는 눈썹도 같은 빛깔을 띠고 있었다. 그러나 내가 그 눈에서 찾아낸 '기묘함'은 그 형태나 빛깔, 또는 눈매의 찬란함과는 분명히 다른, 따라서 '표정'이라고밖에는 할 수 없는 것이었다. 하지만 표정이라니, 아, 얼마나 동떨어진 말인가! 우리는 이 말의 단순하고도 막막한 울림의 그늘 속에 수많은 영적인 것에 대한 우리의 무지를 숨기고 있는 것이다. 라이지아의 눈의 표정! 나는 얼마나 오래토록 시간가는 줄도 모르고 그 문제를 생각했던가? 한여름 밤을 꼬빡 새면서 그것을 규명하려고 얼마나 안간힘을 썼던가! 나의 애인의 눈동자 속에 깊이——데모크리토스의 우물보다도 깊은——숨어 있는 것은 무엇이었을까? 그것은 과연 무엇이었을까? 나는 그것을 발견하려는 마음이 들떴었다. 그 눈! 그 커다란, 그 빛나는, 그 신성한 눈동자! 그것은 나에게 있어 레다의 쌍둥이자리였고, 나는 그 별의 가장 열렬한 점성사가 되었다.

우리가 무엇인가 오래 전에 잊어버린 일을 생각해 내려고 애를 쓸 때 흔히 금방 기억이 날 듯 날 듯하면서도 끝내 기억이 나지 않는 사실, 내가 알기로는 심리학상의 숱한 변칙적 현상 중에서 학자들이 전혀 문제삼는 일이 없는 그런 사실만큼 깊은 흥미를 이끄는 것은 없다. 그런 식으로 라이지아의 눈을 줄기차게 응시하다 보면 그 표정에 대한 완전한 이해가 금방 될 듯하다. 금방 될 듯하면서도 완전히 되지를 않고, 마침내는 완전히 사라져버린 적이 그 몇 번이었던가!

그리고 이상한, 정말 말할 수 없이 이상한 일이지만 나는 이 우주의 극히 흔해 빠진 사물 속에서 그 표정과의 많은 유사성을 발견했다. 다시 말해 라이지아의 아름다움이 나의 영혼 속에 스며들어 자리 잡으면서, 나는 물질계의 수많은 물체에서 그녀의 빛나는 커다란 눈동자를 보면서 느꼈던 것과 같은 기분을 느끼곤 했던 것이다. 그러나 그 기분은 정의할 수도, 아니 계속 관조할 수도 없었다. 거듭말하면, 때로는 급속히 성장해가는 포도덩굴을 바라보다가, 때로는 나방이나 나비나 번데기, 또는 흐르는 시냇물을 응시하다가 그것을 느꼈다. 바다에서도 유성의 낙하에서도 굉장히 늙은 노인들의 시선에서도 그것을 느꼈다. 하늘을 망원경으로 응시하면 그런 기분을 자아내게 해주는 한두 개의 별이 있다. 특히 거문고자리의 큰별 근처에 보이는, 빛의 밝기가 일정치 않은 한쌍의 육등성(六等星)이 그러했다. 현악기에서 나오는 어떤 음이 나에게 그런 기분을 충만하게 하기도 했고, 책 속의 어떤 문장이 그런 느낌을 주는 적도 적지 않았다. 다른 무수한 실례 가운데서 조셉 글랜빌의 어떤 문장을 나는 잘 기억하고 있는데(아마도 그 기묘함 때문이겠지만), 변함없이 그 기분을 자아내는 것이었다.

'그리하여 거기엔 꺼질 줄 모르는 의지가 존재한다. 의지의 신비함과 위력을 누가 알랴? 신이란 만물에 고루 스며드는 위대하고 강력한 의지 바로 그것이거늘, 인간은 스스로의 연약한 의지에 의하지 않고서는 천사에게도 그리고 또 죽음에게도 완전히 몸을 내맡기는 법이 없다.'

오랜 세월이 흐르고 그만큼 생각을 거듭해 오는 사이에 나는 이 영국 도덕주의자의 문장과 라이지아의 성격 사이에 한편 어떤 희미한 연결을 발견하기에 이르렀다. 사고나 행동 또는 말씨에 있어서의 어떤 '매진성'은, 그녀의 경우 우리의 오랜 교제 기간에 한번도 자기 존재에 대한 보다 직접적인 다른 증거를 보인 적이 없는 거인적인 의지력의 산물 혹은 적어도 그 지표였는지도 모른다. 겉보기엔 언제나 차분하고 조용한 라이지아, 그러나 내가 지금까지 알고 있는 여성 가운데 그녀 이상으로 콘도르 같은 극심한 격정에 쉽게 사로잡힐 수 있는 사람은 없었다. 그래서 나는 나를 무척 기쁘게도 하고 두렵게도 만든 그 불가사의한 크게 뜬 눈이라든가 마법적이라고 할만큼 극히 낮은 음성의 가락, 억양, 또렷함, 차분함, 게다가 그녀가 수시로 발하는 엉뚱한 말들(그 말하는 태도와 대조를 이루어 더욱 효과적이었던)의 강렬함에 의하지 않고서는 그 격정을 추측할 수 없었던 것이다.

라이지아의 학식은 이미 말한 바 있지만, 여성에게서는 일찍이 보지 못한 박학이었다. 고전어에 극히 능통했고, 유럽의 근대어에 있어서도 내가 아는 한 실수하는 것을 본 적이 없다. 학술의 전당이 자랑으로 여기는 학식 중 단지 가장 난해하기 때문에 가장 존중을 받는 어떠한 문제에 대해서도 라이지아가 잘못을 저지르는 걸 내가 발견한 적이 있었던가? 내 아내의 자질 가운데 이 한 가지 점이 지금에 와서는 얼마나 이상하게, 또 얼마나 즐겁게 나의 관심을 불러일으키는 것인지! 그녀의 지식은 내가 일찍이 그 어떤 여성에게서도 보지 못한 그런 것이라고 말했지만, 남자라도 정신 과학·자연 과학·수학의 그 '모든' 광범위한 영역을 이렇듯 멋들어지게 답파한 사람이 과연 있었을까? 지금은 똑똑히 깨닫고 있지만, 그 당시는 라이지아의 지식이 초인적이라는 것, 아니 경이적이라는 것을 몰랐었다. 그러나 우리의 결혼 초기에 내가 가장 몰두하고 있었던 형이상학적 탐구의 미궁 속을 어린애와 같은 신뢰감을 갖고 그녀가 이끄는 대로 따라갈 만큼 난 그녀가 나보다 비할 수 없을 만큼 뛰어나다는 것을 충분히 인식하고 있었다. 세상에서 찾는 사람도 드물고 세상에 알려진 일은 더욱 드문 연구에 몰두하고 있는 나에게 그녀가 기웃거리듯 몸을 기대어 오면, 거기에 길게 뻗친 화려한, 그리고 아무도 밟지 않았던 길을 따라 가노라면, 인간의 접근을 금할 수밖에 없을 만큼 신성하고 고귀한 지혜의 궁극점에 마침내 도달할 것만 같은 그 상쾌한 조망이 내 앞에 서서히 펼쳐지는 듯한 느낌이 들어 난 얼마나 커다란 승리감, 얼마나 생생한 기쁨, 얼마나 풍부한 탈속적인 희망이 용솟음쳤던가! 그렇기 때문에 몇 년 후에 충분한 근거를 가진 나의 기대가 날개를 달고 날아가 버리는 것을 보았을 때의 내 비탄이 그 얼마나 격심했겠는가! 라이지아가 없는 나란 어두워진 밤길을 더듬는 어린애에 지나지 않았다. 그녀가 곁에 있어 주어야만이 우리가 몰두하고 있던 선험 철학의 숱한 난문제를 생생하게 밝혀 낼 수가 있었다. 그녀 눈의 그 찬란한 광채가 사라지자 황금빛으로 빛나던 문자가 토성의 납빛보다 더 흐려졌다. 그리고 이제 그녀의 눈동자가 내가 탐독하는 책장을 비추는 일은 더욱더 줄어들었다. 라이지아는 병에 걸렸던 것이다. 그 광적인 눈은 너무나도 찬란한 광채로 이글거렸고, 파리한 손가락은 송장처럼 투명한 밀랍빛이 되었으며, 그 높은 이마에 솟은 파란 정맥들은 극히 희미한 마음의 동요에도 격렬하게 불룩거렸다.

　나는 그녀의 죽음이 피할 수 없는 것임을 느끼고는, 마음속으로 그 소름끼치는 아즈라엘과 필사적으로 싸웠다. 그런데 놀랍게도 정열적인 아내의 싸움은 나를 훨씬 능가하는 것이었다. 그녀의 엄격한 자질에는 죽음도 어쩌면 그 공포를 수반하지 않는 것이 아닐까 하는 생각이 들게 하였다. 그러나 사실은 그렇지가 않았다. 그녀가 '죽음의 그림자'와 씨름하는 그 저항의 격렬함은 어떠한 말로써도 올바로 전할 수 없을 정도였다. 그 애처로운 광경에 나는 몸부림치며 슬퍼했다. 위로하고도 싶었다. 사리를 따져서 들려 주고도 싶었다. 하지만 오로지 살아 남으려고만 하는 그 광적인 생명욕의 격렬함에는 위로의 말도 사물도 이치도 극히 어리석은 시도에 지나지 않았다. 그럼에도 최후의 순간까지 그녀의 사나운 정신은 발작을 일으키듯 몸부림쳤지만 그녀의 외면적인 차분함만은 조금도 흔들리지 않았다. 목소리는 더욱 부드러워지고 더욱 낮아졌다. 그러나 그녀의 입에서 조용히 흘러나온 말들의 그 격렬한 의미를 여기서 자세히 말하고 싶지는 않다. 인간의 것이라고 할 수 없을 만큼 아름다운 멜로디에 도취된 채, 세상 사람이 일찍이 생각지도 못했을 만큼 외람된 말과 야심에 귀를 기울이고 있노라면 미칠 듯이 머리가 어질어질해졌다.

그녀가 나를 사랑한다는 것을 나는 의심한 적이 없었으며, 그녀와 같은 여성의 가슴에 깃든 사랑의 정열은 결코 평범한 것이 아니었으리라는 것도 나는 쉽게 짐작할 수 있었다. 그러나 나는 그녀의 임종 때에 이르러서야 비로소 그녀의 애정의 깊이를 뼈저리게 느낄 수 있었다. 그녀는 몇 시간이고 계속 나의 손을 꼭 붙잡은 채 넘치는 가슴속을 내 앞에 줄곧 쏟아 놓았는데, 열렬한 애정을 넘어서 거의 우상 숭배에 가까운 것이었다. 도대체 나같은 사람이 그러한 사랑의 고백을 받을 만한 가치가 있단 말인가. 또 내가 그런 고백을 듣는 순간에 사랑하는 사람을 빼앗겨야 할 만큼 저주받을 이유가 있단 말인가? 그러나 이 문제에 대해서는 차마 더 이상 설명할 수가 없다. 다만 내가 말할 수 있는 것은, 가엾게도 그만한 가치도 덕도 없는 나에게 바쳐진, 단순한 여성의 사랑이라고 할 수 없을 만큼 열렬한 라이지아의 사랑 속에서 이제 그토록 급속히 꺼져가는 생명에 대한 그녀의 그토록 격렬한 갈구의 근원을 비로소 발견했다는 점이다. 미친 듯한 갈구——이 통절하기 짝이 없는, 단지 외곬인 생명욕——이것이야말로 나로서는 도저히 묘사할 수 없는, 뭐라고 표현해야 좋을지 도무지 알 수 없는 그 무엇이었다.

그녀가 세상을 떠나던 날 자정, 그녀는 나를 곁에 와 있도록 손짓하고서는 불과 며칠 전에 자신이 지은 어떤 시구를 또 한 번 읽어 달라고 청했다. 나는 그 요구를 따랐다. 그 시구는 다음과 같은 것이었다.

마음도 쓸쓸한 이 만년에
오오 몹시도 떠들썩한 밤이로구나!
베일을 감고 눈물에 젖은
날개돋친 천사들의 무리
극장에 앉아
희망과 불안의 극을 보고 있노라니
오케스트라는 홀연 일어나
영묘한 천상의 음악을 연주하도다.

하늘에 계신 신의 모습을 본뜬 어릿광대들
나직한 소리로 중얼거리며
이리저리 날아다닌다.
그들은 모두 꼭두각시, 형체 없는 거대한 유령들이
시키는 대로 움직일 뿐,

유령들은 여기저기 무대를 옮기며
콘도르의 날개로 퍼덕거린다.
보이지 않는 비애를!

그 소란스런 연주! 아, 어찌 잊을 수 있을소냐!
관객들이 사방으로 좇아도
잡히지 않는 그 환영
원을 그리며 좇아가면
돌고 돌아 원점으로 되돌아올 뿐.
그리고 그 많은 광란
그보다 더한 죄와 공포, 음모의 망령!

그러나 보라, 광대들의 무리 속으로
어떤 모습이 기어들어간다.
사람의 그림자도 없는 무대 뒤에서
꿈틀거리며 나오는 피에 젖은 물건!
꿈틀거린다! 꿈틀거린다! 그와 함께
어릿광대들은 단말마의 비명을 지르며 그 밥이 되고,
인간의 피에 더럽혀진 독이빨을 보고서
늘어선 천사들! 흐느껴 운다.

꺼진다. 불이 꺼진다. 모든 불이 꺼진다!
떨고 있는 모든 형상 위로
폭풍처럼 황급하게
죽음의 막이 홀연 내려진다.
늘어선 천사들은 모두 파랗게 질리고

베일을 벗고 일어나 외친다.
이것이야말로 '인간'이란 이름의 비극,
주역은 정복자 '구더기' 그것이어라.

　내가 이 시구의 낭독을 끝내자 라이지아는 "오 주여!" 하고 절규
하듯 외치며 발딱 일어나 발작적으로 두 팔을 높이 쳐들었다. "오오
주여! 오오 거룩하신 아버지시여. 언제까지 이러한 일이 계속될 것
인가요? 이 정복자가 단 한 번도 정복당하는 일은 없을까요? 우리
인간은 주님의 일부요 한 덩어리가 아닌가요? 의지의 신비와 그 힘
을 누가, 대체 누가 알고 있는가요? 인간은 스스로의 연약한 의지에
의하지 않고는 천사에게도, 그리고 죽음에게도 완전히 몸을 내맡기는
일이 없사옵니다."
　그리고 그녀는 흥분으로 기진맥진한 듯이 그 하얀 팔뚝을 툭 떨어
뜨리더니 엄숙한 표정으로 임종의 자리로 돌아갔다. 그리고 그 마지
막의 한숨과 함께 낮은 중얼거림이 새어 나왔다. 입에 귀를 대었더니
저 글랜빌의 끝맺음 말이 다시 분명히 들렸다. '인간은 스스로의 연
약한 의지에 의하지 않고는 천사에게도, 그리고 죽음에게도 완전히
몸을 내맡기는 법이 없다.'
　라이지아는 세상을 떠났고, 극도의 슬픔에 빠진 나는 라인 강가의
그 몰락하여 가는 침침한 도시에서 더 이상 쓸쓸하고 외로운 생활을
견뎌낼 수가 없었다. 나는 세상 사람들이 말하는 재산이라는 면에서
는 조금도 궁할 것이 없었다. 라이지아는 대부분의 인간이 좀처럼 혜
택받을 수 없을 만큼의 재산을 나에게 물려주었던 것이다. 그래서 몇
달 동안의 쓸쓸하고 정처없는 방랑 끝에 아름다운 잉글랜드의 가장
황량하고 가장 인적이 드문 지방에서 한 교회(그 이름은 밝히지 않겠
다)를 사들이고 거기에 어느 정도의 수리를 했다. 그 건물의 침울하

고 으스스한 장엄함, 주변 일대의 황량한 풍경, 그리고 그 건물과 주변 일대에 얽힌 우울하고 유서깊은 숱한 전설은 인가가 드문 외떨어진 곳으로 나를 몰아간 완전한 자포자기의 심정과 크게 상통되는 바가 있었다. 나는 파릇파릇한 초목에 둘러싸여 썩어가는 이 교회의 외관에는 거의 아무런 변경도 가하지 않았지만, 내부만은 어린애 같은 외고집으로, 그리고 또 어쩌면 자신의 슬픔을 덜어 보려는 가냘픈 욕망에서, 궁궐을 능가할 만큼 호화롭게 장식했다. 아주 어릴 때부터 나는 그런 어리석은 취미를 길렀던 것인데, 그것이 슬픔의 망령 탓인지 다시 되살아났던 것이다. 호화롭고 기발한 휘장이며, 장엄한 이집트풍의 조각, 요란스러운 코르니스*¹며 가구, 황금빛 술을 단 양탄자의 광적인 무늬 등에 나의 어릴적 광기가 얼마나 많이 스며들었던가!

나는 꼼짝달싹할 수 없을 정도로 아편의 노예가 되어 버렸으며, 내가 직접 하는 일이나 남에게 시키는 일은 모두 나의 '꿈'이 시켜서 하는 일이었다. 그러나 이런 어리석은 짓들을 자세히 설명하는데 시간을 허비할 필요는 없으리라. 여기선 영원히 저주받은 어떤 방에 대해서 이야기하는 것으로 그치자. 내 신부로——잊을 수 없는 라이지아 대신으로——나는 제정신이 아닌 상태에서 아름다운 금발과 푸른 눈을 가진 트레마인의 로비나 트레바농을 제단으로부터 이 방으로 데리고 왔던 것이다.

이 신부 방의 구조나 장식 가운데 지금 내 눈 앞에 역력히 떠오르지 않는 부분은 하나도 없다. 그토록 애지중지한 처녀인 딸을 황금에 눈이 어두운 나머지 그렇게 장식된 방의 문턱을 넘게 놔뒀다니, 대관절 그 오만한 신부 가문의 정신은 그때 어디로 갔더란 말인가? 나는 그 방의 세부를 하나도 빠짐없이 자세히 기억하고 있다고 말했다. 그러나 유감스럽게도 나는 아주 중요한 문제들을 잊어버려 이 방의 환상적인 장식에 대한 기억에는 꼭 남아 있어야 할 어떤 일관된 체계같은 것이 전혀 없는 것이다. 그 방은 성곽 모양의 교회당에 붙은 높은 탑 안에 있는, 5각형의 널찍한 방이었다. 이 5각형의 남쪽 면은 그 전체가 하나의 창문, 즉 자르지 않은 베니스산의 거대한 유리 한 장과 그것을 둘러싼 단 하나의 창틀로 되어 있었고, 이 유리가 납빛이었기 때문에 그것을 통과하는 햇빛이나 달빛이 실내의 물체들 위에 기분나쁜 빛깔을 던져 주고 있었다. 이 커다란 창문의 상부에는 오래된 포도덩굴들이 그물 눈을 이루고, 그 덩굴은 다시 탑의 육중한 벽을 기어 오르고 있었다. 우중충한 오크 재로 된 천장은 지나치게 높은 반원형으로, 반은 고딕풍이고 반은 드루이드풍의 극히 요란스럽고도 그로테스크한 격자 무늬를 이루고 있었다. 이 우울한 반원형 천장의 한가운데 움푹 들어간 곳으로부터 긴 고리를 연이은 한 가닥의 황금사슬이 내려뜨려져 있고, 그 끝에 역시 금제인 사라센 무늬의 커다란 향로가 매달려 있는데, 이 향로엔 많은 구멍이 뚫려 있고 그 구멍들로부터 얼룩 빛깔의 불길들이 마치 살아 있는 뱀처럼 쉴새없이 혓바닥을 날름거리고 있었다. 동양풍의 오토만*²과 가지 장식이 달린 황금 촛대 몇 개가 방 여기저기에 놓여져 있고, 또 침대용 소파——신부의 소파——도 있었는데, 그것은 인디아풍으로 나지막했고, 단단한 흑단으로 조각되었으며, 관을 연상시키는 덮개가 덮여 있었다. 방의 구석구석에는 검은 화강암의 거대한 석관이 꼿꼿하게 서 있는데, 그것들은 룩소르 지방의 여러 제왕의 분묘에서 운반해 온 것으로, 해묵은 그 뚜껑 가득히 태고의 조각이 새겨져 있었다. 그러나 아아, 가장 으뜸가는 환상극은 이 방의 피륙 장식에 있었다. 어울리지 않을 정도로 무섭게 높은 벽에는 그 꼭대기에서부터 밑바닥까지 무겁고 두툼해 보이는 휘장이 넓게 주름잡혀 늘어져 있었다. 마룻바닥의 양탄자나, 오토만과 흑단 침대의 깔개, 또는 침대 휘장, 그리고 창문을 반쯤 가려 주고 있는 호화로운 나선형 커튼과 같은 천으로 만든 휘장이었다. 그것은 가장 값비싼 금실의 천이었다. 천에는 그 전체에 일정하지 않은 간격으로 직경 1피트 가량의 아라비아풍 도형들이 칠흑처럼 새까만 형태로 수놓여 있었다. 그러나 이들 도형들은 어떤 한 지점에서 바라볼 때에만 정말로 아라비아풍이 느껴졌다. 지금은 흔히 있긴 하지만, 사실상 그 기원을 아주 먼옛날로 거슬러 올라갈 수 있는 어떤 방식에 의해서 그것은 모양이 전혀 달라질 수 있게 만들어져 있었다. 방에 처음 들어서는 사람의 눈에는 그것들은 단순히 괴기스런 모습으로 보일 뿐이지만, 안으로 더 들어감에 따라 그 모습은 서서히 사라지고 한 발 한 발 걸을 때마다 방문객은 노르만인의 미신에 나오는, 혹은 죄 많은 수도사의 꿈에 나타나는 유령과 같은 형체들의 끝없는 행렬에 둘러싸여 있는 것 같은 느낌이 들게 된다. 그러한 환상적인 느낌은 휘장의 뒤로부터 끊임없이 불어와 그 전체에 기분나쁘고 불안한 활력을 불어 넣는 인위적인 강한 바람에 의해서 말할 수 없을 정도로 고조되었다.

이러한 홀에서, 이러한 신혼의 침실에서 나는 이 트레마인의 숙녀와 더불어 결혼 첫달의 부정한 시간들을 보냈다. 그것도 별로 이렇다 할 마음의 불안을 느끼지 않고서 말이다. 내 아내가 나의 광포한 신경질을 무서워하고——그녀가 나를 피하면서 별로 나를 사랑하지 않는다는 것을 나는 느끼지 않을 수 없었지만 나로선 그것이 오히려 즐거웠다. 나는 인간적이라기보다 악마적인 증오를 가지고 내 아내를 미워했다. 나의 추억——아아, 얼마나 커다란 미련을 가지고 있었던가? ——은 지금은 지하에 잠든, 저 그립고 위엄있고 아름다운 라이지아한테로 날아갔다. 그녀의 지혜, 처녀의 고매한 탈속적 자질, 그녀의 열렬한 우상숭배적인 사랑에 대한 회상에 나는 흠뻑 젖었다. 그러한 때야말로 나의 영혼은 그녀 자신의 온갖 불꽃보다도 더욱 강렬한 한 불꽃이 되어 활활 마음껏 타올랐다. 아편의 꿈과 같은 흥분에 사로잡혀 (나는 이미 마약 중독자가 되어 있었던 것이다) 한밤중 적막 속에서 혹은 낮에 골짜기의 흐름 속에서 나는 라이지아의 이름을 소리 높이 부르곤 했다. 마치 가버린 라이지아를 미칠 듯이 간절하게, 또 몸을 불태울 만큼 엄숙히 격렬하게 사모하면, 그녀가 저버린 ──아아, 과연 영원한 것일까──지상의 세계로 또다시 그 모습을 불러올 수 있기나 하듯 그 이름을 불렀다.

결혼 생활 두 달째가 시작될 무렵 로비나는 갑자기 병이 들었는데, 그 회복이 상당히 느렸다. 그녀의 몸을 좀먹는 열 탓으로 밤에도 편안히 잠들지를 못했다. 선잠의 불안한 상태에서 그녀는 그 탑 안의 방 안팎에서 온갖 소리가 들리고 물체가 움직이는 것이 보인다고 말했는데, 나는 그것이 그녀의 불안한 심리 상태, 아니면 이 방 자체의 환각적인 영향에 기인한 것에 지나지 않는다고 결론을 내렸다. 마침내 그녀는 회복되어갔고 결국은 완쾌되었다. 그러나 불과 얼마 지나지 않아 그녀는 전보다도 더욱 심한 두 번째 병에 걸려 또다시 병석에 눕게 되었으며, 원래 허약한 그 몸은 끝내 완전한 회복을 보지 못했다. 이 시기부터 그녀의 병은 놀라운 성질을 띠었고, 더욱 놀랍게도 병이 아주 빈번하게 재발되어 의사들의 지식도 줄기찬 노력도 아무런 효험이 없었다. 사람의 힘으로는 도저히 제거할 수 없을 만큼 집요하게 그녀의 육체에 달라붙은 이 고질이 심해짐에 따라 그녀의 짜증내는 빈도며, 그리고 사소한 일에도 질겁하고 흥분하는 횟수가 그에 못지않게 늘어가는 것이었다. 그녀는 또다시 그 소리──무엇인가 희미한 소리가 들린다든가──그리고 휘장 그림자의 심상치 않은 움직임에 대해 말하게 되었는데 이제는 전보다 더욱 자주 그리고 더욱 끈질기게 그 말을 하는 것이었다.

6월이 다 갈 무렵의 어느 날 밤, 그녀는 전에 없이 끈질기게 이 심란한 문제로 나의 주의를 끌었다. 그녀는 뒤숭숭한 잠에서 막 깨어난 참이었고, 나는 근심과 막연한 공포가 뒤섞인 심정으로 수척해진 아내의 얼굴 움직임을 지켜보고 있었다. 나는 그녀의 흑단 침대 곁, 인디아풍 오토만의 하나에 앉아 있었다. 그녀는 반쯤 몸을 일으키고는 나직하고 진지한 어조로 그때 그녀는 들었지만 나는 듣지 못한 소리, 그리고 그때 그녀는 보았지만 내 눈에는 보이지 않았던 움직임들에 대해서 말하였다. 휘장 뒤에서 바람이 소란스럽게 불어대고 있었다. 그래서 나는 명료하지 않은 숨소리와 벽 위에 그려진 도형들의 극히 미미한 움직임은 언제나처럼 바람이 불 때 자연적으로 생기는 현상에 지나지 않는다고 그녀에게 설명하여주고 싶었다(하지만 솔직히 고백하건대 나 자신도 그렇게 믿고 있지 않았다). 그러나 송장과 같이 창백한 아내 얼굴은 내가 그녀를 안심시키려고 아무리 노력하더라도 아무 소용이 없으리라는 것을 말해 주었다. 그녀는 까무러치고 있는 듯한데, 하인은 소리쳐 불러올 수 있는 거리에 있지 않았다. 나는 의사들이 마시도록 지시했던 약한 포도주 병을 놓아 둔 장소를 생각해 내고 그걸 가지러 허겁지겁 방 건너편으로 달려갔다. 그런데 향로의 빛 아래로 접근해 갔을 때에 놀랄 만한 일 두 가지가 나의 주의를 끌었다. 눈에는 보이지 않지만, 나는 틀림없이 감촉이 있는 어떤 물체가 내 몸을 가볍게 스쳐서 지나가는 것을 느꼈다. 그리고 또 황금빛 양탄자 위의 향로가 던지는 짙은 붉빛의 꼭 한복판에 어떤 그림자──천사의 모습을 띤 엷고 어렴풋한 그림자, 그늘의 그림자라고도 생각할 수 있을 만한 그림자가 누워있는 걸 보았다. 그러나 아편의 과용으로 마음이 들뜨고 흐트러져 있었던 나는 그러한 일에 크게 신경을 쓰지 않았고 로비나에게 이야기하지도 않았다. 포도주를 찾아낸 나는 방을 다시 건너가 잔이 넘치도록 술을 따라 정신을 잃어가는 그녀의 입술에 가져갔다. 그러나 그녀는 이미 얼마쯤 정신이 깨어나 있어서 자기 손으로 잔을 받았으므로, 나는 옆의 오토만에 털썩 주저앉아 눈을 지그시 뜨고 아내의 모습을 지켜봤다. 한데 바로 그때 양탄자를 밟고 소파로 다가오는 가벼운 발소리가 내 귀에 똑똑히 들려오는 것이었다. 그리고 그 바로 뒤 로비나가 포도주를 막 입술로 가져가는 순간 방의 대기 중에 있는 어떤 보이지 않는 샘에서 떨어지는 것처럼 찬란한 루비 빛깔의 액체가 서너 방울 잔 속으로 떨어지는 걸 나는 보았다. 아니 보았다고 착각했는지도 모른다. 아무튼 내가 보았다 해도 로비나는 보지 못했던 것이다. 그녀는 서슴지 않고 포도주를 마셔 버렸고, 나는 이것을 아내에게 말하는 것을 삼가했다. 결국 이것은 아내의 공포, 아편, 그리고 그 시간으로 인해 병적으로 예민하여진 상상의 장난이었음에 틀림이 없다고 마음을 돌려먹었던 것이다. 그러나 그 루비 방울이 떨어진 뒤 아내의 병세는 갑자기 악화되는 방향으로 치닫게 되었음을 나 자신은 인정하지 않을 수 없었다. 그리하여 그로부터 사흘째 되는 날 밤 그녀의 하인들은 그녀를 매장할 준비를 갖추어야만 하게 되었고, 나흘째 되는 밤엔 그녀를 신부로서 맞이했던 그 환상적인 방에서 수의에 싸인 그녀의 시신을 옆에 두고 나 홀로 앉아 있게 되었다.

아편의 자극으로 인한 엉뚱한 환영들이 그림자처럼 눈앞에 아른거렸다. 나는 불안한 눈초리로 방 안 한구석에 있는 석관이며 휘장의 각양각색의 도형들, 그리고 머리 위의 향로 속에서 꿈틀거리는 얼룩덜룩한 불꽃들을 응시했다. 그리고 그 전날 밤의 일이 문득 떠오르자 나의 시선은 그림자의 자국을 보았던 향로의 불빛 아래의 바로 그 지점으로 떨어졌다. 그러나 이미 그것은 보이지 않았다. 해방이라도 된 기분으로 크게 숨을 내쉬면서 나는 침대 위의 그 파리하게 굳은 형체로 시선을 옮겼다. 그러자 라이지아에 대한 숱한 추억이 참을 수 없이 되살아났고 그와 동시에 역시 이와 같이 수의에 싸인 '그녀'를 보면서 느꼈던 그 형언할 수 없는 비애가 흡사 둑이 터진 홍수처럼 또다시 나의 마음속으로 밀려오는 것이었다. 밤은 깊어갔으나 나는 그지없이 사랑했던 그 단 한 사람에 대한 비통한 생각에 가득 찬 심정으로 로비나의 시체를 꼼짝 않고 지켜보고 있었다.

자정 무렵이었을 것이다. 아니 내가 시간의 흐름에 전혀 관심을 두지 않았던 만큼 그보다 좀 더 빨랐거나 좀 더 늦었을지도 모른다. 나는 나직하고 가냘픈, 그러나 아주 또렷하게 들리는 흐느낌 소리에 깜짝 놀라 추억의 망상에서 깨어났다. 그 소리는 흑단의 침대, 시체가 안치된 침대에서 난다고 생각됐다. 나는 까닭 모를 공포에 사로잡힌 채 가만히 귀를 기울였다. 그러나 그 소리는 두 번 다시 들리지 않았다. 나는 시체가 움직이지나 않나 하고 눈살을 좁히고 노려보았다. 하지만 조금도 움직이는 기미는 없었다. 하지만 아무래도 내가 잘못 들었을 리는 없다. 희미하기는 했으되 분명 그 소리는 들렸던 것이다. 그래서 내가 정신이 들었던 것이 아닌가! 나는 단호하고 끈질기게 시체를 들여다보았는데, 그로부터 상당한 시간이 지나서야 그 수수께끼를 풀어서 밝혀 줄 만한 사태가 일어났다. 그 볼과 그리고 눈꺼풀의 움푹 파인 작은 정맥 등에 경미한, 거의 눈에 띄지 않을 만큼 극히 미미한 붉은 기운이 떠올라 있음을 알아냈던 것이다. 인간의 언어로선 도저히 표현할 수 없을 만큼 극심한 공포와 외경심에 사로잡혀 나는 심장의 고동이 멎고 손발이 앉아 있는 자세 그대로 굳어 버리는 듯한 느낌이 들었다. 그러나 마침내 어떤 의무감 때문에 나는 마음의 침착을 되찾았다. 우리가 준비를 너무 서둘렀다는 것, 로비나는 아직 살아 있다는 것을 더 이상 의심할 수 없었다. 당장 어떤 조치를 취해야만 했다. 그러나 이 탑은 교회 내의 하인들이 거처하는 곳에서 너무 멀리 떨어져 있었다. 소리쳐서 들을 수 있는 거리에 있는 사람은 아무도 없었다. 하인들을 불러와서 그 손을 빌리자면 몇 분 동안이나 방을 비워 둘 수밖에 없다. 그러나 나로선 그렇게 할 수가 없었다. 그래서 나는 아직 이 부근에서 맴돌고 있는 아내의 혼백을 되돌아오게 하려고 혼자 갖은 힘을 다했다. 그러나 잠시 후에 시체는 또 원상으로 되돌아갔음이 분명하였다. 눈꺼풀도 볼도 다시 빛을 잃고 대리석보다도 더 창백할 뿐이었다. 입술은 무서운 송장의 형상으로 더욱더 오그라들고 뒤틀렸다. 기분나쁜, 끈끈한 차가움이 몸뚱이 전체에 급속히 퍼졌으며, 바로 뒤이어 시체에 으레 따르기 마련인 현상으로 몸이 굳어지기 시작했다. 너무도 놀라 벌떡 일어섰던 그 의자 위로 나는 몸서리를 치며 또다시 털썩 주저앉았다. 그리고는 머리에 떠오르는 라이지아의 정열적인 모습들에 다시 취하기 시작했다.

그런 식으로 한 시간 가량 지났을 때에 다시금 (대체 있을 수 있는 일일까) 침대 언저리에서 무언가 분명치 않은 소리가 들리는 걸 깨달았다. 나는 극도의 공포에 사로잡힌 채 귀를 기울였다. 소리는 다시 들렸다. 한숨 소리였다. 시체에 달려가서 나는 보았다. 똑똑히 보았다. 입술이 떨리고 있다. 1분이 지나자 입술은 진주처럼 반짝이는 이를 드러낸 채 다시 잠잠해졌다. 그때까지 깊은 외경심에 사로잡혀 있었던 나의 마음속에 이제 경악의 느낌이 뒤섞여 왔다. 나는 눈이 침침해지고 골이 흔들리는 걸 느꼈다. 그리고 필사의 노력을 기울인 뒤에야 나는 겨우 마음을 돌려잡고 또다시 의무감이 시키는 작업에 착수할 수가 있었다. 바야흐로 이마에도 볼에도 목에도 얼마쯤 붉은 기가 떠올라 있었다. 감지할 수 있을 만한 온기가 몸 전체에서 느껴지고, 심장이 약간 뛰기까지 했다. 아내는 확실히 살아 있었다. 나는 좀 전의 갑절되는 열성으로 생명을 되돌리는 작업에 착수했다. 관자놀이와 두 손을 마찰시켜 따뜻하게 하고 뜨거운 물로 씻기는 등 경험과 적잖은 의학서의 탐독에서 알게 된 온갖 방법을 다 써보았다. 그러나 허사였다. 갑자기 붉은 기가 사라진데다 맥박은 멎었고 입술은 다시 송장의 표정으로 되돌아갔으며, 잠시 후에는 온몸이 얼음과 같은 차가움과 검푸른 납빛, 심한 경직, 움푹 패인 윤곽, 그리고 무덤 속에 며칠이나 매장되어 있었던 송장과 같은 온갖 기분나쁜 표정을 남김없이 나타냈다.

그리고 나는 다시금 라이지아의 모습을 꿈꾸기 시작했다. 그러자 또다시 (지금 펜을 잡고 있는 내 손이 떨린다고 해서 이상할 것이 뭐가 있겠는가?) 흑단 침대의 언저리에서 낮은 흐느낌 소리가 내 귀에 들려오는 것이었다. 하지만 그날 밤의 그 말할 수 없는 공포를 나는 무엇 때문에 자세히 말하려는 것일까? 무엇 때문에 나는 시간을 낭비하여 가며 설명하려고 하는 것일까? 새벽빛이 어슴푸레 떠오를 무렵까지 소름끼치는 이 소생극(蘇生劇)이 어떻게 시시각각 되풀이되었는가, 그 가공할 만한 역전이 있을 적마다 한층 더 심하게, 분명 더욱 재생시킬 수 없게까지 보이는 죽음으로 떨어져 갔을 뿐 아니라, 진통이 있을 적마다 그것은 눈에 보이지 않는 적과 심한 격투의 양상을 띠었으며, 또한 그 격투에 뒤이어 시체의 표정에는 내가 알 수 없는 어떤 극심한 변화가 일어났던가를……? 하니, 이제 빨리 이야기나 끝을 맺도록 하자.

그 무서운 밤도 거의 끝나려 하는데, 죽은 그녀는 또다시 몸을 움직였다. 그리고 이번에는 전혀 가망성이 없는, 어느 때보다도 소름끼치는 괴멸상태에서 깨어나는 것인데도 지금까지 볼 수 없었을 만큼 힘차게 몸을 움직였던 것이다. 나는 오래 전에 노력하는 것도 몸을 움직이는 것도 단념한 채 격렬한 감정의 소용돌이 속에서 속수무책으로 몸을 내맡긴 굳은 자세로 오토만 위에 앉아 있었다. 나는 그 무서움, 그 강렬함에 있어서는 극도의 두려움마저 아무것도 아닐 정도의 그런 온갖 감정에 사로잡혀 있었던 것이다. 거듭 말하건대 시체는 움직였고, 이번에는 그전 어느 때보다도 힘차게 움직였다. 얼굴에는 이제까지 없었던 힘찬 생기가 되살아났다. 손발은 느슨해졌다. 그러나 여전히 묵직하게 감겨 있는 눈꺼풀과 그 몸에 감은 붕대와 피륙이 아직도 납골당의 시체를 연상시켜 주지 않았더라면 나는 로비나가 '죽음'의 쇠사슬에서 완전히 빠져 나왔다고 생각했을지도 모를 정도였다. 그 순간엔 그런 생각이 전혀 안 들었다고 해도, 최소한 그 수의에 둘러싸인 모습이 침대에서 일어나 마치 꿈속을 헤매는 사람처럼 눈을 꼭 감고 힘없는 발걸음으로 비틀거리며 틀림없이 한 가운데로 대담하게 걸어나왔을 때는 나는 더 이상 그것을 의심할 수가 없었다.

나는 떨지도 몸을 움직이지도 않았다. 왜냐하면 그 자태가 풍기는 모양·키·태도에 얽힌 뭐라 형언할 수 없는 수많은 상상이 내 머릿속으로 왈칵 몰려오면서 나를 마비시켰기 때문이다. 나를 돌처럼 굳어버리게 했기 때문에 나는 꼼짝도 않고 오직 그 유령을 응시하고만 있었다. 나의 머릿속은 극도로 혼란되어 있었다. 진정시킬 도리가 없는 혼란 상태였다. 지금 눈 앞에 서 있는 것이 정말 살아 있는 로비나일 수가 있는가? 아니, 살아 있지 않다고 해도 좋다. 그것이 로비나, 금발과 푸른 눈의 트레마인의 숙녀 로비나 트레바뇽일 수가 있는가? 아니, 도대체 왜 나는 그것을 의심하는 걸까? 입은 두터운 붕대로 감겨 있다. 하지만 그렇다고 그것이 살아 있는 트레마인의 숙녀 입이 아니라고 어떻게 말할 수 있는가? 그리고 저 볼, 거기에는 그녀의 한창 때와 같은 장미빛이 떠돌고 있었다. 그렇다, 이것이야말로 확실히 생전의 트레마인의 숙녀, 어여쁜 볼이 아닌가. 그리고 건강했을 때와 같은 보조개를 간직한 턱, 이것이야말로 그녀의 것이 아니라고 할 수 있겠는가. 하지만, '그렇다면 병에 걸린 이후로 그녀의 키가 자랐다는 말인가?' 하는 생각이 드는 순간 얼마나 말할 수 없는 광기가 나를 사로잡았던가? 나는 한달음에 그 발 밑으로 달려갔다! 그녀가 나를 피하려는 바람에 그 머리에 감겨 있던 기분나쁜 수의가 풀려 떨어졌다. 그러자 길게 흐트러진 풍부한 머리채가 밤의 세찬 공기 속으로 우수수 흘러 내렸다. '아아, 그것은 심야의 까마귀 날개보다도 더욱 새까만 머리채였다.' 그리고 마침내 눈 앞에 선 그 사람의 '눈'이 천천히 뜨였다. '적어도 이번만은' 하고 나는 큰 소리로 외쳤다. '착각일 수 없다, 결코 착각일 수가 없다. 이 커다란, 이 새까만, 이 야성적인 눈이야말로 나의 잃어버린 애인, 그녀, 라이지아가 아닌가!'

*1 코르니스는 처마 장식벽에 수평으로 낸 쇠시렁 모양의 장식.
*2 오토만은 팔걸이와 등받이가 없는 쿠션 달린 긴의자.

윌리엄 윌슨

뭐라고 말하랴? 내 앞길을 가로막는 망령. 이 '엄숙한 양심'
을 뭐라고 말하랴?

체임벌린 《파로니다》

　내 이름을 우선 윌리엄 윌슨이라 해두자. 지금 눈앞에 놓인 이 새
하얀 종이를 굳이 내 본명으로 더럽힐 필요는 없으리라. 그 이름은
이미 너무나도 내 형제들의 비웃음, 공포, 아니 혐오의 과녁이 되어
왔다. 분노에 타는 풍문은 그 이름에 따르는 유례없는 치욕을 이 세
상 끝까지 퍼뜨려 놓지 않았던가. 누구 한 사람 돌아보는 자도 없는
추방자 중의 추방자여! 이 세상의 그 숱한 영예, 행복, 빛나는 희망
에 대해선 이미 그대는 영원히 송장이 되어 버리지 않았는가. 짙고
음산한 무한대의 구름이 그대의 희망과 천국 사이에 영원히 드리워지
지 않았던가.

　최근 몇 년에 걸친 나의 이를 데 없는 비참함과 용서받을 수 없는
죄악에 대해선 여기서, 아니 지금 쓸 수 있다고 해도 쓰고 싶지 않

다. 이 시기, 즉 최근 수년 동안은 나의 타락의 도수를 갑자기 높이고 말았는데 지금은 단지 그 근원이 어디에 있는지 그것만 밝히고 싶다. 흔히 인간은 서서히 타락하는 법이다. 그런데 내 경우, 외투가 몸에서 떨어지듯 온갖 덕이 순식간에 떨어져 나가고 말았다. 비교적 사소한 사악에서 단숨에, 거인이 성큼 한 걸음 옮겨 놓듯이 엘라가발라스도 무색할 만한 흉악의 경지로 나는 뛰어들었다. 그럼 단 한 사건에서 도대체 무엇이 계기가 되어 그러한 불행을 가져왔는지 내가 이야기하는 바를 잠시 귀기울여 주시기 바란다.

'죽음'은 시시각각 다가오고 있다. 그리고 '죽음'의 앞잡이인 어두운 그림자가 이미 내 영혼을 평화롭게 해주었다. 그 침침한 골짜기로 떠나기에 앞서 나는 형제들의 동정을——연민을 빌고 싶다고까지 원했지만——간절히 바라고 있다. 어떤 점에서는 내가 인간의 힘으로는 어쩔 수 없는 환경의 노예였다는 걸 사람들에게 믿게 하고 싶은 것이다. 이제부터 털어놓으려고 하는 자세한 사연에서 과오만으로 꽉 찬 사막 속에서 작은 오아시스를, 결국 숙명이 할 수 있는 조그마한 구원을 나를 위해 찾아 주길 바라는 것이다. 그리고 자연히 인정하지 않을 수 없겠지만, 지금까지 유혹이 큰 힘으로 존재해 왔을지라도 사람이 적어도 이런 식으로 유혹당한 일은 여태껏 없었다는 걸, 확실히 이런 식으로 타락한 일은 결코 없었다는 걸 사람들이 인정해 주길 바라는 것이다. 혹시 내가 이토록 괴로운 것도 바로 그 때문이란 말인가? 사실 나는 꿈 속에서 살아온 것이 아닐까? 그리고 이 세상의 온갖 망상 중에서도 가장 터무니없는 망상의 공포와 신비에 희생되어 죽어가는 것이 아닐까?

나는 대대로 풍부한 상상력과 화를 잘 내는 기질로 유명했던 가문의 자손으로, 아주 어릴 때부터 이 조상 대대의 기질을 그대로 물려받았음이 뚜렷하게 드러나 있었다. 나이를 먹어감에 따라 이 기질은 더욱더 심해져서 여러 가지 이유에서 친구들에게 심한 불안감을 주어 확실히 내 자신을 해치는 원인이 되었다. 나는 고집불통에다, 극도로 변덕스러운 아이였고 도저히 주체할 수 없는 극심한 감정의 노예로 자랐다. 부모님은 마음이 약했고 나와 마찬가지로 허약한 체질이었으므로 이런 나의 못된 성질을 거의 휘어잡지 못했다. 그야 부모님의 노력이 전혀 없었던 건 아니지만 소극적이고 겨냥이 빗나간 탓에 완전 실패로 돌아가고 내쪽이 완전한 승리로 끝나고 만 것이었다. 그런 뒤부터는 내 말이 집안의 법률이었고, 대개의 어린 아이가 아직 걸음도 제대로 못 걸을 무렵부터 이미 멋대로 굴면서 형식이야 어쨌든 실질적으로는 자기 행위의 주체자가 되었던 것이다.

나의 학창 생활 중 가장 오랜 기억은 안개 자욱한 잉글랜드 어느 마을의 크고 불규칙적인 엘리자베스 왕조풍의 저택과 연결된다. 마을은 마디가 울퉁불퉁하게 튀어나온 거대한 나무들로 울창했고 어느 집이나 엄청나게 고풍스러웠다. 사실 이 고풍스러운 마을은 꿈결처럼 마음이 평안하여지는 곳이었다. 지금 이 순간에도 나는 마음속으로 그늘이 짙은 가로수길의 싱싱한 서늘함을 느끼고 숱한 관목숲 향기를 마시며, 굴절된 번개 무늬의 고딕풍 뾰족탑을 둘러싸고 잠들어 있는 어스레한 분위기의 정적 속에서 한 시간마다 나른하게, 느닷없이 울려 퍼지는 교회의 깊고 그윽한 종소리에 새삼스레 뭐라 말할 수 없는 즐거움이 되살아나 가슴이 두근거리는 것이다. 학교와 관련된 그 일들을 하나하나 돌이켜보는 일은 지금의 내가 맛볼 수 있는 가장 큰 기쁨이다. 비참, 아아 너무나도 생생한 비참의 구렁텅이에 빠진 나같은 몸뚱아리가 마음 약하게도 약간 쓸모없는 추억에 잠겨, 비록 사소하고 일시적인 것이라 할지라도 무언가 마음의 구원을 찾는다고 해서 크게 잘못은 없으리라. 게다가 참으로 사소하고 우스꽝스럽기조차 한 이 추억이, 나중에 나를 그토록 완전히 휘감아 버린 숙명의 그 최초의 심상치 않은 경고라고 인정되는 시기와 장소에 연결되는 것이니, 내게 있어서는 우연찮은 무언가 중요성을 띤 것이라고 생각된다. 이런 까닭으로 아무쪼록 이 추억의 실마리를 펼쳐 나가는 것을 용서하시라.

이 저택은 앞서 말했듯이 고풍스럽고 불규칙적이었다. 통일성이 없었다. 대지는 넓고 석회에 유리조각을 박아 놓은 높고도 튼튼한 벽돌담이 주위를 둘러싸고 있었다. 이 감옥 같은 요새가 우리들의 세상 끝이 되어 있어, 이 담 너머는 일주일에 세 번밖에 볼 수 없었다.

한 번은 매주 토요일 오후 두 사람의 강사에 인솔되어 주변의 어떤 들판을 무리지어서 잠시 산책하는 일이 허락되었었고, 또 일요일에는 이 마을에 하나뿐인 교회의 아침과 저녁 예배에 역시 같은 대열을 짓고 가 참석하는 것이었다. 우리들 학교의 교장이 이 교회의 목사였다. 교장이 엄숙하고 느릿한 발걸음으로 단상에 올라가는 모습을 2층의 아득히 먼 좌석에서 나는 얼마나 깊은 경이와 당혹감으로 지켜보곤 했던가! 저토록 점잖고 자애로운 얼굴 생김새, 저토록 윤기 흐르고 저토록 목사님답게 옷자락이 긴 의복, 저토록 빈틈없이 머릿기름을 바르고, 저토록 엄숙해 보이는 큰 가발을 쓴 저 존엄한 인물이 바로 얼마 전까지 뚱한 표정으로 담배 냄새가 잔뜩 밴 옷을 입고 회초리를 한 손에 들고 학원의 가혹한 규칙을 집행하고 있던 사람일까? 이것이야말로 정말 풀기 어려운, 그 얼마나 터무니없는 모순일까!

이 육중한 담 한 귀퉁이에 더욱 육중한 철문이 잔뜩 상을 찌푸린 채 서 있었다. 문에는 빗장이 징으로 박혀 있고 꼭대기엔 날카로운 쇠창살이 꽂혀 있었다. 이것을 보고서 얼마나 큰 두려움을 느꼈던가! 이 문은 지금 말한 세 번의 정기적인 출입 때가 아니면 결코 열리는 일이 없었다. 그러다 커다란 돌쩌귀가 긁히는 소리를 들을 적마다 우리들은 넘칠 듯한 신비감——엄숙한 관심이랄까 아니면 엄숙한 침묵 쪽이 더 적당할까? ——에 몸을 떨면서 한없는 상상 속으로 빨려들곤 했다.

넓은 학교 대지는 깊숙이 들어가서 모양이 일정치 않은 넓은 빈터가 여기저기 많이 있었다. 그 중에서도 제법 큰 서너 장소가 운동장으로 쓰였다. 운동장은 평평했고, 잘고 단단한 자갈이 깔려 있었다. 지금도 잘 기억하고 있지만, 그 안에는 나무도 벤치도 또는 그 비슷한 것도 일체 없었다. 물론 그것은 교사 뒤쪽에 위치하고 있었다. 교사 정면에는 회양목과 그 밖의 관목을 심은 화단이 있었는데, 우리들이 이 신성한 장소를 지나가는 일이란 좀처럼 없었다. 처음 입학할 때나 마지막으로 졸업할 때, 또는 어쩌다 크리스마스나 여름방학 때 부모와 친지가 찾아와 우리들이 즐겁게 집으로 돌아갈 때가 고작이었다. 그러나 교사는——이건 얼마나 기묘하게 낡은 건물이었던가! ——나에겐 그야말로 마법의 궁전이었다. 사실 건물은 꾸불꾸불 꾸부러진 것이 한이 없고, 무한정 잘게 나누어져서 어떻게 되어 있는지 도무지 종잡을 수 없었다. 언제 어떤 경우에도 2층 건물인 교사의 1층에 있는 것인지 2층에 있는 것인지 그것마저 확실히 말하기가 곤란할 정도였다. 한 방에서 다른 방으로 갈 땐 언제라도 층계를 서너 개 오르내려야만 했다. 그리고 또 통로가 상상도 할 수 없을 만큼 많고, 또 기묘하게 서로 얽혀 있어 이 건물 전체에 관한 우리들의 가장 정확한 지식도 무한에 관해 생각할 경우와 크게 다를 것이 없었다. 이 곳에서 5년내내 자신과 스무 명 남짓한 학우들이 머무르는 사이 할당된 조그만 침실이 도대체 구내의 어느 구석에 위치하고 있는지 나로선 도저히 정확하게 알아낼 수가 없었다.

교실은 이 건물에서 가장 큰, 아니 나로선 전세계에서도 가장 크다고 생각하지 않을 수 없는 방이었다. 놀랄 만큼 기다랗고 폭이 좁은, 음울할 만큼 천장이 낮은 이 방은 끝이 뾰족한 고딕풍의 창문이 있고, 천장은 떡갈나무로 되어 있었다. 먼 한쪽 구석에는 공포를 자아내는 8, 9 피트 평방 정도의 칸막이 방이 있었는데, 그것은 우리들의 교장이신 목사 브랜즈비 박사의 '근무 시간' 중의 성스러운 공간이었다. 육중한 문짝이 달린 구조가 튼튼한 방으로, 우리는 누구나 교장 선생이 안 계실 때라도 그 문을 열기보다는 차라리 곧장을 맞고 죽기를 원했으리라. 다른 구석에도 역시 비슷한 칸막이 방이 두 개 있었다. 앞의 것보다 존경의 개념은 사실 훨씬 떨어졌지만, 역시 크나큰 공포의 대상이었다. 그 하나는 '고전' 담당 교사의 교단이었고, 다른 하나는 '영어 및 수학' 교사의 교단이었다. 방 가운데는 거무죽죽하고 고풍스럽고 낡아빠진 숱한 책상과 걸상이 한없이 불규칙하게 가로세로 교차되면서 사방으로 흩어져 있었는데, 그 위에는 손때가 닥지닥지 묻은 책들이 무질서하게 쌓여 있고, 각종 이름의 머리글자며 기다란 이름의 철자, 괴상한 무늬, 그밖의 칼 흔적이 쌓이고 쌓여 그 옛날엔 조금이라도 남았을 본디 모습은 완전히 자취를 감추고 없었다. 물을 담은 큰 양동이가 방의 한쪽 맨끝에 놓여 있고 엄청나게 큰 벽시계가 또 한쪽의 맨끝에 걸려 있었다.

나는 이 신성한 학원의 육중한 담에 둘러싸여 10대 전반의 5년을 보냈던 것인데, 그렇게 지겹거나 혐오스러운 5년은 아니었다. 유년 시절의 풍부한 두뇌는 사물에 몰두하든가 흥미를 느끼든가 하는 데 있어 굳이 사건 많은 바깥 세계를 필요로 하지 않았다. 겉보기엔 단조롭고 음울한 학교 생활이었으나 그것은 좀 더 성장한 청춘 시절의 사치스런 생활에서 얻은 자극이나 또는 완전히 어른이 되어 죄악에서 얻은 자극보다도 더욱더 강렬한 자극으로 넘쳐 있었던 것이다. 그러나 내 최초의 정신적 발전은 극히 비정상적이고도 '극히 정상궤도를 벗어난 것'을 다분히 내포하고 있었다고 보지 않을 수 없다. 대개의 경우 사람들은 아주 어렸을 무렵의 사건이 성인이 되고 나서까지 명확하게 인상에 남는 일은 좀처럼 드문 법이다. 모든 것이 잿빛의 그림자 또는 덧없고 형체가 없는 추억이게 마련이고, 덧없는 쾌락이나 환상 같은 고통을 막연하게 긁어모은 것에 불과한데, 나의 경우는 그렇지가 않다. 유년시절이었음에도 나는 마치 어른처럼 강렬하게 사물을 느꼈던게 분명하다. 지금도 내 기억속에는 그때의 일들이 마치 카르타고의 메달에 새겨진 무늬처럼 생생하고 깊고 지워지지 않는 선으로 뚜렷이 남아 있다. 그러나 상식적인 견해로 보아서는 기억에 남을 만한 것이 또 얼마나 적은가! 아침의 눈뜸, 밤마다의 취침, 암기와 낭독, 정기적인 토요일과 산책, 운동장에서의 싸움질이나 장난, 그리고 조그만 음모……. 이제는 마음에서 완전히 사라져버린 고작 그까짓 일들이 당시에는 마음속 은밀한 마술의 하나였고, 그칠줄 모르는 감동과 끝없이 이어지던 사건이야말로 우리들 가슴을 온통 뒤흔들며 격렬한 흥분과 다채로운 감정을 맛보게 해 주었던 것이다. '오오, 즐거웠던 시절, 철부지 시절이여!'

사실 말이지 나의 격렬하고 광적이고 오만한 성미 때문에 나는 금세 학우들 중에 두드러진 인물로 부각되었고, 서서히 그러나 자연스러운 과정을 거쳐 나보다 크게 연상이 아닌 모든 학생 위에 군림하기에 이르렀다. 그러나 한 사람의 예외가 있었다. 그 예외적인 학생은 친척도 아무것도 아닌데도 나하고 성도 이름도 같았다. 그러나 그것은 사실 별로 이상할 게 없는 일이었다. 왜냐하면 귀족의 자손이라고는 하지만 내 이름은 시효 규정에 의해 이미 오랜 옛날부터 서민들의 공유 재산이 되어 버린 양 흔하게 쓰이는 이름의 하나였기 때문이다. 그 때문에 이 이야기 속에서 나는 자신을 윌리엄 윌슨이라고 부르기로 했던 것인데, 그것은 분명하고 별로 동떨어져 있지 않은 가명인 것이다. 학교 용어로 '우리 패거리'를 이루고 있는 자들 중에서 나와 성도 이름도 같은 이 녀석만이 학교의 공부에서나, 운동장에서의 놀이나 싸움에서 감히 나와 겨루려 했고, 내 주장에 대한 맹목적인 신봉이나 내 의지에 복종을 거부하려고 했으며, 사실상 모든 면에서 나의 일방적인 명령에 반기를 들려고 하였던 것이다. 세상에 절대적인 독재주의가 있다면 바로 소년 시절의 자기보다 마음 약한 친구들에 대한 골목대장의 독재가 그것일 것이다.

윌슨의 반항은 나에게 있어 더할 수 없는 골칫거리였다. 남 앞에서 겉으로는 그에 대해서나 그의 주장에 항상 허세를 부리는 태도로 나갔지만, 마음속으론 그에 대한 두려움을 느꼈고 그가 아주 쉽사리 나와 맞서는 그 대등성, 실은 나보다 우월하다는 증거인 그 대등성을 생각지 않을 수 없었기 때문에 더욱더 골치가 아프고 그의 반항을 누를 수 없기 때문에 나는 항상 안간힘을 쓰지 않을 수 없었던 것이다. 그러나 이 우월은, 아니 이 대등성마저도 실은 나 이외의 누구도 눈치채지 못하고 있었다. 우리 친구들은 어쩐 셈인지 모두 눈뜬 장님으로 이것을 의심하고 있는 낌새조차 없었다. 사실 그의 경쟁, 그 저항, 특히 내 의도에 대한 건방지고도 고집센 방해는 우리 둘 사이의 문제일 뿐 남의 눈에는 띄지 않았다. 나를 부추긴 야심도, 남보다 앞서려는 정열적인 활력도 그는 갖고 있지 않은 것 같았다. 그가 나와 맞서는 것은 오로지 나에게 좌절감이나 경악이나 굴욕감을 주려는 변덕스러운 마음이 동기의 전부가 아닐까 하는 느낌이 들 정도였다. 하지만 그가 그 박해나 모욕 또는 반항에 일종의 볼썽사나운, 확실히 가장 달갑지 않은 친밀한 태도를 섞고 있다는 것을 나는 곧잘 경탄과 굴욕과 분통이 뒤섞인 심정으로 깨닫지 않을 수 없었다. 그리하여 나는 이 기묘한 태도란, 그의 자만이 더할 수 없이 나의 후원자 내지는 보호자인 척하는 비열한 태도를 띠고 나타난 것이라고 상상할 수밖에 없었다.

학교의 상급생들 사이에 우리들 두 사람이 형제라는 소문이 퍼진 것도 어쩌면 우리가 우연히도 같은 날 입학한 데다가 이름이 똑같고, 또 윌슨의 태도에 지금 말한 것처럼 나를 두둔하는 듯한 면이 있었기 때문일 것이다. 상급생들은 보통 하급생들의 일을 별로 꼬치꼬치 캐지를 않는다. 이미 말했듯이, 아니면 당연히 말해 둬야 했듯이, 윌슨은 나의 가족과 전혀 손톱만큼도 핏줄 관계가 없었다. 그러나 확실히 만일 우리가 형제였다면 두 사람은 틀림없이 쌍둥이였을 것이다. 왜냐하면 브랜즈비 박사의 학교를 떠난 뒤 우연한 기회에 나는 윌슨이 1813년 1월 19일생임을 알게 됐는데, 이건 상당히 놀랄 만한 우연의 일치였기 때문이다. 이날은 바로 나의 생일이니 말이다. 이상하게 들릴지 모르지만 윌슨의 경쟁과 그 참을 수 없는 반항 기질이 나를 줄곧 불안하게 했음에도 불구하고 나는 아무리해도 그를 아주 미워할수는 없었다. 확실히 우리들은 거의 매일처럼 싸웠는데, 싸울 때마다 그는 표면적으로는 나에게 승리를 안겨 주면서도 어떤 형태로든 진짜로 승리한 것은 자기 쪽이라는 느낌을 나에게 교묘하게 심어 주는 것이었다. 그러나 나에게는 자존심이 있고 그에겐 진짜 위엄이 있어 우리는 언제나 이른바 대화가 통하는 관계를 유지했고 또 한편 두 사람의 기질엔 꽤 닮은 데가 많아 그런 입장만 아니었더라면 아마 우정으로까지 발전했을 감정을 내 가슴속에 불러일으켰던 것이다.

그에 대한 진정한 내 심정은 정의하기가, 아니 설명하기도 사실 어렵다. 그것은 온갖 이질적인 요소가 마구 뒤섞인 심정이었다. 얼마간 짜증스런 적개심도 있었지만 증오라고까지는 할 수 없었고, 상대를 존중하는 마음도 다소 있었지만 존경하는 마음이 더 컸고, 그보다는 두려움이 더욱 컸으며, 거기에 불안한 호기심까지 꽉 차 있었다. 거기다 도덕가인 점에서는 나하고 뗄래야 뗄 수 없는 동료였다는 말을 덧붙일 필요가 있으리라. 그에 대한 나의 온갖 공격(터놓고 하는 것이든 은밀한 것이든 어쨌든 그 공격은 빈번하게 실행되었던 것이지만)이 비교적 심각하고 단호한 적대 행위보다도 오히려 야유라든가 장난(다만 농담인 척 꾸며대면서 고통을 주는)이 되기 쉬웠던 것은 확실히 우리 두 사람 사이에 존재하는 이상과 같은 변칙적 사정 때문이었다. 그러나 이러한 방면에서 나의 노력은 가장 교묘하게 꾸며졌을 경우라도 결코 언제나 성공한다고 단정할 수는 없었다. 왜냐하면 윌슨에겐 성격적으로 자기 자신은 날카로운 농담을 던지면서도 자신의 허점은 전혀 드러내지를 않아 절대로 남에게서 비웃음을 당하지 않는, 그런 겸허하고 조용한 의연성이 다분히 있었기 때문이다. 사실 그의 약점이라곤 단 한 가지밖에 찾아낼 수 없었는데, 그것은 아마도 선천적인 병에서 오는 신체상의 특이성에 의한 것이어서, 나보다 더 계략적인 적이라 할지라도 그것만은 공격을 삼가해야 했으리라. 즉 나의 경쟁 상대는 목구멍 기관에 무엇인가 결함이 있어서 언제나 그 목소리를 아주 낮은 속삭임 이상으로 높게 낼 수가 없는 것이었다. 그래서 나는 비겁하게도 이 결함을 되도록 이용하기를 게을리하지 않았다.

윌슨 쪽에서도 같은 방식의 보복이 많았는데, 그 중에서도 나로 하여금 말할 수 없이 신경이 곤두서게 하는 짓궂은 장난 한 가지가 있었다. 그런 사소한 일이 날 괴롭히리라는 걸 처음에 어떻게 알아냈는지 나로서도 풀리지 않는 수수께끼지만, 어쨌든 그걸 알고 나서는 번번이 그 장난을 부려 마지않았다. 나는 내 '아들'이라는 이름이 붙은 볼썽사나운 성*1과, 비록 천하지는 않다 하더라도 극히 흔해 빠진 이름에 항상 혐오감을 갖고 있었다. 이 이름을 들으면 귀에 독이라도 부어 넣은 듯한 느낌이 들었으며, 내가 도착하던 날 제2의 윌리엄 윌슨 또한 이 학교에 들어왔을 때 나는 그가 이 이름을 쓰는 것에 울화통이 치밀어서 내 이름에 대한 혐오감이 갑절로 불어났다. 왜냐하면 남이 이 성명을 씀으로써 내 이름이 이중으로 되풀이되는 원인이 될 것이고, 또한 이 동성동명자가 번번이 내 앞에 나타남에 따라 매일매일의 학교 과정에서 이 원수같은 부합 때문에 당연히 그에 관한 일이 내 자신의 일과 자주 혼동되리라고 생각했기 때문이다.

이리하여 싹튼 짜증은 이 경쟁 상대와 나 사이에 정신적으로나 육체적으로 아주 흡사한 점이 사사건건 눈에 뜨임에 따라 더욱더 커졌던 것이다. 그 당시는 두 사람이 나이까지 똑같다는 놀랄 만한 사실은 미처 몰랐다. 그러나 키도 같고 몸짓, 얼굴 생김새도 이상하게 꼭 닮은 사실은 나도 인정하고 있었다. 그리고 또 상급생들 사이에 쫙 퍼진 친척이라는 소문에는 더욱 비위가 상했다. 한마디로 말해서 두 사람이 정신적으로나 육체적으로 그 밖의 점에서도 닮았다는 소리를 남에게서 듣는 것이 무엇보다도 나를 무척 짜증나게 만들었다(하긴 그러한 짜증을 조심스럽게 숨기고는 있었지만). 그러나 사실은 두 사람의 공통성이(친척 관계라는 소문과 윌슨 본인이 알고 있던 일은 별도로 하고서) 학우들의 화젯거리에 올라 있다고 믿을 이유도 없거니와 눈치채고 있다고 여겨지는 낌새마저 전혀 없었다. 윌슨은 이것을 온갖 면에서 눈치채고 있었고, 또한 나 못지않게 확실하게 꿰뚫어보고 있었음은 명백했다. 그러나 이 점에 이토록 효과적으로 나를 괴롭히는 건더기가 있다고 알아낸 것은, 앞서도 말했던 것처럼 그의 예사롭지 않은 날카로움 탓이라고밖에 생각할 도리가 없다.

그가 나에게 써먹는 앙갚음이란 말투에 있어서나 행동에 있어서나 나를 그대로 흉내내는 것이었는데, 아주 멋들어지게 해냈다. 내 복장은 흉내내기가 쉬웠고, 걸음걸이나 평소의 태도 역시 별로 어렵지 않게 그는 자기 것으로 만들었으며, 그 체질적인 결함에도 불구하고 그는 목소리마저도 놓치지 않았다. 나의 큰 목소리를 물론 흉내낼 수는 없었지만, 목소리의 가락에 있어선 그야말로 그대로였다. 그리하여 그의 좀 색다른 속삭임은 이제 어쩔 수 없이 내 목소리의 메아리가 되고 말았다. 이 참으로 절묘한 초상화——캐리커처 정도의 표현을 쓰기엔 너무도 꼭 닮았던 것이다——가 얼마나 나를 괴롭혔는지는 굳이 말하고 싶지 않다. 단 한 가지 내게 위안이 되었던 것은 이 흉내를 눈치채고 있는 것은 분명히 나 혼자라는 점, 그러므로 이 동성동명자의 자못 회심에 찬 조소적인 미소만 꾹 참으면 된다는 사실이었다. 목적했던 효과를 나의 가슴속에 불러 일으킨 것에 만족하여 그는 자기가 나에게 고통을 안겨 준 걸 몰래 즐기고 있는 듯했다. 그러나 그 약삭빠른 음모가 멋들어지게 성공한 걸 안다면 다른 녀석들도 틀림없이 손뼉을 치면서 기뻐할 것이 분명한데, 그 점에 대해선 이상하게도 무관심했다. 사실 다른 학생들이 그의 음모를 깨닫는 일도 없었고, 그 성공도 몰랐고, 하물며 그와 한패가 되어 냉소하는 일도 없었던 건 대체 어떠한 까닭인지, 몇 달 동안은 나로서는 풀기 어려운 불안한 수수께끼였다. 어쩌면 나의 흉내를 조금씩 조금씩 늘려 갔던 일이 쉽게 남의 눈에 띄지 않게 되었던 것인지도 모른다. 혹은 또 이렇듯 아무에게도 눈치채이지 않고 무사히 넘어갔던 건 그가 너무도 대가다운 솜씨로 나를 모사(模寫)하여, 둔감한 감상자들이 전혀 눈치채지 않게 빈껍질 따위는 아예 무시해 버리고 오로지 나만 알아차리고 분하게 여기게끔 원작의 진수만을 묘사했기 때문인지도 모른다.

나에 대해서 무언지 그가 두둔하는 듯한 꼴사나운 태도를 나타내든가, 곧잘 귀찮게 내 의사를 간섭하든가 한 일은 이미 몇 번이고 말했다. 이 참견은 달갑지 않은 충고——터놓고 분명하게 말하는 게 아니라, 넌지시 풍기는 듯한 충고가 되어 나타나는 일이 많았다. 나는 이걸 참 싫어했는데, 이 심정은 내가 나이를 먹어감에 따라 더욱더 강해졌다. 그러나 오랜 세월이 지난 지금, 그에 대해 공평성을 잃지 않도록 다음 사실만은 인정하고 싶다. 그것은 이 경쟁 상대의 충고가, 아무런 경험도 없는 아직 풋내기인 나이 또래에 있기 쉬운 잘못이나 어리석음에서 나온 경우는 하나도 없었다는 점이다. 또한 그 여러 가지 재능이나 사려 분별이라고까지는 하지 않더라도 적어도 그의 윤리감이 나보다는 훨씬 날카로웠고, 그리고 그 무렵 내가 다만 너무나도 마음속으로부터 미워하고 맹렬히 경멸하는 데 지나지 않았던 저 의미심장한 속삭임, 거기에 담겨 있었던 충고들을 그토록 언제고 물리치지만 않고 있었다면 지금 나는 좀 더 선량한, 그러기에 또한 좀 더 행복한 인간이 되어 있었을지도 모를 일이다.

어쨌든 사실 나는 그 가증스러운 감시 아래 마침내 극도로 침착성을 잃었고 참을 수 없는 그의 교만에 대해 날로 더욱더 공공연하게 화를 내게 되었다. 이미 말했듯이 두 사람이 학우로서 대한 처음 몇 년인가는 그에 대한 내 마음이 경우에 따라선 쉽게 우정으로까지 성장할 수 있는 것이었다. 그런데 학교생활도 끝날 무렵인 몇 달 동안은 간섭 비슷한 그의 평소의 태도가 확실히 얼마쯤 누그러진 듯했지만, 거의 그것과는 반대로 내쪽이 다분히 뚜렷하게 증오의 성격을 띠게 되었다. 어떤 기회에 그 역시 이것을 눈치챈 모양으로 그후부터는 나를 피했다. 아니면 피하는 척하였다.

내 기억에 잘못이 없다면 역시 같은 무렵의 일이다. 언젠가 그와 심한 말다툼을 벌였는데, 그때 그는 전에 없이 흥분해 가지고 성질과는 어울리지 않는 노골적인 언동을 보였다. 그때 그의 말투, 태도, 용모에 문득 무언가를 발견하고(혹은 발견한 듯한 느낌이 들어서) 나는 처음엔 섬뜩하니 놀라고, 다음 순간 말할 수 없는 흥미를 느꼈던 것이다. 왜냐하면 그것이 나의 아주 어릴 적의 희미한 환상, 아직 기억력조차 생기지 않았을 때의 혼란되고 잡다한 무수한 기억을 일깨워 주었기 때문이다. 그때 가슴속을 짓누르던 심정을 어떻게 설명해야 할까. 다만 지금 내 앞에 서 있는 자와는 아주 오랜 옛날에, 무한대라고까지 할 만큼 먼 과거의 어느 시기부터 이미 서로 알고 있었던 것이라는 확신을 좀처럼 떨쳐 버릴 수 없었다고 할 수밖에 없다. 그렇지만 이 착각은 갑자기 떠올랐던 것처럼 또 갑자기 사라졌으며, 지금 그걸 언급하는 것은 다만 이 기묘한 동성동명자와 내가 이 학교에서 최후의 대화를 나눈 날을 밝히기 위해서일 뿐이다.

수없이 세분되어 있는 이 거대한 낡은 건물엔 서로 통하는 큰 방이 여러 개 있고, 대다수의 학생들은 그곳에서 잠자게 되어 있었다. 그러나 또한 이같이 꼴사납게 설계된 건물에는 부득이한 일이지만 이 건물의 남은 찌꺼기라고나 할 만한 움푹 들어간 구석이 많았으며, 물론 보통의 헛간 비슷한 것이라 겨우 한 사람밖에 수용하지 못했지만 블랜즈비 박사의 경제적 연구는 이런 구석들마저 침실로 이용하고 있었다. 그리고 이러한 작은 방 하나를 윌슨이 차지하고 있었던 것이다.

어느 날 밤, 그것은 이 학교에서의 제5년째도 끝나려는 무렵으로 앞서 말한 말다툼이 있었던 바로 뒤의 일인데, 모든 사람이 깊은 잠에 빠져 있는 것을 확인한 나는 잠자리에서 일어나 등불을 손에 들고 무수히 얽힌 좁은 복도들을 지나 이 경쟁자의 침실로 살그머니 걸어 갔다. 이제까지는 번번이 실패만 하고 있었지만, 한번은 그를 혼내 주려고 어떤 짓궂은 장난을 오랫동안 마음먹고 있었던 것이다. 그리고 이제 드디어 이 계획을 실천에 옮길 속셈이었으며, 어느 만큼이나 내가 악의를 품고 있는지를 톡톡히 알려 주리라 결심했다. 그의 방까지 이르자 등불에 덮개를 덮어서 밖에 놓아두고 살그머니 안으로 들어갔다. 한 걸음 나아가 조용한 숨결에 귀를 기울였다. 그가 잠들어 있음을 확인하자 나는 되돌아나와서 등불을 집어 들고 또다시 침대에 다가섰다. 주위에는 빈틈없이 휘장이 둘러쳐져 있었는데, 나는 계획을 수행하려고 천천히 그것을 조용하게 열어젖뜨렸다. 순간 밝은 불빛이 잠자고 있는 그의 모습을 비췄고, 동시에 내 눈길은 그의 얼굴

위에 멈췄다. 나는 지그시 바라보았다. 그러자 곧 저리는 듯, 얼어붙는 듯한 느낌이 온몸에 오싹 스며들었다. 가슴은 두근거리고 무릎은 떨렸다. 웬지 모를, 그것도 참기 어려운 공포가 내 영혼을 사로잡았다. 가쁜 숨을 몰아쉬면서 나는 더욱더 등불을 잠자는 얼굴에 바싹 가져갔다. 이것이, 대체 이것이 윌리엄 윌슨의 얼굴 모습이란 말인가? 그건 확실히 그의 얼굴이었지만, 웬지 그의 얼굴이 아닌 듯한 망상에 나는 마치 학질에나 걸린 듯 온몸을 떨었다. 그 얼굴의 어떤 점이 이토록 나를 경악케 만든 것일까. 그의 얼굴을 주시하는 동안 무질서하게 떠오르는 온갖 상념으로 머리가 어지러워졌다. 그의 평소 표정은 이렇지가 않았다. 눈을 뜨고 쾌활하게 돌아다닐 때의 얼굴은 분명 이렇지는 않았다. 이름도 같다. 생김새도 똑같다! 입학 일자도 똑같다! 그리고 내 걸음걸이, 목소리, 버릇, 태도에 대한 그의 집요하고도 까닭모를 흉내! 그리고 지금 내 눈에 보인 것은 그러한 조소적인 모방을 늘상 되풀이해 온 결과에 지나지 않는 것일까? 그런 일이 인간 세상에서 실제로 있을 수 있는 일일까? 겁에 질리고 더욱 떨리는 것 같아 나는 등불을 끄고 살그머니 침실에서 나와 곧장 이 낡은 학교 건물을 떠나 버렸다. 그리곤 다시는 되돌아가지 않았다.

집에서 하는 일 없이 몇 달을 보낸 뒤 나는 이튼교에 입학했다. 그 짧은 휴양기간은 브랜즈비 박사의 학교에서의 일들에 관한 기억을 약화시키기에, 아니 최소한 그 일들을 생각할 때의 감정에 질적 변화를 가져다 주기에 충분했다. 이미 그 드라마의 박진성, 그 비극성은 없었다. 이제 나는 그 무렵의 내 감정을 도리어 의심하는 여유를 갖게 되었으며, 그 일을 생각할 때마다 인간이란 무엇이건 그 얼마나 쉽게 믿어 버리는 것일까 하는 의아심이 생김과 아울러 유전적으로 물려받은 나의 생생한 상상력에 미소를 금치 못하는 것이었다. 그리고 이러한 종류의 회의는 내가 이튼에서 보낸 것과 같은 생활로선 약화될 턱

이 없었다. 이튿날에 가자마자 곧 번개같이 뛰어든 무분별한 방랑의 소
용돌이는 나의 과거를 물거품만 남긴 채 몽땅 쓸어갔고, 견실한 또는
심각한 인상은 모두 곧 삼켜 버려 지나간 생활 속에서 다만 가벼운
것만이 기억에 남게 되었다.

그렇지만 나의 형편없는 방탕 생활——학교 감시의 눈을 교묘하게
피해 가면서 교칙 따위는 아랑곳도 하지 않았던 방종한 생활을 여기
서 자세히 늘어 놓고 싶지는 않다. 소득 없이 보낸 방랑의 3년 동안
은 단지 나에게 뿌리 깊은 악덕의 습관을 길러 주고 나의 키를 약간
이상하리만큼 자라게 한 데 불과했다.

그 무렵의 어느 날, 정신없이 방종한 일주일을 보낸 뒤 나는 가장
형편없는 학생들로 구성된 작은 그룹을 내 방의 비밀 파티에 초대한
일이 있었다. 우리들은 밤이 이슥해서야 모였다. 우리들의 난장판은
새벽녘까지 계속될 게 틀림없었기 때문이다. 술은 넘쳐 흘렀고, 나는
그보다 더한 유흥거리에도 부족함이 없었으므로 우리들의 난잡하기
그지없는 놀이가 절정에 달할 무렵에는 이미 동녘 하늘이 희미하게
밝아 오고 있었다. 트럼프와 취기로 얼굴이 시뻘개진 채 평소보다 더
욱더 탈선적이고 모독적인 건배를 주장하고 있던 나는 문득 문밖으로
관심이 쏠렸다. 조금밖에 열리지 않았던 방문이 갑자기 활짝 열리고
밖으로부터 하인의 다급한 목소리가 들려왔기 때문이다. 하인의 말에
의하면 누군가 몹시 서두르는 태도로 홀에서 나를 만나자고 한다는
것이었다. 이 뜻하지 않은 방해는 술로 미칠 만큼 흥분되어 있었던
나를 놀라게 하기보다는, 오히려 기쁘게 해주었다. 나는 곧 비틀거리
며 걸어나갔는데, 몇 걸음 안 가서 이 건물의 현관으로 나왔다.

그곳은 천장이 낮고 좁은 곳으로 등이 하나도 매달려 있지 않았고,
반원형의 창문으로 스며드는 극히 희미한 새벽의 빛 외에는 일체의
광선이 들어오질 않았다. 방 안에 들어서자 나와 키가 비슷하고 때마

윌리엄 윌슨 137

침 내가 입고 있었던 것과 똑같은 진기한 스타일로 재단한 흰 캐시미어의 프록코트를 입은 청년의 모습이 눈에 띄었다. 이것만은 희미한 빛으로 알아볼 수가 있었지만, 그 얼굴 생김은 알아볼 수 없었다. 내가 방에 들어가자 청년은 급히 다가와서 자못 짜증스럽다는 듯이 내 팔을 잡더니 "윌리엄 윌슨!" 하고 내 귀에 속삭였다.

순간 나는 술이 확 깨고 말았다. 내 시야에 들어오는 이 낯선 사나이의 태도와 창문으로부터의 빛을 가로막고 선 그 손가락의 부들부들한 떨림에는 말할 수없이 나를 경악케 한 그 무엇이 있었다. 그러나 더욱 심하게 동요시킨 것은 기묘하게도 나직이 목쉰 듯한 소리로 지껄이는 엄숙한 경고의 함축성이었다. 아니 무엇보다도 그 몇 마디 안되는 간단하고도 귀에 익숙한, 그러면서도 '속삭이는 듯한' 한 마디 한 마디의 그 말투, 그 어조, 그 '가락'이었다. 그것은 수없이 많은 옛날의 기억을 불러일으켜서 마치 전기에 닿았던 것처럼 가슴속에 충격을 주었다. 그리고 내가 정신을 차렸을 때는 이미 그의 모습은 사라지고 없었다.

이 사건은 나의 혼란된 상상력에 뚜렷한 인상을 남겼지만, 그러나 뚜렷한 만큼 또한 속절없는 것이기도 했다. 사실 몇 주일인가 나는 이 문제에 골똘했다. 아니 그렇다기보다는 병적인 사색의 구름에 휩싸여 있었다. 이렇듯 끈질기게 내 일에 간섭하고 넌지시 충고하며 괴롭히는 이 괴기한 인물, 그것이 누구인지 짐작도 안된다고 차마 자신마저 속일 수는 없었다. 그러나 이 윌슨이란 대체 누구일까? 어디서 온 것일까? 그리고 그의 목적은 무엇일까? 이러한 점의 어느 것에도 나는 만족한 해답을 얻을 수 없었다. 다만 그에 관해선 내가 브랜즈비 박사의 학교를 빠져나온 날 오후 그 역시 무언가 집에 급한 일이 생겨서 바로 그 학교를 떠났다는 사실을 확인할 수 있었을 뿐이었다. 그러나 그럭저럭하는 사이 옥스퍼드에의 출발을 앞두고 나의 관심은 모두 그쪽에 쏠려 있었으므로 이 문제에 관해선 그 이상 생각지 않게 되었다. 나는 곧 옥스퍼드로 갔는데, 허영심에 들뜬 부모님은 나에게는 없어선 안 될 호화로운 방탕을 마음껏 누릴 수 있도록——영국에서도 가장 부유한 백작의 교만한 후계자들과 낭비 경쟁을 할 수 있을 만큼——마구 돈을 대주었다.

악덕을 위한 이러한 도구에 자극되어 나의 타고난 성미는 이전에 갑절되는 맹렬성을 가지고 폭발했다. 그리하여 환락의 도가니에 흠뻑 빠져 버린 나머지 나는 최소한의 절도마저 헌신짝처럼 내팽개치고 말았다. 그러나 나의 이 방종을 일부러 자세하게 밝히는 것은 어리석은 일이리라. 그러므로 여기서는 내가 돈을 물쓰듯하는 점에선 헤롯 왕을 능가할 정도였고, 나의 수많은 기발하고도 새로운 못된 짓들을 일일이 꼽는다고 하면, 그 무렵 서구의 가장 방종한 대학에서 흔히 벌어지고 있었던 악덕의 긴 목록에다 결코 짧지 않은 부록을 추가할 수 있을 정도였다는 것으로 그쳐 두자. 하지만 아무리 그렇기로서니 내가 설마 직업적 노름꾼의 가장 비열한 기교를 배우는 데 열을 올릴 정도로 신사의 품위를 완전히 잃어버렸으리라고는, 그리고 이 경멸할 기술의 숙련자가 되고 나서는 그렇지 않아도 막대한 수입을 더욱 늘리기 위해 대학 친구 가운데서 얼간이들의 돈을 우려내는 데 상습적으로 써먹기에 이르렀다는 것은 좀처럼 믿기 어려우리라. 그렇지만 사실이었다. 그리고 수치를 아는 남자다운 심정이 조금이라도 있는 사람이라면 도저히 그런 짓은 할 수 없다는 바로 그 사실이 도리어 내가 그런 일을 무사히 해치울 수 있게 한 원인, 유일한 것은 아니라도 주된 원인이 된 것은 의심할 여지가 없다. 나의 가장 파렴치한 동료라 할지라도 명랑하고 솔직하며 인심이 후한 윌리엄 윌슨——옥스퍼드에서 가장 고상하고 가장 돈에 담백한 자비(自費)학생(추종자들의 입을 빌린다면)——의 그 방탕도 젊음과 자유분방한 공상이 시키는 짓에 불과하고, 허물은 단지 남이 흉내낼 수 없는 변덕에 불과하며, 가장 속이 검은 악덕마저 털털하고 철없는 방종에 지나지 않는 그 사나이가 그런 속임수 도박을 하리라는 의심을 갖느니 차라리 자기의 지각을 의심하지 않을 사람이 어디 있겠는가?

이런 식으로 2년 가량을 무사히 보냈을 때 글렌디닝이라는 신흥 귀족의 젊은이——소문에 의하면 헤로데스 아티크스 못잖은 부자로 아무런 어려움 없이 그 재산을 잡았다는 것이었다——가 대학에 들어왔다. 이 사나이가 별로 머리가 좋지 않은 것을 곧 알게 되었으므로 나는 당연히 내 솜씨를 발휘하는 데 안성맞춤의 상대로 그를 점찍어 두었다. 나는 그를 자주 노름판에 끌어들였고, 노름꾼의 상투 수단대로 그가 내 덫에 보다 잘 걸리게끔 꽤 많은 돈을 따게 해주었다. 마침내 나의 계획이 무르익자 나는(이 승부를 마지막이고 결정적인 걸로 만들 배짱을 정하고선) 동료 자비생인 프레스튼의 방에서 그를 만났다. 이 프레스튼이란 사나이는 우리들 두 사람의 어느 쪽과도 똑같이 친한 사이였는데, 그의 명예를 위해서 미리 말해 두겠지만 그는 내 음모를 꿈에도 모르고 있었던 것이다. 그건 그렇고 더 한층 그럴 듯하게 자리를 꾸미기 위해서 나는 교묘히 열 명 남짓의 사람을 모이도록 했고 트럼프 놀이를 하자는 말이 우연히, 그것도 내가 눈독 들인 그 얼간이 자신의 입에서 나오게끔 세심한 주의를 베풀었다. 이 비열한 사건을 간단히 요약하자면, 너무도 흔해서 아직도 그 희생자가 될 만큼 정신나간 친구가 있다는 것이 놀랄 정도로 야비한 술책은 하나도 빠뜨리지 않았다.

우리들은 밤이 이슥하도록 노름을 계속했으며, 나는 마침내 글렌디닝과 단 둘만의 대결로 판을 유도하는 데 성공하였다. 게다가 게임은 내가 제일 좋아하는 에카르테*²였다. 다른 녀석들은 두 사람의 승부가 어떻게 될까 하고 자기들의 트럼프 놀이는 집어치우고 우리들 주위에 몰려 구경했다. 나의 농간에 빠져 초저녁부터 술을 잔뜩 마신 이 신흥 귀족은 이제는 굉장히 신경질적인 태도로 카드를 섞고 돌리면서 승부를 다투고 있었는데, 그 태도는 취기에도 약간의 원인이 있기는 하겠지만 결코 취기 탓만은 아니었다. 눈 깜짝할 사이에 나에게 큰 빚을 지게 된 그는 포트와인을 꿀꺽꿀꺽 들이켜고 나더니 그야말로 내가 냉정하게 기다리고 있었던 행동으로 나왔다. 즉 이미 엄청나게 커진 판돈을 갑절로 올리자고 제안했던 것이다. 나는 영 마음이 내키지 않는다는 태도로 몇 차례나 거절하여 그의 입에서 성난 소리가 나오게끔 한 뒤에야 나도 홧김에 응하지 않을 수 없다는 듯한 기색을 보이며 마침내 그의 제안을 받아들였다. 물론 그 결과는 상대가 나의 올가미에 얼마나 철저히 걸려 들었는가를 확인하는데 지나지 않는 것이어서 한 시간도 지나기 전에 그의 빚은 네 갑절이 되었다. 얼마 전부터 불그레한 술기운이 사라지고 있던 그의 얼굴이 이젠 정말 무섭도록 창백해진 걸 깨닫고 나는 정말 깜짝 놀랐다. 왜냐하면 글렌디닝은 엄청난 부자여서, 이제까지 내가 열심히 농간을 부린 대로 비록 그가 지금까지 잃은 돈이 거액이라 할지언정 설마 그토록 그를 마음쓰게 할 정도의 것이라고는 생각지 않았으며, 하물며 그에게 그렇게까지 심한 충격을 주리라고는 전혀 예상치 못했기 때문이다. 그에 대해 가장 쉽게 떠오르는 해답은 방금 마신 술 탓일 거라는 생각이었다. 그래서 나는 보다 순수한 동기에서가 아니라 다만 친구들 눈에 나쁜 인간으로 보이지 않아야 된다는 일념에서, 나는 이제 이 승부는 끝났다고 단호히 선언하려던 참이었다. 그때 일행 중에 내 옆에 있던 사람에게서 무슨 말이 나오고, 글렌디닝의 입에서 완전한 절망을 뚜렷하게 말해 주는 절규가 터져 나왔다. 그래서 나는, 내가 그를 완전히 파산시키고 말았다는 것을, 그리고 그는 모든 사람의 동정을 사게 되어 악마의 손아귀로부터라도 보호를 받을 수 있는 입장에 놓여 있다는 것을 깨달았다.

그런 경우 나는 어떻게 처신하는 게 좋았을까, 그것은 뭐라고 말하기가 어렵다. 나의 속임수에 걸려든 자의 가련한 몰골에 모두는 갈피를 잡을 수 없는 침울한 분위기에 휩싸이고 말았다. 그래서 한동안 깊은 침묵이 계속되었으며, 그 일행 가운데 덜 타락한 자들이 내게 던지는 경멸이나 비난에 찬 불길같은 눈초리에 나는 볼이 실룩거려지는 걸 어찌할 수 없었다. 솔직히 말하자면 그때 돌연 뜻하잖은 방해가 생기자 순간 나는 견디기 어려울 만큼 무거운 불안의 짐을 가슴에서 덜어 놓은 듯한 느낌이 들 정도였던 것이다. 방의 육중한 두 문짝이 느닷없이 왈칵 열리고, 그 맹렬한 기세에 마치 요술이라도 부리듯 온 방 안의 불이 일제히 바람에 불려 꺼졌다. 꺼지는 순간의 불빛으로 우린 나와 비슷한 키에 외투로 몸을 푹 싼 낯선 사내가 방 안에 들어왔음을 알 수 있었다. 하지만 불이 꺼졌다고 해도 칠흑 같은 어둠은 아니었기에 우린 그 사나이가 여러 사람들 한가운데 서 있다는 것만은 알 수 있었다. 이 무례한 침입은 우리들을 극도의 경악에 빠뜨렸던 것인데, 누구 한 사람 그 놀라움에서 진정되기도 전에 우리들의 귀에 그 침입자의 목소리가 들려왔다.

"여러분!" 하고 그 사나이는 나직하고도 명료하게, 나의 뼛속 깊이 스며드는 듯한 그 잊을 수 없는 속삭임으로 말하였다. "여러분, 저의 무례한 행동에 대한 여러분의 양해를 바랍니다. 왜냐하면 저의 이런 행동은 어떤 의무를 수행하는 것이기 때문입니다. 여러분은 오늘 밤 글렌디닝 경에게서 에카르테로 거액의 돈을 딴 사나이의 정체를 모르시는 게 분명합니다. 그래서 나는 꼭 필요한 이 지식을 얻을 수 있는 아주 쉽고 결정적인 방법을 여러분에게 가르쳐 드리는 겁니다. 부디 그의 왼쪽 소맷자락의 안감을, 그리고 수를 놓은 실내복의 비교적 큰 포켓에 감춘 몇 조의 작은 트럼프 딱지들을 자세히 살펴

주십시오. "

그가 지껄이는 동안 방 안은 얼마나 깊은 정적이 지배하고 있었던 지 마룻바닥에 핀이 떨어지는 소리라도 능히 들렸을 정도였다. 이야 기가 끝나자마자 그는 들어올 때와 마찬가지로 불쑥 떠나 버렸다. 그 때의 내 심정을 설명해야 될까. 아니 설명할 수 있을까? 저주받은 자의 온갖 공포를 느꼈다고 말해야 할까? 가장 확실히 말할 수 있는 것은 나에겐 생각할 틈이 거의 없었다는 점이다. 곧바로 여럿의 손이 나를 거칠게 움켜잡았고 불이 또한 곧 켜졌다. 그러고 나서 수색이 시작되었다. 내 소맷자락 안에서 에카르테에 필요한 모든 그림짝이 발견되었다. 실내복의 포켓에서는 도박에 사용했던 것과 완전히 꼭 같은 몇 조의 트럼프 딱지가 나타났는데, 다만 내 트럼프는 노름꾼 사이에 이른바 '아론데(圓形)'라고 불리는 것이었다. 이것은 끗수가 높은 패들은 모두 아래가 약간 두툼해져 있고 끗수가 낮은 패들은 양 옆이 약간 두툼하다. 이런 식으로 해두면 얼간이 쪽은 누구나 그렇듯 트럼프 장을 세로로 떼어가므로 상대는 반드시 끗수 높은 패를 떼어 갖게 되며, 전문가는 트럼프 장을 가로로 떼놓기 때문에 상대방에겐 으레 게임의 득점에 위력을 발휘하는 패는 일체 들어가지 않게 되는 것이다.

그것을 발견했을 때 그들이 분노를 터뜨렸더라면 그래도 좀 나았을 것이다. 대신 그들은 말없는 경멸, 아니 조소에 찬 침착성을 보였던 것이다.

"윌슨 군" 하고 방 주인이 몸을 꾸부려서 발 밑에서 진기한 모피로 깐 굉장히 사치스런 외투를 집어들면서 말하였다. "윌슨 군, 이것은 자네의 것일세(마침 추운 날이라 내 방을 나설 때 나는 실내복 위에 외투를 걸치고 와서 이 노름판에 앉자마자 벗어 던졌던 것이다). 나 는 여기서(그는 외투의 옷깃을 신랄한 미소를 띠고 힐끗 바라보면서) 자네 솜씨에 대한 증거를 더 이상 찾을 필요는 없으리라고 생각하네. 우린 이미 충분히 보았으니 말일세. 자네는 아마 옥스퍼드를 떠날 필요가 있을 거야. 아니 적어도 내방에서는 곧장 떠날 필요가 있겠지. "

체면이 땅에 떨어지고 완전히 콧대가 꺾인 나였지만 비위를 거스르는 말에는 분통이 터져 십중팔구 당장 주먹을 휘둘렀을 것이다. 그런데 그렇게 되지 않았던 것은 그 순간 나의 모든 관심이 몹시도 놀라운 어떤 사실에 완전히 쏠려 있었기 때문이다. 내가 입고 있던 외투는 좀처럼 그 종류를 찾아 볼 수 없는 모피로 만든 것이었다. 얼마나진기하고 얼마나 엄청나게 비싼 것이었는지 거기까지는 말하지 않겠다. 그 양식 또한 나 자신의 환상적인 창의에서 나온 것이었다. 그만큼 나는 이런 사소한 점에 이르기까지 우스꽝스러울 정도로 멋을 부리지 않고는 못배기는 성미였던 것이다. 그러므로 프레스튼이 방의 문짝 옆 마룻바닥에서 집어올린 외투를 나에게 내밀었을 때 이미 나 자신의 외투는 팔뚝에 걸쳐져 있었고(물론 의식적으로 그곳에 걸쳤을 테지만), 그가 내민 외투가 하나에서 열까지 나의 것과 너무도 똑같다는 걸 깨닫고서 나는 거의 공포에 가까운 놀라움을 느꼈다. 그렇듯 무자비하게 나의 부정을 폭로한 저 기괴한 사나이는 이제와서 생각해 보니 확실히 외투를 입고 있었으며, 우리 일행 가운데 나를 제외하고선 누구 한 사람 외투를 입고 있지 않았던 것이다. 다소의 침착성을 유지하면서 나는 프레스튼이 내민 외투를 받아 들고, 아무에게도 눈치채이지 않도록 그것을 자신의 외투 위에 걸친 뒤 험악하게 인상을 쓰면서 방에서 나왔다. 그리고 이튿날 아침 채 날도 밝기 전에 허겁지겁 옥스퍼드를 떠났고, 공포와 수치로 몸부림치며 대륙 여행길에 올랐다.

하지만 나의 도주는 허사였다. 내 불운은 재미있어 죽겠다는 듯이 나를 뒤쫓았으며, 사실상 그 이상한 지배력의 행사는 이제 겨우 시작됐을 뿐이라는 것이 드러났다. 파리에 발을 들여놓자마자 예의 윌슨이 나의 일에 그 저주스러운 간섭을 하고 있음을 새삼 깨닫게 되었다. 한시도 마음이 평안할 수 없는 몇 년이 흘렀다. 아, 이 악당놈! 로마에선 얼마나 좋지 않은 때에, 그것도 얼마나 유령처럼 몰래 나타나서 나의 야심을 꺾어 놓았던가! 그리고 비엔나, 베를린, 또 모스크바에서도! 사실이지 마음이 끓어오르는 듯한 느낌으로 그를 저주하지 않고서 보냈던 장소가 어디에 있었던가? 마침내 나는 그 헤아릴 수 없는 압제로부터 마치 전염병을 피하듯 허둥지둥 도망다니기에 바빴다. 그러나 이 세상 끝까지 달아나도 모두 허사였다. 나는 거듭거듭 자신의 영혼을 향해 은밀하게 물었다.

"대체 그는 누구냐? 그는 어디서 왔느냐! 그리고 그의 목적은 무엇이냐?"

하지만 아무런 대답도 없었다. 그래서 이번에는 그의 주제넘은 감시의 형태, 방법, 그리고 그 주된 특징을 세밀히 음미해 보았다. 그러나 여기서도 추측의 근거가 될 만한 것은 거의 발견하지 못했다. 사실 그가 최근 내 앞길을 가로막은 수많은 예 가운데 만일 완전히 실행되었다면 그야말로 심한 해를 끼칠 내 계획을 좌절시키거나 훼방하기 위해 가로막지 않은 경우는 한번도 없었던 건 분명하다. 대체 그가 무슨 권리로 그토록 독재적인 행위를 할 수 있단 말인가! 스스로의 의사대로 행동할 수 있는 천부의 권리를 그토록 집요하게, 그토록 모욕적으로 거부할 만한 면책 사유가 있단 말인가! 나는 또한 다음 사실을 깨닫지 않을 수 없었다. 그것은 이 박해자가 꽤 오랫동안 (나하고 똑같은 복장으로 나타난다는 아이디어를 아주 꼼꼼하게, 또한 신기할 만큼 교묘하게 지켜 나가면서) 나의 마음먹은 것을 훼방놓을 때마다 그 얼굴 생김을 찰나적이나마 엿볼 수 없게끔 공작을 부렸다는 점이었다. 대관절 윌슨이 어떤 녀석인지는 모르겠지만 적어도 이런 짓을 하는 것은 어디가 모자라거나 제멋에 겨워서 하는 것임에 분명했다. 이튼에서는 충고를, 옥스퍼드에서는 명예를 실추시키고, 이집트에서는 내가 탐욕을 부린다고 함부로 오해하더니 하는 일마다 훼방을 놓던 녀석——한마디로 내게는 악마이자 악령!——을 내가 어떻게 브렌즈비학교에서 함께 지낸 초등학교의 급우이자 동성동명의 경쟁자, 아아, 그 꼴보기 싫은 윌리엄 윌슨이라고 어찌 모르겠는가? 말도 안되는 소리! 그 보다는 이제 슬슬 이 파란만장한 연극의 막을 내릴 준비를 해보기로 하자.

이제까지는 이 독재적인 지배에 맥없이 굴복해 왔다. 나는 윌슨의 고상한 성격, 훌륭한 지혜, 그리고 또한 어떠한 곳에도 모습을 나타내어 어떠한 일이라도 할 수 있을 것처럼 보이는 그 능력에 대해 항상 깊은 경외심을 품고 있는데다, 그 외에도 그의 성격이나 주제넘은 태도에서 볼 수 있는 어떤 종류의 특징에 공포감마저 느껴 이제까지의 나는 완전히 무력했다는 느낌이 들고, 정말 억울하지만 어쩔 수 없이 그의 일방적인 뜻에 따를 수밖에 없다는 체념에 빠져 있었던 것이다. 그러나 최근에 이르러 나는 완전히 술에 빠져 버려서 사람을 미치게 하는 술의 힘이 나의 유전적인 성격에 작용하여 남의 마음대로 움직여지는 게 더욱더 견딜 수 없게 되었다. 나는 툴툴거리게 되고 순순히 움직이지 않게 되어 마침내 저항을 하기에 이르렀다. 그리고 나 자신의 결의가 굳어짐에 따라 그만큼 나의 박해자의 결의는 줄어간다는 생각이 들게 되었는데, 그것은 환상에 지나지 않는 것이었을까? 그거야 어쨌든 내 가슴속엔 희망의 불꽃이 타오르기 시작했으며, 마침내는 이 이상 상대방의 노예가 되지는 않는다는 단호하고 필사적인 결심을 품기에 이르렀다.

내가 나폴리의 공작 디 브롤리오의 저택에서 베풀어진 가장무도회에 참석한 것은 18××년의 사육제 때였다. 장소는 로마, 여느 때보다도 더 마음 놓고 폭음을 했기 때문에 사람으로 메워진 방마다의 숨막히는 듯한 공기에 참을 수 없을 만큼 짜증이 났다. 어디를 어떻게 빠져 나가야 좋을지도 모를 인파 속을 겨우 헤쳐나가는 고역 또한 적잖이 나의 성질을 돋구었는데, 왜냐하면 나는 나이먹어 젊은 아내에게 흠뻑 빠진 디 브롤리오 공작의 밝고 아름다운 부인을 혈안이 되어 찾고 있었기 때문이다(어떤 비열한 목적으로 그랬는지는 말하지 않겠다). 그녀는 미리 그날 자기가 입기로 되어 있는 의상의 비밀을 너무도 거리낌없이 나에게 알려 주었는데, 얼핏 그 모습을 발견한 나는 서둘러 그 앞으로 다가가고 있는 참이었다. 그 순간 내 어깨에 누군가 살며시 손을 얹었고 결코 잊을 수 없는 나직한, 저주할 속삭임이 귓가에 들려왔다. 분노의 화염에 싸여 나는 곧 나를 훼방놓은 자 쪽으로 돌아서 거칠게 그 옷깃을 움켜잡았다. 예상했던 대로 그 사나이의 복장은 나하고 너무도 흡사했다. 몸에는 파란 우단으로 만든 스페인풍의 외투를 걸치고 허리엔 단검이 달린 주홍빛 띠를 두르고 있던 것이다. 그리고 검정색 비단 가면이 그 얼굴을 빈틈없이 숨기고 있었다.

"이, 악당놈!" 나는 격분한 나머지 목쉰 소리로 외쳤는데, 내가 내뱉는 한 마디 한 마디가 더한층 나의 노여움을 맹렬히 불타오르게 하는 듯한 느낌이 들었다. "악당놈! 이 사기꾼! 저주스런 악마! 너 따위한테, 너 같은 것한테 죽을 때까지 쫓겨 다니고만 있을 성 싶으냐! 내 뒤를 따라와, 아니면 이 자리에서 찔러 죽이고 말테다!" 그렇게 말하고 나는 다짜고짜 그를 끌고 무도장 옆의 작은 홀쪽으로 마구 걸어갔다.

방에 들어가자 나는 난폭하게 그를 떼밀었다. 그는 비틀거리며 벽에 부딪쳤고, 그 사이 나는 욕설을 퍼부어 가면서 문을 닫고는 그에게 칼을 뽑으라고 명령했다. 그는 순간 주저했지만 이내 가벼운 한숨을 쉬며 말없이 칼을 뽑더니 응전 태세를 취했다. 싸움은 참으로 싱거웠다. 나는 있는대로 흥분하여 미쳐 날뛰고 있었으므로 나의 한 팔에서 1천만 명의 힘을 느꼈다. 나는 순식간에 상대를 완력만으로 벽판에 밀어붙여 옴짝달싹 못하게 하고서는 야수처럼 잔인하게 그 가슴에 몇 번이고 몇 번이고 단검을 찔렀다. 그 순간 문의 손잡이가 덜커덕거리는 소리가 들려왔다. 나는 급히 아무도 들어오지 못하도록 하고 나서 방금 숨을 거두려고 하는 적의 곁으로 돌아갔다. 그러나 그때 눈에 비친 광경을 보았을 때 나를 엄습한 그 놀라움, 그 무서움을 올바르게 전달할 수 있는 적절한 말이 과연 이 세상에 있을까? 내가 눈을 돌리고 있던 그 짧은 순간은 방 위쪽, 아니면 오른편 가장자리의 물건 배치를 확 바꾸어 놓기에 충분하였던 것 같았다. 커다란 거울——혼란된 내 눈에는 처음에 그렇게 보였던 것인데——하나가 지금껏 보지도 못했던 자리에 있었으며, 내가 극도의 공포에 사로잡혀 그쪽으로 다가감에 따라 나 자신의 모습, 그러나 얼굴은 완전히 창백해지고 피로 얼룩진 나의 모습이 힘없이 비틀거리는 걸음으로 나를 맞이하러 다가오는 것이었다. 확실히 그렇게 보였지만 실은 그게 아니었다. 그것은 내 적의 모습이었다. 단말마의 고통으로 신음하면서 내 앞에 서 있는 건 윌슨이었다. 그 가면과 외투는 그가 앞서 바닥에 벗어던진 채로였다. 그 의복의 실 한 오라기, 뚜렷하고 비범한 윤곽을 지닌 그 얼굴의 주름살 하나 하나가 이 나와 그대로 꼭 닮지 않은 것이란 없었던 것이다. 확실히 윌슨이 틀림없었다. 하지만 그가 말하기 시작했을 때 이미 그것은 여느 때의 속삭이는 목소리가 아니었다. 그리고 그가 지껄이고 있는 사이, 나는 나 자신이 지껄이고 있는 것이라고까지 생각될 정도였다.

　"네가 이겼다. 그리고 나는 졌다. 하지만 이제부터는 너 또한 죽은

거나 마찬가지다. 이 세상에 대해서도 천국에 대해서도 그리고 '희망'
에 대해서도 죽은 것이다! 너는 내 안에 살아 있었던 것이다. 그리
고 나의 죽음으로 너는 완전히 자기 자신을 죽여 버렸다는 것을, 네
자신의 모습에 지나지 않는 나의 이 모습을 보고 잘 확인해 두라."

＊1 Wilson은 Will의 아들이라는 뜻.
＊2 에카르테는 32장의 패를 갖고 두 사람이 하는 카드 놀이.

적사병의 가면

이탈리아 북부 지방

'적사병(赤死病)'은 오랫동안 그 나라를 휩쓸었다. 이와 같이 사람의 생명을 빼앗아가는 무서운 악역은 아직까지 없었다. 피가, 새빨간 무서운 피가 그의 화신이며 증인이었다. 강렬한 고통과 함께 급작스런 현기증을 일으키고 콧구멍에서 피를 펑펑 쏟으며 죽고 만다. 환자의 몸에 생긴, 특히 얼굴에 생긴 진홍색 반점이 이 악역의 표적이고, 사람들은 이 표적만 보면 그들의 간호와 동정의 심장까지 오므라들고 만다. 병의 발작과 경과, 종결 모두가 반 시간 동안에 진전되는 것이다. 그러나 프로스페로 공(公)은 행복하고 용감하고 현명하였다. 공의 영토 인구가 절반이나 줄었을 때, 공은 궁정의 기사와 귀부인들 중에서 1천 명의 튼튼하고 천성이 쾌활한 신하들을 불러들여 그들과 함께 성으로 둘러싸인 어느 교회로 깊이 은둔해 버렸다. 이 교회는 광대하고 장엄한 구조로 되어 있는 공 자신의 괴상하고도 위엄있는 취미의 산물이었다. 튼튼하고 높은 담이 교회를 둘러쌌고 담에는 이곳 저곳 철문이 달려 있었다. 신하들은 그들이 안으로 들어간 후 용광로와 쇠메를 가져다 자물쇠를 아주 용접해 버렸다. 그들은 교회 안에서 아무리 절망과 광란의 충동이 끊임없이 일어난다 하더라도 영영 나가지 않겠다고 굳게 결심하였던 것이다. 교회 안에는 먹을 것이 충분히 저장되어 있었다. 이만한 준비가 되어 있었으므로 그들은 마음이 제법 든든했던 것이다. 바깥 세상은 될대로 되라, 오히려 그런 것을 애써 슬퍼하며 생각하는 것이 어리석은 일이었다. 프로스페로 공은 이미 모든 설비를 교회에 설치해 놓았다. 광대도 있었고, 즉흥 시인도 있었고, 발레 무용가도 있고, 음악가, 미인, 술도 있었다. 교회에는 이러한 것과 안전이 있었다. 없는 것은 다만 '적사병' 뿐이었다.

그들이 은둔한 지 오륙 개월이 흘러간 뒤에도 바깥 세상에서는 적사병이 맹렬한 기세로 횡행하고 있었지만, 프로스페로 공은 세상에서는 좀 보기 드문 성대한 가장무도회를 열고 많은 그의 친구들을 초대하였다. 이 무도회야말로 실로 돈을 물쓰듯해서 만든 것이었다. 먼저 무도회가 열릴 방부터 설명하자면 방 수가 일곱이나 되고 그 안의 장식은 마치 궁전과도 같았다. 그러나 보통 구조의 궁전 같으면 일곱 개의 궁실이 한 줄로 죽 연결되어 있고, 여닫이문이 벽 양쪽으로 활짝 열리게 되어 있어 으레 한쪽 끝에서부터 다른 쪽 끝까지 환하게 내다보이게 되어 있다. 그러나 공의 이상한 것만을 찾는 취미로 미루어 짐작할 수 있듯이 이 궁실들의 구조는 그러한 것과는 아주 딴판으로 되어 있었다. 방과 방의 구조가 대단히 불규칙적하게 되어 있었으므로 한 번에 겨우 방 하나가 보일 정도지 일곱 방을 전부 내다볼 수는 없었다. 복도는 이삼십 야드씩 간격을 두고 갑자기 구부려져 있으며, 그때마다 새로운 흥취를 일으켰다. 좌우 양쪽 벽 한 복판에 고딕 형으로 높이 달려 있는 창은 꾸불꾸불 구부러진 방을 따라 쭉 뻗친 좁은 마루 쪽으로 열려 있었다. 창에는 색유리가 끼워져 있고, 그 유리 빛깔은 창문을 열면 보이는 방의 장식에 따라 색채가 변화하였다. 예를 들면 동쪽 끝에 있는 방은 파란빛으로 장식되어 있었다. 그래서 여러 창들도 맑은 파란빛이었다. 두 번째 방의 장식과 태피스트리는 모두 자줏빛이었으므로 창도 자줏빛이었다. 세 번째는 모두 초록빛이었으므로 창도 똑같이 초록빛이었다. 네번째 방은 방 장식이며 등불이 노란빛이고, 다섯 번째는 흰빛, 여섯 번째는 보랏빛이었다. 일곱 번째 방은 천장부터 벽 전면이 모두 검정 비로드의 태피스트리로 덮여 있고 그 태피스트리는 또다시 굵은 주름살을 이루고 똑같은 천으로 되어 있는 같은 빛깔의 융단 위로 드리워져 있었다. 그러나 이 방의 창만은 실내 장식과는 달랐다. 이 방의 유리는 새빨갰다. 흐르는 듯한 진한 핏빛이었다. 일곱 방 중 어느 방이고 간에 찬란한 금빛으로 이곳저곳 장식되어 있었고 혹은 천장으로부터 황금빛의 장식물이 매달려 있었지만, 그 사이에 램프나 촛대는 걸려 있지 않았다. 방에는 램프나 촛대에서 반사되는 광선은 찾아볼 수가 없었다. 그러나 방마다 옆에 있는 복도에는 창 쪽으로 화로가 놓여 있는 삼각대가 있었고, 거기서부터 발하는 광선이 색유리창을 통하여 방 안을 환히 비치고 있었다. 그러한 까닭으로 방 안에는 기이하고도 황홀한 무수한 그림자가 반들거렸다. 그러나 서쪽, 즉 시커먼 방에는 핏빛 유리창으로부터 흘러들어와 방 안의 까만 태피스트리 위에 떨어진 그림자가 극히 무시무시했고, 안으로 들어온 사람의 용모에 소름끼치는 빛을 던졌으므로 감히 이 방 안으로 들어오려는 담대한 사람은 드물었다.

이 방에는 또 큰 흑단의 시계가 서쪽 벽에 걸려 있었다. 시계의 추는 둔하고 육중했고 단조로운 소리를 내며 좌우로 흔들거렸다. 긴 바늘이 한 바퀴 삥 돌아 땡땡 시간을 알릴 때에는 시계의 구리추에서 맑고 높은, 힘찬 소리가 흘러나왔으므로 한 시간마다 오케스트라의 연주자들은 잠깐 연주를 중지하고 시계 치는 소리에 귀를 기울이지 않으면 안 되었다. 이에 따라 아주 흥이 나서 왈츠를 추고 있던 사람들도 갑자기 춤을 멈추게 되고, 아직까지 흥에 겨워 날뛰고 있던 모든 사람들 사이에는 잠깐 동안 혼란의 기색이 떠도는 것이었다. 시계가 땡땡 치고 있는 동안은 가장 흥겨워 날뛰던 사람의 얼굴도 파랗게 질리고 노인과 덜 흥분한 사람은 환상이나 명상에 깊이 사로잡혀 있는 듯이 이마에다 손을 얹고 있는 꼴이 눈에 띄었다. 그러나 땡땡 치는 시계소리가 완전히 사라져 버리면 가벼운 웃음소리가 대번 방 안에 떠돌고 연주자들은 서로 얼굴을 쳐다보며 자기들의 신경과민과 어리석음에 웃음짓는 것이었다. 그리고 서로 소곤대며 이 다음에 시계가 또다시 칠 때에는 결코 그렇게 동요하지는 않겠다고 다짐하는 것이었다. 그러나 60분이 경과된 뒤에(즉 그동안에는 3천 6백 초라는 시간이 흘러간다) 또다시 시계가 치면 여전히 불안과 전율과 명상에 잠기는 것이다. 그렇긴 해도 대단히 유쾌하고 성대한 잔치였다. 공의 취미는 특이했다. 그는 색채와 효과에 고상한 견식이 있어서 일시적 유행 같은 것은 거들떠보지도 않았다. 공의 계획은 대담했고 열렬했으며, 구상은 야만적 광채 속에 싸여 있었다. 공을 미친 사람이라고 생각한 사람도 있었다. 그러나 그의 추종자들은 그렇게 생각하지 않았다. 그것을 확실하게 하려면 친히 공과 대면하여 그의 말을 들어볼 필요가 있었다.

이 큰 잔치에 일곱 방의 이동장식을 설치한 것은 대부분 공의 지시에 따른 것이었다. 그리고 가면을 쓴 사람들에게 배역을 지정해 둔 것도 공의 취미에서 나온 것이었다. 그것이 모두 괴이한 것뿐이었다는 것은 말할 것도 없다. 광휘, 찬란, 기교, 환상——거의가 위고의 비극 《에르나니》에서 볼 수 있는 것이었다. 팔다리가 제각각인 이상한 의상을 입은 아라비아풍의 모양도 보였다. 미친 사람 차림 같은 기괴한 생각에서 나온 차림도 있었다. 아름답고 음탕하고 기괴한 것이 대부분이었지만, 무서운 것도 다소 있었고 혐오감을 일으키는 것도 적잖이 있었다. 사실 일곱 방 안에는 꿈속에서 날뛰는 듯한 환상적인 무리들이 이리저리 활보했다. 그리고 이들 환상의 무리들은 몸을 구부릴 때마다 온몸에 방 안의 색채를 받으며 오케스트라의 우렁찬 소리를 마치 자기들 발소리의 반향처럼 들리게 하며 이리저리 뛰어 돌아다녔다. 그러다가 그 검정 비로드 방에 걸린 흑단 시계가 땡땡 치기만 하면 잠깐 동안 모든 방에서는 쥐죽은 듯한 침묵이 흐르고 시계 소리 외에는 아무 소리도 들리지 않았다. 환상의 무리들은 얼어붙은 듯이 선 채 꼼짝도 못한다. 그러나 시계소리가 그치면——어차피 한 순간에 끝나는 것이지만——가벼운, 약간 억제한 듯한 웃음소리가, 사라지는 시계소리의 뒤를 따라 들려온다. 그러면 또다시 음악소리는 흥겨운 듯이 터져 나오고, 얼어붙은 환상의 무리들은 소생하여 긴 한숨을 내쉬며 삼각대로부터 흘러나오는 가지각색의 찬란한 빛을 온몸에 받으며 이리저리 뛰어 돌아다닌다. 그러나 일곱 방 가운데 서쪽 끝에 있는 방으로 들어가려는 사람은 한 사람도 없었다.

밤은 점점 깊어가고 피를 끼얹은 듯한 색유리창으로부터는 한층 더 빨간 빛이 흘러들어오며, 새까만 벽걸이는 사람의 마음을 소스라치게 한다. 그리고 까만 융단 위에 발을 들여놓는 사람들의 귀에는 멀리 떨어진 저쪽 방에서 즐겨 날뛰는 사람들보다는 시계소리가 특별히 장중하고 무겁게 들려오는 것이다. 그러나 다른 방들은 사람들이 가득 차 있고 생명의 심장이 그 안에서 미친 듯이 고동치고 있었다. 잔치는 용솟음치며 들끓는 속에 진행되어갔고 드디어 자정을 알리는 시계소리가 들려왔다. 그러니까 앞에서 말한 바와 같이 갑자기 음악소리가 뚝 그치고, 미친 듯이 왈츠를 추던 사람들도 춤을 멈추며 온 집안은 또다시 쥐죽은 듯이 고요해졌다. 시계소리가 열두 번을 치고, 그치는 것이 길게 끌면 그 만큼 미쳐 날뛰며 춤추던 사람들 중에서도 생각 깊은 사람들을 지금까지보다 더한층 깊이 생각에 잠기게 했으리라. 그리고 최후의 땡 하고 치는 시계소리의 마지막 여운이 아직 사라지기도 전에 군중 가운데 많은 사람들이 눈에 띄지 않던 가장 인물이 섞여 있다는 사실을 깨닫게 되었다. 이 소문이 소곤소곤 사방으로 퍼지자 모든 사람들의 입으로부터 놀라움이, 마침내는 공포와 증오와 혐오를 나타내는 귓속말과 불평이 새어나왔다.

이와 같은 괴물들의 모임에 있어선 웬만한 가장으로는 이같은 소동은 일어나지 않는다. 사실상 가면은 거의 제한없이 허용되어 있는 것이다. 그러나 문제의 가장 인물은 공의 무한한 도량으로 생각하여 보더라도 너무나 무시무시한 존재였다. 아무리 둔감한 사람이라 할지라도 이쯤되면 반드시 감동을 일으키는 금선(琴線)은 있는 법이다. 생사를 다 같이 장난으로 여기는 말할 나위 없는 불한당이라 할지라도 때로는 농담 하나 할 수 없는 기막힌 때도 있는 법이다. 사실 방 안의 사람들은 아직까지 보지 못한 이 가장 인물의 복장이며 태도에서 기술과 의장(意匠)이라곤 아무것도 없는 것을 찾아낼 수가 있었다. 그러나 이 가장한 사나이는 키가 크고 몸이 후리후리하고, 머리에서 발끝까지 썩은 수의를 감고 있었다. 얼굴을 감춘 가면에는 굳어 버린 시체의 빛이 떠돌고, 아무리 바싹 들여다봐도 가면같이 보이지는 않았다. 그러나 그 주위에서 즐겨 날뛰는 사람들이라면 가령 이같은 가장의 전모를 인정할 수 없다 하더라도 어쨌든 그의 존재를 참아 낼 수는 있었을지도 몰랐다. 그러나 이곳저곳에서 '적사병'과 흡사하다고 소곤대는 소리가 들려오기 시작했다. 그의 의복은 피로 젖어 있고 그의 넓은 이마는 얼굴의 다른 부분과 함께 무서운 피의 반점으로 얼룩져 있었기 때문이다. 프로스페로 공의 시선이 이 괴물로 떨어졌을 때(괴물은 자기의 역할을 좀 더 완전히 이행하려는 듯 엄숙한 걸음걸이로 왈츠를 추는 사람들 사이를 서서히 이리저리 활보했다) 최초의 순간에는 공포와 불쾌한 감정으로 몸을 부들부들 떨더니 다음 순간에는 격노가 치밀어 이마가 주홍빛이 되고 말았다. 공은 쉰 목소리로 옆에 있는 신하에게 물었다.

"어떤 녀석이냐? 누가 감히 저런 불손한 가장으로 이와 같이 우리들을 모욕하는 것이냐? 저 녀석을 붙잡아 가면을 벗겨라. 먼동이 틀 때 성벽에 목을 매달아야 할 녀석의 얼굴을 알 수 있도록!"

프로스페로 공이 이런 소리를 지른 것은 동쪽 방, 즉 파란방으로부터였다. 그의 목소리는 일곱 방 구석구석까지 크고 우렁차게 울려왔다. 공은 대담하고 건장한 사람인데다 음악소리가 공의 손짓으로 뚝 그쳐 있었기 때문이었다.

파랗게 얼굴이 질린 신하들을 거느리고 공이 서 있던 방은 파란 방이었다. 분노에 찬 공의 외침을 들은 침입자는 흐트러짐없는 태연한 자세로 엄숙하게 공에게 가까이 다가갔다. 신하들은 처음에는 이 침입자에게로 돌진해 가려는 기세를 보이더니, 서로 속삭이는 바람에 기가 질렸는지 까닭모를 어떤 공포에 사로잡혀 누구 하나 선뜻 나가 그 녀석을 붙잡으려는 사람은 없었다. 그리하여 괴물은 무인지경(無人之境)을 걷듯 공의 몇 발자국 앞을 지나갔다. 방 안의 모든 사람들이 언약이나 한 듯이 방 한가운데로부터 벽 쪽으로 슬금슬금 뒷걸음질치는 동안에 괴물은 전과 조금도 다름없이 엄숙하고도 일정한 걸음걸이로 파란 방에서 자주색 방으로, 자주색에서 초록색으로, 초록색에서 노란색으로, 노란색에서 흰색으로, 거기서 또다시 보라색 방으로 서슴없이 걸어갔지만, 그러기까지 그를 붙잡으려는 결연한 행동으로 나오는 자는 한 사람도 없었다. 그러나 이때 프로스페로 공이 자기가 순간적으로 겁을 먹었던 데 대한 수치와 분노로 발끈하여 맹렬한 기세로 여섯 방을 차례차례로 뚫고 나갔다. 다른 사람들은 얼빠진 듯이 벌벌 떨고만 있을 뿐 한 사람도 그 뒤를 쫓는 사람은 없었다.

공은 헐떡거리면서 단검을 뽑아 높이 쳐들고 도망치는 괴물의 3, 4
피트 앞에까지 바싹 다가섰다. 괴물은 검정 비로드 방의 마지막 벽에
까지 밀려가자 갑자기 홱 돌아서며 추격자와 마주섰다. 그 순간 날카
로운 비명이 일어나면서 단검이 번쩍이며 까만 양탄자 위에 떨어지자
그 위에 프로스페로 공도 죽어 엎어졌다. 벌벌 떨고만 있던 사람들은
그제서야 절망 끝에 온갖 용기를 짜내어 곧 까만 방으로 달려들어가
흑단 시계 그림자 뒤에 꼼짝도 않고 꼿꼿이 서 있는 괴물의 목덜미를
붙잡고 무시무시한 다 썩은 수의와 시체같은 가면을 닥치는 대로 막
쥐어 뜯으며 흔들어 보았지만, 손에 잡히는 것이라고는 아무것도 없
는 정체모를 것이라는 것을 깨닫고는 표현할 수 없는 공포로 헐떡거
리며 부들부들 떨고만 있었다. 그들은 이제야말로 '적사병'이 나타난
것을 알았다. '적사병'은 밤도적처럼 슬쩍 들어온 것이다. 그리고 이
제까지 즐겨 춤추던 무리들이 하나씩 하나씩 그들이 즐겨 날뛰던 그
피에 젖은 방에서 넘어졌다. 그리고 넘어진 그 모습 그대로 처참한
꼴로 죽어갔다. 흑단 시계의 수명도 이 성대한 잔치가 막을 내리는
것과 동시에 뚝 끊어졌다. 삼각대의 횃불도 꺼졌다. 다만 '암흑'과
'황폐'와 '적사병' 만이 모든 것을 무한히 지배하고 있을 뿐이었다.

마리 로제의 수수께끼*1
《모르그 거리 살인》의 속편

> 세상에는 현실의 사건에 평행하는, 일련의 관념상의 사건이
> 란 게 있다. 양자는 좀처럼 일치하는 게 아니다. 대개는 인
> 간과 주위 환경이 관념상의 사건을 변질시키며, 그 때문에
> 결과도 역시 불완전한 것이 된다. 종교개혁의 경우가 바로
> 그것으로, 프로테스탄티즘 대신 루터 교가 출현했던 것이다.
>
> 노발리스 《도덕론》*2

인간의 두뇌로는 도저히 '단순한' 일치라고 생각할 수 없을 만큼 참
으로 경이적인 '우연의 일치'에 접하여 놀란 나머지, 자기도 모르는
사이에 초자연적인 것이 믿어지는 듯한 그런 막연하면서도 경이에 찬
기분을 맛보지 못한 사람은 드물 것이다. 그것은 아주 냉정한 사색가
들도 마찬가지이다. 이러한 감정——왜냐하면 내가 말하는 믿어지는
듯한 그 심경은 완전한 사고라곤 할 수 없는 것이니까——은 우연성
의 원리, 혹은 좀 더 전문적으로 말해서 확률론에 의하지 않는 한 좀
처럼 완전히 억누를 수가 없다. 그런데 본질적으로 이 확률론은 순수

하게 수학적인 것이며, 따라서 우리들은 과학 중에서도 가장 엄격한 과학을 사념 중에서도 가장 종잡을 수 없는 망령과 영성(靈性)에 적용하는 변칙을 범하고 있는 셈이다.

내가 이제 상세하게 밝히지 않을 수 없게 된 아주 특이한 사건 이야기는 시간적인 순서로 봐서 일련의 이해하기 어려운 '우연의 일치'가 첫째 가지를 이룸을 알게 될 것이다. 그리고 둘째 가지나 끝 가지는 최근 뉴욕에서 일어난 메리 시실리아 로저스 살인 사건임을 어떤 독자라도 금방 알 수 있으리라.

약 1년 전 《모르그 거리 살인》이라 이름 붙인 글에서 나의 친구인 협객, C 오귀스트 뒤팡의 성격 가운데 어떤 놀랄 만한 특징들을 묘사하려고 했을 땐 이 화제를 또다시 들먹거리게 되리라곤 생각지도 못했다. 그 성격 묘사가 내 의도였으며, 그 의도는 뒤팡의 특성을 예증하기 위해 인용한 일련의 색다른 사건들에 의해 완전히 달성되었던 것이다. 다른 예들을 인용할 수도 있었겠지만, 그랬다고 해도 그 이상의 것을 밝히지는 못했을 것이다. 그러나 최근의 사건들은 놀랄 만한 진전을 보여 나로 하여금 보다 상세한 이야기를 하지 않을 수 없게 만들었다. 따라서 내가 밝힐 이 이야기는 강요된 고백의 성질을 띠게 될 것이다. 그러나 내가 최근에 들은 것과 같은 이야기들을 듣고도 아주 오래 전에 내가 듣고 본 일들에 관해 침묵을 지킨다면 그거야말로 이상한 것이 되리라.

레스파네 부인과 그 딸의 죽음에 얽힌 참극이 그 결말을 짓자, 이 협객은 곧 그 사건을 깨끗이 잊어버리고 다시 원래의 그 시무룩한 몽상하는 버릇으로 빠져들어갔다. 언제나 방심해지기 쉬운 나는 곧 그의 기분에 젖어들었다. 그래서 우리는 포부르 생 제르망의 우리들 방을 줄곧 지키면서, 미래는 바람에 내맡기고 현재 속에서 조용히 자면서 주위의 따분한 세계를 꿈으로 엮어나가고 있었다. 그러나 이러한 꿈들이 전혀 방해를 안 받은 것은 아니었다. 모르그 거리의 사건에서 이 친구가 해낸 연기는 파리 경찰들의 마음속에 깊은 인상을 심어 주었으리라는 건 누구나 쉽게 상상할 수 있을 것이다. 경관들은 입버릇처럼 뒤팡의 이름을 떠올리기에 이르렀다. 그 미스터리를 해결한 그의 귀납적 추리의 단순성에 대해서 나 이외의 어느 누구에게도, 심지어 경시총감에게도 설명해 주지 않았던 만큼 사건이 해결된 원인이 기적과 다름없이 간주되거나, 이 협객의 분석력 대신 뛰어난 직관 덕분으로 취급받게 된 것은 물론 조금도 이상할 것이 없으리라. 그의 솔직함은 모든 질문자를 그러한 오해로부터 해방시켜 줄만도 했지만, 그의 게으른 기질이 그로 하여금 이미 오래 전에 관심을 잃은 화제를 더 이상 끄집어 내게 하질 않았던 것이다.

이런 까닭으로 그는 경찰들의 주목의 대상이 되었고, 경시청에서 그의 협력을 얻으려 했던 사건도 결코 적지 않았다. 그 가장 두드러진 예가 마리 로제라는 젊은 여인의 살인 사건이었다.

이 사건은 저 모르그 거리의 참극이 있은 지 약 2년 뒤에 일어났다. 이 마리——세례명과 성(姓)이 불행한 '담배팔이 소녀'와 매우 흡사하다는 점은 누구라도 곧 알 수 있으리라——는 에스텔 로제라는 과부의 외동딸이었다. 아버지는 이 딸이 갓난아기일 적에 이미 죽었고, 그로부터 이 이야기의 주제를 이루는 살인이 발생하기 18개월 전까지 이 어머니와 딸은 파베 생 땅드레*[3] 거리에서 함께 살았다. 그리고 거기서 딸의 도움을 받으며 어머니는 하숙집을 하고 있었다. 그렇게 살아가다가 딸이 스물두 살이 되었을 때 그녀의 굉장한 미모는 팔레 르와얄의 지하실에 가게를 가지고 있는 한 향수 장수의 눈길을 끌었다. 이 사나이의 단골이란 건 주로 부근에 소굴을 둔 망나니 사기꾼들이었다. 좌우간 이 향수 가게 주인 르 블랑*[4] 씨는 자기의 가게에 아름다운 마리를 두면 얼마나 이익이 되는 것쯤은 알고 있었다. 그래서 보수는 후하게 준다는 조건으로 딸에게 제의를 하였던 것인데, 어머니 쪽은 어쩐지 약간 마음이 내키지 않는 눈치였으나 딸은 기꺼이 이것을 받아들였다.

가게 주인의 예상은 적중, 그의 가게는 이 싱싱한 여점원의 매력으로 말미암아 당장에 유명해졌다. 그런데 그녀가 이 가게에서 일을 시작한 지 1년 가량 되어 갑자기 자취를 감추는 바람에 그녀의 숭배자들은 당황했다. 르 블랑 씨는 그녀가 자취를 감춘 이유를 알 수 없었고 마담 로제는 불안과 공포에 사로잡혀 정신이 없었다. 신문이 곧 이 사건을 취급하고 경찰이 본격적인 수사에 착수하려고 할 무렵인 일주일 뒤 어느 맑게 갠 아침, 마리가 건강한 모습으로, 그러나 다소 슬픈 빛을 띤 얼굴로 향수 가게 그녀의 카운터에 다시 모습을 나타냈다. 물론 사사로운 질문을 제외하곤 일체의 조사가 곧 중지되었다. 르 블랑은 전과 마찬가지로 일체 아무것도 모른다고 말했다. 일체의 질문에 대해 마리는 어머니하고 입을 모아 지난 주 내내 시골의 친척집에서 지냈다고 대답했다. 이렇게 해서 이 사건은 잠잠해지고 세상에서도 잊혀졌다. 아무튼 귀찮은 추궁을 피하기 위해서인지, 딸은 향수 가게에서 아주 나와 다시 파베 생 땅드레 거리의 어머니 집에서 살게 되었기 때문이다. 그런데 집으로 돌아온 지 삼 년 가량이 지나 그녀는 또다시 갑자기 자취를 감추어 그녀의 친구들을 놀라게 했다. 사흘이 지나도록 아무런 소식이 없었다. 그리고 나흘째에 그녀의 시체가 세느 강*5의 파베 생 땅드레 거리의 맞은편 기슭 언저리에 떠 있는 것이 발견되었다. 그곳은 룰르 관문*6이라는 외진 동네에서 그다지 멀지 않은 지점이었다.

이 살인의 극악함(살인이라는 건 당장 알 수 있었다), 피해자의 젊음과 미모 그리고 무엇보다도 그녀의 과거의 소문이 민감한 파리 시민들의 마음을 크게 자극하게 되었다. 이와 유사한 사건으로 이만큼 많은 사람에게 이렇게 큰 영향을 미친 사건은 본 기억이 없다. 수주일 동안 사람들은 이 하나의 화제에만 몰두하여 그날그날의 정계 화제들마저 잊을 정도였다. 경시총감은 비상한 노력을 기울였고, 파리의 모든 경찰이 전력을 다해서 사건에 임했다.

시체가 처음 발견되었을 때는, 범인은 곧 펼쳐진 수사망을 극히 잠시밖엔 피할 수 없으리라고 생각되었다. 일주일이 지나기 전까지는 현상금을 걸 필요가 있다고 생각되지 않았다. 그러나 일주일이 지나 현상금을 내걸었고 아직 1천 프랑을 넘지 않았다. 그동안 반드시 현명한 방식은 아닐지라도 수사는 활발히 진행되고 많은 사람이 취조를 받았지만 아무런 단서도 못 잡았으며, 한편으론 이 미스터리에 대한 실마리가 여전히 하나도 발견되지 않았기 때문에 시민들의 흥분은 크게 고조되어갔다. 열흘 뒤엔 최후에 내건 현상금의 액수를 갑절로 올리는 것이 바람직하다고 생각하게 되었다. 그리고 마침내 아무런 단서도 얻지 못한 채 2주일이 경과되고 파리시민이 경찰에 대해서 언제나 품고 있는 반감이 폭발하여 몇 차례의 심각한 소동까지 일어나게 되자, 경시총감은 '살인범의 고발에 대해서', 혹은 두 사람 이상의 범인이 관련되었음이 밝혀질 경우 '살인범 중 한 사람의 고발에 대해서' 2만 프랑의 현상금을 준다고 포고하기에 이르렀다. 이 현상금을 내건 포고문에는 동료를 고발하고 나오는 공범자는 무죄 석방한다는 약속까지 들어 있었다. 그리고 이 포고가 게시되어 있는 곳은 어디나 경시청이 제공한 금액 외에 추가로 1만 프랑을 주겠다는 시민위원회의 게시가 곁들여 있었다. 따라서 현상금의 총액은 결코 3만 프랑 이하로 내려가지 않은 셈이 되는데, 이것은 피살된 여자의 사회적 신분이나 대도시에서 이같은 종류의 흉악범죄가 발생하는 빈도를 생각한다면 참으로 엄청난 금액이라고 할 수 있을 것이다. 이젠 이 살인 사건의 수수께끼가 곧 풀리리라는 걸 아무도 의심하지 않았다. 그러나 사건의 해결을 약속해 주는 용의자 체포가 한두 번 있었지만, 그 용의자들을 유죄로 할 수 있을 만한 증거는 무엇 하나 끌어 내지 못해 그들은 곧바로 석방되었다.

이상하게 생각될지 모르지만, 문제 해결의 실마리 하나도 얻지 못한 채 시체 발견 후 3주일이 경과하도록, 이만큼 세상을 떠들썩하게 만든 사건의 소문 하나도 뒤팽과 나의 귀에는 들어오질 않았다. 우리는 우리들의 주의를 완전히 빼앗는 연구에 몰두한 나머지 거의 한 달 동안이나 외출 한 번 하지 않았고, 손님 한 명 받지 않았으며, 한 종류의 일간신문의 중요한 정치 기사를 얼핏 훑어보는 이상으로 신문을 읽지도 않았던 것이다. 우리가 이 살인 사건을 처음으로 안 것은 직접 찾아온 G의 입을 통해서였다. 18××년 7월 13일의 이른 오후에 그는 우리들을 찾아와서는 밤 늦게까지 앉아 있었다. 그는 범인을 잡아내려는 자기의 모든 노력이 실패로 돌아간데 대해 몹시 짜증이 나 있었다. 자신의 명성——파리인 특유의 태도로 그는 이렇게 말했다——이 걸려 있다. 명예에도 관련되는 일이다. 세상의 눈이 자기에게 쏠리고 있다. 이 수수께끼를 밝혀내기 위해서라면 어떠한 희생도 감히 사양하지 않으련다. 그렇게 말하고는, 마지막으로 그의 이른바 뒤팽의 '재치'란 것에 대한 찬사로 이 우스꽝스러운 이야기의 끝을 맺었다. 그리고는 뒤팽에 대해 직접적이고 또한 확실히 후한 제의를 했다. 그 정확한 내용은 내가 누설할 수도 없고 이 이야기의 본디 제목하고도 아무런 관계가 없는 것이다.

뒤팽은 찬사는 극력 물리쳤으나 그 제안은 곧 수락했다. 그 이득이라는 것은 전혀 임시 변통적인 것에 지나지 않았지만 이야기가 정해지고 나자 총감은 곧바로 이 사건에 관한 자신의 견해를 설명하기 시작했다. 그는 이따금 증거에 대한 장황한 주석을 덧붙이곤 했는데, 그 증거란 아직 우리는 모르는 것이었다. 총감은 많은 말을 했고, 물론 박식하게 이야기했음은 말할 나위도 없으며, 한편 나는 밤이 점점 이슥해짐에 따라 가끔 한 마디씩 던져보곤 했다. 뒤팽은 언제나의 팔걸이의자에 미동도 않고 앉아 있는 자세가 자못 열심히 경청하고 있는 듯한 태도였다. 그러나 그는 이 회견중 줄곧 안경을 쓰고 있었는데, 그 녹색의 안경 밑을 한 번 힐끗 바라본 것만으로도 나는 그가 경시총감이 물러가기 직전까지의 그 따분한 일고여덟 시간을 내내 소리 하나 내지 않고 푹 자고 있었음을 충분히 알 수 있었다.

이튿날 아침 나는 경시청에 가서 지금까지 수집된 일체의 증거에 대한 완전한 보고서를 손에 넣었고, 또 신문사마다 방문하여 이 슬픈 사건에 관해 처음부터 끝까지 결정적 정보가 실려 있는 모든 신문을 1부씩 얻어가지고 돌아왔다. 확실하게 반증이 나와 있는 것을 모두 제외하고 나면 그 정보는 통틀어서 다음과 같은 것이 된다.

마리 로제는 18××년 6월 22일 일요일 아침 9시경 파베 생 땅드레 거리의 어머니 집을 나섰다. 도중에 그녀는 자크 생 뙤스타슈*⁷라는 사람에게, 그리고 그에게만 데 드로메 거리의 숙모집에서 하루 놀다 오겠다고 알렸다. 데 드로메 거리는 짧고 폭도 좁지만 번화한 거리로 세느 강 기슭에서 그다지 멀지 않고, 마담 로제의 하숙에서 직선코스로 2마일 가량 떨어져 있었다. 생 뙤스타슈는 마리의 약혼자로 이 하숙집에서 먹고 자고 있었다. 그는 저녁때 약혼녀를 마중가서 집에 함께 돌아오기로 되어 있었다. 그런데 오후에 심한 비가 내리기 시작했다. 그래서 마리가 숙모집에서 밤을 지내리라 싶어 (전에도 이와 같은 경우에는 그랬으므로) 약속대로 마중을 갈 필요가 없으리라 생각했다. 밤이 다가올 무렵 마담 로제(벌써 나이가 70인 병약한 할머니이다)가 "마리는 이제 두 번 다시 볼 수 없을지 모른다"는 불안한 심정을 나타냈지만, 그때는 이 말이 거의 주의를 끌지 못했다.

월요일이 되어, 마리가 데 드로메 거리에 가 있지 않음이 확인되었다. 그녀로부터 아무 소식이 없는 채 그날이 지나자 늦게나마 시내나 근교의 몇 군데에서 수사가 시작되었다. 그러나 실종 뒤 나흘째까지는 그녀에 관해서 납득이 갈 만한 일은 아무것도 확인되지 않았다. 그날, 그러니까 6월 25일인 수요일, 파베 생 땅드레 거리와 마주한 세느 강가의 룰르 관문 부근에서 친구 한 명과 함께 마리의 행방을 찾고 있던 보베*8라는 사람이, 지금 막 어부들이 강물에 떠 있던 시체를 기슭으로 끌어올렸다고 하는 소문을 들었다. 그 시체를 보고서 보베는 약간 주저한 끝에 향수 가게의 아가씨가 틀림없다고 말했다. 그의 친구는 좀 더 빨리 그걸 확인했다.

얼굴은 온통 검붉은 피로 범벅이 되어 있었고, 그 일부는 입에서 나온 피였다. 단순한 익사자의 경우와 같은 거품은 없었다. 세포 조직의 변색도 없었다. 목 언저리엔 타박상과 손가락 자국이 있었다. 두 팔은 가슴 위에 구부린 채로 굳어 있었다. 오른손은 꽉 쥐어져 있고 왼손은 조금 벌어져 있었다. 왼쪽 팔목은 두 줄로 피부가 둥그렇게 벗겨져 있었는데 그것은 두 가닥의 로프 자국이거나 아니면 한 가닥의 로프를 두 번 감은 자국인 게 분명했다. 오른손목의 일부도 심하게 벗겨지고 등도 전부 까졌는데, 특히 어깨뼈 언저리가 심했다. 시체를 기슭에 끌어올릴 때 어부들이 로프를 걸기도 했지만, 벗겨진 상처는 어느 하나도 그 때문에 생긴 것은 아니었다. 목줄기의 살은 몹시 부어 있었다. 벤 상처같은 것은 보이지 않고 얻어맞은 결과라고 생각되는 타박상도 일체 없었다. 거의 눈에 띄지 않을 만큼 단단하게 목을 감고 있는 레이스 조각이 발견되었다. 그것은 완전히 살 속에 파묻힌 채 왼쪽 귀 바로 밑에서 매듭으로 묶여 있었다. 이것만으로도 그녀를 죽이기엔 충분했을 것이었다. 검시의는 사망자의 품행에 대해선 자신있게 보증했다. 야만적인 폭행을 당한 데 지나지 않는다는 것이었다. 시체가 발견되었을 때의 그 모습은 친구라면 누구나 알아보기가 결코 어렵지 않을 만한 상태였다. 의복은 몹시 찢어진 채로 심하게 흐트러져 있었다. 겉옷은 밑자락에서 허리 부분까지 폭 1피트 가량의 조각이 찢겨 있었지만, 떨어져 나가지는 않았다. 그것은 허리를 세바퀴 감고 등의 같은 종류의 매듭에 매어 있었다. 프록의 바로 밑에 입은 드레스는 고급 모슬린 천이었는데, 이 드레스로부터 폭 18인치 가량의 조각이 완전히 떨어져 나가 있었다. ——아주, 아주 고르게, 그리고 굉장히 꼼꼼하게 찢겨 있었다. 이 천조각은 목 둘레에 느슨하게 감긴 채 단단한 매듭으로 매어져 있었다. 이 모슬린 조각과 레이스 조각 위에 보닛(끈달린 모자)의 끈이 감겨 있고, 거기에 모자가 매달려 있었다. 이 모자끈을 매어 놓은 매듭은 여자용의 장식 끈이 아니라 '풀매듭', 즉 선원용 매듭이었다.

시체는 신원이 확인되고 나서 보통의 경우처럼 검시실로 운반되지 않고——그런 절차는 불필요했으므로——끌어올려진 지점에서 그리 멀지 않은 장소에 황급하게 매장되었다. 보베의 노력으로 일은 되도록 비밀에 붙여졌으며 그래서 며칠이 지나서야 겨우 세상이 떠들기 시작한 것이다. 어떤 주간 신문*[*]이 마침내 이 사건을 취급했다. 시체는 발굴되어 재검사가 실시되었지만, 이미 말한 이상의 것은 아무것도 드러나지 않았다. 그러나 의복은 사망자의 어머니와 친지들에게 보여져 확실히 그 아가씨가 집을 나갈 때 입고 있었던 것으로 확인되었다.

한편 민심의 동요는 점점 더 고조되어갔다. 여러 사람들이 체포되고 석방되었다. 생 뙤스타슈는 특히 혐의가 컸는데, 처음에 그는 마리가 집을 나간 일요일에 자기가 어디 있었는지 명확하게 대답을 하지 못했다. 그러나 그 뒤 그는 G씨에게 구술서를 제출하여 문제된 날의 한 시간 한 시간에 대해서 만족할 만한 설명을 했다. 이리하여 시간은 흘러가고 새로운 발견은 아무것도 뒤따르질 않자 서로 엇갈린 수많은 낭설이 떠돌고, 저널리스트들은 '제안들'을 하기에 바빴다. 이들 제안 가운데 특히 주목을 끈 것은 마리 로제가 아직 살아 있다는 것, 즉 '세느 강에서 발견된 시체는 누군가 다른 불행한 여자다' 하는 의견이었다. 지금 언급한 제안을 구체적으로 나타내고 있는 그 기사의 일부를 독자 여러분에게 소개하는 것이 좋으리라. 다음 글은 일반적으로 상당한 활동을 보이고 있는 〈레뜨왈르〉지*[10]의 기사를 '글자 그대로' 옮긴 것이다.

'마드모아젤 로제는 18××년 6월 22일, 일요일 아침 표면상으론 데 드로메 거리의 숙모 또는 다른 친지를 찾아간다는 명목으로 어머니의 집을 나섰다. 그 시간 이후 그녀의 모습을 보았다는 사람은 아무도 없다. 그녀의 자취도 소식도 전혀 없다. ……지금까지 그날 중에 그녀가 어머니의 집 대문을 나선 뒤로 그녀의 모습을 목격했다는 사람이 한 사람도 나타나지 않고 있다. ……그런데 6월 22일인 일요일의 9시 이후 마리 로제가 이 세상 사람이었다고 하는 확증은 전혀 없지만, 그 시각까지는 그녀가 살아 있었다는 증거는 있다. 수요일 낮 12시에 룰르 관문의 기슭 근처에 여자의 시체가 떠 있음이 발견되었다. 이것은 마리 로제가 어머니의 집을 나선 지 3시간 만에 강에 던져졌다고 가정하더라도, 집을 나온 뒤 겨우 사흘 ——정확하게 사흘——밖에 안 된다는 이야기가 된다. 그러나 가령 그녀가 살해되었다 하고, 범인들이 한밤중이 되기 전에 시체를 강에 던질 수 있을 만큼 살해가 빨리 이루어질 수 있었으리라고 생각하는 건 어리석은 일이다. 이같은 끔찍한 죄를 저지르는 자는 대낮보다도 야음을 틈타는 법이다. ……따라서 강에서 발견된 시체가 확실히 마리 로제의 것이라고 한다면, 그것은 이틀 반 혹은 고작해야 사흘밖엔 물에 잠겨 있지 않았음을 알 수 있다. 그런데 모든 경험에 비추어 볼 때 익사체나 타살된 직후 물에 던져진 시체가 충분히 부패하여 수면에 떠오르기까지는 6일 내지 10일의 날짜를 요한다. 시체 위로 대포를 발사하여 물 속에 잠겨 있는 최소한의 기한인 5, 6일이 되기 전에 시체가 떠오른다고 해도, 그대로 버려 두면 다시 가라앉고 만다. 그렇다면 이 경우 어째서 정상에서 벗어나는 일이 생기게 되었는지 우리들은 그것을 묻고 싶다. ……만일 시체가 화요일 밤까지 피살된 상태로 기슭에 방치되어 있었다면, 무엇인가 범인의 흔적이 기슭에서 발견되었을 것이다. 또 가령 살해되고서 이틀 후에 물 속에 던져졌다고 하더라도 그렇게 빨리 시체가 물 위로 떠오른다는 건 심히 의심스럽다. 뿐만 아니라 여기서 가정하는 것과 같은 살인을 저지른 악당이 있다면, 그들이 그 정도의 주의는 능히 할 수 있었을 텐데도 추도 달지 않고 시체를 강에 던져 넣었으리라고는 도저히 생각하기 어렵다.'

여기서 필자는 다시 나아가, 시체는 '불과 사흘이 아닌 최소한 사흘의 다섯 갑절이나' 물에 잠겨 있었던 게 틀림없다. 왜냐하면 보베가 그 신원을 확인하는 데 크게 애를 먹었을 만큼 시체가 부패되어 있었기 때문이라고 주장한다. 그러나 이 점은 이미 충분히 반증되고 있다. 계속 옮기기로 하자.

'그럼 보베 씨가 시체는 마리 로제의 것임에 틀림없다고 말하는 근거는 무엇인가? 그는 옷의 소매를 잡아찢고 확실히 그 사람이라고 확신할 수 있는 특징을 찾아냈다고 한다. 사람들은 대부분이 특징이란 것이 상처 자국 같은 것이리라고 상상했다. 그런데 그는 팔뚝을 비비고 '털'이 있음을 발견한 것이었다. 무릇 이만큼 애매한 말이 어디 있겠는가? 마치 소매 속에 팔뚝이 있다고 하는 것만큼이나 무가치한 증언이다. 보베 씨는 그날인 수요일밤엔 돌아가지 않았지만, 저녁 7시경 마담 로제에게 딸에 관한 조사가 아직 진행중이라는 전갈을 보냈다. 우리가 한발 양보해서, 마담 로제가 노령과 슬픔 때문에 몸소 갈 수 없었다고 인정하더라도——이것은 크게 양보한 것이다——만일 시체가 마리의 것이라고 생각한다면 누군가 찾아가서 조사에 입회해야 한다고 생각한 사람이 한 명쯤은 반드시 있었을 것이다. 그런데 누구 한 사람도 가지 않았다. 파베 생땅드레 거리에선 이 일에 관해서 일언반구 말하는 사람도 들은 사람도 없다. 심지어 같은 건물에 사는 주민들마저 아무 소리도 들은 것이 없었다. 어머니의 집에 하숙하고 있는 마리의 애인이요 약혼자인 생 뙤스타슈 씨는 이튿날 아침 보베 씨가 그의 방에 들어와 이야기할 때까지 약혼녀의 시체가 발견된 사실조차 듣지 못했다고 진술하고 있다. 이러한 성질의 통지치고는 몹시도 냉정하게 받아들여졌다는 느낌이 든다.'

이러한 식으로 그 신문은 어떻게든지, 마리의 친지들이 시체가 마리의 것이라고 믿었다는 것과는 맞지 않게 냉담한 반응을 보였다는 인상을 심어 주려고 애를 썼다. 신문이 암시하고 있는 것은 결국 이런 것이었다. 마리는 친구들의 묵인 아래 그 정조에 대한 비난을 포함한 여러 가지 이유로도 시에서 모습을 감추었다. 그런데 마리와 얼마쯤 닮은 시체가 세느 강에서 발견되자 이 친구들은 그 기회를 이용하여 세상 사람들에게 그녀가 죽었다고 믿게 하려 했다는 것이었다. 그러나 〈레뜨왈르〉지는 여기서도 결론을 너무 서둘렀다. 이 신문이 상상했던 것과 같은 냉담은 전혀 없었음이 뚜렷이 증명되었다. 노파는 극도로 쇠약해 있었고 어떠한 의무도 감당할 수 없을 만큼 흥분해 있었다. 또 뙤스타슈는 소식을 냉정하게 듣기는 커녕 슬픔에 이성을 잃고 너무도 광란 상태에 빠져 있어, 보베 씨가 친한 집안 사람들을 시켜 그를 감시하게 하고 발굴된 시체의 조사에 입회하지 못하게 했던 것이다. 게다가 〈레뜨왈르〉지는 시체의 재매장이 관비(官費)로 이루어졌고, 유리한 개인 묘지의 제의가 가족들로부터 단호히 거절되었으며, 장례식에는 가족이 한 명도 참석치 않았다고 말했지만——
⟨레뜨왈르⟩지는 그들이 전달하려고 의도한 인상을 한층 강하게 하기
위해 주장했지만——이 모든 것은 충분히 반증되었다. 이 신문의 그
다음 호(號)는 다름 아닌 보베에게 혐의를 두려고 했다. 그 필자는
이렇게 말한다.

'그런데 사태는 일변했다. 들리는 바에 의하면 언젠가 마담 B라는
사람이 마담 로제의 집에 있을 때 때마침 외출하려던 보베 씨가,
헌병이 이곳에 올지도 모르지만 당신은 내가 돌아올 때까지는 헌병
에게 아무 말도 해선 안 된다, 만사는 나에게 맡겨 달라고 했다고
한다. ……현재의 상태로써는 보베 씨가 사건 일체를 혼자 간직하
고 있는 것 같다. 보베 씨 없이는 단 한 발짝도 나아갈 수가 없다.
어느 쪽으로 향하든 반드시 그와 부딪치기 때문이다. ……어떠한
이유에서인지 그는 자기 이외의 누구에게도 이 사건의 처치에 일체
관여시키지 않으리라 결심하고 남자 친척들을 아무도 끼어들지 못
하게 해왔는데, 그들의 말에 의하면 그 방식이 아주 기괴하다고 한
다. 보베 씨는 친척들에게 시체를 보여주기를 몹시 꺼리고 있는 눈
치이다.'

이렇듯 보베에게 씌워진 혐의는 다음과 같은 사실에 의해 다소 그
럴 듯했다. 그 여자의 실종 며칠 전, 그의 부재중에 그의 사무실을
찾아간 한 방문자가 문의 열쇠 구멍에 장미꽃 한 송이가 꽂혀 있고
근처에 매달린 석판에 '마리'라는 이름이 새겨져 있는 것을 보았다는
것이었다.

우리가 신문들에서 얻을 수 있었던 일반적인 인상은 마리가 한 무
리의 불량배들의 희생이 되었다, 이들이 그녀를 강 건너로 데려가 폭
행을 가하고 죽였다는 것인 듯 싶었다. 그러나 폭넓은 독자층을 가진
⟨르 꼼메르시엘⟩*[11]지는 이러한 일반적인 견해에 대해서 열심히 반대

했다. 같은 신문의 기사를 한두 가지 소개해 보자.

'수사가 룰르 관문으로 쏠리고 있었던 만큼 이제까지의 수사는 방향 착오를 하고 있었던 게 아닌가 싶다. 이 아가씨처럼 그 얼굴이 널리 알려진 사람이 네거리를 셋이나 지나도록 아무도 본 사람이 없다는 건 있을 수 없는 일이다. 그녀를 아는 자는 누구나 그녀에게 호기심을 갖는 만큼 누가 그녀를 보았다면 기억이 남을 것이다. 그녀가 집을 나섰을 때는 거리가 사람들로 붐비는 시각이었다······ 그녀가 룰르 관문이나 데 드로메 거리에 닿기까지 열 사람의 목격자도 없었다는 건 있을 수 없는 일인데도 그녀를 어머니의 집 밖에서 보았다는 사람이 단 한 명도 나타나지 않았으며, 그녀가 '외출 의도'를 밝혔다는 증언 외에 실제로 외출했다는 증거도 전혀 없다. 그녀의 의복은 찢기어 몸에 감겨 매어져 있었고, 시체는 그런 식으로 짐짝처럼 운반되었다. 살인이 룰르 관문에서 자행된 것이라면 그러한 처치는 전혀 불필요했을 것이다. 시체가 관문 부근에 떠 있는 것이 발견되었다는 사실은 그것이 어디서 물속에 던져졌느냐 하는 증거는 되지 않는다. ······그 불행한 아가씨의 한 벌 속옷이 길이 2피트, 폭 1피트로 찢어지고 그 조각이 후두부부터 돌려 턱 밑에서 매듭지어져 있었는데, 이것은 아마도 비명을 지르지 못하게 하기 위해서였을 것이다. 이런 짓은 손수건을 갖고 있지 않은 자들의 소행이다.'

그러나 경시총감이 우리들을 방문하기 하루나 이틀 전 어떤 중요한 정보가 경찰의 귀에 들어갔는데, 그건 적어도 〈르 꼼메르시엘〉지 논거의 주요한 부분을 뒤집을 듯한 것이었다. 마담 드뤼크라는 여자의 아들인 어린 두 소년이 룰르 관문에 가까운 숲속을 헤매다가 우연히 어떤 깊은 풀숲으로 들어갔는데, 거기에는 서너 개의 큼직한 돌이 등받이와 발판이 있는 일종의 의자 모양을 이루고 있었다는 것이었다.

위쪽의 돌에는 흰 속치마가 널려 있고 다음번 돌에는 실크스카프가 놓여 있었다. 파라솔과 장갑과 손수건도 있었다. 손수건에는 '마리 로제'라는 이름이 수놓아져 있었다. 근처의 가시덤불에서 의복 조각이 발견되었다. 지면이 짓밟혀 있고 관목의 가지들이 꺾여 있는 등 어느 모로 보나 격투가 벌어진 흔적이 역력했다. 그 풀숲과 강 사이의 나무 울타리는 망가져 있고 지면에는 무언가 무거운 것을 끈 자국이 역력히 보였다.

주간지 〈르 솔레이유〉*[12]는 이 발견에 관한 다음과 같은 논평을 실었지만, 그것은 전 파리의 모든 신문의 논조를 그대로 반영한 것에 지나지 않았다.

'그 물건들은 모두 최소한 3, 4주일 전부터 그 장소에 있었던 것이 틀림없다. 그것들은 비를 맞아서 완전히 곰팡이가 나 있고 곰팡이 탓으로 서로 들러붙어 있었다. 둘레에는 풀이 자라고 개중에는 풀로 덮여 있는 것도 있었다. 파라솔의 비단 천은 튼튼한 것이었으나 안쪽에는 실밥이 풀려 있었다. 두 겹으로 겹쳐 있는 파라솔의 상부는 완전히 곰팡이가 슬고 삭아 있어 편 순간 찢어지고 말았다. ……덤불에 걸려 찢겨진 프록의 천조각들은 폭 3인치, 길이 6인치 가량이었다. 그 한 조각은 프록의 가장자리로 이것은 기워져 있었으며, 다른 한 조각은 스커트의 일부분이긴 하지만 자락은 아니었다. 어느 쪽이나 잡아 찢겨진 조각처럼 보였는데, 지면에서 1피트 가량의 가시덤불에 걸려 있었다. ……따라서 이 가공할 흉행의 현장이 발견되었다는 것은 의심할 여지가 없다.'

이 발견에 이어서 새로운 증거가 나타났다. 마담 드뤼크는 룰르 관문에 마주한 강둑에서 멀지 않은 곳에서 술집을 경영하고 있다고 하면서 다음과 같이 증언했다. 이 부근은 특히 외진 장소. 일요일이면 언제나 시내의 건달들이 보트로 강을 건너 놀러오는 곳이다. 그런데 문제의 일요일 오후 3시경, 얼굴빛이 검은 청년과 더불어 한 젊은 아가씨가 이 술집에 찾아왔다. 두 사람은 이곳에서 잠시 머물렀다. 그리고 떠날 때는 부근의 무성한 숲속으로 걸어갔다. 마담 드뤼크는 아가씨가 입고 있는 옷에 눈길이 쏠렸는데, 그것은 죽은 어느 친척이 입고 있었던 옷과 아주 흡사했기 때문이었다. 스카프가 특히 눈길을 끌었다. 두 사람이 사라지고 나서 곧 한 패의 건달들이 나타나 소란을 피우며 먹고 마시고 하고는 돈도 치르지 않고 앞서의 청년과 아가씨가 간 곳과 같은 방향으로 걸어갔는데, 해질 무렵에 다시 술집으로 돌아와서는 몹시 서두르는 태도로 다시 강을 건너갔다.

바로 이날 저녁 어두워지고 난 바로 뒤 마담 드뤼크와 그녀의 장남은 술집 근처에서 여자의 비명 소리를 들었다. 자지러지는 듯한 비명이었으나 곧 그쳤다. 마담 드뤼크는 덤불에서 발견된 스카프뿐 아니라 시체에서 발견한 의복도 그녀가 입고 있던 것이라고 말했다. 그리고 또한 발랑스*13라는 합승마차의 마부도 예의 일요일에 마리 로제가 얼굴빛이 검은 청년과 함께 센느 강의 나루터를 건너는 것을 보았다고 증언했다. 이 발랑스는 마리를 알고 있었으므로 그녀를 잘못 볼 리가 없었다. 덤불 속에서 발견된 물건들은 마리의 친척들에 의해 그녀의 것임이 충분히 확인되었다.

뒤팡의 지시에 따라 이렇듯 내가 여러 신문에서 모은 증거와 정보는 이상의 것 외에 또 한 가지가 더 있었는데, 그것은 극히 중요하게 느껴지는 것이었다. 전술한 피해자의 의류가 발견된 직후 마리의 약혼자인 생 뙤스타슈의 숨이 끊어진, 아니 거의 숨이 넘어가는 몸뚱이가 지금은 누구나가 흉행의 현장이라고 생각하고 있는 장소 근처에서 발견되었다. '아편 정기'라는 레테르가 붙은 빈 유리병이 그 곁에서 발견되었다. 그의 숨결은 독약을 마셨음을 증명하고 있지만, 끝내 한마디 말도 없이 죽고 말았다. 그의 몸에서 편지 한 통이 나왔는데,

거기에는 자살 계획과 마리에 대한 애정이 짤막하게 적혀 있었다.

"말할 필요도 없는 일이지만" 나의 메모를 다 읽고 나서 뒤팡은 말했다. "이것은 모르그 거리의 사건보다 훨씬 복잡한 사건일세. 그리고 그것과는 한 가지 중요한 점이 다르지. 이것은 흉악하긴 하지만 '예사로운' 범죄야. 특별히 상식을 벗어난 점은 없어. 이러한 이유로 이 미스터리는 해결하기 쉬운 걸로 생각했다는 건 자네도 알 걸세. 실은 그렇기 때문에 해결이 어렵다고 생각했어야만 했던 건데 말야. 그래서 처음엔 현상금을 내걸 것도 없다고 생각했던 거지. G의 충복들은 이런 흉행을 저지를 수 '있었을 만한' 방법과 동기를 곧 이해할 수 있었지. 그들은 하나의 방법——아니 많은 방법——그리고 하나의 동기——아니 많은 동기를 머릿속에 떠올릴 수 있었던 거야. 그리고 이 수많은 방법과 동기는 하나같이 실제의 방법과 동기일 '수 있는' 가능성이 없는 게 아니기 때문에 당연히 그 중의 어느 하나가 실제의 방법과 동기임에 '틀림없다'고 그들은 단정해 버린 셈이지. 그러나 이렇게 쉽게 여러 가지 상상을 할 수 있다는 점, 그리고 그 어느 것이나 모두 아주 그럴듯하게 보인다는 그 점이 바로 사건의 해결을 쉽게 만들기는커녕 오히려 어렵게 만든다는 걸 당연히 생각해야만 했던 거지. 그러므로 내가 전에도 말했듯이 이성이 진실을 더듬어 찾아내는 일이 있다면, 그것은 평범한 수준을 넘은 두드러진 그 무엇에 의해서이며, 이와 같은 사건에서 당연히 생겨야 할 의문은 '무엇이 일어났는가'보다도 '종래 일어나지 않았던 그 무엇이 일어났는가'여야 하는 걸세. 레스파네 부인*14의 집 수사에선 그 유별남에 G의 부하들은 실망도 하고 당황하기도 했는데, 두뇌 회전이 빠른 사람이라면 이 점이야말로 틀림없는 성공을 약속해 주는 것이라고 느꼈을 걸세. 반면 바로 그 두뇌 회전이 빠른 사람은 이 향수 가게 아가씨의 사건에선 눈에 띄는 것이 모두 평범한데 절망을 느꼈을지도 모르지. 경시청의 관리들은 성공은 문제없을 것 같은 인상밖에 받지 못했지만 말야.

레스파네 부인과 딸의 경우는 우리가 수사에 착수할 때부터 이미 살인이라는 점에 아무런 의심이 없었지. 자살의 가능성은 곧 제외되었어. 이번의 경우 또한 처음부터 자살이 아닐까 하는 의문은 일체 배제된 거야. 룰르 관문에서 발견된 시체는 그 발견된 상황으로 보아 이 중요한 점에서 우리들을 망설이게 할 만한 점이 전혀 없지. 그러나 발견된 시체가 마리 로제의 것이 아닐지도 모른다는 의견이 나돌고 있네. 현상금은 그녀의 살해범 또는 공범들에 대해 걸려 있는 것이고 우리들이 경시총감과 맺은 계약도 이 아가씨만을 조건으로 삼고 있는 거야. 자네나 나나 이 친구의 사람됨을 잘 알지 않나. 그를 너무 신용해선 안 되지. 발견된 시체부터 수사를 시작하여 범인을 규명한 결과 이 시체가 마리 이외의 다른 사람의 것으로 밝혀질 경우, 혹은 살아 있는 마리로 시작해서 그녀를 발견하여 살해되지 않았음이 판명될 경우, 그 어느 경우나 우리는 헛수고를 하는 셈이 되지. 우리의 상대는 G씨니까 말일세. 그러므로 정의를 위해서라면 또 몰라도 우리들 자신을 위해서는 먼저 시체가 실종된 마리 로제의 것인지 아닌지를 결정하고 시작해야만 되는 것일세. 〈레뜨왈르〉지의 논조는 확실히 세상 사람들에게 영향력이 있었어. 그리고 이 신문 자체가 그 논조들의 비중에 자신을 가지고 있다는 것은 이 사건에 관한 기사 가운데 하나인 시론에서도 엿볼 수 있지. 오늘 몇 개의 조간이 월요일자 〈레뜨왈르〉지의 '결정적'인 기사에 대해서 언급하고 있다고 하는 것 말일세. 내가 보기엔 이 기사엔 필자의 열의 이외는 거의 아무것도 결정적인 것이 없는 것 같네. 일반적으로 신문이 목적하는 바는 진실을 뒤쫓는 일보다 센세이션을 불러일으키는 것, 문제점을 내세우는 일임을 우리는 잊어선 안 되네. 진실의 추구는 그것이 동시에 센세이션을 불러일으킬 듯싶은 경우뿐이지. 평범한 견해에 단순히 동조

하는 신문은(그 견해가 아무리 뚜렷한 근거를 가지고 있는 것이라 할지라도) 대중으로부터 좋은 평을 듣지 못하는 거야. 세상 사람은 대개 일반적인 의견을 '신랄하게 공격하는' 자를 생각이 깊은 사람으로 보는 거지. 추리의 경우에도 문학의 경우 못지않게 가장 즉각적으로, 그리고 가장 널리 인정받는 것은 경구(警句)지. 어느 경우나 가장 수준 낮은 것이 경구지만 말일세.

내가 말하고 싶은 것은, 마리 로제가 아직 살아 있다는 견해를 〈레뜨왈르〉지가 생각해내고 그것이 세상에서도 환영받고 있는 것은, 그 생각이 정말로 그럴듯해서라기보다도 그 생각 속에 경구와 연극성이 뒤섞여 있기 때문이라는 것일세. 이 신문의 논설적인 서두를 하나 하나 검토해 보기로 하세. 그래서 그 주장 가운데 앞뒤가 맞지 않는 곳이 있으면, 그러한 것은 제외하도록 하는 거야.

이 필자가 첫째로 노리는 바는 마리의 실종에서 이 시체의 발견까지의 시간이 짧다는 점에서 이 시체가 마리의 것이 아니라고 말하려는 거지. 그렇게 되면 곧 이 시간을 되도록 짧게 만드는 게 이 '추리가'의 목표가 되는 거야. 이 목표를 뒤쫓는 데 급한 나머지 필자는 처음부터 한낱 가정으로 뛰어들고 만다네. 그래서 '가령 그녀가 살해되었다 하고, 범인들이 한밤중이 되기 전에 시체를 강에 던질 수 있을 만큼 살해가 빨리 이루어질 수 있었으리라 생각하는 건 어리석은 일이다'고 말하고 있지. 우린 즉시 그리고 아주 자연스럽게, 왜냐고 묻는 거야. 그녀가 어머니의 집을 나서고 나서 오 분 이내에 살해되었다고 가정한들 그것이 어째서 어리석은 일인가? 그날의 어느 시간에 살인이 자행되었다고 가정한들 그것이 어째서 어리석은 일인가? 종래 살인은 어느 시간에고 자행되어 왔네. 그러나 일요일 오전 아홉 시부터 밤 열두 시 십오 분 전까지 사이에 살해되었다 하더라도 '한밤중 이전에 시체를 강에 던질' 만큼의 시간은 충분히 있었던 셈이야. 그러므로 이 가정은 곧 일요일에는 결코 살인이 자행되지 않았다는 이야기밖엔 안되네. 그런데 〈레뜨왈르〉지에게 이런 가정을 허락한다고 하면, 어떤 엉뚱한 가정이고 모두 허용할 수 있다는 이야기가 되지 않겠나? '살인이 이러저러하다고 생각하는 것은 어리석은 일이다'로 되어 있는 이 문장은, 〈레뜨왈르〉지에 인쇄된 바는 어떻든간에 필자의 머릿속에 실제로 들어 있었던 것은 '이런 것'이었으리라고 상상할 수 있지. 즉 가령 그녀가 살해되었다고 하고서 한밤중 이전에 시체를 강에 던질 수 있을 만큼 살해가 빨리 이루어질 수 있었으리라고 생각하는 건 어리석은 일이다. 우리가 말하고자 하는 것은 이렇게 생각하면서 동시에 (우리가 생각하려고 하는 것처럼) 시체가 한밤중이 '지난 뒤에도' 강에 던져지지 '않았다'고 생각하는 것은 어리석은 일이라는 것이다——이 문장 자체는 아무래도 앞뒤가 맞지 않지만, 인쇄된 것으로선 아주 엉터리도 아니지."

"〈레뜨왈르〉지의 논조 가운데 이 문장의 '논리를 깨는' 것만이 내 목적이라면" 하고 뒤팡은 말을 이었다. "그것은 그대로 내버려두어도 상관없을 거야. 그러나 우리의 목표는 〈레뜨왈르〉지가 아니라 진실일세. 문제의 문장 그 자체로는 하나의 의미밖에 갖고 있지 않아. 그러나 단순한 이 말의 배후에 있는 이 말들이 분명히 의도는 했으되 전달을 못한 어떤 의사를 찾아내는 것이 중요해. 이 신문 기자들의 속셈은 그 일요일의 낮이나 밤의 어느 시각에 이 살인이 자행되었든간에 범인들이 한밤중 이전에 감히 시체를 강으로 운반할 엄두는 내지 못했으리라는 걸 말하고 싶었던 게지. 그리고 사실 내가 불만으로 여기는 가정이 바로 여기에 있는 걸세. 그것은 강으로 '시체를 나르는' 일이 필요한 장소, 그러한 상황에서 살인이 저질러졌다는 가정이지. 그런데 살인은 강가에서나 또는 강 한복판에서 자행되었을지도 모르며, 그래서 낮이나 밤의 어느 시각에라도 가장 확실하고 가장 빠른 처리 방법으로 강물에 던져졌을지도 모르는 게 아니겠나. 내가 여기서 그럴 듯한 것이나 나 자신의 의견과 일치하는 것을 일체 제시하고 있지 않음을 자네는 알 걸세. 지금까지의 나의 의도는 이 사건의 '사실'과는 아무 관계가 없는 거야. 나는 단지 〈레뜨왈르〉지의 논조 전체에 대해서 처음부터 그것이 한 쪽에 치우쳐 있음을 자네에게 지적하고 충분히 경계하도록 주의를 주고 싶은 것뿐이야.

이런 식으로 자기의 선입관에 편리한 틀을 미리 만들어 놓고, 다시 말해서 가령 시체가 마리의 것이라고 한다면 물에 잠겨 있었던 시간이 너무도 짧다고 가정을 해놓고 나서 신문은 이렇게 글을 잇고 있지.

'모든 경험에 비추어 볼 때 익사체나 타살된 직후 수중에 던져진 시체가 충분히 부패하여 수면에 떠오르기까지에는 6일 내지 10일의 날짜를 요한다. 시체 위로 대포를 발사하여, 물 속에 잠겨 있는 최소한의 기한인 오륙 일이 되기 전에 시체가 떠오른다 해도 그대로 버려두면 다시 가라앉고 만다.'

이 주장은 〈르 모니뙤르〉지*[15]를 제외한 파리의 모든 신문이 말없이 받아들였지. 이 〈르 모니뙤르〉지만은 익사한 걸로 알려진 사람들의 시체가 〈레뜨왈르〉지가 주장한 것보다도 짧은 시간 내에 떠오른 실례를 대여섯 가지 인용함으로써 '익사체'에 관한 부분에 한해서 반대하려 하고 있네. 그러나 〈레뜨왈르〉지의 개괄적인 주장에 상반(相反)하는 특수한 실례 몇 가지를 끌어내어 그 주장을 반박하려는 〈르 모니뙤르〉지의 시도에는 극도로 비(非)철학적인 점이 있지. 이삼일 만에 떠오른 시체의 예를 다섯 아니라 쉰 개를 들 수 있었다고 해도 〈레뜨왈르〉지의 원칙 그 자체가 부서지기까지는 그 쉰 개의 실례도 역시 원칙의 예외로밖엔 간주되지 않았을 걸세. 원칙을 인정하는 이상 (〈르 모니뙤르〉지도 그것을 부정치 않고 예외만을 강조하고 있으니까) 〈레쁘왈르〉지의 논조는 여전히 완전한 효력을 발휘하고 있는 거지. 왜냐하면 이 논의는 사흘 이내에 시체가 수면에 떠오르는 확률에 관한 의문 이상의 것을 말하고 있지 않으니까 말일세. 그리고 이 확률도 〈르 모니뙤르〉지가 그처럼 유치하게 말일세. 그리고 이 확률도 〈르 모니뙤르〉지가 그처럼 유치하게 든 실례가 반대의 원칙을 확립할 수 있을 만큼 충분한 수효에 이르기까지는 〈레쁘왈르〉지 쪽이 유리하다고 할 수 있겠지.

자네도 곧 알겠지만, 이 점에 관해 논의한다고 하면, 그것은 모두 그 법칙 자체에 대해서 해야 할 거야. 그리고 이 목적을 위해서 우리는 그 법칙의 논리적 근거를 검토하지 않으면 안되지. 그런데 인간의 몸뚱이라고 하는 건 대체적으로 세느 강의 물보다 크게 가볍지도 않거니와 크게 무겁지도 않아. 즉 자연스런 상태에서의 이니체의 비중은 그것이 배수하는 민물의 용적과 거의 같지. 뼈가 가늘고 살집이 좋은 뚱뚱한 사람, 일반적으로 여자의 몸은 여위어 뼈가 굵은 남자의 몸보다는 가벼운 법이지. 그리고 강물의 비중은 바다에서 조수가 들어오면 얼마쯤은 달라지지. 그러나 이조수는 문제 밖으로 치고, 민물 속에서라도 '저절로' 가라앉는 몸뚱이는 '극히' 드물다고 할 수 있을 걸세. 사람이 강에 떨어졌을 경우에 물의 비중이 자기의 비중과 균형이 잡히도록만 한다면, 즉 될수있는 한 약간의 부분을 제외하고서 몸 전체가 물에 잠기도록만 한다면, 거의 누구나 물 위에 떠 있을 수가 있는 거야. 헤엄칠 줄 모르는 자에게 적합한 자세는 지면을 걸을 때와 같은 직립(直立)의 자세로 목을 뒤로 힘껏 젖히고 물에 잠긴 채 입과 콧구멍만 수면 위로 내놓고 있는 거지. 그렇게 하고 있으면 누구나 수월하게 별로 힘도 들이지 않고 물에 떠 있을 수 있는 거야. 그러나 인간의 몸과 배수된 물의 용적, 이 양자의 비로 어느 쪽인가 한쪽이 무거워질 수 있음은 분명하지. 이를 테면 한 팔을 수면 밖으로 쳐들면, 그만큼 물의 뒷받침이 없어지므로 무게가 덧붙여져 머리 부분 전체가 물에 잠겨버리고, 반면 우연히 극히 작은 나무 조각의 도움이라도 받게 되면 주위를 둘러볼 수 있을 만큼 머리를 들어올릴 수도 있게 되네. 그런데 헤엄을 칠 줄 모르는 인간이 물 속에서 허우적거릴 경우 으레 두 팔을 위로 뻗고 머리는 평소처럼 어떻게든지 수직으로 유지하려고 하는 법이야. 그 결과 입이나 콧구멍을 물 속에 잠기게 하고 수면 아래로 가라앉으면서 호흡을 하려고 할 때에 물은 폐로 들어가고 마는 것이지. 그리고 위 속에도 물이 많이 들어가게 되므로, 처음에 폐나 위 속에 차 있었던 공기와 그것과 대체된 물과의 무게 차이만큼 온몸이 무거워지고 말지. 이 무게의 차이는 일반적으로 말하면 몸을 가라앉히는 데 충분하지만, 뼈가 가늘고 유난스레 지방분이 많은 살찐 체질의 사람인 경우는 그렇게 되지 않아. 그러한 사람은 익사하고 나서까지 물에 떠 있는 법이지.

시체가 강바닥에 있다고 하면, 그 비중이 어떤 까닭으로 인해 그것이 배수하는 물 용적의 비중보다 작아질 때까지는 가라앉은 채로 있고, 비중이 작아지는 것은 부패라든가 그 밖의 원인 때문에서지. 그런데 부패하면 가스가 발생하여 세포 조직이나 모든 체강(體腔)을 팽창시켜 아주 끔찍한 물퉁이 꼴이 되지. 이 팽창이 계속되어 시체의 용적은 두드러지게 늘고 질량 즉 무게는 그에 비례해서 늘지 않는 단계에 이르면 그 비중은 배수하는 물 용적의 비중보다 작아져서 시체는 곧 수면에 떠오르지. 그러나 부패는 온갖 사정에 의해 가감된다네. 갖은 원인에 의해 빨라지든가 늦어지든가 하는 거지. 이를테면 기후의 춥고 더움, 물의 광물질 함유의 많고 적음, 물이 깊으냐 얕으냐, 흐르고 있느냐 괴어 있느냐 하는 점, 체질, 사망 전 병이 있었나 없었나 등등의 원인에 의해서 말일세. 따라서 부패를 갖고 시체가 떠오르는 시기를 적어도 정확하게 정한다는 따위는 결코 할 수 없음이 분명해. 어떤 조건에서는 한 시간 이내에 떠오르지 않을 수도 있고, 또 다른 조건하에선 전혀 떠오르지 않을 수도 있는 거지. 동물의 몸을 '영원히' 부패하지 않도록 할 수 있는 화학적 주입제가 있다네. 염화 제2수은이 그 하나지. 그러나 부패 작용 말고도 식물성 물질의 초산발효로 위장 속에, 혹은 다른 원인으로 다른 체강 속에 가스가 발생하여 시체를 수면에 떠올리게 하는 데 충분한 팽창이 생기는 수도 있지. 대포를 발사하여 시체가 떠오르는 것은 한낱 진동의 결과에 지나지 않아. 강바닥의 진흙 속에 끼여 있던 시체가 진동으로 뒤흔들리고 그렇지 않더라도 다른 원인으로 이미 떠오르기 일보 직전까지 다다랐던 시체가 수면에 뜨는 결과가 되는 거지. 아니면, 또 진동 때문에 세포 조직의 썩어가는 부분의 점착력이 상실되어 가스의 힘으로 체강이 팽창하는 결과가 될지도 모르지.

이처럼 이 문제에 관한 모든 이론을 끌어낸 이상 그걸로 〈레뜨왈르〉지의 주장을 간단히 시험할 수 있을 걸세. 이 신문은 '모든 경험에 비추어 볼 때 익사체나 타살된 직후 물 속에 던져진 시체가 충분히 부패하여 수면에 떠오르게 되기까지에는 6일 내지 10일의 날짜를 요한다. 시체 위로 대포를 발사하여, 물 속에 잠겨 있는 최소한의 기한인 5, 6일이 되기 전에 시체가 떠오른다고 해도 그대로 버려 두면 다시 가라앉고 만다'고 말하고 있지. 이제는 이 한 구절 전체가 앞뒤가 전혀 맞지 않는 모순덩어리로밖엔 보이지 않을 거야. 모든 경험에 비추어 볼 때 '익사체'가 충분히 부패하여 수면에 떠오르게 되기까지에 6일 내지 10일의 날짜를 '요한다'는 그런 일은 '없는' 거야. 시체가 떠올라오는 기간은 일정치 않으며, 또한 필연적으로 일정치 않을 수밖에 없음을 과학과 경험이 다같이 가르쳐 주고 있지. 게다가 대포를 발사하여 수면에 떠오른 시체는 체내에 발생한 가스가 새어나올 단계에 이를 만큼 부패가 진행되기 전엔 '그대로 버려 두면 다시 가라앉진 않을' 걸세. 그러나 나는 '익사체'와 '타살된 직후 수중에 던져진 시체'가 구별되고 있는 점에 자네의 주의를 일깨우고 싶네. 필자는 이 구별을 인정하면서도 그것들을 모두 같은 범주 속에 넣고 있네. 물 속에 빠져들어가는 인간의 몸이 같은 용적의 물보다 어째서 비중이 무거워지는 것인지는, 그리고 수면상에 두 팔을 내놓고 허우적거리든가 물 속에 가라앉으면서 억지로 호흡하려 하든가 하지 않으면 완전히 빠지는 일은 없으리라는 것, 물 속에서 억지로 호흡하려 하기 때문에 원래 폐 속에 들어 있던 공기 대신 물이 들어차는 것이라는 건 이미 설명한 바일세. 그러나 '타살된 직후 수중에 던져진 시체'의 경우는 그렇게 허우적거리든가 억지로 호흡하려 하든가 하는 일이 없을 걸세. 그러므로 이 경우 일반적으로 시체는 전혀 가라앉지 않는 거야. 분명 〈레뜨왈르〉지는 이 사실을 모르고 있는 거지. 부패 작용이 극도로 진행되었을 때——즉 뼈에서 살이 굉장히 많이 떨어지게 되었을 때——그때야말로, 아니 그때가 되어서야 비로소 시체는 가라앉는 걸세.

자, 이번에는 발견된 시체가 마리 로제의 것일 리가 없다, 왜냐하면 겨우 사흘밖에 지나지 않아 이 시체가 떠 있는 것이 발견되었으니까, 라는 주장을 어떻게 생각해야 할까? 익사했던 거라면 마리는 여자니까 절대 가라앉지 않았거나, 또는 가라앉았다 해도 스물네 시간만에 또는 그 이전에 다시 떠올랐을지도 모르지. 그러나 이 아가씨가 익사했다고 생각하는 사람은 하나도 없다. 그렇다면 죽은 뒤에 물에 던져진 것이니까 그 이후는 언제라도 물에 떠 있을 수 있었을 걸세.

〈레뜨왈르〉지는 이렇게 쓰고 있지. '그러나 시체가 만일 화요일 밤까지 피살된 상태로 기슭에 방치되어 있었다면 무엇인가 범인의 흔적이 기슭에서 발견되었을 것이다'라고 말야. 여기서 이 추리가가 의도하는 것이 무엇인지 처음엔 이해하기가 어렵지. 그는 자기의 이론에 대한 반론을 예상하고 있는 거야. 다시 말해 시체는 강가에 이틀 동안 방치되어 급속히——물 속에 잠겨 있을 경우보다 더욱 급속히——부패했을지도 모른다는 반론을 말이지. 그는 그런 경우라면 시체가 수요일에 수면에 떴을지도 '모른다'고 상상했고 그러한 사정하에서만 시체가 떠오를 수 있었으리라고 생각한 걸세. 그래서 필자는 시체가 기슭에 방치'되지 않았다'는 걸 서둘러 증명하려는 걸세. 기슭에 방치되었다면 '무엇인가 범인의 흔적이 기슭에서 발견되었을 것'이라는 말로써 말이지. 이 추리에 대해서 자네는 미소를 짓고 있는 것 같군. 시체가 기슭에 오래 있었다는 것만으로 어떻게 범인들의 '흔적이 불어날' 수 있는지 자네로선 납득이 안 되겠지. 그건 나역시 마찬가질세. 이 신문은 이렇게 계속하고 있네. '뿐만 아니라 여기서 가정하는 것과 같은 살인을 저지른 악당이 있다면, 그들이 그 정도의 주의는 능히 할 수 있었을 텐데도 추도 달지 않고 시체를 강에 던져 넣었으리라고는 도저히 생각하기가 어렵다'고 말일세. 이 웃지 않을 수 없는 사고의 혼란을 보게나. 누구 한 사람——〈레뜨왈르〉지조차——'발견된 시체'가 살해된 것이라는 데에 다른 의견은 없네. 폭력을 사용한 흔적이 너무도 뚜렷하니까 말일세. 이 논자의 목적은 시체가 마리의 것이 아님을 증명하려는 것뿐이야. 그가 증명하려고 하는 것은 '마리는' 살해되지 않았다는 것이지. 그 시체가 살해되지 않았다는 건 아닐세. 그럼에도 그의 말은 이 후자를 증명할 뿐이지. 여기에 추도 달지 않은 시체가 있다. 그 시체를 살인범들이 강물에 던졌다면 던질 때 추를 다는 걸 잊었을 리가 없다. 그러므로 이 시체는 범인들이 던져 넣은 게 아니다. 증명된 것이 있다면 단지 이것 뿐일세. 시체의 신원 문제는 다루려고도 않고, 〈레뜨왈르〉지는 지금 막 스스로 인정한 것을 이번엔 부정하려고, 다만 그것만으로 고심참담하고 있지. 즉 '발견된 시체는 살해된 여인의 것이었음을 우리들은 완전히 확신하고 있다'고 말일세.

　이 논자가 자기도 모르게 자기 모순에 빠진 예는 문제의 이 부분 한 가지만이 아니지. 그의 명백한 목적은 내가 이미 말했던 것처럼 마리의 실종부터 시체의 발견까지의 시간을 되도록 단축시키는 것일 세. 그런데 그녀가 어머니의 집을 나선 순간부터 누구도 그 모습을 본 자가 없다는 것을 연방 강조하고 있지 않은가. '6월 22일, 일요일 9시 이후 마리 로제가 이 세상의 사람이었다고 하는 확증은 전혀 없 다'고 그는 말하고 있지. 그의 주장이 분명 '일방적'인 것이니만큼 그 는 적어도 이 문제는 끄집어 내지 않았어야 했을 걸세. 왜냐하면 월 요일이라든가 화요일에 마리를 본 자가 있다면 문제의 기간은 크게 단축되고, 따라서 그의 추리에 따르면 시체가 여점원의 것일 확률도 훨씬 적어질 테니까 말일세. 그런데도 불구하고 전체적인 논조를 강 화시키는 것이 되리라고만 믿고서 〈레뜨왈르〉지가 이 점을 강조하고 있으니 우습지 않은가?

　이번엔 이 기사 가운데 보베에 의한 시체의 신원 확인에 관해 언급 한 부분을 다시 한번 읽어 보게나. 팔뚝의 '털'에 관해선 〈레뜨왈르〉 지가 불성실한 보도를 하고 있음이 분명해. 보베 씨가 천치가 아닌 이상 시체 확인에 있어, 단지 '팔뚝에 있는 털'만을 강조했을 리는 결 코 없어. 털이 '없는' 팔뚝이란 있지도 않아. 〈레뜨왈르〉지의 이 '막 연한' 표현은 증인의 말을 왜곡시킨 데 지나지 않아. 증인은 이 털의 어떤 '특징'을 이야기했을 게 틀림없네. 그것은 털의 빛깔, 양(量), 길이, 또는 위치 등의 특징이었을 게 틀림없단 말일세.

　이 신문은 또 이렇게 말하고 있지. '그녀의 발은 작았다고 한다. 하 지만 작은 발은 무수히 있다. 그녀의 양말 대님은 아무 증거도 되지 않는다. 구두 역시 그렇다. 구두와 양말 대님은 똑같은 것이 대량으 로 팔리고 있기 때문이다. 모자의 꽃장식에 대해서도 같은 말을 할 수 있다. 보베 씨가 강력히 주장하고 있는 한 가지는 발견된 양말 대님이 사이즈를 줄이기 위해 겹쳐져 있었다는 점이다. 하지만 이건 아무것도 아니다. 왜냐하면 대개의 여성은 물건을 사는 가게에서 양말 대님을 끼워 보지 않고 그대로 집에 가지고 돌아가 자기의 발에 맞추기 때문이다.' 여기에 이르러선, 이 필자가 진심으로 이런 말을 하고 있는가 하는 느낌이 드네. 마리의 시체를 찾고 있던 보베 씨가 몸집과 얼굴 생김이 대략 실종된 아가씨와 비슷한 시체를 발견했다면——복장 문제는 전혀 논외로 하더라도——그 시체야말로 자기가 찾고 있던 사람의 것이라는 생각을 갖는 건 당연할 걸세. 만일 몸집과 얼굴 생김 외에 그 팔에서 생전의 마리에게서 볼 수 있었던 것과 같은 특징이 있는 털을 발견했다면 그의 의견은 당연히 강화될 수 있었을 것이며, 그 털 자국의 특징 또는 유별남에 정비례하여 그 확실성도 충분히 증대될 수 있었을 것일세. 만일 마리의 발이 작고 시체의 발도 또한 작았다고 하면, 그 시체가 마리일 확률은 단순히 산술적 비율로써가 아니라 기하학적, 즉 누적적 비율로 커질 걸세. 거기다가 구두까지가 그녀가 실종되던 날에 신고 있었던 것으로 알려진 구두하고 같았다고 하면, 비록 그런 구두와 '똑같은 것이 대량으로 팔리고 있다'고 할지라도 확률은 그야말로 확실의 정도까지 높아질 걸세. 그 자체로선 신원 확인의 증거가 되지 않는 것이라도 증거 보강의 역할을 통해서는 가장 확실한 증거가 되는 거지. 거기다가 모자의 꽃장식까지가 실종된 아가씨가 쓰고 있었던 것과 같다고 하면, 이미 그 이상 더 캐볼 것도 없는 거야. 단 '하나의' 꽃장식으로 그 이상 더 캐볼 것도 없다면, 둘, 셋, 아니 그 이상의 증거가 더 있다면 어떻게 되겠는가? 새로 추가되는 증거 하나하나가 그 이전 증거들의 배수(倍數)의 증거가 되는 거지. 즉 하나의 증거에 또 하나의 증거가 '덧붙여지는' 게 아니라 몇백 배 몇천 배로 배가되는 거지. 그런데 또 시체의 몸에서 마리가 쓰던 것과 같은 양말 대님을 발견했다, 그러면 그 이상 따지는 게 어리석을 정도지. 그런데 이 양말 대님이 집을 나서기 직전에 마리가 하고 있었던 것과 똑같은 방식으로 겹쳐서 줄여져 있음이 밝혀졌다. 이렇게 되면 그 신원을 의심하는 건 미치광이 짓이거나 위선일 수밖에 없지. 양말 대님을 이런 식으로 줄이는 것이 드문 일임에 대해 〈레뜨왈르〉지가 말하고 있는 것은 자기들의 잘못을 끝까지 고집하는 것에 지나지 않아. 양말 대님의 탄력성 자체가 그것을 줄이는 일이 '드문' 일임을 증명하고 있다네. 스스로 조절할 수 있게 되어 있는 것은 외적인 조절을 꼭 필요로 하는 경우가 극히 드물걸세. 마리의 양말 대님이 이미 말한 바와 같이 쬘 필요가 있었다고 하는 것은 가장 엄밀한 의미로 말해서 어떤 예외적인 우연에서였을 게 틀림없네. 그 하나만으로도 충분히 그녀의 신원은 입증될 수 있었던 걸세. 그러나 시체는 실종된 아가씨와 같은 양말 대님을 끼고 있음이 밝혀졌거나 또는 같은 구두나 같은 모자, 혹은 같은 모자의 꽃 장식, 또는 같은 크기의 발, 또는 팔에 동일한 특징이나 또는 동일한 몸집과 얼굴 생김을 가지고 있는 걸로 밝혀진 게 아닐세. 시체는 그 하나하나를 '통틀어 전부' 갖추고 있었던 거야. 이러한 상황하에서 〈레뜨왈르〉지의 기자가 '진실로' 의문을 품었다는 것이 입증된다면 이 사나이의 경우는 정신감정에 회부할 필요도 없을 걸세. 그는 법조인들의 한담을 흉내내는 게 현명하다고 생각한 모양인데, 법조인들이란 대부분 법정의 판에 박은 문구를 되풀이하는 걸로 만족하는 친구들이지. 내가 여기서 말하고 싶은 것은 법정에서 기각되는 증거란 것의 대부분이 두뇌가 있는 사람이 보기엔 최상의 증거라는 점일세. 왜냐하면 법정은 증거에 관한 일을 원칙——공인되어 '기록된' 원칙——에 따르고 있어. 특수한 예로 말미암아 그 선에서 빗나가는 것을 싫어하기 때문이지. 그리고 또 이런 식으로 어디까지나 원칙을 고집하고 그것과 모순되는 예외는 용서없이 무시하는 건, 긴 안목으로 본다면 '최대한'으로 포착하기 위한 확실한 방법이지. 그러므로 이러한 방식은 '전체적으로는' 이치에 맞는 거야. 하지만 그 때문에 개별적으로는 숱한 잘못이 야기된다는 것도 그에 못지않게 분명한 것이지. *16

　보베를 빗대서 한 말은 자네도 깨끗이 일축해 버릴 테지. 이 선량한 사나이의 참된 성격은 자네도 이미 알고 있을 거야. 즉 낭만적인 경향이 다분히 있고 약간 지혜가 모자라는, 남의 일에 참견하기 좋아하는 호인이지. 이러한 성격의 인간이란 '정말로' 흥분하게 되면 지나치게 예민한 인간이나 심술궂은 인간에게서 나타나는, 자칫하면 의심받을 행동을 하기 쉬운 법이지. 보베 씨는 자네의 메모에 나타났듯이 〈레뜨왈〉지의 기자와 몇 번 단독 인터뷰를 갖고 기자의 주장은 어쨌든간에 그 시체가 마리의 것임에 절대 틀림없다는 견해를 내세움으로써 상대를 노엽게 만들었던 거야. 신문은 이렇게 쓰고 있지. '보베 씨는 어디까지나 시체가 마리의 것이라고 고집하지만, 우리들이 이미 논평한 것 외에 제삼자를 확신시킬 만한 사실은 하나도 들지를 못한다'라고. 그 이상으로 제삼자를 확신시킬 만한 강력한 증거는 들려해도 들 수 '없었으리라'는 사실은, 더이상 언급하지 않더라도 이와 같은 경우 사람은 상대에게 믿게끔 할 증거는 무엇 하나 들지 못하면서도 자신은 믿는 일이 충분히 있을 수 있다고 할 수 있지 않겠는가. 남을 식별할 때의 인상만큼 종잡을 수 없는 것도 없지. 누구라도 자기의 이웃 사람을 알아보지만, 그렇게 알아보게 된 '이유를 제시할' 수 있는 예는 극히 드물지. 보베 씨의 맹목적인 믿음에 대해 〈레뜨왈〉지의 기자가 화를 낼 권리는 없었던 거야.

　이 사나이에 얽힌 의심스런 점들은 그에게 혐의를 두려는 이 논자의 암시보다는 '낭만적이고 남의 일에 참견을 잘하는 호인'이라는 나의 가정과 훨씬 잘 부합된다는 걸 알 걸세. 일단 보다 선의의 해석을 내리고 나면, 열쇠 구멍에 꽂혀 있던 장미꽃, 석판에 '마리'라고 씌어져 있었던 일, 친척인 사나이들을 멀리했던 일, 그들에게 시체를 보여주기 싫어했던 일, 자기가 돌아올 때까지는 헌병과 이야기를 해서는 안 된다고 마담 B에게 주의를 준 일, 또 마지막으로 자기 외의 누구도 일체 일의 처리에 관여시키지 않으려고 결심한 것 같은 이 모든 일도 쉽게 설명이 될 수 있을 거야. 보베가 마리의 구혼자의 한 사람이었다는 점, 마리가 그에게 교태를 부렸다는 점, 그리고 보베가 마리와 아주 가깝게 지냈던 것으로 모두에게 인정받고 싶어하였다는 점, 이런 일이 나에겐 모두 틀림없는 걸로 생각되네. 이 점에 대해선 더 이상 말하지 않겠네. 그리고 어머니나 다른 친척들이 냉담했다는, 즉 그들이 시체가 향수 가게의 여점원의 것이라고 믿는다는 것과는 완전히 상반될 정도로 냉담한 반응을 보였다는 〈레뜨왈르〉지의 주장은 완전히 반증이 된 만큼, 신원을 밝히는 문제는 완전히 우리들이 납득할 수 있게끔 해결된 걸로 치고 앞으로 나아가세."

"그럼 〈르 꼼메르시엘〉지의 의견에 대해선 어떻게 생각하나?" 나는 여기서 질문을 했다.

"그 취지로 말한다면, 이 문제에 관해 발표된 어느 의견보다도 훨씬 주목할 가치가 있다고 생각하네. 그 전제로부터의 추리는 이지적이고도 날카롭지. 그러나 그 전제는 적어도 두 가지 점에서 불완전한 관찰에 바탕을 두고 있네. 〈르 꼼메르시엘〉지는 마리가 어머니의 집에서 그리 멀지않은 곳에서 질이 낮은 건달패들에게 붙잡힌 거라고 암시하려 하고 있네. '이 아가씨처럼 얼굴이 널리 알려진 사람이 네거리를 셋이나 지나도록 아무도 본 사람이 없다는 건 있을 수 없는 일이다'라고 이 신문은 역설하고 있지. 이것은 파리에 오랫동안 살고——그것도 공인으로——시내를 걷는데도 대개 관청이나 회사 근처밖에 왕래 않는 인간의 생각이야. 그러한 인간은 자기의 사무실에서 열 구역이나 가도록 자기를 알아 보고 말을 거는 사람이 없는 경우란 좀처럼 드물다는 걸 알고 있지. 그리고 자기가 남을 몇 사람이나 알고 있으며 자기를 아는 남은 얼마나 되는지 잘 알고 있는 그는 자기의 얼굴이 알려진 정도와 향수 가게 여점원의 그것과 비교해보고 거기에 별로 큰 차이가 없음을 발견하곤 곧장 그녀가 거리를 걷고 있으면 자기가 걷는 경우와 같은 정도로 남에게 발견되리라는 결론에 도달한 것이지. 그러나 이것은 그녀의 걸음이 이 사나이와 마찬가지로 언제나 변함없이 일정한 방향을 좇고 있고, 마찬가지로 한정된 특수구역 내를 움직이고 있는 경우에만 해당될 수 있는 일이지. 이 사나이는 자기네와 같은 직업에 종사하는 자라는 동료 의식에서 그의 모습을 호기심을 가지고 관찰하게 되는 사람들이 잔뜩 있는 국한된 구역 내를 일정한 시간에 왕래하고 있는 걸세. 그러나 마리의 걸음은 일반적으로 말해서 닥치는 대로였으리라고 생각해도 좋을 거야. 더구나 이번의 경우는 평소보다도 훨씬 다른 길을 택했을 가능성이 짙다고 생각해도 좋을 거야. 〈르 꼼메르시엘〉지의 기자가 품고 있다고 생각되는 대등성은 이 두 사람이 시의 한 끝에서 한 끝까지 지나갈 경우에만 입증될 수 있을 걸세. 이 경우 안면이 있는 사람의 수효가 같다고 하면 같은 수효의 친지와 만날 확률도 역시 같겠지. 나로서는 마리가 언제 어떠한 시각이라 할지라도 그녀가 알고 있는 사람, 또는 그녀를 알고 있는 사람 중의 누구 하나도 만나지 않고 자기의 집에서 숙모의 집까지 여러 개의 길 가운데 어느 하나를 지나갔을지도 모른다는 것이 가능할 뿐아니라 충분히 있을 수 있는 일이라고 생각하고 싶네. 우리들이 이 문제를 충분히 그리고 올바르게 파악하기 위해서는 파리의 가장 저명한 인간이라도 그 친지의 수효와 파리의 전 인구와는 현격하게 차이가 있다는 것을 단단히 마음에 새겨두지 않으면 안 되네. 그러나 〈르 꼼메르시엘〉지의 제의엔 아직 어떤 설득력이 있는 것처럼 보일 수도 있겠지. 하지만 그것도 아가씨가 외출한 '시각'을 고려하면 크게 감소될 걸세. '그녀가 집을 나섰을 때는 거리가 사람들로 붐비는 시각이었다'고 〈르 꼼메르시엘〉지는 쓰고 있지. 하지만 그렇지 않아. 시각은 아침 아홉 시였네. 일주일 중 '일요일을 제외하고는' 확실히 아침 아홉 시면 시내의 어느 거리나 사람으로 붐비지. 그러나 일요일의 아홉 시엔 대부분의 사람이 집 안에서 '교회갈 준비'를 하고 있는 거야. 안식일 아침의 여덟 시부터 열 시경까지는 언제나 시내가 텅 빈 것 같은 이상한 분위기에 잠긴다는 것을 주의깊은 사람이라면 누구든지 깨닫지 못할 까닭이 없지. 열 시부터 열한 시까지는 거리가 사람으로 붐비지만, 지금 말한 것과 같은 보다 이른 시간에는 그렇질 않아.

〈르 꼼메르시엘〉지에는 또 하나 '관찰' 부족으로 보이는 점이 있지. 같은 신문에서는 이렇게 기술하고 있어. '그 불행한 아가씨의 속옷 한 벌이 길이 2피트, 폭 1피트로 찢어지고 그 조각이 후두부부터 돌려 턱 밑에서 매듭지어져 있었는데, 이것은 아마도 비명을 지르지 못하게 하기 위해서였을 것이다. 이런 짓은 손수건을 갖고 있지 않은 자들의 소행이다'라고. 이 착상에 충분한 근거가 있는지 어떤지는 앞으로 검토해 볼 문제지만, '손수건을 갖고 있지 않는 자들'이라는 말로 이 필자가 가리키고 있는 것은 최하등의 건달패들일 걸세. 그러나 이러한 자들이야 말로 셔츠는 입지 않아도 손수건만은 틀림없이 갖고 다니는 자들이지. 자네도 관찰할 기회가 있어 알고 있겠지만, 최근에 와서 진짜배기 악당들에게 절대적으로 필수불가결하게 된 것이 바로 손수건이 아닌가 말일세."

"그럼 〈르 솔레이유〉지의 기사는 어떻게 생각해야 하지?"
나는 물었다.

"그 필자가 앵무새로 태어나지 않은 게 참으로 유감이라고 생각해야겠지. 앵무새로 태어났더라면 가장 유명한 앵무새가 될 수 있었을 테니까 말이야. 그는 이미 발표된 의견들을 하나하나 그대로 복창하고 있을 뿐이지. 이 신문 저 신문에서 갸륵할 정도로 부지런히 주위 모아가지고 말일세. 그는 이렇게 말하고 있지. 이러한 물건들은 모두 적어도 3, 4주일 동안은 이 장소에 있었던 게 '분명하다'. 그리고 이 가공할 만한 흉행의 현장이 발견되었음은 '의심할 여지가 없다'고 여기서 〈르 솔레이유〉 지가 되풀이하고 있는 사실들은, 이 문제에 관한 나 자신의 의문을 제거시켜 주기엔 너무도 거리가 멀지만 나중에 다른 문제를 생각할 때에 좀 더 자세히 살펴보기로 하세.

우선은 우리는 다른 걸 조사하지 않으면 안되네. 자네도 시체의 조사가 매우 부주의했다는 점을 깨닫지 않을 수 없었을 걸세. 물론 신원은 곧 확인되었지. 아니, 당연히 확인되었어야만 했지. 하지만 그 밖에도 또 확인해야 할 점들이 있었던 거야. 시체는 어떤 점에서건 '약탈당한' 것은 없었던가? 피해자가 집을 나설 때 보석류를 몸에 지니고 있지 않았던가? 그랬다면 발견된 당시에 그걸 몸에 지니고 있었던가? 이런 것들은 중요한 문제인데도 증언에선 전혀 언급되지 않았으며 이 밖에도 그에 못지않게 중요하면서도 전혀 관심을 끌지 못한 것들이 있는 걸세. 우리들이 직접 조사해서 납득이 가도록 하지 않으면 안 되지. 생 뾔스타슈의 건도 재검토할 필요가 있어. 나는 이 사람을 조금도 의심하고 있지 않아. 그러나 순서대로 일을 진행시키도록 하세. 일요일의 이 사나이의 행적에 대한 구술서의 진위를 조금의 의문도 남기지 않도록 확인해 보도록 하세. 이런 종류의 구술서는 자칫 일을 애매하게 만드는 기초가 되는 것이지. 그러나 이 점에서 아무런 잘못이 없다고 한다면, 우리들은 생 뙤스타슈를 조사에서 제외시키기로 하세. 구술서에 거짓이 있을 경우는 그의 자살은 혐의를 짙게 하는 것이지만, 그러한 거짓이 없을 경우는 자살이 결코 설명할 수 없는 사태도 아니며, 그 때문에 우리들이 정상적인 분석의 선에서 빗나갈 필요도 없는 일이지.

내가 이제 제의하려고 하는 것은 이 비극의 내적인 문제들은 버려 두고, 그 주위로 주의를 집중시키자는 걸세. 이번과 같은 조사에서 곧잘 저지르는 잘못은 직접적인 사건에만 수사를 국한시키고 방계적 또는 부수적인 사건을 완전히 무시해 버리는 일일세. 증언과 변론을 명백히 관련이 있을 것에만 국한시키는 건 법정의 악습이지. 그러나 경험이 가르쳐 주는 바에 의하면, 그리고 진정한 철학이 변함없이 가르쳐 주는 바에 의하면 많은 진실이, 아니 어쩌면 과반수의 진실이 겉보기에 무관한 것으로부터 나오는 것일세. 근대 과학이 예측하기 어려운 것에 '의존하려' 하고 있는 것도, 이 원리의 정의 그대로는 아니더라도 그 취지에 바탕을 둔 것이지. 하지만 자네는 아마 내 말을 잘 이해하지 못할 거야. 인간 지식의 역사는 우리 인류의 가장 많은, 그리고 가장 귀중한 발견들이 방계적, 우발적 또는 이례적 사건들의 덕분임을 너무도 줄기차게 보여 주었기 때문에 마침내 미래의 발전을 전망하는 데 있어서 우연히, 그리고 평범한 예상의 영역을 크게 벗어나서 생기는 발명에 대해 가장 큰 비중을 둘 필요가 있게 된 것일세. 이러이러해야 한다는 예견에 입각하는 것은 이미 이론에 합당치 않게 되었지. '우연'이 기초의 일부로 인정받고 있는 것이지. 우리는 우연을 실제의 계산 문제로 삼는 거야. 학교의 수학 '공식'에선 예기하지도 않고 염두에도 두지 않는 것을 다루자는 거지.

되풀이해서 말하지만 온갖 진실의 '과반수'가 방계적인 것으로부터 나왔다는 것은 의심할 나위 없는 사실이며, 따라서 내가 이 사건에 대한 수사의 방향을 이미 충분히 조사되고 그러면서도 지금껏 아무런 성과가 없었던 사건의 내부로부터 그것을 둘러싼 당시의 상황으로 돌리려고 하는 것은, 이 사실에 포함되어 있는 원리의 정신에 따르는 것뿐일세. 자네는 저 구술서의 진위를 확인해 주게나. 나는 그동안 자네가 지금까지 했던 것보다 좀 더 광범위하게 신문들을 검토하겠네. 이제까진 우리는 이미 조사된 영역을 답사한 데 지나지 않아. 하지만 발표된 인쇄물들을 방금 내가 말한 것처럼 광범하게 살펴보면, 수사의 '방향'을 정해 줄 만한 어떤 자세한 점들이 나타날 걸세. 나타나지 않는다면 그야말로 이상한 일이겠지."

뒤팡의 지시에 따라 나는 구술서의 내용을 면밀하게 조사해 보았다. 그 결과 구술서에는 거짓이 없으며, 따라서 생 뙤스타슈는 무죄임을 확신했다. 한편 뒤팡은 내가 보기엔 아무 까닭도 없이 꼼꼼하게 각종의 신문 철한 것을 연방 조사하고 있었다. 1주일 뒤 그는 다음과 같은 발췌문을 내 앞에 내놓았다.

약 3년 반 전에, 바로 이 마리 로제가 팔레 르와얄의 르블랑 씨의 향수 가게에서 모습을 감추어 이번과 거의 똑같은 소동을 일으켰다. 그러나 그 1주일 뒤에 그녀는 평소하고는 약간 달리 다소 얼굴빛이 창백하긴 했지만, 여느 때처럼 매장에 다시 모습을 나타냈다. 르 블랑 씨나 어머니가 전하는 바로선 그녀는 시골의 친지한테 가 있었다는 이야기였다. 그래서 이 사건은 곧 잠잠해졌다. 우리는 이번의 잠적도 그와 같은 성격의 변덕이며, 1주일이나 아니면 한 달 뒤에 다시 그녀의 모습을 보게 되지 않을까 생각한다——〈이브닝 페이퍼〉*17 6월 23일 월요일.

어제의 한 석간 신문은 전에도 로제 양에게 수수께끼의 실종사건이 있었음을 언급하고 있다. 르 블랑의 향수점에 모습을 보이지 않았던 1주일 동안 그녀가 난봉꾼으로 이름난 한 젊은 해군 장교와 함께 있었다는 건 널리 알려진 사실이다. 다행히도 그녀가 1주일 뒤에 돌아오게 된 것은 그들이 다투었기 때문인 것으로 추측된다. 현재 파리에 주재하고 있는 이 바람둥이의 이름을 우리는 알고 있지만, 뚜렷한 이유가 있어 그것을 공표하기를 삼가한다——〈르 메르퀴르〉*18 6월 24일 화요일 아침.

흉악하기 이를 데 없는 폭행이 엊그제 시에서 벌어졌다. 아내와 딸을 동반한 한 신사가, 해질 무렵 세느 강 기슭 부근을 하릴없이 보트를 저으며 오락가락하고 있던 여섯 명의 젊은이에게 부탁하여 강을 건너갔다. 세 사람의 승객이 건너편 기슭에 닿아 배에서 내리고 보트가 보이지 않는 지점까지 갔을 때, 딸이 배 안에 파라솔을 두고 내렸음을 깨달았다. 그녀는 그것을 가져오려고 되돌아갔다가 이 불량배들에게 붙잡혀 강 가운데로 끌려가서 재갈을 물리고 폭행을 당했으며, 그런 끝에 처음에 부모하고 함께 보트에 올라 탄 지점에서 그리 멀지 않은 곳의 기슭에 버려졌다. 악당들은 현재 도주중이지만 경찰이 그들을 뒤쫓고 있어 그 중 몇 명은 머지않아 잡힐 것으로 보인다——〈모닝 페이퍼〉*19 6월 25일.

우리 신문사에선 이번 흉악 범죄가 메네*20의 짓이라는 한두 통의 투서를 받았지만 당국의 조사로 이 인물은 아무 죄가 없음이 판명되었고, 투서가들의 주장이 열의에 차 있기는 하지만 사려가 부족해 보이므로 공표 가치가 있다고는 생각지 않는다——〈모닝 페이퍼〉*21 6월 28일.

우리는 각각 다른 사람이 보냈음이 분명한 격렬한 어투의 투서 몇 통을 받았는데, 이들 투서는 불행한 마리 로제가 일요일에 시의 변두리를 횡행하는 수많은 불량배 무리 가운데 어느 일당에게 희생되었음이 틀림없다고 단언하고 있다. 우리들의 견해도 이 추측을 절대 지지하는 바이다. 앞으로 지면을 할애하여 이런 주장들의 일부를 게재하고자 한다——〈이브닝 페이퍼〉*22 6월 31일 화요일.

월요일, 세무국 소속의 거룻배 사공 한 명이 세느 강을 떠내려가는 빈 보트를 발견했다. 그 보트의 돛은 뱃바닥에 놓여 있었다. 사공은 그 보트를 거룻배 사무실 밑에까지 끌고 갔다. 이튿날 아침 보트는 같은 사무실의 어느 누구도 모르게 그 자리에서 없어졌다. 배의 키만은 현재 사무실에 보관되어 있다——〈라 딜리장스〉*23 6월 26일 목요일.

이 여러 가지 종류의 발췌문을 읽고 난 나는 그것들이 모두 엉뚱한 걸로 보일 뿐 아니라 그것들의 어느 하나도 당면 문제와 어떻게 결부시킬 수 있는 건지 알 수가 없었다. 나는 뒤팡의 설명을 기다렸다.

"나는 이 발췌문 가운데 첫째 것과 둘째 것에 '매달릴' 생각은 현재로선 없네. 내가 이것을 베낀 것은 주로 경찰의 극도의 태만을 자네에게 알려 주기 위해서네. 내가 경시총감의 말로 미루어 알 수 있는 한, 여기 언급된 해군장교에 대한 조사를 경찰은 전혀 하려고도 하지 않았단 말일세. 하지만 마리의 첫 번째 실종과 두 번째 실종 사이에 아무런 연관성도 '상상할 수' 없다고 하는 것은 정말 우스꽝스런 일이지. 첫 번째의 사랑의 도피가 연인들 사이의 싸움과 배신당한 쪽의 귀가로 끝났다고 치세. 그렇다면 두 번째의 사랑의 도피는——또다시 사랑의 도피가 있었다면 말이네만——그것은 다른 사나이의 새로운 유혹의 결과라기보다 전에 배신했던 사나이가 다시 접근해 왔음을 말해 주는 거라는 생각이 먼저 떠오르지 않겠는가? 다시 말해 그것을 새로운 사랑의 시작으로보다는 옛 사랑의 '만회'로 보지 않겠는가 말일세. 전에 한 사나이에게서 함께 도망치자는 유혹을 받은 마리에게 또 다른 사나이가 같은 유혹을 했을 가능성보다는 전에 마리와 사랑의 줄행랑을 친 사나이가 또다시 도망치자고 했을 가능성이 열 배나 크지 않겠는가? 여기서 자네의 주의를 환기시켜 두고 싶은 건 최초의 확인된 사랑의 도피와 두 번째의 가상적인 사랑의 도피까지 경과한 기간이 보통 우리 나라의 군함이 순양항해에 소비하는 기간보다 불과 두어 달밖에 더 길지 않다는 점일세. 그 애인이 항해를 나가지 않으면 안 되게 되어 최초의 악행이 중도에서 좌절되었다면, 그래서 귀국하자마자 곧바로 아직 완전히 성취되지 못한, 아니 '자기가' 아직 완전히 성취하지 못한 비열한 음모를 다시 꾸미기 시작했다면? 이러한 것들을 우리는 아무것도 모르고 있지.

하지만 자네는 제이의 경우엔 '아무런' 사랑의 도피행도 추측되지 않는다고 하겠지. 확실히 추측되지 않지. 하지만 좌절된 계획이 없었다고 선뜻 말할 수 있을까? 생 뙤스타슈와 어쩌면 보베를 제외하고서는 남도 인정하는, 공공연하고 어엿한 마리의 구혼자는 찾아볼 수 없네. 다른 사람에 대해선 일체 아무런 말도 없어. 그렇다면 그에 대해 친척들은——'적어도 친척들의 대부분은'——아무것도 모르지만, 마리가 일요일의 아침에 만나 룰르 관문의 외진 숲속에서 저녁 어스름이 다가올 무렵까지 함께 있기를 주저하지 않을 만큼 깊이 신뢰했던 그 비밀의 애인은 누구란 말인가? 내가 묻는 것은 적어도 친척의 '대부분'이 아무것도 모르고 있는 그 비밀의 애인이 누구냐 하는 것일세. 그리고 마리가 집을 나간 날 아침에 어머니인 마담 로제가 한 그 이상스러운 예언, '마리는 이제 두 번 다시 볼 수 없을지 모른다'고 한 말은 대체 무엇을 뜻하는가?

비록 어머니가 사랑의 도피 계획을 어렴풋이 알고 있었다고는 상상할 수 없을지라도, 최소한 딸이 그러한 계획을 품고 있었다고는 상상할 수 있지 않을까? 집을 나설 때 그녀는 데 드로메 거리의 숙모집에 간다고 했고 생 뙤스타슈에겐 저녁때 찾아와 주도록 일러 놓았지. 얼핏 생각하기에 이건 나의 생각과 크게 어긋나 있네. 하지만 잘 생각해 보세나. 그녀가 '분명히' 누군가와 만났고 그와 함께 강을 건너 오후 3시라는 늦은 시각에 룰르 관문에 이르렀다는 것은 밝혀진 사실일세. 그러나 '어떤 목적에서였는지' '어머니가 알고 있었는지 몰랐는지' 그것은 어쨌든간에——이런 식으로 누군가에게 동행할 것을 승낙하고서는 집을 나설 때 행선지를 알려 두었던 일이나, 약혼자인 생 뙤스타슈가 약속한 시각에 데 드로메 거리를 찾아갔다가 그녀가 오지 않았음을 알고, 게다가 이 놀랄 만한 소식을 갖고서 하숙에 돌아와 그녀가 죽 집을 비우고 있었음을 알아차릴 때 이 약혼자가 얼마나 놀라고 얼마나 의심을 품을 것인지 충분히 생각하고도 남았을 걸세. 아니, 틀림없이 생각했을 거란 말이야. 생 뙤스타슈가 화를 낼 것이라는 점이나 모두가 의심을 품으리라는 걸 예상했을 게 틀림없지. 이러한 의심을 겁내지 않고 돌아간다는 생각은 할 수 없었을 걸세. 하지만 애당초 돌아갈 생각이 '없었다'고 생각하면, 그런 의심 같은 건 그녀에겐 대수롭지 않은 것이 되고 말지.

우리는 그녀가 이런 식으로 생각했을 거라고 상상할 수 있네. '나는 함께 도망칠 목적으로, 아니면 나만이 알고 있는 다른 어떤 목적으로 어떤 사람을 만나려고 한다. 아무도 방해할 수 없게 할 필요가 있다. 붙잡히지 않을 만한 시간 여유가 있어야 한다. 그러니 데 드로메 거리의 숙모집에 가서 하루를 보낼 거라고 해두자. 생 뙤스타슈에겐 해질 때까지 나를 마중오지 않도록 일러두어——이렇게 해두면 한껏 긴 시간 집을 비워도 별로 의심받거나 걱정을 받지 않고 설명이 잘될 것이고 다른 어떤 방법을 쓰는 것보다 많은 시간을 벌 수 있으리라. 생 뙤스타슈에겐 해진 뒤에 나를 마중오도록 해두면, 결코 그 이전에 오진 않을 테지. 그러나 마중오라는 말을 전혀 하지 않으면 내가 달아나기 위한 시간은 그만큼 짧아지고 만다. 왜냐하면 그만큼 빨리 돌아올 걸로 여기게 되고 나의 부재를 그만큼 빨리 걱정하기 시작할 테니까. 그런데 내가 '결국' 돌아올 생각이라면——내가 그 사람하고 단지 조금 거닐다가 올 생각이라면——생 뛰스타슈에게 마중오라고 하는 건 현명한 방법이 못될 거야. 왜냐하면 마중오면 그 사람은 내가 속인 것을 분명히 알고 말 테니까. 그런 일이라면 그 사람에게 아무것도 알리지 않고 집을 나가 해질 때까지 돌아와서 데 드로메 거리의 숙모집에 가 있었다고 하여 언제까지고 모르게 해 두는 게 좋지. 하지만 나의 속셈은 '결코' 돌아오지 않는 것이니까. 아니 적어도 몇 주일 동안, 아니면 어떤 핑계를 만들어 내기까지는 돌아오지 않는 거니까 나로서 생각해야 될 것은 단지 시간을 버는 일 뿐이야.'

자네의 메모로 자네도 알고 있겠지만, 이 슬픈 사건에 대한 가장 지배적인 견해는 처음부터 그러했고, 지금 역시 그렇듯 이 아가씨가 불량배 '일당'의 희생이 되었다는 것일세. 그런데 어떤 조건에선 세상의 견해라는 것이 무시할 수 없는 거지. 저절로 생긴 경우——전혀 자발적으로 출현했을 경우——세상의 견해는 천재의 특징인 '직관'과 유사한 걸로 보아야 하는 거지. 나는 백에 아흔아홉까지는 세상의 견해가 결정하는 것에 따르겠네. 하지만 중요한 점은 '암시'의 흔적을 전혀 찾아볼 수 없어야 한다는 점일세. 그 의견이 엄밀하게 '대중 자신의 것'이 아니면 안 돼. 그런데 이 구별을 인식하고 단언하기란 극히 어려운 경우가 많지. 지금의 예에선, 불량배 '일당'에 대한 '세상의 견해'는 나의 발췌문 가운데 세 번째의 것에 상술되어 있는 부수적인 사건에 의해 강조된 것으로 보이네. 젊고 미인이고 소문난 여인 마리의 시체가 발견되어 온 파리가 들끓고 있네. 이 시체는 폭행당한 흔적을 가진 채 강에 떠 있는 것이 발견되었지. 그런데 이제 이 아가씨가 살해된 걸로 추정되는 바로 그

시각에, 아니면 거의 그 시각에 이 피해자쯤은 아닐지라도 그것과 비슷한 성격의 폭행이 젊은 불량배의 일당에 의해 다른 젊은 여성에게 가해진 사실이 알려졌네. 이미 판명된 흉행이 아직 판명되지 않은 흉행에 대한 세상의 진단에 영향을 미친다는 게 불가사의한 일일까? 이 판단이 방향 지시를 기다리고 있었는데, 판명된 흉행이 아주 안성맞춤으로 그 지시를 내려준 것 같단 말일세! 마리도 강에서 발견되었고 바로 이 강에서 이미 판명된 폭행이 자행되었던 것일세. 이 두 가지 사건의 연관은 너무도 명료해 보이는 바가 있느니만큼 세상 사람들이 그것을 냄새맡고 포착하지 못했다고 하면 그것이야말로 불가사의한 일이라고 할 수 있잖은가. 그러나 실은, 하나의 흉행이 그런 식으로 저질러졌다고 판명된 것은 오히려 그것과 거의 때를 같이하여 자행된 다른 흉행은 그런 식으로 저질러지지 '않았다'는 증거가 될 뿐이라네. 어떤 장소에서 한 떼의 악당들이 이제껏 들어보지 못한 악행을 저지르고 있는데, 같은 시의 같은 지역에서 같은 사정 아래 같은 수단 방법으로, 그야말로 똑같은 시각에 또 한 떼의 비슷한 악당들이 전혀 같은 성질의 악행을 저지르고 있었다고 하면, 그것이야말로 참으로 기이한 일이라고 할 수 있지 않겠는가! 하지만 우연의 '암시'에서 생긴 이 세상의 견해는 우리에게 이 경이적인 우연의 일치를 믿으라는 것밖에 아무것도 아니지 않겠는가?

이야기를 진행시키기 전에 살해 현장으로 간주되고 있는 룰르 관문의 그 덤불을 생각해 보기로 하세. 이 덤불은 깊숙한 덤불이지만 한길에서 극히 가까운 데 있지. 덤불 속에는 서너 개의 커다란 돌이 등받이와 발판이 있는 일종의 의자 모양을 이루고 있었네. 위쪽의 돌에서는 흰 속치마가 발견되었고 다음의 돌에서는 비단 스카프가 발견되었네. 파라솔과 장갑과 손수건 역시 이 장소에서 발견되었구. 손수건에는 '마리 로제'라는 이름이 수놓아져 있었지. 의복의 조각이 근처의 나뭇가지에 걸려 있었네. 땅바닥은 짓밟혔고, 관목의 가지들이 꺾여 있는 등, 어느 모로 보나 격투가 벌어진 흔적이 역력했네.

이 덤불이 발견되자 신문들은 환호성을 질렀고 누구나가 한결같이 이곳이야말로 바로 흉행의 현장이라고 생각했지만, 그러나 그것을 의심할 만한 충분한 이유가 있었음을 알지 않으면 안 되네. 그것이 현장'이었다'는 걸 나는 믿을 수도 있고 믿지 않을 수도 있어. 그러나 의심을 품을 만한 훌륭한 이유는 있었던 거야. 만일 〈르 꼼메르시엘〉지가 암시하고 있듯이 '진짜' 현장이 파베 생 땅드레 거리 부근이었다고 하면, 범인들이 아직 파리에 숨어 있다고 할 때 그들은 세상의 눈길이 이처럼 예리하게 바른 방향으로 쏠린 것에 당연히 겁을 집어먹게 되었을 것이며, 그래서 어떤 종류의 두뇌 소유자라면, 이러한 세상의 관심을 딴 곳으로 돌려 놓기 위한 노력이 필요하다는 생각이 즉시 들었을 걸세. 그렇게 되면 룰르 관문의 숲은 이미 의심을 받고 있었기 때문에 예의 물건들을 그곳에다 놓으려는 생각이 당연히 떠올랐을지도 모르지. 〈르 솔레이유〉지는 그렇게 생각하고 있지만 발견된 물건들이 며칠 이상 그 덤불 속에 있었다는 확실한 증거는 하나도 없으며, 한편 저 숙명적인 일요일부터 사내애들이 그 물건들을 발견한 날 오후까지의 이십 일 동안, 이같은 물건이 사람 눈에 띄지 않고 그곳에 놓여 있었을 리는 없다는 정황 증거는 충분히 있네. 〈르 솔레이유〉지는 다른 신문들의 의견을 채택하여 이렇게 쓰고 있지. '그것들은 비를 맞아서 완전히 곰팡이가 나 있고 곰팡이 탓으로 서로 들러붙어 있었다. 둘레에는 풀이 자라고 개중에는 풀로 덮여 있는 것도 있었다. 파라솔의 비단천은 튼튼한 것이었으나, 안쪽에는 실밥이 풀려 있었다. 두 겹으로 겹쳐 있는 파라솔의 상부도 완전히 곰팡이가 슬어 삭아 있고, 편 순간 찢어지고 말았다'고 말일세. 풀이 '둘레에 자라고 개중에는 풀 로 덮여 있는 것도 있었다'고 하는 건, 단지 두 사내애의 말로, 다 시 말해 그들의 기억으로밖에 확인할 수 없었던 게 분명하네. 왜냐 하면 이 사내애들은 물건을 주워서 집에 가지고 돌아올 때까지 다 른 누구에게도 발견되지 않았으니까 말야. 그러나 풀은 특히 (그 살인이 있었던 때와 같은) 덥고 습기찬 날씨에는 만 하룻동안에 2, 3인치나 자라는 것일세. 잔디를 새로 깐 지면에 파라솔을 놓으면 단 일주일 동안에 무럭무럭 자란 풀로 완전히 보이지 않게 될 수도 있는 걸세. 그리고 〈르 솔레이유〉 지의 기자가 방금 들은 짧은 문 장 속에서 세 번이나 되풀이 할 만큼 집요하게 강조하고 있는 곰팡 이에 대해서인데, 이 기자는 곰팡이의 성질을 정말 하나도 모르는 것일까? 이 곰팡이는 균류의 많은 종류 가운데 하나로 발생해서 24시간 만에 죽어 버리는 게 그 가장 일반적인 특징인데, 이 친구 는 그런 것도 모르고 있었단 말인가?

따라서 우리는 이 물건들이 '적어도 3, 4주일' 전부터 그 덤불 속 에 있었다는 의견의 뒷받침으로서 기자가 몹시도 의기양양하게 들 고 있는 것이 그 사실의 증거로서는 전혀 터무니 없는 것임을 한눈 에 알 수 있지. 또 한편 이 물건들이 일주일보다 긴 기간——어느 일요일부터 다음 일요일까지 보다 긴 기간——문제의 덤불 속에 놓여 있을 수 있었으리라는 것은 극히 믿기 어려운 일이야. 파리 근교를 다소라도 알고 있는 사람이라면 교외에서 아주 멀리까지 가 지 않는 한 '사람 눈에 띄지 않는 장소' 같은 건 좀처럼 찾아볼 수 없음을 알고 있을 걸세. 근교의 나무가 우거진 가운데 아무도 발을 들여놓지 않은 장소나 이따금씩 밖에 사람이 가지 않는 장소 따위 는 어른이라도 상상할 수가 없지. 원래 자연을 사랑하지만 일 때문에 부득이 이 대도시의 먼지와 열기에 붙잡혀 있는 사람, 누구든 그러한 사람에게 평일에라도 시의 바로 주변의 아름다운 자연의 경치 속에서 고독에의 갈증을 풀라고 해보게. 그는 어디서나 한 발 옮길 적마다 어떤 건달이나 또는 난장판을 벌이고 있는 불량배 일당들의 목소리나 모습 때문에 모처럼 깊어지는 흥취가 금방 깨진다는 걸 알게 될 걸세. 아무리 깊은 숲 속에 혼자 있을 만한 곳을 찾으려 해도 전혀 허사가 될 걸세. 이곳 아주 으슥한 곳엔 지저분한 자들이 넘치고, 저곳의 신전은 더럽혀져 있다는 식이지. 산책하던 사람은 욕지기를 느끼며, 비록 오염의 시궁창이라 할지라도 부조화가 적은 파리로 다시 달아나 버리고 말걸세.

평일에도 근교가 이렇게 시끄럽다고 하면, 안식일쯤되면 얼마나 더 심하겠는가! 그때에는 특히, 일에서 해방되었거나 또는 평소 악행의 기회를 잃은 시내의 불량배들이 변두리로 몰리게 되지. 그들이 마음속으로 경멸하는 전원을 사랑해서가 아니라 사회의 제약과 인습에서 달아나기 위해서 말일세. 불량배는 신선한 공기나 푸른 나무들을 찾는 게 아니고 시골의 철저한 '자유 방종'을 찾는 것이지. 이런 교외에서 길가 술집이나 숲의 나무 그늘에 앉아 유쾌한 동료들 외엔 아무도 지켜보는 사람이 없는 가운데 자유와 럼 주의 공동의 산물인 꾸며낸 듯한 환락의 광적인 도가니 속으로 빠져드는 것이지. 파리 근교의 '어떠한' 덤불 속에서라도 어느 일요일부터 다음 일요일까지보다도 긴 기간 동안 예의 물건들이 아무에게도 발견되지 않고 있었다면 그건 거의 기적적인 일로 간주해야 한다는 걸 나는 되풀이하여 말하고 싶은데, 그것은 냉정한 관찰자라면 누구에게나 명백할 수밖에 없는 걸 말하고 있는데 지나지 않는 것일세.

예의 물건들이 흉행의 진짜 현장으로부터 주의를 돌리게 할 목적으로 저 덤불 속에 놓여졌을 거라는 의심에는 또 다른 근거가 없는 것도 아닐세. 먼저 그 물건들이 발견된 '날짜'에 주의해 주기 바라네. 이 날짜를 내가 신문에서 베껴 낸 다섯 번째 발췌문의 날짜와 대조해 보게. 석간 신문에 극성스런 투서들이 들어온 거의 곧바로 이 물건들이 발견되었음을 알게 될 걸세. 이들 투서는 내용도 모두 다르고 투고한 사람도 모두 다른 건 분명해 보이지만, 그 요점은 모두가 똑같네. 다시 말해 흉행의 범인을 '불량배 일당'으로, 그리고 그 현장을 룰르 관문 부근으로 사람들의 주의를 돌리려 하고 있어. 물론 그렇다고 해서 이 투서들 때문에, 혹은 그에 의해 세상의 관심이 그쪽으로 쏠렸기 때문에, 사내애들이 그 물건들을 발견하기에 이르렀다는 건 아니야. 하지만 이 물건들이 '그 이전에' 발견되지 않은 것은 이 물건들이 그 이전에는 그 덤불 속에 있지 않았기 때문에, 즉 투서의 날짜와 동시이든가 그것보다 불과 조금 전에야 비로소 투서를 써 보낸 범인들 자신의 손으로 그곳에 놓여졌기 때문이라는 의심을 품어 봄직도 했고 또 그런 의심을 품을 만한 충분한 이유도 있었던 거지.

그 덤불은 색다른, 극도로 색다른 덤불이었네. 유별나게 울창했지. 천연의 벽으로 둘러싸인 그 속에 '등받이와 발판이 있는 일종의 의자 모양을 이루고 있는' 세 개의 별난 돌이 있었네. 그리고 이 교묘하게 꾸며진 덤불은 마담 드뤼크의 집에서 불과 몇 로드*24밖에 떨어지지 않는 곳에 있으며, 게다가 그녀의 아들들이 평소 언제나 사사프라스 껍질을 찾으러 그 주변 관목을 꼼꼼히 찾아다니는 곳일세. 그 애들 중 적어도 어느 한 명이 이 나무 그늘에 숨어들어 가서 천연의 옥좌에 앉지 않는 날은 '단 하루도' 없었을 거라고 하면 경솔한 추측일까? 천에 하나라도 경솔한 추측일까? 그렇게 추측하길 주저하는 자라면 소년 시절이 전혀 없었거나 소년의 심정을 잊어버린 자일 걸세. 되풀이해서 말하지만, 이 물건들이 하루나 이

틀 이상의 기간 동안 이 덤불 속에서 발견도 되지 않고 있을 수 있었다고 생각하긴 매우 어려운 일이며, 따라서 〈르 솔레이유〉 지의 완고한 무지에도 불구하고, 이 물건들이 상당히 나중에 이르러서야 발견 장소에 놓여졌을 거라고 의심할 만한 이유는 충분히 있는 걸세.

　하지만 그 물건들이 그렇게 놓여졌다고 믿는 데는 지금까지 내가 주장한 것보다 더 유력한 또 다른 이유도 있지. 자, 이번에는 이 물건들이 극히 인위적으로 배치되어 있었던 점에 주목해 주기 바라네. 위쪽의 돌엔 흰 속치마가 놓여 있었지. '두 번째 돌'엔 비단 스카프가 놓여 있었고 주위에는 파라솔, 장갑, 그리고 '마리 로제'의 이름이 수놓아진 손수건이 흩어져 있었네. 자, 이것이야말로 머리가 두드러지게 총명하지 않은 인간이 이 물건들을 '자연스럽게' 늘어놓고 싶을 때 '자연스럽게' 떠오를 만한 배치라네. 하지만 이것은 결코 '정말로' 자연스런 배치는 아니지. 나라면 '어느 것이나 모두' 땅바닥에 놓고 발로 짓뭉개 놓도록 했을 걸세. 저 좁은 나무그늘 속에서 많은 사람의 격투로 여기저기 찢어진 속치마와 스카프가 돌 위에 그런 식으로 놓여 있을 수는 도저히 없었을 걸세. '격투가 벌어진 흔적은 역력했다. 지면은 짓밟혀 있고 관목의 가지는 꺾여져 있었다'고 이 신문엔 씌어 있었지. 하지만 속치마나 스카프는 마치 선반 위에 놓아 둔 것처럼 놓여 있었던 거야. '덤불에 걸려 찢어진 프록의 천 조각들은 폭 3인치, 길이 6인치 가량이었다. 그 한 조각은 프록의 가장자리였는데, 이것은 기워져 있었다. 이것들은 모두 잡아 찢겨진 조각처럼 보였다'고 되어 있지. 자, 여기서 〈르 솔레이유〉 지는 무심코 아주 의심스런 말을 쓰고 말았던 거야. 과연 옷의 조각은 여기서 말하고 있는 것처럼 '잡아 찢겨진 것처럼 보인다.' 하지만 그것은 일부러 손으로 잡아 찢은 것 같았던 거야. 그런데 지금 문제삼고 있는 것과 같은 의복의 조각이 '가시'에 걸려 '잡아 찢겨진다'는 일은 좀처럼 있을 수 없는 일이지. 그 피륙의 성질상 가시나 못에 걸리면 직각으로 찢어지게 되어 있어. 즉 가시가 박힌 곳을 정점으로 하여, 서로 직각을 이루는 두 개의 경선(經線)으로 갈라지지. 그러나 조각이 '잡아 찢겨진다'는 건 거의 생각할 수 없는 일이야. 나는 그런 걸 본 일이 없어, 자네 역시 마찬가지 겠지. 그런 피륙에서 조각을 찢어서 '떼어 내자면' 거의 대부분의 경우, 서로 다른 방향으로 작용하는 두 개의 별개의 힘이 필요하게 돼. 천의 양쪽이 가장자리로 되어 있다면, 예를 들어 손수건 같은 것이라면, 그리고 거기서 한 조각을 떼어 내려고 하면, 그때는, 아니 그 경우에만 하나의 힘으로 족하지. 그러나 지금의 경우는 한쪽 밖에 가장자리가 없는 의복이란 말일세. 전혀 가장자리가 없는 의복의 안쪽에서 조각을 찢어 낸다는 것은 가시 따위로선 기적일 수밖에 없으며, '하나의' 가시로선 도저히 못할 일이지. 비록 가장자리가 있는 부분이라도 두 개의 가시가 필요하며, 그것도 하나는 완전히 다른 두 개의 방향으로 작용하고 또 하나는 다른 방향으로 작용하지 않으면 안 되는 거야. 그리고 이것도 가장자리를 두르지 않았을 경우의 일일세. 가장자리를 두른 것이라면 애당초 문제도 되질 않지. 따라서 단순히 '가시'만으로 조각이 '잡아 찢겨지는' 데에는 커다란 장애가 수없이 있음을 알 수 있네. 그런데 하나뿐이 아니라 많은 조각이 이런 식으로 잡아 찢겨졌다고 믿으라는 게 아닌가? 게다가 '하나의 조각은 프록의 가장자리였다'는 거란 말이야! 그리고 또 하나의 조각은 '스커트의 일부분이긴 했지만 자락은 아니었다'는 거야. 이건 의복의 가장자리 아닌 중간쯤에서 가시의 힘으로 완전히 뜯겨 나갔다는 뜻일세! 이런 것은 누구든 믿지 않는다고 해도 조금도 나무랄 수 없는 거란 말야. 그러나 이 모든 것을 합친 것보다 어쩌면 더 의심받을 만한 점이 있지. 그것은 시체를 치울 만큼 조심스런 '범인들'이 그 덤불 속에 이런 물건을 남겨 놓았다는 놀랄 만한 사실 그 자체일세. 하지만 이 덤불이 흉행현장이라는 걸 '부인하는' 것이 나의 의도라고 생각한다면, 그것은 자네가 내 말을 잘못 이해한 것이지. '여기서' 악행이 저질러졌을지도 모르는 일이나, 그보다 마담 드뤼크의 집에서 사건이 일어났을 가능성은 더 크네. 그러나 사실 이것은 그렇게 중요한 게 아니야. 우리들은 범행 현장을 발견하려는 게 아니라 살인범을 찾아 내려는 거니까 말일세. 내가 지금까지 여러 가지로 세세하게 늘어놓은 것은, 결국은 이러한 의도에서였네. 즉 첫째는 〈르 솔레이유〉 지의 독단적이고 저돌적인 주장이 얼마나 어리석은 것인가를 증명하기 위해서였고 둘째는, 그리고 이 점이 중요한 건데, 가장 자연스런 과정을 밟아 자네로 하여금 과연 이 살인이 '불량배 일당'의 소행이었을까 하는 점을 보다 깊이 생각하도록 만들기 위해서였네. 이 문제로 되돌아가기 전에 검시(檢屍)를 맡은 외과의사의 저 불유쾌한 보고에 대해 간단히 언급해 두세. 그것에 대해서는 악한의 인원수에 관해 발표된 이 의사의 '추론'이 파리의 이름난 해부학자 전부로부터 부당하고 전혀 근거없는 것이라고 보기좋게 조롱을 받았다는 것만 말해 두면 되겠지. 단순히 그의 추리대로는 아니었을지도 '모른다'는 게 아니라 그만 추론을 할 근거가 전혀 없었다는 걸세. 달리 추리할 게 그렇게도 없었던 것일까?

이번엔 '격투의 흔적'에 관해 생각해 보세. 이 흔적이 무엇을 나타내는 것이라고 생각되었는가? 물론 불량배 일당이었지. 그러나 어쩌면 오히려 불량배 일당이 없었다는 것을 나타내고 있는 게 아닐까? 싸우지도 못하는 가냘픈 아가씨와 여기서 가상의 불량배 일당과의 사이에 대체 무슨 '격투'가 벌어질 수 있을까? 사면에 그

'흔적'을 남길 만큼 장시간의 격렬한 격투가 어떻게 벌어질 수 있었 겠는가 말일세. 두서너 개의 거친 팔뚝이 말없이 움켜 잡으면 그걸 로 일은 끝났을 거야. 피해자는 놈들의 뜻에 절대 복종할 수밖에 없었을 걸세. 자네는 여기서, 그 덤불이 범행 현장이 아니라는 주 장은 주로 '단 한 사람 이상의' 자에 의해 저질러진 흉행의 현장이 아니라고 주장할 경우에만 적용될 수 있음을 명심하게 될 걸세. 범 인이 '단 한 사람'이라고 가정하면, 그리고 그렇게 가정할 경우에만 '흔적'을 뚜렷이 남길 만큼 완강한 격투를 생각할 수 있지.

그리고 또 있네. 문제의 물건들이 발견된 덤불 속에 남아 있을 수 있었다는 그 사실 '자체가' 의심스럽다는 건 이미 말했지? 이런 범죄의 증거물들이 그 발견 장소에 우연히 남겨지게 되었다는 것은 아무래도 있을 수 없는 일로 생각되네. 범인들에겐 시체를 치울 만 큼의 침착성이 있었는데도——적어도 그렇게 생각되는데도 시체 자체는 부패 때문에 그 특징이 빨리 사라져 버렸을지도 모르지. 대 신 그것보다도 더욱 뚜렷한 증거물을 흉행의 현장에 두드러지게 눈 에 띄게 남겨 놓았네. 내가 말하는 것은 피해자의 이름이 적힌 손 수건일세. 이것은 실수였다고 해도 '불량배 일당'의 실수는 결코 아 니었네. 어떤 개인의 실수로밖엔 생각할 수 없지. 우리 생각해 보 세. 어떤 한 사람이 살인을 저질렀다. 그의 곁엔 죽은 사람의 망령 밖에 없다. 그는 눈앞의 움직이지 않게 된 시체에 겁을 먹게 된다. 격하게 달아올랐던 감정이 가라앉고 그의 가슴 속엔 당연히 자신의 행위에 대한 공포가 가득 들어찬다. 패거리가 있으면 으레 생겨나 는 그런 배짱도 전혀 없다. 사자(死者)와 자기 '단둘' 뿐이다. 온몸 이 떨리고 당황하게 된다. 그러나 시체는 치워야만 된다. 그래서 시체만 강으로 운반하고 범행의 다른 증거는 뒤에 남겨 놓게 되지. 한꺼번에 모든 걸 가져가기란 불가능은 아닐지라도 어려운 일이고,

나머지의 것을 가지러 돌아오기는 쉬운 일이기 때문일세. 그러나 강변까지 낑낑대며 가는 사이에 마음속의 공포는 갑절이나 커지지. 길의 사방에서 인기척이 들려온다. 어떤 목격자가 이쪽으로 다가오는 소리가 몇 번이고 들린다. 아니면 적어도 그런 느낌이 든다. 시내의 불빛에도 깜짝 놀래지. 그러나 극도의 고뇌로 몇 차례나 한참씩 걸음을 멈춘 끝에 이윽고 물가에 이르러 그 몸서리치는 짐을 처분한다. 혹은 보트를 이용했을지도 모르지. 그러나 '이제' 세상의 어떤 보물이, 세상의 어떤 보복의 위협이, 세상의 어떤 힘이 그 외로운 살인자로 하여금 그 덤불과 그 소름끼치는 추억을 찾아 그 힘겹고도 위험하기 그지없는 길을 되돌아가게 할 수 있겠는가? 그 결과가 어찌 되든 그는 되돌아가지 '않는다'. 되돌아가고 싶어도 되돌아갈 '수가 없는' 거야. 당장 달아날 생각밖에 안 나지. 그 무서운 관목 덤불에 '영원히' 등을 돌리고 닥쳐올 천벌로부터 달아나는 거야.

그러나 일당이 있었다면 어떻겠나? 그들의 수효가 그들에게 배짱을 심어 주었을 걸세. 설사 극악한 불량배의 가슴속에 배짱이 들어 있지 않은 경우가 있다 해도 말이야. 그리고 이 경우에 추측되는 '일당들'이란 언제나 이러한 극악한 불량배들로만 이루어져 있지. 한 사람이었다면 내가 상상한 것과 같은 그런 당황과 까닭없는 공포로 맥을 못 쓰게 되었겠지만, 여럿이었다면 그렇게 되지 않았을 거란 말일세. 한 사람, 두 사람, 아니 세 사람까지 실수를 했더라도 네 사람째가 이 실수를 바로잡았을 걸세. 그들은 뒤에 무엇 하나 남기지 않았을 거야. 인원수가 많아 한꺼번에 '몽땅' 운반할 수 있었을 테니까 말이지. '되돌아갈' 필요도 없었을 거야.

자, 이번엔 발견 당시 시체의 겉옷에서 '폭 1피트 가량의 조각이 자락에서 허리 부분까지 찢겨져 있고 그것이 허리를 세 바퀴 감고 등의 어떤 매듭에 묶여 있었다'고 하는 상황을 생각해 보게. 이것은 분명 시체를 옮길 '손잡이'를 만들려고 한 짓일세. 그러나 사내가 '여러 명'이 있었다면 이런 방식을 생각이나 했겠는가? 서너 명만 있었대도 시체의 손발은 충분히 들 수 있었을 테고 또 그게 가장 좋은 방법이지. 그러므로 이런 궁리는 단 한 사람일 경우에 하는 거지. 그리고 여기서 생각나는 것은 풀숲과 강 사이에 있는 나무 울타리는 망가져 있고 바닥에는 무언가 무거운 것을 끈 자국이 역력히 보였다는 사실일세. 그러나 사내가 '여럿이' 있었다면 어떠한 울타리라도 곧바로 '들어넘길 수' 있었을 시체를 일부러 울타리를 부수고 그 사이로 끌어내는 쓸데없는 수고를 할 리가 있었을까? 도대체 '여러 명의' 사내가 끈 '자취'를 뚜렷이 남길 정도로 시체를 '끌고' 갔을까? 그리고 여기서 저 〈르 꼼메르시엘〉지의 견해에 언급할 필요가 있네. 내가 이미 어느 정도 비평했던 견해 말일세. 이 신문은 이렇게 쓰고 있었지. '그 불행한 아가씨의 한 벌의 속옷이 찢어지고 그 조각이 뒤통수부터 돌려져 턱 밑에서 매듭지어져 있었는데, 이것은 아마도 비명을 지르지 못하게 하기 위해서였을 것이다. 이런 짓은 손수건을 갖고 있지 않는 자들의 소행이다'라고. 내가 전에도 말했듯이 진짜 악당이야말로 손수건을 '갖고 있지 않는' 경우가 결코 없네. 그러나 지금 내가 특별히 말하려고 하는 건 이런 사실이 아니야. 내가 말하고자 하는 것은 이런 천조각을 사용한 것이 〈르 꼼메르시엘〉지가 상상한 것과 같은 목적에 쓸 만한 손수건이 없었기 때문이 아님은 덤불 속에 손수건이 남아 있었던 점으로 명백히 알 수 있으며, 또 그 목적이 '비명을 지르지 못하게 하기 위한' 것이 아니었다는 것도 그 목적에 훨씬 더 적합한 것이 얼마든지 있었을 텐데 구태여 그 천조각을 썼다는 점으로 분명히 알 수 있다는 걸세. 그러나 증인의 말은 이 문제의 천조각이

'목의 둘레에 느슨하게 감겼고 단단한 매듭으로 매어져 있었다'는
것인데, 이 말은 상당히 애매하지만 〈르 꼼메르시엘〉지의 그것과
는 크게 다르네. 조각은 폭이 18인치 가량이었고, 따라서 모슬린
천이라 해도 세로로 접거나 꾸깃꾸깃 꼬면 튼튼한 끈이 될 걸세.
그리고 그렇게 꼰 채로 발견되었지. 나의 추리는 이렇다네. 단 한
사람의 범인이——그 덤불로부터거나 다른 어느 곳으로부터——
시체의 허리통에 천조각을 '매듭지어' 어느 만큼의 거리까지 떠메
고 갔는데, 이런 식으로 가다간 도저히 무거워서 자기 힘으로 감당
할 수 없다고 깨달았던 걸세. 그래서 시체를 끌고 가기로 결심했던
거지. 시체가 '끌렸다'는 건 증언에도 나와 있잖나. 이런 속셈이 되
면, 무언가 로프 같은 것을 시체의 어느 쪽인가 한쪽 끝에 감지 않
으면 안되네. 그러자면 목에다 감는 게 제일이지. 머리에 걸려 끈
이 빠질 염려가 없기 때문이야. 그래서 범인의 머리에 먼저 떠오른
것은 말할 것도 없이 허리에 감긴 천조각이었지. 그것이 시체에 감
겨져 꽤 까다로운 매듭으로 매어 있고, 게다가 의복에서 완전히 떨
어져 있지 않음을 깨닫지 않았다면 그는 이 천조각을 사용했을 걸
세. 하지만 실제는 속치마에서 다른 조각을 찢어 내는 편이 더 간
단했지. 그래서 그것을 찢어 내어 단단히 목에 감고는 강기슭까지
시체를 '끌고' 갔던 걸세. 상당한 시간과 애를 쓴 끝에야 얻을 수
있고 그것도 그 목적을 달성키엔 완전치 못한 이 '붕대', 이런 붕대
가 사용되었다는 '그 자체'가 손수건을 이미 수중에 넣을 수 없는
시기에 일어난 상황에서 그것을 사용할 필요성이 발생했음을 말해
주고 있네. 즉 우리들이 상상했듯이 덤불에서 나온 뒤——덤불 속
이 그 현장이라면 말일세——덤불과 강 사이의 지점에서 그런 필
요성이 발생했음을 말해 주는 거지.

　하지만 자네는 말하겠지. 저 마담 드뤼크의 증언은 살인이 있었

을 무렵 덤불의 부근에 '한 무리의 불량배'가 있었음을 각별히 지적하고 있잖은가, 하고 말일세. 그건 나도 인정하네. 참사가 있었던 시각이나 '또는 그 무렵' 룰르 관문의 주변엔 마담 드뤼크가 설명한 것과 같은 불량배 무리가 '열 이상'이나 있지 않았을까 싶네. 그러나 약간 뒤늦은, 상당히 의심스런 증언이기는 하지만, 이 드뤼크 마담의 매서운 비난의 과녁이 된 불량배 일당은 이 고지식한 아주머니의 말에 의하면 그 집에서 과자를 먹고 브랜디를 마셔 대고는 돈 한푼 치르려고 하지 않은 '유일한' 불량배 무릴세. 그 때문에 화가 나셨다, 그런 게 아닐까? 그러나 드뤼크 마담의 정확한 증언은 어떤가?

'한패의 건달들이 나타나 소란을 피우며 마시고 먹고 하는 돈도 치르지 않고 앞서의 청년과 아가씨가 간 것과 같은 방향으로 걸어갔는데, 해질 무렵에 다시 술집으로 돌아와서는 몹시 서두르는 태도로 다시 강을 건너갔다'로 되어 있지. 그런데 '몹시 서두르는' 이라고 했는데, 드뤼크 마담의 눈엔 '극도로' 서두르는 걸로도 충분히 보일 수 있었을 걸세. 그녀로서는 많은 과자와 술을 공짜로 뺏긴 게 언제까지나 원통했을 거고, 또 그때까지만 해도 과자와 술값을 치러 줄지도 모른다는 가냘픈 희망을 품고 있었을지도 모르니까 말일세. 그렇지 않다면 '해질 무렵'인데 구태여 '서둘러'라는 말을 할 이유가 없지 않은가? 큰 강을 작은 배로 건너가야만 되고, 폭풍우는 닥치고, 밤은 다가오고 있을 때, 아무리 불량배들이라 할지라도 빨리 집에 돌아가려고 '서두를' 건 너무도 당연하지 않은가?

밤은 '다가오고'라고 나는 말했네. 그것은 밤은 '아직 안됐기' 때문일세. 이 '건달들'이 드뤼크 마담의 고지식한 눈에 점잖지 못하게 서두르는 걸로 보인 건 겨우 '해질 무렵'이었지. 하지만 드뤼크 마담과 그 장남이 '술집 근처에서 여자의 비명 소리를 들은' 건 바로 이날 저녁이었다고 하네. 그런데 드뤼크 마담은 이날 저녁 어느 때쯤 비명소리가 들렸다고 했는가? '어두워지고 난 직후'라고 했지. 하지만 '어두워지고 난 직후'란 적어도 '밤'일세. 그리고 '해질 무렵'이란 분명히 낮이지. 그러므로 드뤼크 마담의 귀에 문득(?) 비명이 들리기에 '앞서' 그 불량배 일당은 룰르 관문을 떠났음이 명백하고도 남아. 그런데 이 증언에 대한 어느 신문보도를 보더라도 지금 자네하고의 이야기에서 내가 말한 것과 같은 시각의 비교 표현이 어디에나 뚜렷하게 나와 있는데도 불구하고 어느 신문이건 어느 경찰관이건 지금까지 이 터무니없는 모순을 전혀 깨닫지 못하고 있는 거야.

범인은 '불량배 일당'이 아니라는 나의 주장에 한 가지만 덧붙이겠네. 하지만 이 '한 가지'가 적어도 내가 알기로는 엄청난 비중을 갖고 있다네. 막대한 상금이 걸려 있고 공범자를 고발하는 자에게는 무죄 방면을 약속하고 있는 상황 아래 질이 낮은 불량배 '일당'이건 다른 어떤 사내들의 집단이건 그 중 어느 한 사람이라도 벌써 오래 전에 공범들을 배신하지 않았으리라고는 한순간이라도 생각할 수 없다는 걸세. 이런 입장에 놓였을 경우, 일당 중 어느 누구나가 상금이 욕심나거나 면책되길 바라기보다는 동료한테 '배신당할까 두려워'지지. 결국 '자신이 배신당하지 않기 위해' 성급하게 자기 쪽에서 배신하는 거야. 비밀이 아직 누설되지 않았다는 것이야말로 사실 그것이 비밀이라는 것을 가장 잘 증명해 주는 거지. 이 흉악 범죄의 가공할 만한 진상은 단 한 명 또는 두 명의 살아 있는 인간과 하느님밖엔 알려져 있지 않는 걸세.

자, 이제 우리의 오랜 분석의, 빈약하지만 확실한 성과를 종합해 보세. 우리들은 드뤼크 마담의 집 지붕 밑에서나 또는 룰르 관문의 덤불 속에서, 피해자의 애인이라든가 남몰래 가까이 사귄 친구에 의해 살인이 저질러졌다는 생각에 도달했네. 이 친구란 검은 얼굴빛의 사나이지. 이 얼굴빛, 감은 천조각의 '매듭' 그리고 모자의 끈이 '선원 매듭'으로 되어 있었다는 것 등은 뱃사람을 가리키는 걸세. 방탕하긴 했지만 천한 아가씨가 아니었던 피해자하고의 교제는, 이 사나이가 보통의 선원보다 신분이 위였음을 말해 주고 있지. 신문사에 들어온 긴급 투서가 달필이었음도 이것을 크게 확증해주고 있네. 〈르 메르퀴르〉지에 실린 맨 처음 사랑의 도피. 그 내막은 이 뱃사람이 불행한 아가씨를 죄악에 빠뜨린 걸로 처음 알려진 저 '해군 장교'가 아닐까 하는 의심을 품게 하네.

그리고 여기서 아주 때맞춰 떠오르는 생각이 있는데, 이 얼굴빛이 검은 사나이가 그뒤 내내 모습을 감추고 있다는 걸세. 특히 말해 주고 싶은 것은 이 사나이의 얼굴빛이 검게 그을어 있었는데, 발랑스와 드뤼크 마담이 다같이 이 한 가지 특징만을 기억하고 있는 것으로 보아 그것은 보통으로 그을은 것이 아니었다는 점일세. 하지만 이 사나이는 왜 모습을 감추고 있는 걸까? 불량배들에게 살해된 것일까? 그렇다면 왜 살해된 '아가씨의 자취'만 있는 것일까? 두 개의 흉행의 현장은 당연히 동일한 장소라고 생각될 걸세. 그런데 남자의 시체는 어디 있나? 범인들은 둘다 같은 방법으로 처분했을 게 거의 틀림없는데 말야. 하지만 이 사나이는 살아 있는데 살인의 누명을 쓸까 두려워 모습을 나타내지 못하고 있는 거라고 할 수도 있겠지. 이러한 우려는 지금에 이르러선——이렇게 시간이 흐른 뒤에는——마리와 함께 있는 걸 보았다는 증인도 있으니만큼 그 사나이가 품을 수 있다고 추측할 수도 있을 거야. 하지만 사건 당시엔 그러한 걱정은 전혀 들지 않았을 걸세. 마음에 꺼림이 없는 인간이라면 우선 무엇보다도 흉행이 있었던 일을 알리곤 악당의 신원을 밝혀 내는 일에 협력하고 싶었을 거야. 이런 '생각'

이 떠올랐을 걸세. 자기가 그녀와 함께 있는 걸 남들이 봤다. 지붕이 없는 나룻배로 그녀와 함께 강을 건너간 것도 사실이다. 그렇다면 범인을 고발하고 나서는 게 자기가 혐의를 벗는 가장 확실하며 유일한 방법이라는 것은, 어떤 바보 천치라도 분명히 알 수 있었을 걸세. 저 숙명적인 일요일 밤에 이 사나이 자신에게 죄가 없고 그가 흉행이 자행된 것도 몰랐다는 식으로는 도저히 생각할 수가 없네. 그러나 그러한 사정이라도 있다면, 그 경우에 한해서 이 사나이가 살아 있으면서 범인을 고발하고 나설 수 없게 되었을 거라고 상상할 수 있겠지.

그럼 진상을 규명할 우리의 수단은 무엇인가? 이 수단들은 일이 진행됨에 따라 더욱더 명백해질 걸세. 최초의 가출을 철저하게 따져 보세. 저 '해군 장교'의 자세한 경력과 현재의 상황, 그리고 살인이 저질러진 바로 그 시각에 어디에 있었는가를 알아 보세. 불량배 일당에게 죄를 뒤집어 씌우려고 한, 석간 신문에 보내진 여러 투서를 서로 잘 비교해 보세. 그것이 끝나면 투서들의 문체와 필적을 그 이전에 조간신문에 보내진, 메네의 유죄를 강경히 주장하고 있는 투서들과 비교해 보세. 그리고 이 모든 것이 끝나면 다시 이 여러 류의 투서들을 그 장교의 알려진 필적들과 비교해 보세. 그리고 드뤼크 마담과 그 아들을, 그리고 합승 마차의 마부 발랑스에게 거듭 물어, '얼굴빛 검은 사나이'의 용모나 태도에 관해서 무언가 좀 더 확인해 보도록 하세. 요령껏 질문을 하면 이들 가운데 누구 한테서고 바로 이 점(또는 다른 점들)에 관한 정보——그들 자신도 자기네가 가지고 있음을 깨닫지 못하고 있는 어떤 정보를 반드시 끌어낼 수 있을 걸세. 그리고 6월 23일 월요일 아침에 거룻배의 사공이 발견한 '저 보트'의 행방을 알아 보세. 시체가 발견되기 조금 전에 '배의 키도 없이' 감시인도 모르는 사이에 거룻배 사무실에서 없어진 보트 말일세. 적절한 조심과 끈기만 있으면 반드시 이 보트의 행방은 규명될 걸세. 그것을 발견한 거룻배의 사공이 식별할 수 있을 뿐 아니라, '키도 수중에' 있으니까 말이야. 마음에 아무것도 꺼릴 게 없는 인간이라면 물어 보지도 않고 '실트'의 키를 버리고 가지는 않았을 거야. 그런데 여기서 잠깐 자네한테 물어 보겠네. 이 보트를 건져냈다는 '광고'는 어느 신문에도 나질 않았어. 말없이 사무실로 옮겨졌다가 말없이 없어진 거야. 하지만 보트의 소유주나 사용자, 그는 월요일에 건져진 보트의 있는 장소를 광고도 나지 않았는데 바로 그 다음날인 화요일 아침에 어떻게 알 수 '있게' 되었을까? 이 사나이가 '해군'과 어떤 관련——그곳의 자세한 사항, 시시한 국부적인 정보라도 모두 알 수 있을 정도의 계속적이고 밀접한 관련을 갖고 있다고 상상하지 않는 한 말일세?

단독 범인이 시체를 강가까지 끌고 가는 걸 이야기할 때 어쩌면 보트를 이용했을지도 모른다는 건 이미 말했지. 이제 우리는 마리 로제가 '사실' 보트에서 던져진 것이라고 생각해도 좋네. 당연히 그렇게 되었을 걸세. 시체를 기슭의 얕은 곳에 팽개쳐 놓을 수는 없었을 테니까 말이야. 피해자의 어깨와 등에 색다른 상처 자국이 나 있는 건 보트 밑바닥의 늑재(肋材)로 긁힌 것임을 말해 주고 있네. 시체에 추가 달려 있지 않았던 점도 이런 생각을 한층 더 강화시켜 주는 것이지. 기슭에서 던져 넣은 거라면 틀림없이 추가 달렸을 거야. 추가 없었던 것은, 보트를 타고 나가기 전에 범인이 추를 준비하는 것을 깜빡 잊었던 때문이라고밖에 설명할 수 없지. 시체를 물속에 던져 넣으려다가 범인은 물론 자기의 실수를 깨달았을 거야. 그러나 그때 당장은 어떻게 할 도리도 없었겠지. 어떤 위험도 저주스런 기슭으로 되돌아가는 것보다 낫다는 심정이었을 테니까 말일세. 기분 나쁜 짐을 처분한 범인은 허겁지겁 시내 쪽으로 돌아갔을 걸세. 그리고 어딘가 이름 없는 선창에서 뭍으로 뛰어올랐을 거야. 하지만 보트는 단단히 매어 놓았을까? 너무나 마음이 급해서 보트를 매어 두는 따위의 일은 할 수도 없었을 걸세. 게다가 선창에 보트를 매어 두는 건 자기에게 증거를 매어 두는 것 같은 느낌이 들었을 걸세. 범인이 당연히 생각한 것은, 자기의 범죄와 관련이 있는 건 모두 가능한 한 자기로부터 멀리 쫓아 버리자는 것이었을 거야. 자기가 선창에서 달아나는 것뿐 아니라 보트를 그곳에 남겨 놓으려 하지도 않았을 걸세. 틀림없이 보트를 흘러가는 대로 내버려 두었을 거야. 우리의 상상을 계속 따라가 보세. 이튿날 아침 이 불쌍한 사내는 그 보트가 발견되고 자기가 매일처럼 다니고 있는 장소, 아마도 직무상 자주 가지 않을 수 없는 장소에 매어져 있음을 알고 말할 수 없는 공포에 사로잡힌다. 그날 밤 그는 '키의 행방은 감히 물어 보지도 못하고' 보트를 가져가 버린다. 그럼 이 키를 잃은 보트는 지금 '어디에' 있을까? 무엇보다도 먼저 그것을 발견하도록 하세. 이 보트만 눈에 띄면 그 순간부터 성공의 동녘이 밝아 오기 시작할 걸세. 이 보트가 길잡이가 되어 우리들 자신도 놀랄 만큼 신속하게, 저 숙명적인 안식일의 한밤중에 보트를 사용한 사나이를 찾게 될 걸세. 확증은 확증을 낳아 끝내 범인은 규명될 걸세."

〔구체적으로 설명하진 않겠지만 많은 독자가 이미 명백히 알 수 있을 만한 여러 가지 이유로 우리의 수중에 들어온 원고 가운데 뒤팽이 입수한, 얼핏 보아 사소한 단어를 끝까지 '추적해 가는' 과정을 상술한 부분은 여기서 생략하기로 했다. 다만 소망한 결과는 실현되어 경시총감이 마지못한 태도이긴 했지만, 이 협객과의 계약 조항을 충실히 이행했음을 간단하나마 전해 두는 편이 좋으리라. 포의 글은 다음과 같은 말로써 끝난다——편집자*25〕

내가 말하고자 하는 것은 우연의 일치에 대해서이며, '그 이상의 것이 아님을' 알아 주시기 바란다. 이 문제에 관해서는 지금까지 말한 것으로 충분하리라 믿는다. 나 자신의 마음속엔 초자연에 대한 신앙은 없다. 자연과 그 신은 별개의 것임을, 적어도 생각하는 인간이라면 부인하지 못하리라. 후자가 전자를 창조하여 그것을 자기 뜻대로 지배하고 변경할 수 있다는 것도 또한 의심할 여지가 없다. 내가 '뜻대로'라고 한 것은 이것이 의지의 문제지 허튼 논리로 생각하는 것과 같은 능력의 문제가 아니기 때문이다. 신이 스스로의 법칙을 변경하지 '못한다'고 생각하는 것이 아니라 변경할 필요가 있을 수 있다고 생각하는 것이 바로 신을 모독하는 것이다. 애당초 이 법칙들은 미래에 '일어날 수 있는 온갖' 우발 사건을 포괄하도록 만들어졌던 것이다. 신에 있어선 모든 것이 '현재'다.

그래서 되풀이하는 바이지만, 내가 지금까지 한 이야기는 모두 우연의 일치로써 한 것일 뿐이다. 그리고 또 한 가지, 나의 이야기로 우리들이 알고 있는 한에서의 저 불행한 메리 시실리아 로저스의 운명과 마리 로제라는 아가씨의 운명 사이엔 그 경력의 어떤 시기까지 정신이 아찔해질 만한 놀라운 평행선이 존재하고 있음을 알게 되리라. 그렇다, 이 모든 것을 알게 되리라. 그러나 마리의 불행한 이야기를 지금 말한 시기에서 다시 앞으로 밀고 나가고, 그녀에게 얽힌 수수께끼를 그 마지막까지 더듬어 나가도 이 평행선은 계속될 것이라고 암시하려는 것이, 또는 이 여점원의 살해자를 발견하기 위해서 파리에서 채용된 방법, 혹은 그와 유사한 추리에 바탕을 둔 방법이 그와 비슷한 결과를 가져올 것이라고 암시하려는 것이 나의 속셈일 거라고는 한순간이라도 생각지 말아 주기 바란다. 왜냐하면 후자의 가정에 관해 말하자면, 두 개의 사건의 사실에 극히 사소한 차이가 있더라도 그것이 양자(兩者)의 진로를 철저하게 바꾸어 마침내는 극히 중대한 오산을 낳을 수도 있음을 생각해야 하기 때문이다. 마치 산술에 있어서 그 자체로선 사소한 잘못이 계산의 전과정에서 몇 번이고 곱셈이 되풀이되는 동안 마침내 사실과는 무섭게 어긋난 결과를 낳는 것과 마찬가지이다. 그리고 전자의 가정에 대해선, 이미 내가 언급한 확률로 그 자체가 평행선의 연장 같은 걸 일체 생각해선 안 된다고 가르치고 있음을. 그것도 두 개의 평행선이 이미 충분히 길고도 정확하게 계속되었던 만큼 더욱더 단호하게 그런 생각을 해서는 안 된다고 가르치고 있음을 우리는 잊어선 안 된다. 이것은 얼핏 보기에 수학적인 사고와는 전혀 거리가 먼 사고에 호소력이 있을 것 같지만 실은 수학자만이 완전히 이해할 수 있는 변칙적 명제의 하나다. 이를테면 주사위 놀이에서 한 사람이 두 번 던져 두 번 연속 6이 나왔을 경우, 그 사실 자체가 세 번째에는 6이 나오지 않는다고 장담해도 거의 틀림없을 만한 충분한 이유가 되지만, 단순한 일반독자에게 이것만큼 납득시키기 어려운 일은 없다. 이런 취지의 암시는 일반적으로 이지(理智)에 의해 즉각 거부당하고 만다. 처음에 두 번 던진 것은 이미 끝난 일로 지금에 와선 그야말로 과거의 일이므로 그것이 미래의 일에 속하는 다음 주사위의 결과에 영향을 미칠 수 있으리라고는 생각되지 않는다. 6이 나올 확률은 그야말로 다른 어느 경우하고나 똑같을 것으로 보인다. 즉 같은 주사위로 나올 수 있는 다른 숫자에도 좌우될 것 같다. 그리고 이런 생각은 너무도 자명한 것으로 보이기 때문에, 이것을 반박하려고 하면 진지하게 귀를 기울이기보다는 비웃음으로 받아들이는 경우가 월등하게 많다. 여기에 포함되어 있는 오류, 독성이 든 오류를 지금의 나에게 허락된 지면으로는 폭로할래야 할 수 없으며 또한 현명한 사람들에게는 폭로할 필요도 없을 것이다. 여기에선 이 오류가 '부분' 속에서 진리를 찾으려는 경향 때문에 이성의 진로 위에서 생기는 무수한 오류 가운데 하나라고 말해 두는 것으로 충분하리라.

＊1 처음 마리 로제가 발표되었을 때는 지금 여기에 붙이는 주석은
　　필요없는 것으로 생각되었다. 그러나 이 이야기의 확실한 증거
　　를 이루는 참사가 있은 지 몇 년이 지나고 보면 역시 주석이
　　있고 또한 전편에 걸친 구상에 대해서도 다소의 설명을 붙이는
　　것이 편리할 것이다. 메리 시실리아 로저스라는 젊은 아가씨가
　　뉴욕 근처에서 살해되었다. 그 죽음은 비상한 흥분을 불러일으
　　켜 그 열기는 쉽게 식지 않았는데, 사건의 수수께끼는 이 이야
　　기가 씌어지고 또한 발표된 시기(1842년 11월)에는 아직도
　　미해결인 상태였다. 그래서 작자는, 파리의 여점원의 불행을
　　이야기하는 형식으로 실제의 메리 시실리아 로저스 살인 사건
　　의 중요하지 않은 부분을 비슷하게 쓰는 것으로 하고, 중요한
　　부분은 그대로 충실하게 취급하기로 했다. 그 때문에 반가공
　　소설 위에 세워진 모든 입론은 실제에도 적용됨으로써 진상을
　　규명하는 것이 그 목적이었다.
　　《마리 로제의 수수께끼》는 사건 현장에서는 멀리 떨어진 장소
　　에서 씌어졌기 때문에 신문이 제공하는 것 외에는 일체 조사할
　　방법도 없었다. 따라서 그 현장에 있었거나 그 장소로 몸소 찾
　　아갔더라면 충분히 참고가 될 만한 것이 있었을 것으로 생각되
　　는데, 작자는 많은 것을 모르고 지나갔다. 그러나 그럼에도 불
　　구하고 이 작품이 발표된 훨씬 뒤에 저마다 시간을 거쳐서 행
　　해진 두 사람 (그 한 사람은 소설 속의 드뤼크 마담이지만)의
　　고백으로, 이 소설의 결론뿐만 아니라, 결론에 이르는 가정적
　　사실까지의 모든 것이 완전히 확인되었다. 여기서 그것을 기록
　　해 두는 것은 결코 헛된 일이 아닐 것이다[원주].

＊2 독일 초기 낭만파 시인 프리드리히 폰 하르엔베르크의 필명.

＊3 나소 거리.

＊4 앤더슨.

＊5 허드슨 강.

＊6 위호큰.

＊7 페인.

＊8 크로믈린

＊9 〈뉴욕 머큐리〉 지.

＊10 H.해스팅스 웰드 씨 편집의 〈뉴욕 브라더 조나단〉 지.

＊11 〈뉴욕 저널 오브 커머스〉 지.

＊12 C.J.피터슨 씨 편집의 〈필라델피아 새터데이 이브닝 포스트〉
지.

＊13 아담.

＊14 《모르그 거리 살인》 참조.

＊15 스톤 대령 편집의 〈뉴욕 커머셜 애드버타이저〉 지.

＊16 대상의 여러 성질에 기인하는 이론은 그 목적에 따라서 이론
이 전개되는 것을 방해하게 될 것이다. 그리고 여러 문제를
그 원인에 의해서 정리하는 사람은 결과에 의하여 그것을 평
가하지 않을 것이다. 그럼으로써 법률이 학문적으로, 체계적
으로 될 때 그것은 벌써 정의가 아님을 각국의 법제에 대해
서 보면 분명해질 것이다.
분류의 원리에 맹목적으로 충실하기 때문에 영미법이 어떠한
과오를 범하게 되었는가는, 이미 상실된 법제의 공정을 되찾
기 위해 입법부가 그 얼마나 여러 차례에 걸쳐 그 구제에 착
수했는가를 보면 알 수 있다——랜더.

＊17 〈뉴욕 익스프레스〉 지.

＊18 〈뉴욕 헤럴드〉 지.

＊19 〈뉴욕 커리어 앤드 인콰이어러〉 지.

＊20 메네는 처음 혐의를 받아 체포된 자들 중의 한 사람이지만,
전혀 증거가 없어 석방되었다.

＊21 〈뉴욕 커리어 앤드 인콰이어러〉 지.

＊22 〈뉴욕 이브닝 포스트〉 지(6월 31일은 원작자의 잘못된 기록
임——역주).

＊23 〈뉴욕 스탠더드〉 지.

＊24 1로드는 약 5미터.

＊25 이 소설이 맨 처음 발표된 〈스노우든즈 레이디즈 컴패니언〉
잡지의 편집자.

황금벌레

저런! 저런! 저놈이 미친 듯이 춤추고 있네. 어미 거미에
게 물렸구나.

아더 머피《모두 글렀다》

수년 전 나는 윌리엄 레그랜드라는 사람과 친밀하게 지냈다. 그는
오랜 위그노 교도(敎徒) 집안 사람으로 한때는 큰 부자로 호화로운
생활을 했지만, 그 뒤 계속 닥쳐온 불행으로 말미암아 빈궁한 처지에
빠지게 되었다. 그러한 재난 끝에 으레 따라오게 마련인 욕설을 피하
기 위하여 그는 선조 대대로부터 살아오던 뉴 올리언스 시를 떠나,
사우스 캐롤라이나 주 찰스턴 근처에 있는 설리반 섬으로 이사하여
버렸다.

아주 이상하게 생긴 섬이었다. 섬 전체가 거의 모래로만 되어 있
고, 길이는 약 3마일 가량이며, 섬의 넓이는 어디든지 4분의 1마일을
넘지 않았고, 황새들이 즐겨 모여드는 갈대와 진흙탕의 넓은 늪 사이
를 쫄쫄 흘러내려가는 거의 눈에 띌까말까한 조그마한 강으로 본토와

분리되어 있다. 식물의 수는 워낙 드물어, 있다 해도 앙상한 것뿐이고, 크다 할 만한 나무는 어디에도 눈에 띄지 않는다. 모울트리 요새가 우뚝 서 있고, 여름 한때 찰스턴의 먼지와 더위를 피하여 온 사람들이 사는 몇 채의 쓸쓸하고 초라한 집들이 서 있는 서쪽 끝에는 대머리에 남아 있는 머리칼처럼 종려나무가 몇 그루 보이기는 하지만, 이 서쪽 끝과 굳은 흰 모래로 덮여 있는 해안선을 제외하고는 섬 전체가 영국 원예가들이 사랑하는 향기로운 도금양나무의 울창한 관목으로 덮여 있다. 이곳 관목들은 높이가 15피트로부터 20피트에까지 이르러 헤치고 들어갈 수 없을 만큼 빽빽하게 우거져 있으며, 근처의 공기는 향내로 가득 차 있다.

숲에서 제일 먼 구석에, 즉 섬의 동쪽으로부터 그리 멀지 않은 곳에다 레그랜드가 손수 오막살이 집 한 채를 지어 살고 있을 때 우연히 나는 그를 알게 되었다. 우리들은 점점 친해졌다. 그는 흥미와 존경을 일으킬 만한 여러 가지를 갖고 있었기 때문이다. 그는 많은 교육을 받았고 비범하게 명석한 두뇌를 가지고 있었지만, 염세병에 걸려 한참 동안 열심히 이야기하다가도 갑자기 우울해지는 버릇을 드러내고는 했다. 상당한 장서가 있었지만, 별로 읽지는 않았다. 그의 중요한 오락은 사냥과, 고기잡이와, 또는 바닷가와 숲 속을 이리저리 싸다니며 조개 껍질이라든가 곤충들을 채집하는 일이었다. 특히 곤충 채집이라면 스와머담*[1] 같은 대곤충학자도 탐낼 만한 표본을 갖고 있었다. 그가 곤충 채집을 나갈 때에는 반드시 쥐피터라는 늙은 흑인을 데리고 다녔다. 이 흑인은 레그랜드의 집안이 몰락하기 전에 벌써 해방된 몸이었지만 젊은 '윌 도련님'의 뒤를 쫓아다니는 것을 마치 자기의 특권처럼 생각하고 있어, 위협도 해보고 달래도 보았지만 막무가내로 듣지 않고 그만두려고 하지 않았다. 더욱 레그랜드의 친척들이 그가 정신이 좀 성치 못한 것을 알고서 그를 감독하고 보호하기 위하여 쥬피터에게 그러한 완고한 버릇을 머릿속에다 깊이 가르쳐 넣어 주었는지도 모르겠다.

설리반 섬이 위치하고 있는 위도상에서는 겨울이라 해도 그다지 춥지는 않으며, 가을엔 흔히 불 없이 한철을 넘길 수 있었다. 그런데 18××년 10월 중순경에 아주 냉랭한 날씨가 하루 있었다. 그날 저녁 때 바로 해가 저물기 전에 나는 상록수 밑을 지나 여러 주일 만나지 못한 레그랜드를 방문하였다. 그때 나는 이 섬에서 9마일 떨어진 찰스턴에 살고 있었는데, 요새보다는 훨씬 교통이 불편했기 때문이었다. 그의 집에 도착하여 늘 하던 버릇대로 문을 두들겨 보았지만 아무 대답이 없었으므로 내가 알고 있는 열쇠통에서 열쇠를 꺼내 문을 열고 안으로 들어갔다. 난로에는 불이 이글이글 피어오르고 있었다. 좀 이상하긴 했지만, 그렇다고 불쾌한 일은 아니었으므로 나는 외투를 벗고 탁탁거리며 타는 장작 앞으로 의자를 끌어다 걸터 앉아 주인이 돌아오기를 기다리고 있었다.

그들은 해가 진 뒤 얼마 안 되어 돌아왔는데, 나를 마음으로부터 반겨 맞아 주었다. 쥬피터는 남대문만하게 입을 벌려 웃어대며 저녁 식사로 뜸부기 요리를 하겠다고 떠들며 수선을 피웠다. 레그랜드는 또 그 갑자기 무엇엔가 열중하는 발작——별로 다른 말로 설명할 길이 없다——이 일어난 것 같았다. 아직 세상에 알려지지 않은 신종의 쌍조개 껍질을 발견하였고, 더구나 쥬피터의 조력으로 아주 귀한 종으로 믿어지는 갑충(甲蟲)을 한 마리 잡았는데, 그것에 관해서 내일 아침 내 의견을 듣고 싶다는 것이었다.

"왜 오늘 밤이면 안되겠나?"

나는 불을 쬐던 손을 비비며, 갑충이 뭐 말라죽은 거냐고 속으로 뇌면서 이렇게 물었다.

"아, 그야 자네가 오늘 밤에 올 줄만 알았다면야! 그러나 자넬

만난 지가 꽤 오래되지 않았나. 그러니 바로 오늘 밤에 자네가 오리라는 걸 어찌 예측할 수 있었겠나? 오는 도중에 요새의 G 중위를 만나, 어리석게도 그걸 빌려 주었네그려. 그래서 내일 아침까지 그걸 자네에게 보여 줄 수 없단 말일세. 오늘 밤 우리 집에서 쉬게. 그러면 내일 새벽에 쥬피터를 보내 찾아오게 할 테니까. 세상에서 가장 아름다운 것일세."

"뭐라고? 새벽이 아름답다구?"

"정신 나간 소리! 아냐, 갑충 말야. 번쩍이는 황금 빛깔이 돌고 큰 호도알 만해. 등 한편 끝에는 시꺼먼 점이 두 개 있고 또 그 반대 쪽에는 그보다는 좀 긴 점이 한 개 있단 말일세. 촉각은……."

"촉각 같은 건 없었어유. 도련님도 원 그렇게 얘길 해도."

쥬피터가 말을 가로채었다.

"그건 진짜 금풍뎅이여유. 안팎이 모두 황금 빛깔이 돌던뎁쇼. 날갯죽지만은 그렇지 않았지만 내 평생에 그 절반되는 무게의 금풍뎅이도 본 적은 없는뎁쇼."

"글쎄, 그렇다고 해서 쥬피터" 하고 레그랜드는 이럴 때는 좀 어울리지 않게 지나칠 만큼 열심히 대답하는 것이었다. "그 뜸부기 요리를 타게 내버려두진 않겠지? 빛깔은 말일세……" 하고 날 돌아다보며 "쥬피터가 저렇게 생각하는 것도 무린 아닐세. 자네도 그런 빛은 아마 아직 보지 못했을걸. 내일 아침에 실물을 보기 전까지는 무어라 할 수 없네. 그러나 그 형태만은 지금 얘기할 수 있지" 하며 조그마한 책상 쪽으로 가서 앉았지만, 그 위에는 펜과 잉크만이 있을 뿐 종이가 없었다. 서랍 안을 찾아보았으나 그 속에도 종이는 한 장도 없었다.

"괜찮아, 이걸루두 돼."

그는 조끼 주머니에서 아주 더러운 대판양지(大版洋紙—보통 40

cm×30cm) 같은 종이를 꺼내서 그 위에다 펜으로 대략의 형태를 그렸다. 나는 추웠으므로 그동안 불 옆에 있는 의자에 그대로 앉아 있었다. 그림이 다 되었을 때 레그랜드는 앉은 채 그것을 나에게 내밀었다. 내가 그림을 받았을 때 밖에서 크게 울부짖는 소리가 들리더니 뒤이어 문을 긁는 소리가 들렸다. 쥬피터가 문을 열어주니까 레그랜드가 기르고 있는 뉴펀들랜드종의 개가 뛰어들어와 나의 어깨에 매달려 연방 핥으며 야단이었다. 내가 이 집에 올 때마다 귀여워해 주었기 때문이다. 개의 애무가 끝났을 때 나는 그 종이를 들여다보았는데, 사실 나는 적잖이 놀랐다.

"음, 이건 참 이상한 갑충인걸! 처음 봐. 아직까지 이런 건 보지 못했어, 해골 외에는. 사실 내가 이제까지 봐온 중에서는 해골하고 제일 닮았어."

"해골?" 레그랜드는 내 말을 그대로 흉내내었다. "그렇지, 종이

위의 그림은 좀 그렇게 보일지도 모르지. 위쪽의 두 개의 흑점은 눈처럼 보이고 아래쪽에 있는 긴 점은 입처럼 보일지도. 그리고 전체의 모양이 타원형이니까."

"아마, 그럴지도 몰라. 그러나 레그랜드 군, 자넨 그림이 서툴군그래. 진짜를 보지 않고는 뭐라 할 수 없겠는데."

"음, 그래……? 사실 꽤 오랫동안 그림은 그리지 않고 있지만 한때는 대가 선생님께 배우기도 했고…… 나는 정작 그리 뒤지는 실력은 아니라고 생각하는데……."

그는 약간 부루퉁해서 이렇게 말했다.

"그렇다면 여보게, 자네는 농담을 하고 있는 거구먼. 이거야 누가 보든지 틀림없는 해골일세. 사실 생리학의 표본에 관한 세속적인 견해로 보면 틀림없는 해골이야. 그리고 자네가 발견한 갑충이 꼭 이렇다면 그야말로 이상야릇한 갑충이지! 아, 이것을 힌트로 해서 아주 스릴있는 미신을 만들어 낼 수 있을지도 모르겠네. 그 갑충을 scarabaeus caput hominis(해골 갑충)라든가, 혹은 그와 비슷한 이름을 붙이면 어떻겠나? 생물학에는 그런 명칭이 얼마든지 있으니까 말이야. 그건 그렇구 자네가 말하는 그 촉각은 어디 있단 말인가?"

"촉각 말이지!"

이 문제에 까닭 모르게 흥분한 레그랜드가 말했다.

"그려 있지 않아, 거기? 실물에 붙어 있는 것처럼 꼭 같게 그려 놓았으니까 알 텐데 그러네."

"그런가? 자네는 그렸을지 모르지만 내 눈에는 보이지 않는걸."

나는 그가 화를 낼까봐 더이상 말하지 않고 종이를 그에게 돌려주었다. 그러나 이미 돌변한 사태에 나는 적잖이 당황했다. 그의 부루퉁한 태도에 분위기도 어색했고, 갑충의 그림으로 말하자면 촉각 따위 전혀 찾아낼 수가 없이 그저 보통 보는 볼품 없는 해골 그림에 불과했기 때문이다.

레그랜드는 대단히 불쾌한 낯으로 그림을 받았다. 그리고 그것을 불 속에다 집어 넣을 작정인지 구겨 버리려다가 우연히도 그림을 한 번 보고선 멈칫 뚫어져라 들여다 보았다. 갑자기 그의 얼굴은 새빨개지더니 다음에는 곧 새파랗게 변하고 말았다. 그는 앉은 채 몇 분 동안 세밀히 살펴보더니 마침내는 일어서서 책상에서 촛불을 집어들고 방 저쪽 구석에 있는 트렁크로 가서 그 위에 걸터앉아 이리 저리 그 종이를 뒤집어 보며 열심히 조사하였다. 나에게 말 한마디도 없었지만, 나는 그의 태도에 무척 놀랐다. 그러나 괜히 쓸데없는 소리를 해서 그의 화를 돋우지 않는 것이 좋을 성싶었다. 조금 있다가 그는 저고리 주머니에서 지갑을 꺼내 종이를 조심스럽게 집어 넣은 다음 책상 서랍 속에 넣고 자물쇠를 채워 버렸다. 그의 태도는 다소 가라앉았지만, 본디 그 열광하는 태도는 씻은 듯이 사라졌다. 그러나 부루퉁하고 있다기보다는 일에 정신이 쏠려 있는 것 같았다. 밤이 깊어감에 따라 그는 점점 더 깊이 생각에 젖어드는 것만 같았고, 내가 아무리 농담을 해도 그의 기분을 명랑하게 할 수 없었다. 전에도 여러 번 잔 적이 있었으므로 오늘 밤도 자고 갈 작정이었지만, 주인의 꼴이 이 모양인 것을 보자 나는 그만 떠나는 것이 상책일 것만 같았다. 그는 구태여 꼭 자고 가라고 붙잡지는 않았지만, 헤어질 때 그는 다른 때와는 각별히 다르게 내 손을 힘차게 잡아 주었다.

이 일이 있은 지 한 달이 지난 뒤(그동안 나는 레그랜드를 만난 적이 없었다) 그의 하인인 쥬피터가 찰스턴으로 나를 찾아왔다. 나는 이 선량한 흑인이 이때처럼 기운없이 어깨를 축 늘어뜨리고 낙심하고 있는 꼴을 전에 본 일이 없었다. 그래 나는 친구 신변에 무슨 큰 재난이 일어난 것이 아닌가 생각했다.

"쥬피터, 대체 웬일인가? 주인은 편안한가?"

"그게 좀……, 사실인즉 편치 못해유."

"편치 않다구? 큰일이군. 어디가 편치 못하다는 거지?"

"그것이 말이죠……, 아무 데두 나쁜 덴 없다구 그러는데…… 그러면서도 여간 심하지 않아유."

"심하다니! 아 왜 그런데 더 빨리 말하지 않았어? 드러누워 있나?"

"아뇨, 아무 데도 누워 있지 않아유. 그게 오히려 더 걱정이란 말이쥬. 난 도련님 일이 걱정되어 아주 미칠 것만 같어유."

"쥬피터, 난 자네가 뭐라는지 도무지 알 수 없구만. 자네 얘기로는 주인이 편치 않은 것 같은데, 어디가 아프다는 얘기도 주인이 안 했단 말인가?"

"없었어유. 아무리 알아 보려고 해두 소용이 없는 걸유. 월 도련님은 아무렇지 않다고만 해유. 하지만 아무렇지도 않으면, 왜 머리를 숙이고 어깨를 들먹들먹하며 도깨비처럼 새파란 얼굴로 싸다니는 거여유? 그리구 밤낮 계산만 하구 계시니……."

"뭣만 한다고, 쥬피터?"

"석판 위에다 이상한 부호와 숫자만 쓰고 있어유. 난 그런 별난 건 처음 보는뎁쇼. 딱 질색이야유. 언제든지 주인을 감시하지 않으면 안 되구요. 요전 날은 먼동도 트기 전에 슬쩍 없어져 하루 종일 안 들어왔어유. 들어만 오면 아주 혼을 내려고 굵은 몽둥이를 준비해 놓았다가──난 멍텅구리가 돼서 그런 용기가 있어야쥬──주인이 너무도 핼쑥한 꼴로 들어오는 걸 보구선유, 그만."

"아니? 뭐, 뭐라구? 아, 그래! 주인한테 그런 짓을 해서야 주인이 견딜라구. 그건 그렇구, 왜 그런 병에 걸렸는지, 왜 주인이 그런 짓을 하게 되었는지 자넨 통 모르겠나? 요전에 내가 자네네 집"

에 다녀온 뒤 무슨 안 좋은 일이 생기기라도 했나?"

"아뇨, 그런 것 없었어유. 아마 그 전에 무슨 일이 있었나 봐유. 바루 나리님이 다녀가신 그날 말이죠."

"왜? 그건, 무슨 말이야?"

"음, 그 갑충 말여유, 바루."

"뭐, 뭐라구?"

"아, 그 갑충 말야유……확실히 그놈한테 윌 도련님이 어딘가 머리를 물렸나 봐유."

"쥬피터, 무슨 이유로 그렇게 생각하는 거지?"

"그 손톱만 보더라도 그렇구, 그리구 아유, 그 주둥아리. 난 그런 끔찍한 녀석은 처음 봤어유. 근처에만 가면 아무거나 차구, 물구, 뜯는 거 아녀요. 윌 도련님이 맨 먼저 붙잡았다가 곧 질겁해서 놔버렸어유. 아마, 그때 물렸나 봐유. 난 그 벌레의 주둥아리니 꼬락서니가 딱 보기 싫어 손으로는 누르고 싶지 않아 거기서 눈에 띈 종이로 눌렀어유. 그걸루 싸서 주둥아리에다 그 종이 끝을 틀어박았어유. 이렇게유."

"자, 그렇다면 자네 주인은 정말 갑충에 물려서 그것으로 병이 되었다구 자네는 생각한단 말이지?"

"생각하는 게 아니라 틀림없이 그런 걸유. 그 금풍뎅이한테 물리지 않구서야 왜 그리 황금 꿈만 꾸는 거야유? 난 전에도 금풍뎅이 얘기를 들어서 알고 있어유."

"그런데 주인이 황금 꿈을 꾸는지 어떻게 아냐 말야?"

"어떻게 아냐구유? 그야 주인이 잠꼬대까지 하는데 모르겠어유?"

"음, 그래? 그렇다면 쥬피터 말이 옳겠구먼. 그건 그렇고, 그런데 쥬피터는 무슨 바람이 불어서 우리 집엘 왔나?"

"왜 왔냐구유 ?"

"레그랜드 군으로부터 무슨 부탁이라도 있어 왔나 ?"

"그럼유. 이 편질 가지고 왔어유."

이렇게 말하는 쥬피터는 나에게 쪽지 한 장을 넘겨 주었다. 그 쪽지에는 다음과 같은 사연이 적혀 있었다.

친애하는 벗에게

왜 자네는 그다지도 오랫동안 와 주지를 않는 건가 ? 내가 전에 자네에게 좀 냉정하게 군 탓으로 그러는 것은 아니겠지 ? 아무렴, 그럴 리는 없을 줄 믿네. 자네와 헤어진 뒤 큰 두통거리가 하나 생겼네. 자네에게 얘기할 것이 있는데, 그걸 어떻게 얘기해야 좋을지 도무지 분간할 수가 없네. 나는 요며칠 동안 몸이 좀 괴로운데, 그 늙은 쥬피터가 어찌나 염려하는지 견디지 못할 지경일세. 이런 얘기를 자네는 얼마만큼 믿어 줄는지 ? 얼마 전에 나는 쥬피터 몰래 혼자서만 본토의 산 속에서 하루를 보낸 일이 있었는데, 그 때문에 나를 혼낸다고 크고 굵은 몽둥이를 준비해 두고 있었다네 ! 사실 내 안색이 핼쑥한 바람에 괜찮았지, 그렇지만 않았던들 큰일날 뻔했네. 자네가 다녀간 뒤로 여태껏 채집은 별로 늘지 못했네. 될 수 있으면 어떻게 해서든 쥬피터와 같이 와 주었으면 좋겠네. 꼭 와 주게. 중대한 사건으로 오늘 밤 자네를 꼭 만나고 싶네. 매우 중요한 사건임을 단언하네. 끝.

윌리엄 레그랜드

그의 편지투는 어딘지 좀 불안감을 느끼게 했다. 편지 전체의 필적도 평소의 그의 필적과는 판이하게 달랐다. 대체 그는 무엇을 꿈꾸고 있는 것일까 ? 어떠한 기이한 생각이 또 흥분하기 쉬운 그의 뇌를 어수선하게 했을까? 어떤 '극히 중요한 사건'에 그가 당면하고 있는 것일까? 쥬피터의 말로 미루어 보면 결코 좋은 일 같지는 않았다. 나는 거듭되는 불행의 압력이 기어이 레그랜드의 이성을 흐트러뜨린 것이 아닌가 생각해 보았다. 그래서 나는 망설일 것 없이 곧 쥬피터와 같이 떠날 준비를 했다.

부두에 도착했을 때 방금 사온 듯한 한 자루의 큰 낫과 세 자루의 삽이 우리들이 탈 보트 안에 놓여 있는 것이 눈에 띄었다.

"이건 도대체 뭐할 거지?"

"우리 집 도련님의 낫과 삽이여유."

"그야 그렇겠지. 그런데 이걸 어디에 쓸 거냐구?"

"월 도련님이 거리에 가서 사오라고 졸라서 견딜 수가 있어야쥬. 이걸 사느라고 돈을 한 짐이나 뺏겼는뎁쇼."

"아 글쎄, 그게 아니라 자네네 '월 도련님'이 이 낫과 삽을 무엇에 쓸려고 하느냐 말야?"

"그야 낸들 알 수 있나유. 월 도련님도 필경은 모를 거야유. 모두가 다 고놈의 금풍뎅이 새끼 탓이라니까유."

금풍뎅이에만 정신을 뺏기고 있는 쥬피터로부터는 무엇 하나 만족한 대답을 얻을 성싶지 않았으므로 나는 보트를 타고 출발했다. 순풍을 탄 보트는 잠깐 동안에 모울트리 요새 북쪽에 있는 조그마한 포구로 들어갔다. 그리고 약 2마일쯤 걸어 그 오막살이집에 당도했다. 우리들이 그곳에 도착한 때는 오후 3시경으로 레그랜드는 우리들을 고대하고 있었다. 그는 신경질적인 열정으로 내 손을 꽉 붙잡았는데, 그것은 나를 놀라게 하고 동시에 전부터 품고 있던 의혹을 한층 더 강하게 했다. 그의 얼굴은 무서울 만큼 창백하고 움푹 들어간 두 눈은 이상한 광채를 발하고 있었다. 그의 건강에 대하여 두서너 마디 물어 본 뒤 그만 말문이 꽉 막혀 버렸으므로 나는 G 중위에게서 그 갑충을 찾아왔냐고 물었다. 그는 몹시 흥분한 빛을 띠며 대답했다.

"아, 그럼, 다음날 아침 대번에 찾아왔지. 무슨 일이 있더라도 다시는 그 갑충을 손 밖에 안 내놓겠네. 쥬피터의 말이 참말이었어."

"무슨 말이?"

나는 슬픈 예감을 느끼며 물었다.

"진짜 황금 갑충이라고 한 말 말야."

그는 진심에서 우러나온 듯한 어조로 말했으므로 나는 무어라 할 수 없을 만큼 가슴이 덜컥했다.

"이 갑충이 내 팔잘 고쳐 줄 걸세."

그는 득의양양한 미소를 띠며 말을 이었다.

"우리 집 재산을 도로 회복시켜 줄 거란 말일세. 그러니 그놈을 끔찍이 아끼지 않을 수가 없지? 복덩어리가 나에게 굴러들어왔으니까, 그걸 잘 이용하기만 하면 큰 금덩이 위에 올라앉을 수 있을 걸세. 쥬피터, 가서 그 갑충을 이리 가지고 와!"

"뭐유? 그 버러지유? 도련님이 가서 가지고 오세유. 난 싫어유."

그러자 레그랜드는 엄숙하고 위엄있는 태도로 일어나서 유리 상자 속에서 갑충을 꺼내 가지고 왔다. 아름다운, 그 당시에는 생물학자들에게도 알려지지 않은——물론 학문적 견지에서 보더라도 썩 귀중한 갑충이었다. 잔등 한끝에는 두 개의 둥근 흑점이 있고, 다른 끝 근처에는 또 하나 긴 흑점이 있었다. 몸을 둘러싸고 있는 껍질은 무척 단단하고 번쩍이며 마치 반짝반짝하게 닦은 황금과 같았다. 그 갑충의 무게는 대단히 무거웠으므로 쥬피터가 그렇게 생각한 것도 당연하다고 느껴졌다. 그러나 이 친구가 어찌하여 쥬피터의 의견과 일치하게 되었는지 아무리 생각해 보아도 알 수 없는 일이었다.

"이 행운과 갑충에 관한 계획을 더 진전시키기 위해서 충고와 조력을 구하려고 자넬 오라고 한 것일세……."

내가 갑충의 조사를 끝마쳤을 때 레그랜드가 장엄한 어조로 이렇게 말했다.

"여보게, 레그랜드 군."

그의 말을 가로막으며 내가 음성을 높였다.

"자네는 확실히 병일세. 암만해도 좀 조리하는 게 좋겠네. 눕게, 누워. 병이 완쾌할 때까지 내가 2, 3일 자네 옆에 있어 줌세. 자넨 열이 있어…… 좀 재보세."

나는 그의 머리를 짚어 보았지만 실상 조금도 열이 있는 것 같지는 않았다.

"아냐, 이 사람아. 열은 없어도 병일지도 모르네. 자, 좌우간 이번만은 내 말을 듣게. 자, 자, 우선 누워, 누우라구. 그 다음엔……."

"자네 오핼세, 이 사람아" 하며 그가 내 말을 가로막았다.

"나는 지금 대단히 흥분하고 있긴 하지만 건강 상태는 더할나위 없이 좋아. 자네가 정말 내 건강이 염려된다면 이 흥분상태로부터 나를 건져 주게."

"어떻게 하면 되겠나?"

"그야 문제 없지. 나와 쥬피터가 이제 본토에 있는 산으로 탐험의 길을 떠나려고 하는데, 실상은 이 탐험에 신뢰할 만한 사람의 조력이 필요하단 말일세. 사실인즉 그 유일한 적임자가 자네란 말야. 알겠나? 성공하든지 실패하든지 간에 그건 고사하고 좌우간 자네가 조력만 해주면, 자네가 염려하고 있는 내 흥분 상태는 가라앉을 것 같애."

"조력이야 얼마든지 해주고 싶네. 한데, 이 지긋지긋한 갑충이 자네 탐험과 무슨 관계가 있단 말인가?"

"그야 있고 말고."

"그렇다면 여보게, 레그랜드 군. 난 그런 어리석은 탐험대에는 가입할 수 없네."

"유감인데, 정말 유감이야. 그렇다면 우리들끼리 할 수밖에 없군."

"자네들끼리만 한다! 아, 이 사람 미쳤네그려! 가만있게, 자넨 얼마나 집을 비워 둘 작정인가?"

"어쩌면 오늘 밤은 쭉 비워 둬야 될 거야. 이제 곧 떠나면 무슨 일이 있더라도 새벽까지는 돌아오게 될 걸세."

"자, 그러면 꼭 약속해 주겠나. 자네의 이 미친 발광이 끝나 갑충에 관한 사건(하느님 맙소사!)이 자네 마음이 시원하도록 낙착되면, 집에 돌아와 내 충고를 의사 충고로 알고 잘 순종하겠다는 것을?"

"그러지, 약속함세. 자, 그러면 곧 떠나세. 우물쭈물하고 있을 때가 아니니까."

무거운 마음으로 나는 그의 뒤를 따랐다. 우리들은 4시경에 집을 떠났다——레그랜드와 쥬피터와 개와 그리고 나는. 쥬피터는 낫과 삽을 들고 갔다. 그는 혼자서 그것들을 다 가지고 간다고 고집을 부렸는데, 그가 부지런하고 온순해서가 아니라 오히려 그의 주인 옆에 그런 것들을 놓는 것이 위험해서 그러는 것만 같았다. 그는 우리들이 뭐라고 해도 듣지 않으며 내내 "그놈의 빌어먹을 풍뎅이 놈"만을 입속에서 되풀이하며 걸어갔다. 나는 두 개의 램프를 들고 걸었는데, 레그랜드는 아무것도 들지 않고 그 금풍뎅이만으로 만족한 듯이 짧은 가죽 끈 끝에 잡아매 들고 마치 요술쟁이처럼 이리저리 휘휘 휘둘렀다. 나는 암만해도 이제 이 친구가 정신 이상에 걸린 최초의 확실한 증거만 같아 눈물이 흘러나올 지경이었다. 그러나 나는 어떤 더 확실한 증거가 나타날 때까지 제멋대로 그냥 내버려두는 것이 상책일 것만 같았다. 그래서 우선 우리들이 하려는 탐험의 목적이 무엇이냐고 물어 보았지만 그것은 헛수고였다. 나를 추근대서 끌고 온 것만 대견한 듯이 그는 다른 세세한 문제에 대해서는 대답조차 하기 싫어하는 눈치였다. 내가 물을 때마다 내내 "이제 곧 알게 될걸 뭐……" 할 뿐 다른 대답은 하지도 않았다.

우리들은 보트를 타고 섬 끝에 있는 작은 강을 건너 본토 해안에 배를 내버려둔 채 언덕을 기어올라 사람 발자국 하나 없는 아주 험하고 쓸쓸한 곳을 지나 북쪽으로 걸어갔다. 레그랜드는 전에 남겨둔 표시를 찾기 위해 여기저기서 발길을 가끔 멈출 뿐이었다. 이러한 모양으로 두어 시간 가량이나 걸었는지, 여태까지 걸어온 곳보다도 더욱 황량한 곳에 당도하였을 즈음에 해는 막 서산으로 기울고 있었다. 그곳은 인간의 힘으로는 도저히 접근할 수 없을 것 같은 산정에 가까운 높은 구릉이었고, 산 밑부터 산정까지 나무가 빽빽하게 우거져 있으며, 땅 위에는 이곳저곳 큰 바위가 간혹 우뚝우뚝 흩어져 솟아 있고,

그 대부분이 곁에 있는 나무에 걸려 골짜기로 굴러떨어지지 않고 있는 것 같았다. 사방이 둘러싸인 깊은 골짜기는 주위의 경치를 한층 더 장엄하게 만들고 있었다.

우리들이 기어올라간 이 구릉은 온통 가시덤불로 덮여 있어 낮이 없었더라면 도저히 한 걸음도 앞으로 걸어나갈 수가 없었을 것이다. 쥬피터는 주인의 명령을 받고 높이 솟아 있는 백합나무[1] 가장자리까지 가시덤불을 잘라 헤치며 길을 만들었다. 열 그루 남짓한 백양나무와 더불어 구릉 위에 우뚝 서 있는 백합 나무는 아름답게 퍼진 줄기와 잎의 모양새며 늠름한 나뭇가지들로 전체의 꿋꿋한 자태가 그 주위에 서 있는 백양나무보다, 아니 내가 이제까지 봐온 어떤 나무들보다도 훌륭하게 보였다. 우리들이 이 나무에까지 왔을 때 레그랜드는 쥬피터를 돌아보고 나무에 올라갈 수 있겠느냐고 물었다. 쥬피터는 무척 망설이며 한참 동안 대답이 없었다. 그러더니 겨우 앞으로 나가 그 나무기둥 주위를 한 바퀴 서서히 돌아다니며 세세히 조사해 보았다. 조사가 끝난 뒤 그는 다만 한마디 했다.

"네, 도련님. 쥬피터 평생에 못 올라가는 나무는 없었는 걸유"

"음 그래. 그럼 될 수 있는 대로 빨리 올라가. 날이 이내 어두워져 하는 일이 뵈지 않을 테니까."

"어디까지 올라 가란 말씀이여유, 도련님?"

"우선 원줄기로만 올라가. 그 다음은 올라간 뒤에 가르쳐 줄 테니까. 자, 좀 기다려! 이 풍뎅이를 가지고 올라가."

"풍뎅이유? 뭘 도련님! 그 금풍뎅일 말이유?" 쥬피터는 질겁하여 뒷걸음질치며 소리를 질렀다. "뭣하러 그까짓 건 가지고 올라갑니까? 죽어두 싫어유!"

"너같이 그렇게 걸때가 큰 검둥이가 요까짓 쏘지도 않는 조그만 죽은 풍뎅일 하나 붙잡는 게 무서워? 자, 그럼 이 가죽 끈 끝을

붙잡고 올라가봐. 아, 그래도 싫어? 그래도 막무가내라면 이 삽으로 머리를 갈겨 버릴 테다.”

“어쩌란 말씀이유, 도련님?” 쥬피터는 망신을 당하고 나서 분명히 복종하는 눈치였다. “나 같은 흑인 놈에게 늘 너무 심한 말을 하시구……. 그건 다 농이었어유. 내가 고까짓 걸 무서워할 줄 알구요! 자, 이리 줘유, 까짓 것.” 말은 이러면서도 가죽 끈 한 끝을 조심조심 붙잡고 되도록 멀찌감치 몸에서 떼면서 올라갈 준비를 했다.

미국의 삼림 수목 중에서도 가장 장엄한 백합나무는 어렸을 때에는 줄기가 유달리 밋밋하며 대개는 옆으로 가지를 뻗지 않고 그냥 꼿꼿이 위로만 자라지만, 좀 묵게 되면 껍질에 울퉁불퉁한 혹이 생기며 조그마한 많은 곁가지가 나온다. 그래서 지금 이 경우도 보기보다는 오르기가 어렵지 않았다. 쥬피터는 두 팔과 두 무릎으로 큰 줄기를 될 수 있는 대로 꽉 껴안고 두 손으로 혹을 움켜잡고, 발가락으로는 다른 혹을 잔뜩 딛고서 한두 번 미끄러질 뻔도 했지만 무사히 튼튼한 첫번째 가지에 올라섰다. 이 고비만 넘으면 다음 일은 거침없을 것 같았다. 사실인즉 올라갔대야 겨우 지상 6, 70피트 정도의 곳이었지만, 위험지대는 지나간 셈이었다.

“월 도련님, 이젠 어디루 갈까유?”

“제일 굵은 가지로 올라가. 이쪽으로, 이쪽으로.”

레그맨드가 말했다.

쥬피터는 곧 재빠르게 주인이 하라는 대로 했다. 별로 힘드는 것 같지 않았다. 점점 기어올라가 우거진 나뭇가지에 덮여, 그의 뭉글뭉글한 몸은 기어이 보이지 않았다. 좀 있더니 큰 소리로 부르는 소리가 들렸다.

“위로 더 올라가야 되남유?”

“얼마나 올라갔어?”

"꽤 올라왔어유. 나무 위로 하늘이 보여유."

"하늘 같은 건 소용 없어. 자, 내 말을 똑똑히 들어. 줄기를 내려
다보며 쥬피터, 이쪽으로 아래에 있는 나뭇가지를 세어 봐. 몇 가
지나 지났지?"

"하나, 둘, 셋, 넷, 다섯. 이쪽으로 다섯 갠뎁쇼."

"그럼 하나 더 올라가."

곧 일곱 번째 가지에 이르렀다는 것을 알리는 소리가 들려왔다.

"자, 이제는 쥬피터."

대단히 흥분된 듯이 레그랜드가 소리쳤다.

"될 수 있는 대로 그 가지 끝까지 나가 봐. 이상한 것이 눈에 띄면
곧 알려 줘야 돼."

이 말을 듣고 나는 이 가엾은 친구의 발광에 대하여 그래도 설마하
고 조금 의심하고 있던 마음마저 사라져 버렸다. 그가 미친 것은 분

명한 사실이었다. 그래서 나는 어떻게 하면 그를 집으로 데리고 갈수 있을까 그것을 골똘히 궁리하게 되었다. '어떻게 하면 될까?' 궁리하고 있을 때 쥬피터의 소리가 또 들려왔다.

"이 가지는 무서워서 끝까지는 갈 수 없어유. 저쪽으론 썩었어유."

"썩은 가지야, 쥬피터?" 레그랜드가 떨리는 소리로 외쳤다.

"그래유 도련님, 아주 움푹 썩었어유. 틀림없이 말라 비틀어졌어유. 아주 생명이 없어유."

"대체 어찌하면 좋을까?"

적이 실망한 듯이 레그랜드가 말했다.

"어쩌냐구 이 사람아?"

말할 수 있는 기회가 생겨 나는 반가웠다.

"뭘 어째, 빨리 돌아가서 눕게. 자 가세, 그게 상책이야! 날도 저물어가고, 또 약속한 것도 생각나겠지?"

그는 내 말을 귓전으로도 듣지 않고 위만 올려다보며 외쳤다.

"쥬피터, 내 말이 들리나?"

"네, 월 도련님, 똑똑히 들려유."

"그러면 말야, 칼로 깎아 봐. 아주 썩었는지 어떤지."

"썩긴 썩었어유, 확실히." 조금 있다가 쥬피터가 대답했다. "그러나 대단친 않은가 봐유. 나 혼자 같으면 더 갈 것 같아유, 정말."

"너 혼자 같으면이라니! 그건 무슨 소리야?"

"풍뎅이 말이야유! 너무도 무거운 벌레니까, 여기서 그만 떨어뜨리겠어유! 그러면 이까짓 흑인 하나쯤으로 해서야 부러질라구유."

"아, 뭐야, 이 우라질 놈아!" 레그랜드는 이렇게 말은 했지만, 속으로는 퍽 안심된 모양이었다. "왜 그런 쓸데없는 소릴 하는 거야? 응, 풍뎅이만 떨어뜨려 봐라, 모가질 비틀어 죽일 테니까. 쥬피터,

알아 들었지?"

"알었어유, 도련님. 도련님은 괜히 왜 그런 욕을 하시는 거야유."

"그렇다면 하라는 대로 해, 괜찮을 듯한 데까지 풍뎅이를 떨어뜨리지 말고 기어나가 봐. 내려오면 상으로 은전 한닢 줄 테니까."

"이제 가는 중이야유. 뭘 도련님, 거진 끝까지 왔어유."

쥬피터가 곧 대답했다.

"끝까지 왔어!"

이때 레그랜드는 기쁜 듯이 쇳소리를 내며 외쳤다.

"나뭇가지 끝까지 갔단 말이지?"

"조금만 가면 끝이야유. 도련님 오 오 오, 이게 뭐야유! 이런 나무 끝에 뭐가 있어유."

"그래! 그게 뭐냐?"

몹시도 기뻐서 레그랜드는 소리를 질렀다.

"아냐요, 다른 게 아니라, 해골바가지야유. 누가 나무 위에다 대가리를 놓고 갔는지 까마귀가 살은 다 파먹었어유."

"해골이랬지, 됐어! 나뭇가지에 어떻게 잡아매 있지? 뭘로 매 있어?"

"네, 도련님, 잘 볼께유. 이건 참 이상한뎁쇼. 정말루, 해골 가운데에다 큰 못을 박아 나무에 맸어유."

"음, 그래 쥬피터, 꼭 내 말대로 해야 돼. 알았지?"

"네, 도련님."

"그럼 조심해서 해골 왼쪽 눈을 봐."

"이거 참! 좋아요, 아니 그런데 눈깔은 통 없는데유."

"이 바보야! 어느 게 왼손이고 어느 게 오른손인지는 알어?"

"네, 그야 알죠. 장작 패는 손이 왼손이지, 뭐야유."

"그렇지! 넌 왼손잡이니까. 그러면 말야, 네 왼손과 같은 쪽에 있는 것이 왼눈야. 이제 해골의 왼눈이 어느 건지 알겠지? 알겠어?
즉 왼눈이 있는 자리를? 찾았나?"

오랫동안 아무 대답도 없더니 이윽고 쥬피터가 이렇게 물었다.

"그러면 해골의 왼손과 같은 쪽에 있겠지유? 헌데 해골에는 손이
없는뎁쇼. 그만둬유. 이제 알았어유. 음, 이게 왼눈이구면, 그걸
어떡하란 말이유?"

"풍뎅이를 그 속으로 넣어 가죽 끈 끝까지 늘어뜨려 봐. 그런데 그
끝을 놓치지 않도록 단단히 조심해서 해라."

"했어유, 뭘 도련님. 구멍으로 풍뎅이를 늘어뜨리는 것쯤야 문제
있나요. 보세요 내려갔습죠!"

이러한 얘기를 주고받는 중, 쥬피터의 모습은 전혀 보이지 않았지
만, 그가 내려보내는 가죽 끈 끝에 매달린 풍뎅이는 우리들이 서 있
는 구릉을 아직 희미하게 비치고 있는 석양의 마지막 빛을 받고 잘
닦은 황금덩이처럼 번쩍였다. 갑충은 나뭇가지에도 걸리지 않고 축
늘어졌다. 그대로 떨어뜨리면 바로 우리들 발 밑에 떨어졌을 것이다.
레그랜드는 곧장 낫을 들고 바로 그 갑충 아래에 직경 3, 4야드의 원
을 그리며 그 안의 풀들은 쳐 버렸다. 그것을 끝마친 다음 그 쥬피터
에게 가죽 끈을 떨어뜨리고 곧 내려오라고 명령했다. 레그랜드는 갑
충이 떨어진 바로 그 점 위에다 말뚝을 박고 주머니에서 줄자를 꺼내
그 끝을 말뚝에 제일 가까운 나무기둥에 매고 그것을 쭉 말뚝까지 끌
고 와선 또다시 나무와 말뚝의 두 점으로 해서 벌써 확정된 방향으로
50피트 거리까지 끌고 갔다.

한편 쥬피터는 큰 낫으로 가시덤불을 헤쳐 나갔다. 이렇게 해서 된
제2의 지점에 둘쨋번 말뚝이 박혀졌다. 그리고 이 말뚝을 중심으로
해서 그 주위에 직경 약 4피트의 대략적인 원이 그려졌다. 다음에 레
그랜드는 자기 자신도 삽을 한 자루 들고 쥬피터에게 와 나에게도 저

마다 한 자루씩 주며 될 수 있는 대로 빨리 파달라고 재촉했다.

사실인즉 나는 이런 장난에 대해선 하여간에 별로 취미를 느끼지 못했으므로 특히 이때에는 그의 부탁을 거절해 버리고 싶었다. 왜 그러냐 하면 밤은 점점 다가오고 더욱이 지금까지 해온 일로 무척 피곤함을 느꼈기 때문이다. 그러나 피할 길이 없고, 한편 그러다가 괜히 이 실성한 불쌍한 친구의 머리를 더 혼란케 하지나 않을까 하는 염려도 있었던 것이다. 만일 쥬피터가 조력한다면 억지로라도 이 미친 친구를 집으로 끌고 오겠지만, 나는 쥬피터의 기질을 잘 알고 있었다. 어떤 일이 있든지 간에 나와 그의 주인과의 싸움에서 내 편이 되어 주리라고는 바랄 수 없었기 때문이다. 레그랜드가 땅속에 묻힌 보물에 관한 무수한 남부의 미신에 홀린 것만은 확실했다. 그리고 그가 갑충을 발견한 것과 또 어쩌면 쥬피터가 완고하게 이 갑충을 '진짜 금풍뎅이'라고 주장한 것으로 말미암아 그의 공상이 한층 더 굳어진 것만은 의심할 여지가 없었다. 광기가 있는 사람은 이러한 암시로 곧 충동을 받기 쉬운 것인데, 더욱이 오래 전부터 생각하고 있던 선입관념과 일치할 때에는 한층 더 그러한 것이다. 나는 이제 이 불쌍한 친구가 '풍뎅이가 내 신세를 고쳐 줄 것일세'라고 한 말이 머리에 떠올랐다. 결국 나는 안타까운 마음에 어쩔줄 몰라하면서도 하는 수 없이 마음을 접고 그래, 한번 파 주자, 그러면 눈앞에 나타난 증거로 말미암아 그가 품었던 생각이 잘못이었다는 것을 더 빨리 깨닫게 할 수 있으리라고 결심하게 되었다.

우리들은 열심히 파들어 갔다. 마치 제대로 된 일이라도 하고 있는 것 같은 진지한 얼굴로, 번뜩이는 불빛이 땀으로 얼룩진 우리들의 몸뚱아리와 삽에 떨어질 때마다 얼마나 웃기는 그림일지 기가 찼고, 누군가가 마침 이곳을 지난다면 이 노동이 얼마나 기이하고 의심스러울지 충분히 상상이 갔다. 두어 시간 족히 땅을 팠다. 아무도 입을 떼지 않았다. 우리들이 하는 꼴이 무척 재미났던지 개가 짖어대는 것이 큰 두통거리였다. 아니, 레그랜드만 그랬다. 나는 사실 얼른 훼방꾼이 찾아와서 덕분에 그를 데리고 돌아갔으면 했으니까. 그런데 쥬피터가 보기좋게 그 성가신 울음소리를 막아버렸다. 참다못한 그가 구덩이에서 뛰어올라가 양말 대님 하나로 개주둥아리를 잡아매곤 킥킥 웃으며 다시 돌아왔다.

두 시간 뒤에 우리들은 5피트의 깊이에까지 이르렀으나 보물은 코빼기도 보이지 않았다. 여기서 우리들은 일제히 쉬었다. 난 이 연극이 여기서 끝이 났으면 했다. 레그랜드는 분명 실망한 듯이 보였지만, 깊은 생각에 잠겨 이마의 땀을 씻더니 다시 파기 시작했다. 우리들은 직경 4피트의 원 안을 전부 팠는데, 보물은 좀처럼 나타나지를 않았으므로 그 범위를 좀 넓혀 2피트 가량 아래로 파 보았다. 여전히 보물은 나타나지 않았다. 기어이 레그랜드는 얼굴 가득 쓰라린 실망의 빛을 나타내며 구덩이 밖으로 기어나와 일하기 전에 벗어 놓은 저고리를 느릿느릿 마지못해 입기 시작했다. 나는 그를 충심으로 가엾게 생각했다. 그동안 나는 아무 말도 하지 않았다. 쥬피터는 주인의 명령으로 도구를 주워 모으기 시작했다. 그것이 끝나고 개 주둥아리를 풀어 준 뒤에 우리들은 묵묵히 집으로 향했다.

우리들이 열 두어 걸음이나 걸어왔을까, 그때 갑자기 레그랜드는 큰 소리로 욕설을 퍼부으면서 쥬피터 쪽으로 달려들어 그의 멱살을 잡았다. 깜짝 놀란 쥬피터는 눈과 입을 벌릴 대로 헤벌리고 삽을 땅 위에 떨어뜨리며 무릎을 꿇고 땅 위에 넘어졌다.

"그래, 이 주리를 틀 놈아!" 한 마디 한 마디가 레그랜드의 악문 입 사이로부터 새어나왔다. "이 죽일 놈아! 얘기해 봐, 거짓없이 이 자리에서 당장 대답해! 어느 게, 어느 게 왼눈이냐, 응?"

"아이구, 살려 줍쇼, 윌 도련님. 이게 왼눈이지유."

오른쪽 눈에다 손을 대고 이제라도 방금 주인이 빼 버리지나 않을까 하는 듯이 벌벌 떨며 죽을 힘을 다하여 그 눈을 가리키며 질겁한 쥬피터가 외쳤다.

"내 그럴 줄 알았다. 어쩨 그럴 것만 같더라! 자, 이젠 됐다!"

레그랜드는 이렇게 소리를 지르며 갑자기 쥬피터를 떼밀고 껑충껑충 뛰며 좋아했으므로, 쥬피터는 일어나 주인 얼굴과 내 얼굴을 얼빠진 사람처럼 번갈아 쳐다볼 뿐이었다.

"자, 그럼 다시 되돌아가야겠다! 아직 절망은 아니거든." 레그랜드는 이렇게 말하며 앞서서 백합나무까지 또다시 돌아왔다.

"쥬피터, 이리 와." 우리들이 나무 밑에까지 왔을 때 그는 이렇게 말했다. "그 해골바가지는 얼굴을 바깥쪽으로 하고 못에 박혀 있던가. 혹은 가지 안쪽으로 박혀 있던가?"

"얼굴은 바깥 쪽을 향해 있었어유. 그러길래 까마귀가 거침없이 눈깔을 파먹을 수 있었잖어유."

"음 그래. 그러면 네가 풍뎅이를 떨어뜨린 것은 이 눈야. 이 눈야?"

레그랜드는 그의 손으로 쥬피터의 눈을 번갈아 짚어 보며 물었다.

"이쪽 눈야유, 도련님. 왼쪽 눈야유. 나리님의 말씀대루."

쥬피터가 가리킨 것은 오른쪽 눈이었다.

"그럼 알았다. 다시 한번 해봐야겠다."

이 말을 듣고 나는 이 미친 친구의 머리에 그래도 다소 일에 대한 구체적인 생각이 있는 것을 알았다. 아니, 안 것처럼 느껴졌다. 그는 풍뎅이가 떨어진 곳에 박혔던 말뚝을 뽑아다 거기서부터 3인치 서쪽에 있는 지점에다 옮겨 박고 전과 같이 백합나무 기둥에서 제일 가까운 나무로부터 말뚝까지 줄자를 끌어다가 다시 그것을 일직선으로 50피트 지점까지 연장시킨 다음 그곳에 표적을 만들었다. 그곳은 전에 우리들이 파던 데보다는 몇 야드 떨어져 있었다.

이 새 지점 주위에 전보다는 좀 큰 원을 그리고 우리들은 또다시 파기 시작했다. 나는 무척 피곤했는데도 무엇이 내 마음을 이렇게 변화시켰는지는 모르겠지만, 내가 맡은 일에 별로 싫증을 느끼고 있지 않았다. 나는 까닭 모를 흥미를 느끼게 되었다. 아니, 흥분까지 했다. 어쩌면 레그랜드의 의외의 태도에서 나온 선견력 혹은 숙려(熟慮) 같은 것에 내가 충동을 받았는지도 모르겠다. 그리고 이 불쌍한 친구를 미치게 한 가공의 보물이 정말로 나오지나 않을까 하고 신이 나서 파고 있는 내 자신에 스스로 놀라지 않을 수 없었다. 한 시간 반이나 계속해서 파고, 그 동안 내 머릿속에서는 그러한 터무니없는 망상이 빙빙 돌고 있을 때 또다시 개가 맹렬한 기세로 짖어댔으므로 우리들의 일은 중단되고 말았다. 전에 개가 짖은 것은 재미나서 그런 것인데, 그러나 이번에는 그렇지 않은 것 같았다. 쥬피터가 또다시 주둥아리를 막아 버리려고 했으나 개는 맹렬히 반항하며 구덩이 속으로 뛰어들어와 발톱으로 미친 듯이 흙을 파헤치기 시작했다. 대번에 두 개의 완전한 사람의 뼈 무더기가 나타났다. 그 밖에 몇 개의 금속 단추와 썩은 양털 먼지같은 것도 섞여 나왔다. 삽으로 그 위를 한 두어 번 헤적여 보았더니 큰 스페인 주머니칼이 나타났다. 그 뒤 좀더 파 보았더니 이곳저곳에서 금화, 은화가 서너너덧 닢 나왔다. 이것을 보고 쥬피터는 기쁨을 억제할 수 없는 듯이 히히댔지만, 그의 주인의 얼굴에는 극도의 실망의 빛이 보였다. 그러나 그는 우리들에게 어서 파라고 재촉했다. 이 말이 그의 입에서 떨어지자마자 나는 연한 흙 속에 절반쯤 묻힌 굵은 철 굴레에 발 끝이 걸려 앞으로 비틀거리며 넘어졌다.

우리들은 그야말로 열심이었다. 나는 아직까지 내 평생에 이와 같이 열렬히 흥분된 10분 간을 경험한 적은 없다. 10분 동안에 직사각형의 나무 궤를 하나 파냈는데, 조금도 변형되지 않고 놀랄 만큼 단단한 것으로 미루어 보아 분명히 무슨 광화작용(鑛化作用)——어쩌면 염화 제2 수은 작용의 장치를 해놓은 것같이 보였다. 궤는 길이 3피트 2분의 1, 넓이 3피트, 깊이 2피트 2분의 1의 크기였다. 징을 박고 궤 전체에 걸쳐 일종의 격자 모양을 한 연철 테두리가 십자형으로 견고하게 둘려 있었다. 뚜껑 가까운 양쪽에는 큰 쇠고리가 셋씩, 그러니까 모두 합해 여섯 개 있고, 여섯 사람이 힘껏 쥘 수 있게 되어 있었다. 우리들은 셋이서 힘껏 들어 보았지만, 겨우 밑바닥이 좀 움직였을 뿐이었다. 그래 우리들의 힘으로는 도저히 꿈쩍도 하지 않을 걸 깨달았는데, 다행히도 뚜껑이 다만 이러저리 밀려다니는 빗장으로 잠겨 있었다. 우리들은 불안한 마음으로 가슴 졸이며, 부들부들 떨며 빗장을 쑥 잡아 뺐다. 순식간에 헤아릴 수 없을 만한 값어치의 진귀한 보물이 번쩍거리며 우리들 눈 앞에 나타났다. 등불의 광선이 구덩이 속으로 쏟아지자 아무렇게나 틀어박혀 있는 황금과 보석의 찬란한 광채로 말미암아 우리들은 눈도 뜨지 못할 지경이었다.

내가 들여다보았을 때 느낀 그때 감정을 나는 여기 쓰지는 않겠다. 물론 놀라움만이 제일 강렬한 것이었다. 레그랜드는 어찌나 흥분했던지 말 한 마디도 못했다. 쥬피터의 얼굴은 잠시 동안 죽은 사람처럼 새파랗게 질려 어떤 일에든지 흑인의 얼굴빛이 이와 같이 창백해질 리는 없을 만큼 창백해져 벼락이라도 맞아 정신을 잃은 사람처럼 보였다. 조금 있더니 그는 무릎을 꿇고 걷어올린 팔뚝을 팔꿈치까지 보물 속에 파묻으며 마치 훈훈한 물속에 기분 좋게 두 팔을 박고 있듯이 잠깐 동안 그대로 있었다. 기어이 그는 한숨을 깊이 내쉬며 혼잣말로 중얼거렸다.

"음, 그래 그놈의 금풍뎅이가 이런 복을 가지고 오다니! 어여쁜 금풍뎅이! 아이구 가엾어라, 그놈의 조그만 금풍뎅이, 그걸 난 욕

만 했군! 이 흑인놈아, 부끄럽지도 않니? 대답 좀 해보라구!"

나는 결국 레그랜드와 쥬피터를 재촉하여 빨리 보물을 운반하지 않으면 안 되었다. 밤이 꽤 깊어가고 있었으므로 날이 새기 전에 이 보물을 다 집으로 운반하려면 급히 서둘지 않으면 안 되었다. 우선 무엇부터 손을 대야 좋을 지 알 수가 없었다. 그래 방법을 토의하는데 많은 시간이 걸렸다. 그만큼 우리들은 머리가 혼란되어 있었던 것이다. 결국 우리들은 보물을 3분의 2 가량 꺼내서 궤를 가볍게 한 다음 이럭저럭해서 겨우 궤를 구덩이 밖으로 끄집어 낼 수가 있었다. 끄집어 낸 보물은 가시덤불 속에다 감춰 놓고 쥬피터가 개에게 그곳을 지키고 있을 것과, 우리들이 돌아올 때까지 어떤 일이 있어도 그곳을 떠나지 않고, 또는 짖어도 안 될 것을 엄명했다. 그 다음 곧 우리들은 급히 그 궤를 가지고 집으로 돌아왔다. 무사히 집으로 돌아오긴 했지만 우리들은 너무도 힘이 들었으므로 집에 돌아온 것은 밤 1시경이었다. 그리고 너무도 피곤했으므로 곧장 돌아간다는 것은 어지간한 힘으로는 도저히 할 수 없는 일이었다.

2시까지 집에서 쉬며 식사도 하고, 집에서 다행히 찾아낸 세 개의 튼튼한 주머니를 가지고 우리들은 산으로 향했다. 4시 조금 전에 또다시 구멍으로 돌아와 남은 보물을 3등분하여 가지고 구덩이를 채 메우지도 않고 집으로 향했는데, 집에 돌아와 보물을 내려 놓았을 때에는 동쪽 하늘이 환해지며 먼동이 트기 시작했다. 우리들은 완전히 녹초가 됐지만 너무도 흥분해서 잠을 이룰 수 없었다. 이럭저럭 불안한 가운데 네댓 시간이나 눈을 붙인 다음, 다들 약속이나 한 듯이 벌떡 일어나 보물을 조사하기 시작했다.

보물은 궤 가장자리까지 잔뜩 들어 있었으므로 그것을 조사하는 데 그날 하루 종일과 다음날 밤 깊도록까지 걸렸다. 질서도 배열도 없이 모든 것이 뒤죽박죽이 된 채로 쌓여 있었다. 조심해서 가지가지로 나

뒤 보니까 처음 예상했던 것보다는 훨씬 그 수가 많은 것을 알았다. 그때 시세에 따라 될 수 있는 대로 정확하게 평가해 보았더니 현금으로 45만 달러 이상의 것이었다. 은화는 한 닢도 없고 모두 고대의 각양각색의 금화뿐이었다. 프랑스, 스페인, 독일의 금화, 영국의 기니 금화가 약간, 그리고 한번도 보지 못했던 몇 종류의 화폐가 있었다. 대단히 닳아빠져 인각조차 똑똑하지 않은 큰 무거운 화폐도 있었다. 미국 화폐는 하나도 없었다. 보석 평가란 더욱 곤란했다. 다이아몬드는——그 중 몇 개는 아주 크고 훌륭했다——합계 백 열 개나 되고 작은 것은 하나도 없었다. 아주 번쩍이는 루비가 열 여덟 개, 모두 하나 같이 아름다운 에메랄드가 삼백 열 개, 그리고 사파이어가 스물한 개, 오팔이 한 개, 이 보석들은 대(臺)에 앉혀 있는 것이 아니라 궤 속에 뒤죽박죽이 되어 틀어박혀 있었고 금화 속에서 나온 대도 어느 게 어느 보석의 것인지 분간할 수 없을 만큼 망치로 뚜들긴 자국이 남아 있었다. 이 외에도 순금 장식품이——거의 2백여 개나 되는 반지와 귀걸이, 한 서른 개쯤 되는 훌륭한 금줄, 여든 세 개나 되는 굉장히 큰 십자가, 다섯 개의 화려한 황금향로, 또 역시 화려한 부조 모양의 포도 잎사귀와 주신(酒神)들의 모양을 그린 터무니 없이 큰 술잔, 정교하게 부조한 칼집, 그 외에 이제는 다 잊어버려 생각나지 않지만 자잘한 물건이 무수히 있었다. 이러한 보물의 무게는 3백 50 파운드 이상이었다. 그러나 나는 이 계산 안에 1백 97개의 굉장한 시계는 넣지 않았다. 그 중 세 개는 그 한 개 값만 해도 5백 달러 값어치는 충분했지만, 그 대다수는 너무도 오래된 것이라 시계로서는 쓸모가 없었다. 세공도 다소 부식작용을 일으키고 있었다. 그러나 모두 보석이 풍부히 박혀 있고 고가의 상자 속에 들어 있었다. 우리들이 그날 밤 궤 전체의 보물을 평가해 보니까 1백 50만 달러 이상의 것이었다. 그러나 그 후 장식품과 보석들을(조금은 집에서 쓰려고 남겨 두고) 팔아 본 결과 우리들이 과소 평가한 것을 알았다.

 겨우 이럭저럭 조사가 끝나고 격렬한 흥분 상태도 좀 가라앉았을 때 레그랜드는 내가 이 기이한 수수께끼를 퍽 알고 싶어 죽을 지경인 것을 알고 그에 관한 모든 것을 자세히 설명하기 시작했다.

 "자네 생각나나? 내가 자네에게 그 갑충을 그려서 주던 날 밤일세. 그때 그 그림을 자네가 해골 같다고, 그래서 내가 화를 내지 않았나? 맨 처음 자네가 그런 말을 하는 것을 듣고 난 농으로만 알았단 말야. 잔등에 흑점이 있었으니까 그럴지도 모르지 하고 생각했단 말일세. 그런데 자네가 내 그림이 서툴다고 하지 않았나? 나는 그림을 꽤 잘 그리는 편인데 그런 말을 듣고 보니 괜히 화가 벌컥 치밀었단 말일세. 그래 자네가 나에게 그 양피지 조각을 돌려주었을 때 더욱 화가 치밀어 그 놈을 구겨서 불 속에 던지려고 했었지."

 "그 종이쪽지 말이지?"

 "아냐, 겉은 꼭 종이 같아서 처음에는 나도 종인 줄만 알고 그 위에다 그림을 그리려고 했는데 그때, 퍽 얇은 양피지인 것을 안 거야. 무척 더럽지 않던가? 그걸 구겨 버리려고 한 순간 내 눈이 자네가 보고 있던 그 약도로 떨어졌네. 내가 그린 갑충은 간데없고 대신 해골이 있는 것을 발견했을 때에 내가 놀란 그 꼴이야 자네도 생각나겠네 그려. 너무 놀라 잠시 동안 나는 아무것도 분간할 수가 없었네. 전체 윤곽에 있어선 비슷한 점은 약간 있었지만, 세세한 점에 있어선 천양지차였지. 곧 나는 촛불을 들고 방 한구석으로 가서 앉아 한층 더 자세히 양피지를 조사해 보았네. 뒤집어 뒤를 보니까 내가 그린 약도가 그대로 있지 않겠나? 나는 놀라고 또 다음에는 내가 그린 갑충의 이면에 바로 내 눈에 띄지 않던 해골의 그림이 있고 더욱이 윤곽이라든가 또는 면적까지 내가 그린 그림에

흡사했다는 우연한 일치에 놀라지 않을 수 없었네. 이런 기묘한 우연의 일치에 난 사실 정신을 잃었네. 이 경우에 누구든지 정신을 잃지 않을 사람은 없을 것일세. 우리의 마음이라는 것은 관련을, 즉 인과관계를 확립하려고 애를 쓰는 거야. 그러나 그것이 잘 안될 경우에는 일종의 일시적 마비 상태에 빠지는 것이라네. 그래서 내가 이 실신상태에서 회복했을 때 우연의 일치보다도 한층 더 나를 놀라게 한 어떤 확신이 머리에 떠오른 것일세. 내가 갑충을 그릴 때에는 양피지 뒷면에는 아무 그림도 없었던 것을 분명히 회상하기 시작하였네. 틀림없는 사실이야. 그 까닭은 어느 쪽이 깨끗한가 하고 양쪽을 다 뒤집어 보았으니까. 그때 만일 해골이 있었으면 내 눈에 띄지 않았겠나? 어쩐지 이 점이 까닭 모를 신비만 같았네. 그러나 이때 벌써 내 머릿속 깊은 구석에는 어젯밤의 탐험이 그와

같이 훌륭한 결과를 맺어 준 그 시초의 빛이 희미하게 싹텄다고 생각되네. 곧 나는 일어서서 양피지를 집어 넣고 혼자 있게 될 때까지 그 이상 더 생각을 하지 않기로 작정했네.

자네가 돌아가고 쥬피터마저 골아떨어졌을 때 나는 이 사건을 좀 질서 있게 연구하여 보았네. 우선 먼저 양피지가 내 손에 들어 오게 된 경로부터 생각하여 보았네. 우리들이 그 갑충을 발견한 곳은 이 섬으로부터 약 1마일 동쪽에 있는 본토의 해안인데, 만조표(滿潮標)가 있는 조금 위 지점이었네. 내가 그 놈을 붙잡으려니까 꼭 깨물기에 나는 그만 놓아버렸네. 평소에 조심성이 많은 쥬피터는 자기한테로 날아온 그놈을 붙잡기 전에 나뭇잎이나 혹은 그런 종류의 것으로 싸서 붙잡을 양으로 주위를 휘휘 둘러보았네. 그의 눈과 내 눈이 동시에 양피지 조각 위로 떨어진 것은 바로 그 순간이었네. 난 그때 그것을 꼭 종이로만 알았단 말야. 그것은 한 모퉁이만 조금 나와 있고 반은 모래 속에 묻혀 있었네. 그걸 발견한 근처에는 대형 범선의 보트인 듯한 선체(船體)의 파편이 있었네. 이 난파선은 오랫동안 그곳에 있었던 것처럼 보였네. 주위를 살펴보니까 선재(船材) 같은 건 찾아볼 수 없었거든.

자, 그래, 쥬피터가 그 양피지를 집어 그걸로 갑충을 싸서 나에게 주었어. 그 뒤 곧 집으로 돌아왔는데, 도중에서 G 중위를 만났네. 내가 그놈을 보여 주었더니 요새로 가지고 가서 잘 조사해 보고 싶으니 빌려 달라는 거 아냐. 내가 그러라고 그랬더니 양피지에 꾸리지도 않고 그걸 조끼주머니에 틀어박았네. 그 양피진 그가 갑충을 이리저리 보고 있는 동안 내 손 안에 그대로 있었지. G 중위는 아마 내 마음이 변할까봐 그랬는지 곧 갑충을 치워 버리데. 자네도 알겠네만 생물에 관한 일이라면 G 중위야 '나를 죽입쇼' 하고 덤비는 작자니까. 동시에 나도 무의식적으로 양피지를 내 주머니

속에 집어 넣었던 모양이야. 내가 약도를 그리려고 책상에 가니까 늘 놓여 있던 곳에 종이가 없었던 거야. 자네도 잘 알지 않나, 서랍을 열어 봤지만 그 속에도 한 장도 없었네. 헌 종이라도 있나 하고 주머니 속을 뒤져 보니까, 손에 잡힌 것이 바로 그 양피지였단 말일세. 양피지가 내 손에 들어온 경로를 내가 이렇게 자세하게 설명하는 것은 그때의 사정이 특히 나에게 깊은 인상을 주었기 때문일세.

필경 자네는 나를 공상적 인물이라고 생각할 것일세. 하지만 그때 나는 벌써 일종의 연결을 지어 놓았어. 큰 쇠사슬의 두 개의 굴레를 연결시킨 것일세. 해안에는 보트가 놓여 있고, 거기서 멀지 않은 곳에 양피지가 있었고——종이가 아냐——그 위에 해골이 그려 있어. 자네는 물론 '어디 연관성이 있느냐고?' 물을 것일세. 나는 다만 해골은 누구나 다 알고 있는 해적의 표시라는 것을 대답하겠네. 해골 기(旗)는 해적 행위를 할 때에 다는 거라네. 그 조각이 종이가 아니라 양피지라고 내가 그랬지. 양피지는 지구력이 있고, 거의 찢어지지 않는 거라네. 중요하지 않은 것은 양피지에 기록되는 법이 없지. 그림을 그리거나 글씨를 쓰거나 하는 평범한 목적에는 양피지란 종이만 훨씬 못한 법이라네. 이렇게 생각해 보니까 해골이 어떤 의미——무슨 관계가 있는 것을 알았네. 그리고 나는 양피지의 생김새에 관해서도 주의를 게을리하지 않았네. 한쪽 구석이 웬일인지 떨어져 나갔지만, 원 모양이 장방형인 것을 알았네. 사실 그것은 잊어버리지 않도록 오래도록 보존해 두어야 할 그 어떤 사실을 기록하는 비망록으로서 응당 선택될 만한 그런 종류의 양피지 조각이었네."

"그렇다면 말일세," 내가 그의 말을 가로막았다. "자네가 갑충을 그릴 때에는 그 양피지 위에 해골은 없었다고 하지 않았나? 그렇다면 여보게, 자넨 보트와 해골 사이에 어떤 연관을 짓는가? 그 해골은 자네 자신도 인정하다시피(방법과 작자는 도저히 알 수 없는 일이지만) 자네가 황금충의 약도를 그린 뒤에 나타난 것일 테니까."

"바로 그 점일세, 모든 신비가 엉켜 있던 것은. 그러나 이 점에 관해선 그 비밀을 풀기는 별로 곤란하지 않았네. 나는 착실한 방법으로 유일한 결론을 얻을 수 있었지. 예를 들어 다음과 같이 추리했단 말일세. 내가 황금충을 그릴 때에는 확실히 양피지에는 해골 따위 없었네. 그리고 약도를 그리자 곧 그것을 자네에게 주고, 자네가 나한테 돌려 줄 때까지 나는 죽 자네를 쳐다보고 있잖았나. 물론 자네가 그걸 그린 것도 아니고, 그렇다고 해서 다른 누군가 그릴 리도 없지 않은가? 그렇다면 그것은 인간이 한 일은 아니면서도 역시 해골의 그림은 그려져 있었던 셈이 아니겠나? 내 생각이 여기까지 미쳤을 때 나는 바로 그때까지 일어난 모든 사건을 똑똑히 회상해 내려고 애를 썼지. 사실 그 결과 생각해 낸 것일세. 그날은 날씨가 추웠으므로(그게 아주 드문 요행이었지!) 난롯불이 훨훨 타고 있지 않았나? 나는 운동을 해서 몸이 더웠으므로 책상 옆에 앉아 있었지만, 자네는 난로에 바싹 다가앉아 있었지? 내가 양피지를 자네에게 주고 자네가 그것을 보려고 했을 바로 그때 뉴펀들랜드 종 개 울프가 뛰어들어와 자네 잔등 위로 막 뛰어올랐지? 자네가 왼손으로 개를 쓰다듬어 주면서 옆으로 떼어놓았을 때 보니까 오른손은 양피지를 쥔 채 아무렇게나 무릎 새에 떨어뜨리고 불 근처에까지 와 있었네. 한번은 그것에 불이 붙지나 않나 하고 자네에게 주의시키려 했는데 말하기도 전에 자넨 그걸 집어 들고 보기 시작하데. 이러한 모든 경우를 생각해 볼 때 양피지 위에 해골이 똑똑히 나타난 원인은 불로 인한 열 외에는 아무것도 없다는 것이 명백한 사실이잖겠나? 화열을 받았을 때에만 글자가 보이도록 종이와 피지(皮紙)에 글자를 쓸 수 있는 화학적 제제법이 현재도 있고, 저 오랜 옛날서부터 있는 것은 자네도 잘 알 것일세. 산화 코발트를 왕수(王水)와 혼합해서 네 배의 물로 그것을 희석시킨단 말일세. 그러면 그때 초록색이 되는 거야. 또 코발트 피(皮)를 초석에 녹히면 빨강색이 되는 것이구. 이런 색은 그것을 쓴 원료가 열이 식으면 다소 빠르고 늦은 차는 있지만, 좌우간 일단 없어졌다가 열을 가하면 또다시 나타나는 법이라네.

그래서 나는 이번에는 조심해서 해골을 조사해 보았네. 바깥 끝──양피지 끝에서 제일 가까운 그림의 구석구석은 다른 데보다는 뚜렷하게 똑똑하단 말야. 열의 작용이 불완전하거나 균등하지 않았단 말일세. 나는 곧 불을 켜서 양피지의 모든 부분을 낱낱이 갖다 대 보았네. 처음에는 해골의 희미한 선이 똑똑해졌을 뿐인데, 쭉 계속해서 대고 있었더니 종이 왼쪽 구석, 즉 해골이 그려 있는 곳에서부터 대각선 쪽에 처음에는 염소 같은 것이 나타났네. 더욱 세밀히 조사해 보니까 암만해도 새끼염소 같단 말야, 그놈이 ! ”

“핫핫하…… 하긴, 자네를 비웃어서는 안 되겠네만……. 일백 오만 달러야, 비웃기에는 너무 큰 돈이니까. 그러나 쇠사슬의 셋째번 굴레가 도무지 어울리지 않는데그래. 자네가 말하는 해적과 염소 사이에는 별로 관계도 없을 것일세. 해적과 염소야 무슨 관계가 있겠나? 염소야 어디 농촌에 있는 것이지. ”

“내가 언제 염소라고 하던가? ”

“하긴. 그러면, 새끼염소라 치고 좌우간 같은 얘기 아닌가? ”

“대개는 같지만 완전히 같지는 않거든. 자넨 키드*² 선장의 얘기를 들은 적이 있지. 나는 이 동물의 그림을 보자 대뜸 일종의 상형문자적 날인으로 추측했네. 바로 사인이야. 그야 양피지 위에 그려 있는 위치가 그런 힌트를 주었단 말일세. 그것과 대각선 저쪽 구석에 있는 해골의 그림도 마찬가지로 소인 혹은 봉인만 같았네. 그러나 이런 것 외에 아무것도 없는 것에는——내가 있으리라고만 상상한 증서의 본문이 없는 데에는 그만 나도 낙심천만이었네."

"그럼, 자넨 날인과 서명 사이에 글자가 있을 것을 예상했나 보군 그래?"

"암 그렇지. 실상 까놓고 얘기하면 어쩐지 큰 복덩이가 굴러들어온 것만 같았어, 왜 그랬는지 까닭은 몰랐지만. 그건 암만해도 확신이라는 것보다도 일종의 소망이었을 거야, 그때는. 그 갑충을 황금이라고 한 쥬피터의 못난 소리가 얼마나 내 머리에 영향을 주었는지, 그건 자네도 모를걸. 그리고 연방 계속적으로 그 뒤에 나타난 사건과 우연의 일치란 말일세. 이건 참 이상하단 말야, 암만 생각해 보아도. 이런 일이 왜 하필 1년 365일 중에 꼭 그날 일어났으며, 또 그날이 불을 피울 만큼 왜 추웠나 말야. 만일 불도 없고 개도 뛰어들어오지 않았더라면 나도 해골을 몰랐을 것이고, 그 결과 그런 보물을 얻을 줄이야 꿈엔들 알았겠나. 이게 참 모두 신기하기 짝이 없단 말일세. 알겠나, 자네?"

"그런 소린 그만두고, 어서 계속하게. 갑갑해 죽겠네."

"그럼세. 자네도 키드와 그 부하들이 대서양 연안 어디다가 금을 파묻어 두었다는 가지가지의 소문쯤이야 들었겠지? 이런 풍설은 그래도 좀 사실에 근거가 있었을 것일세. 그리고 또 그 소문이 아직까지 없어지지 않고 계속된다는 것은 묻힌 보물이 그대로 있기 때문에 나오는 것이 아니겠나? 만일 키드가 그 약탈품을 일시적으로 감춰 두었다가 다음에 또 파냈다면 오늘날 우리들이 듣는 것 같지는 않았을 것일세. 자네도 알다시피 소문에 떠도는 얘기는 모두가 다 보물을 찾는 사람의 얘기뿐이지, 어디 보물을 찾았다는 사람의 얘기던가? 만일 해적이 보물을 꺼냈다면 이 사건은 그만 사라졌을 것일세. 어떤 사건이——말하자면 보물의 은닉처를 표시하는 비망록을 잊었다는 것 같은 사건이 말일세. 보물을 찾아 낼 방법을 잃고 그래서 그 소문이 부하에게 알려진 것 같애. 그렇지 않다면 보물이 감춰져 있다는 것을 꿈에도 모르는 부하들이 그것을 찾으려고 서둘렀지만, 찾을 길이 없었으므로 헛수고만 하게 되어 지금 세상에 퍼져 있는 소문의 씨를 뿌린 것만 같애. 자네는 해안에서 고귀한 보물을 캐냈다는 소문을 들은 적이 있나?"

"도무지 없는걸."

"그러나 키드의 보물이 막대하다는 것은 세상이 모두 아는 사실일세. 그래 나는 그것이 여태 땅 속에 그대로 묻혀 있음에 틀림없으리라고 생각했네. 그리고 우연히도 손에 들어온 그 양피지야말로 보물의 은닉처가 기록되어 있으리라고 하는, 거의 확신에 가까운 희망을 일으켰다고 해도 자네는 이제 별로 놀라지는 않을 것일세."

"그건 그렇구. 그 다음에 어떻게 됐단 말인가?"

"불 기운을 세게 한 뒤 양피지를 쬐어 보았지만 아무것도 나타나지 않았어. 그때 때가 묻어 있어서 그러나 하는 생각이 들었네. 그래 양피지 위에다 더운 물을 가만가만 부으며 살살 씻어서 냄비 속에다 해골의 그림이 있는 쪽을 아래로 하여 놓고 그 냄비를 숯불 풍로 위에다 놓았네. 3, 4분이 지나 냄비가 후끈후끈 달았을 때 양피지를 꺼내 보니까, 아 이것 좀 보지, 그땐 참 기뻤네. 몇 줄의 숫자 같은 것으로 여기저기 반점이 되어 있지 않겠나? 그래 또 냄비 속에다 넣고 또 1분 동안 그대로 두었다가 꺼내 보니까 전체가 이제 자네가 보는 그대로야."

이와 같이 말하면서 레그랜드는 양피지를 또 데워서 잘 보라고 나에게 주었다. 다음과 같은 글자가 해골과 염소 사이에 붉은 빛으로 희미하게 보였다.

53‡‡†305))6*;4826)4‡.);806*;48†8¶60))85;;]8*;:‡*8†83
(88)5*†;46 (;88*96*?;8) *‡ (;485);5*†2: *‡ (;4956*2(5
−4)8¶8;4069285);)6†8)4‡‡; 1(‡9; 48081; 8: 8‡1;48†85;
4)485†528806*81(‡9; 48; (88; 4 (‡?34;48) 4‡; 161;:188;
‡?;

"그러나 나에겐 여전히 뭐가 뭔지 캄캄한데. 이 수수께낄 풀면 골
콘다*³의 보석을 죄다 준다 해도 도저히 난 풀 수 없겠는데 그래."
"아냐, 이 사람아. 그 해결책은 얼른 슬쩍 글자들을 보았을 때에
상상한 것처럼은 어렵지 않은 거야. 금방 알 수 있다시피 이 글자
는 암호로 되어 있는 것일세. 다른 말로 하면 어떤 의미를 가지고
있는 거야. 그러나 키드에 대해서 알려져 있는 것으로 미루어 보아
그가 그다지 어려운 암호문을 만들 능력이 있는 위인이라고 생각되
지는 않네. 나는 대번에 이까짓 것이야 간단한 것임에 틀림없으리
라고 생각했단 말일세. 하지만 뱃사공들의 둔한 머리로써는 열쇠
없이는 풀 수 없는 것이겠지만."
"그래 자네는 곧 풀었단 말인가?"
"여부 있나. 이것보다 만 배나 어려운 것도 푼 적이 있는데. 환경
과 두뇌의 영향으로 나는 이러한 수수께끼에 흥미를 가지고 있었던
것일세. 게다가 인간의 지혜로 된 수수께끼라면 같은 인간의 지혜
로 풀리지 않을 리가 없다고 생각해도 무리는 아니지 않겠나? 실
상 말야. 연관이 있는 숫자를 한번 찾아내기만 하면 그 다음에 무
엇이 있으리란 것을 해결해 나가는 것쯤은 별로 어렵지 않네. 어떤
비밀 서류의 경우나 다 그렇겠지만, 이 경우에 있어서도 제일 첫째
문제는 암호의 국어(國語)에 관한 것일세. 왜 그러냐 하면 해석의
원칙은 특히 간단한 암호일수록 어느 나라 말이냐에 따라 이렇게도

되고 저렇게도 되고 또는 변화도 하는 것이니까. 일반적으로 말하자면 문제의 국어를 찾아 낼 때까지는 풀려고 하는 사람도 알고 있는 국어를 하나씩 하나씩 확률로 실험해 보는 외엔 다른 방법은 없는 거야. 그러나 이번 일에 있어선 서명이 있었으니까 모든 곤란은 일소된 셈이지. '키드'라는 동음이의어를 사용하는 건 영어 외에 다른 국어에는 없거든. 이런 것이 없었다면 나는 우선 스페인어 혹은 프랑스어로 시작했을 것일세. 그것은 스페인 출신의 해적이 이런 종류의 비밀을 적는 데는 이 두 나라 말 가운데 하나를 썼을 가능성이 가장 많을 것으로 알았기 때문일세. 하지만 그런 것이 있기 때문에 나는 이 암호를 영어로 된 것이라고 단정했네.

자네도 보다시피 단어와 단어 사이에는 구분이 없지 않나? 나누어져만 있었어도 일은 비교적 쉬웠을 텐데, 그럴 때에는 우선 짧은 단어의 대조와 분석부터 시작하는 것이라네. 그리고 만일 단문자(單文字)의 단어가, 이건 흔히 있는 일이지만, 예를 들면 a라든가, I자가 나오면 그땐 벌써 해석은 문제 없는 것이라네. 그러나 이번에는 구절이 없으므로 내 최초의 착안점은 제일 많이 나온 자와 제일 적게 나온 자를 찾는 것이었네. 모든 글자를 세어 나는 다음과 같은 표를 만들었단 말일세.

숫자의 기호	8자	;자	4자	‡)자	*자	5자	6자	†1자	0자	92자	:3자	?자	¶자	]-자
사용된 도수	33개	26개	19개	16개	13개	12개	11개	8개	6개	5개	4개	3개	2개	1개

자, 영어에서 제일 많이 나오는 자는 e일세. 그 다음에는 a o i d h n r s t u y c f g l m w b k p q x z의 순서로 나오네. e는 대단히 많은 글자가 되어서 암만 짧은 글에도 제일 많이 나오는 것이라네. 그러니 손도 대기도 전에 벌써 여기서 추측 이상의 확실한 기

초를 얻었단 말일세. 이제 말한 표가 일반적으로 사용되는 것은 말할 것도 없네만, 이 암호에 있어서는 일부분만 사용되면 되는 거야. 가장 많은 글자는 8자니까 우선 이것을 본래의 알파벳의 e에 해당한다고 가정하고 착수하세. 이 가정을 확실하게 하기 위하여 8이 중복되어 나타나는 것을 조사해 보세. 왜 그러냐 하면 영어에 있어선 e가 빈번히 두 개 계속해서 나오니까——예를 들면 meet, fleet, speed, seen, been, agree와 같은 단어와 같이. 한데 이번에 있어선 암호가 짧은데도 불구하고 그것이 다섯 번 이상이나 중복되고 있단 말일세.

그럼 8을 e로 가정하세. 영어의 모든 단어 중에서 제일 평범한 것은 the야. 그러므로 8로 끝난 똑같은 순서로 배열되어 있는 세 글자가 반복되나 어떤가를 보세. 만일 그런 글자가 반복만 된다면 그야말로 the를 표시한다고 봐도 좋을 테니까. 조사해 보니까 그렇게 배열된 것이 일곱 개 있고 그 자가 ;48 이란 말야. 그래서 ;는 t를, 4는 h를, 8은 e를 표시하고 있고 제일 끝에 있는 e는 확정되었다고 봐도 상관없겠네. 이와 같이 해서 일대 비약의 결과를 얻은 셈일세. 그런데 말야, 하나의 단어가 결정되면 그걸로 해서 벌써 더욱 중요한 점을, 즉 다른 단어의 몇 개의 어두와 어미를 알 수 있네. 예를 들면 ;48의 결합 중에서 끝으로부터 둘쨋번에 있는——암호 끝으로부터 그리 멀지 않은 곳에 있는 것일세——것을 예로 들겠네. 그 부호 바로 다음에 있는 ;는 어떤 단어의 어두라는 것을 알 수 있지 않나. 그리고 그 다음에 계속되는 여섯 부호 중에서 다섯까지는 안 셈일세. 그래 불명한 것은 공간으로 두고 알 수 있는 부호를 알 수 있는 글자로 고쳐 보세.

t eeth

이때 th는 t로 시작되는 단어의 한 부분이 되는 법은 없으니까 그를 집어치워도 상관 없을 것일세. 이 공간에 삽입한 글자로 알파벳 전부를 뒤져 보아도, 이 th가 단어의 한 부분으로 될 만한 단어는 도저히 만들 수가 없단 말일세. 그래 이와 같은 th를 떼어 버리고

     t ee

로 줄일 수가 있네. 다음 필요에 따라 전과 같이 알파벳을 차례차례 삽입해 본 결과 유일하게 가능한 것으로 tree라는 글자에 도달하였네. 이와 같이 (로 표시된 r이라는 또 하나의 글자를 얻어 the tree라는 단어가 연속되는 거야. 이러한 단어의 조금 다음을 보면 ; 48의 결합이 눈에 띄네. 곧 그 전에 있는 단어의 어미에 붙은 단어로 생각하고 사용해 보세. 그러면 이런 배열이 되네.

    the tree; 4(‡?34 the

  또는 거기에 이미 아는 글자를 삽입하면 다음과 같애.

    the tree thr‡?3h the

  자, 다음에는 불명한 글자를 공간으로 두거나 혹은 점을 찍으면 다음과 같애.

    the tree thr···h the

  그러면 through라는 단어가 대번에 떠오르게 되네. 그리고 이 발견은 ‡, ?, 3으로 표시된 o, u, g의 세 글자를 우리에게 가르쳐주는 걸세.

  다음에는 이미 우리들이 알고 있는 글자의 결합을 자세히 보면 암호문 첫머리에서 그리 멀지 않은 곳에 이런 배열이 눈에 띄네.

    83(8 8 즉 egree

  이것은 보나마나 degree라는 단어의 결말이고 †가 d를 표시함을 알 수 있네.

degree부터 네 글자 다음에 이런 결합이 눈에 띄네.

;46(88*

아는 글자를 번역하고 모르는 것은 전과 같이 점으로 둬두면 다음과 같이 되네.

th·rtee

이 배열은 대번에 thirteen이라는 단어를 암시하고 6과 *로 표시된 i와 n의 두 자를 알 수 있네.

이번에는 암호의 제일 첫번을 보면 다음과 같은 결합이 눈에 띄네.

53‡‡†

전과 같이 번역해 보면

. good

을 발견할 수 있고, 이것은 최초의 글자가 a고 최초의 두 단어가 a good임을 확증하네.

혼란을 피하기 위하여 판명된 것만을 표로 정돈해 보면 다음과 같네.

5 는 a 를 표시
† 는 d 〃
8 은 e 〃
3 은 g 〃
4 는 h 〃
6 은 i 〃
* 은 n 을
‡ 〃 o 를
(〃 r 을

```
;  "         t  를
?  "         u  "
```

이와 같이 우리들은 가장 중요한 글자를 열 한 개 발견한 셈인데, 이 이상 더 해석의 방법을 세밀하게 얘기할 필요는 없을 것일세. 이러한 성질의 암호는 문제없이 풀 수 있다는 것을 자네에게 납득시키는 동시에 그 해석법의 논리적 근거를 얼마만큼이라도 자네에게 이해시킬 만큼은 충분히 자네에게 얘기한 셈일세. 그러나 이 암호는 암호문으로서는 극히 간단한 종류에 속한다는 것을 알아두게. 다음에는 해석된 양피지 위의 암호의 전문을 자네에게 알리기만 하면 되겠지. 자, 다음과 같으니 보게."

A good glass in the Bishop's hostel in the devil's seat
forty-one degrees and thirteen minutes northeast and
by north main branch seventh limb east side shoot
from the left eye of the death's-head a bee-line from
the tree through the shot fifty feet out.
주교저택의도깨비의자의좋은안경북동
미북(微北) 41도13분본가지제7가지동쪽
해골의왼눈으로부터쏜나무에서직선으로
착탄점(着彈點)을지50피트바깥나무로부터.

"아직도 이 수수께끼는 알 수 없는걸. '도깨비 의자'라든가 '주교저택' 같은 잠꼬대 같은 말에 무슨 의미가 있단 말인가?"
"그렇지, 얼른 겉으로 봐서는 아직 낙관 못할 것일세. 나는 우선 이 문장을 이 글을 쓴 사람이 생각한 것 같은 자연적인 구분으로 끊어 보았네. ”

“구두점을 달았단 말이지 ? ”

“그 비슷한 거지. ”

“그러나 어떻게 구두점을 알 수 있었단 말인가 ? ”

“구절없이 글을 쓴 것은 작자가 풀기 어렵게 하기 위해서 한 것이라고 나는 생각했네. 그러나 머리가 너무 좋지 못한 작자가 그런 짓을 하다가는 필경 지나치게 하는 법이라네. 글을 쓰는 중 끊어야 하거나 구두점을 찍어야 할 때 오히려 더 붙여 쓰기 쉽다네. 이런 경우에도 이 문장을 보면 보통 이상으로 암호가 한 군데에 뭉쳐 있는 다섯 군데를 간파했네. 이 암시에 따라 나는 다음과 같이 전문을 끊어봤네. ”

　주교저택의 도깨비의자의 좋은 안경——
　41도13분——동북미북——본 가지
　제7 가지 동쪽——해골의 왼눈으로부터 쏜——
　나무에서 직선으로 착탄점을 지나 50피트 바깥 나무로부터.

“그렇게 끊어 놓아도 여전히 모르겠는데 ? ”

“나 역시 캄캄했네, 며칠 동안은. 그 동안 나는 설리반 섬 부근에 〈주교저택〉이라는 집이 있나 하고 열심히 찾아다녔네. 물론 ‘저택 (Hostel)’이라는 케케묵은 어휘는 집어치우고 ‘호텔’이라 불러 보았지. 그래도 도무지 알 수 없어서 수색 범위를 확대해 가지고 더 조직적인 방법으로 진행시켜 보려고 결심했는데, 어느 날 돌연히 이 ‘비숍(주교)’이라는 이름은 이 섬으로부터 4마일쯤 북쪽으로 떨어진 곳에 옛날 옛적부터 내려오는 고성이 있는데, 베숍프라는 이름을 가진 오랜 가문의 집안과 무슨 관계가 있지 않나 하는 생각이 우연히 머리에 떠올랐네. 그래 나는 이 농원으로 가서 나잇살이나 먹은 흑인들에게 여러 가지로 물어 보았네. 겨우 노파하나가 베숍프 성(城)이라는 이름을 들은 적이 있고 안내할 수도 있는데 그것은 성도 아니고 여관도 아니고 한 개의 높은 바위라는 것이었네. 안내만 해주면 후하게 대접하겠노라고 하니까 노파는 잠깐 머뭇거리더니 나를 데리고 가겠다고 하데. 별로 고생할 것도 없이 그곳을 찾았으므로 노파를 보내고 나 혼자서 그곳을 조사해 보았네. '성'이라는 것은 절벽과 바위가 아무렇게나 모여서 된 것이고 그 중 바위 하나는 툭 삐져 높이 서 있는 것과 같이 고립해 있는 인공적 외모 때문에 다른 것보다는 뚜렷하게 보이데. 나는 이 바위 꼭대기에 올라갔는데 그 다음에는 어찌해야 좋을지 할 바를 몰랐네.

이리저리 궁리하던 끝에 내 눈은 마침 서 있던 꼭대기에서 1야드 가량이나 얕았을까, 바위 동쪽 면으로 쑥 튀어나온 좁은 선반 같은 바위로 선뜻 떨어졌네. 이 돌 선반은 약 18인치쯤 튀어나왔고 넓이는 겨우 1피트에 지나지 않았지만, 위가 움푹 들어간 모양은 꼭 우리들의 조상들이 사용하고 있던 잔등이 움푹 들어간 의자와 얼마쯤 닮았었네. 이거야말로 암호에 있는 '도깨비 의자'임에 틀림없으리라고 난 생각했네. 그래서 벌써 나는 수수께끼를 전부 푼 것만 같았네.

'좋은 안경'이라 함은 망원경에 틀림없으리란 것을 나는 알았네. 왜 그러냐 하면 '안경'이라는 것은 뱃사공들 사이에서는 다른 뜻으로는 별로 사용되지는 않을 테니까. 그래서 망원경을 사용할 것과 이것을 사용할 조그마한 변경도 허락지 않는 일정한 관측점을 곧 발견했단 말일세. 나는 또 '41도 13분'이라든가, '북동미북'이라 하는 구절은 망원경의 조준점을 의미하는 거라고 대뜸 확신했네. 이런 모든 것을 알게 되어 용기를 얻었으므로 나는 급히 집에 돌아와 망원경을 들고 또다시 바위로 올라갔네.

　나는 돌선반으로 내려가 보았는데, 일정한 자세를 취하지 않고서는 도저히 앉을 수 없는 것을 알았네. 이 사실은 내 예상을 더욱 굳게 하여 주었네. 그리고 '41도 13분'이라는 것은 수평선의 방향이 '북동미북'이란 말로 똑똑히 표시되어 있으니까 수평선상의 고도를 표시하는 말임에 틀림없을 것일세. 이 수평선의 방향은 회중용 자석으로 곧 알 수 있었네. 그 다음은 대강 추측으로 될 수 있는 대로 41도의 앙각(仰角—높은 곳에 있는 물체를 보는 시선과 수평면이 이루는 각도)을 찾아 망원경을 조심스럽게 올렸다내렸다 했더니 저쪽 하늘 높이 우거진 나무 사이에서 쑥 솟아나온 한 그루의 큰 나뭇가지 사이에 둥근 틈, 즉 공간이 있는 것이 눈에 띄었네. 이 틈 한복판에서 흰 점을 발견했는데, 처음에는 그것이 뭔지 도무지 알 수 없었네. 망원경의 초점을 조절하면서 들여다보았더니 그것이 사람의 해골인 것을 확실히 알았네. 이 발견으로 말미암아 나는 수수께끼가 풀린 것으로 확신하게 되었네. 왜 그러냐 하면 '본 가지 제7 가지 동쪽'이란 문구는 나무 위 해골의 위치를 가리키는 말이고 또 '해골의 왼눈으로부터 쏜다'는 말은 묻힌 보물의 수색에 관한 한 개의 해석을 주는 것일 테니까. 그리고 그 '착탄점, 즉 총알이 떨어진 장소'를 지나 나무 줄기에서 제일 가까운 곳으로부터 줄을 긋고 다시 50피트 거리까지 연장된 일직선이야말로 어느 일정한 지점을 표시하는 것임을 나는 확신했네. 그리고 그 지점 아래에 적어도 보물이 감추어져 있으리라고 생각했네."

"낱낱이 모두 자네 생각은 명쾌한 것뿐일세그려. 자넨 그 '주교저택'을 떠난 다음에는 어떻게 했나?"

"조심해서 나무 생김새를 잘 알아 두고 집으로 돌아왔지. 그런데 말이야, 내가 '도깨비 의자'를 떠나자마자 그 둥근 틈이 없어지는 것이 아니겠나. 몇 번 뒤돌아보았지만, 요만큼도 뵈지 않았네. 이 계획 전체에서 제일 교묘하다고 생각되는 것은 나뭇가지 새의 틈이 바위 전면의 좁은 선반 외에는 어떤 관측점에서도 보이지 않는다는 사실일세. 실상 나는 여러 번 그걸 실험해 보았네만, 매번 그렇더 군그래. 이 '주교저택'에 갔을 때에는 쥬피터도 데리고 갔었네만, 아마 그 녀석은 말야, 여러 주일 동안 내가 멍하고 있었더니 그걸 눈치채고 날 그대로 두면 안 되겠다고 걱정했나봐. 그러나 다음날 아침 새벽같이 일어나서 나 혼자만 살짝 빠져나와 그 나무를 찾으 러 산으로 갔네. 아주 수고를 톡톡히 한 끝에 겨우 그걸 찾기는 했 네만 집에 돌아오니까 쥬피터 녀석이 나를 때리겠다고 야단 아냐. 그 다음의 탐험은 자네도 잘 알 테지."

"이건 내 생각인데 말일세. 맨 첫번에 잘못 판 것은 쥬피터가 그 갑충을 말야, 해골의 왼눈이 아니라 오른눈으로부터 떨어뜨려서 그 런 것이 아니겠나?"

"바로 그래. 그 실수로 말미암아 '착탄점'에, 즉 나무에서 제일 가 까운 말뚝의 위치에 2인치 반의 오차가 생긴 거지. 그리고 만일 보 물이 '착탄점' 바로 아래에 묻혀 있었다면 오차가 있어도 상관없겠 네만, 나무의 제일 가까운 곳과 이 '착탄점'은 직선의 방향을 표시 하는 것이니까 이 오차는 최초에는 크지 않지만 50피트를 연장한 뒤엔 굉장한 것일세. 보물이 어딘가 이 부근에 꼭 묻혀 있으리라는 신념이 나에게 없었더라면 우리들은 헛수고만 했을 것일세."

"해골에 대한 착안점은, 해골 눈으로 총알을 떨어뜨린다는 착안점 은 말일세, 해적의 깃발에서 키드가 암시를 받은 것이라고 난 일종 의 시적(詩的) 조화를 느꼈는걸."

"어떻게 생각하면 그렇게도 생각되겠지. 하지만 그것보다 상식도 적 조화 못지않게 이 사건에 관계가 있다고 생각하지 않을 수 없

네. '도깨비 의자'로부터 그 표적이 보이려면 그것이 만일 적다 하면 말일세, 흰 물건이 아니면 안 될 것일세. 그뿐만 아니라 일기가 어떻게 변하든지 간에 변함없이 흰 빛깔 그대로 있고 더한층 희게 보이는 데 있어선 사람의 해골 이상 가는 것이 없거든."

"그건 그렇구. 자네의 과장된 말씨라든가 갑충을 휘휘 뒤흔들던 꼴은 참 이상하던걸! 난 꼭 자네가 미친 줄만 알았어. 그리고 또 자네는 왜 해골에서 총알이 아니라 갑충을 떨어뜨리겠다고 했나?"

"아냐, 사실을 까놓고 얘기하면 자네가 나를 미쳤나 하고 너무도 의심하길래 화가 나서 좀 내 식으로 사건을 오리무중 슬쩍 한바탕 자넬 좀 골려 주려고 한 걸세. 그래 괜히 갑충을 휘휘 흔들기도 하고, 나무에서 떨어뜨리기도 한 것일세. 나무에서 갑충을 떨어뜨린 힌트는 그것이 무척 무겁다고 한 자네의 말에서 얻은 거야, 이 사람아."

"그랬구만! 알겠네. 그런데 아직 이것 하나만은 알지 못하겠는데. 우리들이 구멍을 팔 때 나온 사람 뼈다귀는 웬일일까?"

"그것은 나도 좀 미심스럽기는 하지만 다만 이렇지 않을까 하는데. 하지만 내가 얘기하는 것 같은 무참한 행위가 사실 있었다고 믿는 것은 무서운 일일세. 키드가——정말로 키드가 이 보물을 감췄다면 말야——그가 이 일에 여러 사람을 썼을 것만은 틀림없네. 하지만 일이 일단 끝나자 그는 이 일에 참가한 사람들을 없애 버리는 것이 상책이라고 생각했겠지. 어쩌면 그의 부하들이 구덩이 속에서 부지런히 일을 하고 있는 것을 곡괭이로 한 두어 번만 내려갈기면 충분했을 테니까. 혹은 한 열 번쯤은 갈겨야 했을까? 그야 알 수 없는 일이지."

⑴ 목련과의 낙엽고목. 북미가 원산.

*1 스와머담은 네덜란드의 곤충학자.

*2 키드는 17세기 후반에 있었던 유명한 해적. 부하 선원을 죽인
　죄로 1701년 영국 런던에서 처형당함. 이 키드란 이름이 영어
　의 염소새끼란 단어와 발음이 같음.

*3 골콘다는 다이아몬드 산출로 유명한 인도 지명.

도둑맞은 편지

너무 명민한 지혜만큼 밉상스러운 것도 없다.

세네카

　18××년 파리, 바람 부는 어느 가을날의 어둠이 막 깔리고 난 뒤, 나는 교외 생 제르맹의 뒤노 거리 33호의 3층에 있는 친구 C 오귀스트 뒤팽의 조그마한 서재에서 그와 함께 명상과 해포석 파이프의 이중 사치를 누리고 있었다. 적어도 우리들은 한 시간이나 깊은 침묵 속에 잠겨 있었다. 두 사람 다 밖에서 얼른 보면 방 안의 공기를 무겁게 짓누르는 담배 연기의 소용돌이에 완전히 정신이 팔려 있는 것처럼 보였을 것이다. 그러나 나는 조금 전, 아직 해가 남아 있을 때에 우리들 사이에서 화젯거리가 되어 있던 어떤 문제를 마음속에서 그리고 있었던 것이다. 그것은 모르그 거리 사건과 마리 로제 살해 사건의 이면에 얽힌 비밀이었다. 그러므로 방문이 활짝 열리고 우리들이 잘 아는 파리 경시총감 G씨가 들어왔을 때 무슨 우연의 일치가 아닌가 하는 생각이 들었다.

우리들은 반갑게 그를 맞아들였다. 외모에 야비한 점도 있지만 또 그만큼 유쾌한 점도 있는 사람인데다가, 우리들은 그를 수년간 못만 났기 때문이었다. 그때까지 컴컴한 방에 그냥 앉아 있었으므로 뒤팽은 램프에 불을 켜려고 일어섰는데, G가 대단히 성가신 용무에 대하여 상담하러, 아니 그보다도 내 친구의 의견을 들으러 왔다고 하는 말을 듣자 그만 불을 켜지 않고 다시 앉아 버렸다.

"숙고해야 할 문제라면 어둠 속에서 생각하는 것이 더 나을테니까."

뒤팽은 심지에 불을 당기려던 것을 그만두고 이렇게 말했다.

"또 당신의 그 묘한 버릇이 나왔구먼요"

총감이 응했다. 총감은 무엇이든 자기가 이해할 수 없는 것은 모두 "묘한데!"라고 해버리는 버릇이 있었으므로, 결국 "묘한데!" 투성이 속에서 살아온 사내였다.

"그렇구말구요."

뒤팽은 그에게 담배를 권하고 안락의자를 그쪽으로 밀며 대답했다.

"그런데 그 성가시다는 사건은 대체 어떤 사건입니까?" 하고 내가 물었다. "또 살인 사건은 아니겠죠?"

"아뇨, 이번엔 좀 다릅니다. 사실 극히 간단한 사건이므로 우리들 만으로도 충분히 처리될 것이라고 확신합니다만, 사건이 너무도 묘하니까 뒤팽 군도 그 사건의 전말을 듣고 싶어할 것 같아서요."

"간단하고도 묘하다?"

뒤팽이 하는 말이었다.

"그렇습니다. 그러나 반드시 그렇다고만도 할 수 없죠. 사실 사건이 너무도 간단해서 손댈 길이 없단 말이죠. 그래서 아주 성가시단 말입니다."

"그러면 사건이 간단하기 때문에 도리어 당신들이 실수를 했군요."

"무슨 소릴!"

총감은 껄껄대며 자못 유쾌하다는 듯이 이렇게 대답했다.

"아마도 지나치게 단순한 수수께끼겠죠?"

"이것 봐라! 그런 설명 양식도 있나?"

"좀 지나치게 자명하단 말이죠."

"하하하! 뒤팡 군한테는 여전히 못당하겠단 말이야."

총감은 아주 재미나다는 듯이 웃음을 터뜨렸다.

"그런데 그 사건이라는 것은 대체 어떤 겁니까?"

이번엔 내가 물었다.

"그러면 얘기하죠."

의자 깊숙이 고쳐 앉은 다음 총감은 담배를 진지하고 심각하게 한 모금 길게 들이마시면서 대답했다.

"간단히 얘기하겠습니다. 그 전에 부탁해 둘 것은 이 사건을 절대 비밀로 해달라는 겁니다. 만일 내가 누구에게든지 얘기했다는 것이 알려지기만 하면 아마 나는 현직을 떠나야 될 것이오."

"얘기해 보시지요."

"혹은 그만두거나."

이건 뒤팡이 하는 말이었다.

"그러면 시작하겠습니다. 어느 고위층 부서로부터 궁중(宮中)에서 대단히 중히 여기는 서류가 없어졌다는 정보를 비밀리에 들었습니다. 그런데 그것을 훔친 사람을 알고 있습니다. 이것은 별로 의심할 여지도 없습니다. 훔치는 현장을 보았으니까요. 그리고 말이죠, 그것이 아직까지 그의 손 안에 있다는 것도 알고 있습니다."

"어떻게 그것을 아십니까?"

뒤팡이 물었다.

"그 서류의 성질이나 또는 그것이 그녀석의 손으로부터 다른 사람의 손으로 넘어가면, 다시 말하면 결국 그가 이용하려고 계획하고 있는 대로 사용한다면 곧 발생해야 할 결과가 아직 나타나지 않고 있다는 것으로 미루어 보아 확실히 그렇다고 추측할 수밖에 없습니다."

"무슨 말씀인지 좀 알기 어렵군요, 좀 자세히……?"

내가 또 말참견을 했다.

"그럼 좀 더 얘길 해버리겠는데, 그 서류는 그걸 가지고 있는 자에게 어떤 방면에서 그런 권력이 매우 위력을 발휘하는 어떤 부서에 대해 어떤 권력을 준답니다."

총감은 외교적 말투를 쓰기 좋아했다.

"아직 무슨 말인지 모르겠군요!"

뒤팽의 말이었다.

"아직 모르겠다고? 자 그럼, 이름은 못 대겠지만 제삼자에게 그 편지가 폭로되면 어떤 높은 분의 명예에 치명상이 됩니다. 이러한 사실 때문에 그의 명예와 평온이 그렇게 위기에 빠진 그 저명 인사에 대해 그 서류의 소지자가 권세를 부리게 된다는 말입니다."

"그러나 그 권세를 부린다는 것은, 편지를 잃어버린 사람이 훔친 녀석을 알고 있다는 것을, 그 녀석이 또한 알고 있어야 되지 않겠습니까? 그렇지 않고서야 누가 감히……"

내가 또 한몫 끼었다.

"그 도둑은" 총감이 말을 이었다. "신사다운 일이고 아니고 간에 아무거나 서슴지 않고 행하는 D장관이랍니다. 그 훔친 방법은 대담도 하고 교묘하기도 하였지요. 문제의 서류는——까놓고 얘기하면 한 장의 편진데——도난당한 분이 궁중의 내실(內室)에서 혼자 있을 때 받았습니다. 그래 그것을 읽고 있는 중에 다른 고위층 분이 마침 그때 들어 왔습니다. 그런데 특히 그분한테는 숨기고 싶은 편지라

허겁지겁 책상 서랍에 넣으려 하였지만, 뜻대로 되지 않아 편 채 그대로 책상 위에다 놓지 않을 수 없었습니다. 그러나 겉봉이 위로 나오고 알맹이는 가려져서 편지는 발각되지 않았는데 바로 그때 D장관이 들어왔습니다. 그의 괭이 같은 눈은 재빨리 그 편지에 떨어져 주소의 필적을 알아보고 수신인의 얼굴에 떠돈 놀란 빛으로부터 거기 무슨 비밀이 있는 것을 대뜸 알아챈 것입니다. 언제나 다름없이 재빨리 사무를 처리한 다음, 그는 문제의 편지와 다소 비슷한 편지를 꺼내 펴들고 읽는 척하다가 그 편지의 옆에 바싹 대놓고 또다시 한 15분 가량 공무상에 관한 얘기를 하다가 나갈 때에는 슬쩍 자기에게 아무 권리도 없는 그 편지를 들고 나가 버렸습니다. 물론 편지의 정당한 주인인 그분은 그것을 보았지만, 그 앞에 다른 분이 있었으므로 장관의 행위를 책할 수가 없었습니다. 장관은 아무 소용도 없는 자기의 편지를 책상 위에 놓은 채 나가 버린 것입니다."

"자, 이젠 여보게, 자네가 말한 권세를 부리기에 필요한 여러 조건이 모두 나왔네그려. 도난당한 분이 훔친 녀석을 알고 있다는 것을 그 훔친 당사자가 또한 알고 있으니까."

뒤팽이 나에게 하는 소리였다.

"그렇죠. 이와 같이 얻어진 권세는 수개월 동안 대단히 위험할 정도로 정치상의 목적에 사용되고 있었습니다. 도난당한 분은 어떻게 해서든지 그 편질 찾아야 되겠다는 필요를 절실히 느끼고 있었지만 물론 공공연하게 할 순 없고 해서 결국 실망한 끝에 나에게 일체를 맡겼습니다."

"당신보다 총명한 탐정은 바랄 수도 상상할 수도 없었겠지요."

뒤팽은 담배 연기의 소용돌이 속에 파묻혀 말했다.

"비행기 태우지 마쇼. 하긴 아마 그랬는지도 모르지."

"총감 말씀과 같이 편지가 장관 손 안에 아직까지 있는 것은 확실

합니다. 편지를 무엇에 사용해 버리는 것보다는 다만 가만히 가지고
있는 것이 유리할 테니까요. 편지를 무엇에 써버리면, 그만 권세는
없어질 것이 아닙니까?" 하고 내가 말했다.

"맞습니다." G가 동의했다. "그리고 이 신념 밑에서 나는 일을 해
나갔습니다. 내 제일 먼저의 관심사는 장관의 저택을 철저히 수색하
는 것이었습니다. 그러나 나에게 제일 두통거리가 된 것은 장관에게
들키지 않고 수색하는 것이었습니다. 특히 우리들의 계획이 그의 의
심을 사게 된다면 위험이 생길 테니까 조심하라고 경고를 받았습니
다."

"그러나 그런 수색쯤이야 총감에겐 누워서 떡 먹기겠죠. 파리 경찰
은 이러한 일에 있어선 여러 번 경험이 있지 않습니까?"
내가 말했다.

"네, 그야 그렇죠. 그래서 나는 실망하지 않았습니다. 더군다나 장
관의 습관이 이런 일을 하기엔 더욱 편리했습니다. 왜 그런고 하니
장관은 밤새도록 집을 비워 두더군요. 그리고 하인들의 수도 얼마
안되고 그들은 주인 방에서 멀리 떨어진 방에서 자고 있었고 대부
분이 나폴리 사람들이었으므로 웬만큼만 술을 먹여 놓으면 그만 곯
아떨어지더구먼요. 아시다시피 나는 온 파리의 어떠한 방이든지,
어떤 서랍이든지 열 수 있는 열쇠를 가지고 있습니다. 그리고 3개
월 동안 내가 직접 D장관의 집 안을 수색하지 않은 날이라곤 하룻
밤도 없었습니다. 내 명예에 관계되는 일이고, 이것은 좀 큰 비밀
이지만 보수도 막대합니다. 그러나 훔친 녀석이 나보다도 훨씬 지
능적인 것을 알고 나는 그만 수색을 단념했습니다. 편지가 숨겨 있
는 듯한 곳은 낱낱이 빼놓지 않고 조사했다고 생각합니다만."

"그러나 이럴 수도 있겠지요?" 하고 내가 제의했다. "물론 그 편
지가 장관 손 안에 아직까지 있다 하더라도 집 밖에 감춰 뒀는지도

알 수 없지 않습니까？"

"그건 거의 불가능할걸." 뒤팡의 말이었다.

"궁중의 현재의 특수한 사태, 특히 D장관이 관련되어 있다고 하는 그러한 음모의 사태로 미루어 보아 편지를 곧 이용할 수 있는 점이 ──대번에 꺼낼 수 있도록 준비해 두는 것이──편지를 가지고 있는 것 못지않게 중요하단 말일세."

"대번에 꺼낼 수 있도록 준비해 두고 있다는 것은？"

내가 물었다.

"말하자면 찢어 버리기 쉽게란 말이지."

"옳지, 그렇다면 편지는 확실히 집 안에 있겠구먼요. 장관이 항상 몸에 지니고 다닌다는 것은 의심할 여지가 없겠습니다그려."

"네, 그렇습니다. 도적인 척하고 두 번이나 그를 지키고 있다가 내 눈 앞에서 엄중히 몸을 조사해 보았습니다."

총감의 말이었다.

"그런 성가신 일은 안 해도 좋았을 걸 가지고！" 하며 뒤팡이 대꾸했다. "D도 그러한 바보는 아닐 것이니 그러한 것쯤이야 으레 각오하고 있었겠죠."

"아주 바보는 아니죠. 그러나 D장관은 시인(詩人)입니다. 시인을 나는 바보의 이웃사촌으로 생각하고 있지요."

총감의 대답이었다.

"동감입니다. 나도 서툰 시 나부랑이를 지어 본 적이 있기는 하지만요."

뒤팡은 해포석 파이프를 심각하게 한 모금 들이빨며 말했다.

"수색의 전말을 좀 자세히 말씀해 주실 순 없을까요？"

내가 총감에게 말했다.

"네, 사실은 이렇습니다. 나는 이런 일에는 오랜 경험을 가지고 있

기 때문에 시간을 들여 샅샅이 찾아보았습니다. 방 하나 조사하는
데 이레 밤이나 걸려 방 하나하나를 차례로 집 안을 전부 조사해
보았습니다. 우선 방마다 가구를 조사하고 서랍 같은 것은 모두 열
어 보았습니다. 아시다시피 잘 훈련된 형사에겐 비밀 서랍 같은 것
은 있을 수 없으니까요. 이런 종류의 수색에 있어서 우리들의 눈을
속일 수 있는 비밀서랍이 있다고 생각하는 작자가 있다면 그야말로
얼뜨기죠. 사실은 매우 명백한 겁니다. 어떤 캐비닛이든 거기 상당
한 용적의——공간의——넓이가 있습니다. 그러나 우리들은 세밀
한 자를 가지고 있으므로 한 라인*¹의 50분의 1이라 할지라도 우리
들의 눈을 속일 순 없죠. 캐비닛 다음엔 의자를 조사해 봤습니다.
그리고 방석 같은 것은 아시는 바와 같이 우리들이 사용하는 그 가
늘고 긴 바늘로 찔러 보았습니다. 책상은 위 널빤지까지 뜯어 보았
는 걸요."

"그건 왜요?"

"가끔 책상과 또는 그와 같은 구조의 가구 뚜껑을 뜯고 그런 곳에
뭣을 감추는 예가 얼마든지 있으니까요. 또는 다리에 구멍을 뚫고
그 속에 물건을 넣은 다음 감쪽같이 뚜껑을 덮는 예가 있습니다.
침대 다리의 끝과 위쪽도 이런 목적에 사용됩니다."

"그러나 구멍 같은 거야 두들겨 보면 알지 않겠습니까?"

내가 물었다.

"천만에요. 물건을 넣은 다음 그 가장자리에다 솜을 잔뜩 틀어박으
면 그만이 아닙니까? 그뿐만 아니라 우리들은 약간이라도 소리를
내면 안 되었으니까요."

"그러나 이제 말씀하신 그러한 방법으로 감췄을 듯한 가구를 하나
도 빼놓지 않고 낱낱이 뜯거나 조각조각으로 분해할 수야 없겠지
요. 편지 한 장쯤이야 얼마나 되겠어요. 똘똘 말면 큰 뜸질 바늘만

한 모양밖엔 더 되겠어요. 그렇다면 그까짓 거야 의자 다리 같은 새에라도 틀어넣을 수 있지 않습니까? 그렇다고 해서 의자라는 의자를 전부 뜯어 보지는 않으셨겠지요?"

"그야 그렇죠. 그러나 더 교묘한 방법으로 조사했습니다. 집 안의 모든 의자와 모든 가구 틈을 대단히 도수 높은 확대경으로 조사했습니다. 그러므로 최근 뜯어 본 듯한 흔적만 있으면 곧 눈에 띄지 않을 리가 있겠어요. 가령 톱밥 한 개라도 사과만하게 똑똑히 보이니까요. 아교 붙인 곳이 좀 떨어져 있다든가, 틈이 좀 이상하게 뒤틀려 있기만 하면 대번에 혐의의 눈이 갈 것이 아닙니까?"

"물론 경대도 보셨겠지요? 판자와 유리 사이두요? 그리고 커튼과 융단은 물론이고, 침대와 침구도 조사해 보셨겠죠?"

"그야 물론이죠. 이와 같이 가구를 모두 철저히 조사한 다음 집 자체의 조사로 순서를 옮겼습니다. 집의 전 면적을 여러 조각으로 나누어서 잊어버리지 않도록 번호를 단 다음 바로 옆에 붙은 두 채의 집도 포함해서 전 집 안을 전과 같이 1평방 인치씩 확대경으로 조사해 보았습니다."

"옆에 붙은 두 채의 집까지요! 참 거 대단한 수고를 하였군요."

"네, 그랬죠. 하지만 보수가 막대하니까요."

"집 주위의 마당도 보셨겠죠?"

"마당은 전부 벽돌이 깔려 있습니다. 그래서 별로 수고는 되지 않았죠. 벽돌 사이의 이끼를 조사해 보았는데, 별로 수상한 곳이 없었습니다."

"물론 D장관의 서류와 서재의 서적도 조사해 보셨겠죠?"

"물론이죠. 모든 포장과 소포도 열어 보았고 책도 보통 경관들이 하듯이 다만 흔들어 보는 것으로만 만족하지 않고 매 권마다 일일이 페이지를 열어 보았습니다. 책 표지도 낱낱이 그 부피를 가장

정확하게 재 보고 일일이 확대경으로 철저히 조사했습니다. 최근
제본한 듯한 점이 있었다면 그것이 눈에 거슬리지 않았을 리가 있
겠습니까? 서점으로부터 최근 도착한 여러 권의 책은 위로부터 바
늘을 넣어서 세밀히 찔러 보았습니다."

"융단 아래 마룻바닥도 조사하셨습니까?"

"물론이죠. 융단을 전부 뜯고 확대경으로 마루 판자 새를 조사했습
니다."

"벽지는요?"

"네, 조사하구말구요."

"지하실도 조사하셨습니까?"

"했습니다."

"그렇다면 무슨 오산이 있군요. 그 편진 당신이 상상하듯이 집 안
엔 없습니다."

"아마 그런가 봅니다." 총감도 맞장구를 쳤다. "그런데 여보게, 뒤
팡 군. 어떡하면 좋겠소, 의견이 없겠소?"

"다시 한번 철저히 집 안을 조사해 보는 것 외에는요."

"전혀 소용 없는 일이죠. 집 안에 그 편지가 없는 건 뻔한 일입니
다."

"하지만 나에겐 그 이상 더 좋은 의견은 없는데요"

뒤팡이 대답했다.

"물론 당신은 편지의 모양이야 잘 아시고 있겠죠?"

"아, 그럼요!" 이렇게 말하며 총감은 수첩을 꺼내, 잃어버린 편지
의 내용이며 특히 외형에 관해선 더욱 자세히 큰 소리로 설명하기 시
작했다. 다 읽고 나서 곧 그는 가버렸다. 그때처럼 낙심한 그의 얼굴
을 나는 전에 본 적이 없었다.

그 뒤 한 달쯤 뒤에 그가 또 우리를 찾아왔는데, 우리들은 전에 그

가 왔을 때와 다름없이 이때에도 담배 연기 속에서 생각에 잠겨 있었다. 그는 파이프를 들고 의자에 앉아 이 얘기 저 얘기를 하기 시작했다. 마침내 내가 이렇게 물었다.

"그런데 G씨, 그 도난당한 편진 그 뒤 어찌 되었습니까? 그만 장관을 이길 수 없어 체념해 버렸습니까?"

"그 작자요? 에잇! 지긋지긋한 녀석 같으니. 그러나 정말 뒤팡 군의 말대로 재조사해 보았습니다만, 내가 예기한 바와 같이 헛수고였습니다."

"제공된 보수는 얼마라고 하셨죠?"

뒤팡이 물었다.

"그야 막대하죠. 두툼한 보수입니다. 얼마라고는 확실히 말 못하겠지만, 그 편질 누구든지 나에게 주는 사람이 있다면 5만 프랑의 내 개인 수표를 서슴지 않고 내놓겠다는 것만은 이 자리에서 분명히 얘기해 두겠습니다. 그 편지의 중요성은 날이 갈수록 더해지고 최근에 와서는 보수가 두 배로 뛰었습니다. 그러나 세 배가 된다 하더라도 난 이 이상 어쩔 수 없습니다."

"하지만 G씨, 난 당신이 이 사건에 최선을 다했다곤 생각지 않는데요, 좀 더 노력할 수 있지 않았을까요?"

뒤팡이 해포석 파이프를 빨면서 느린 어조로 말했다.

"어떻게? 어떤 방법으로 말이오?"

"글쎄요, (뻑뻑 담배를 빨며) 당신은 이 사건에서 다른 사람의 충골 좀 들었으면 좋았을 겁니다. 애버니디*[2]의 얘길 아십니까?"

"모릅니다. 애버니디고 도깨비고 다 모릅니다."

"도깨비고 뭐고 그야 당신 맘대로죠. 하지만 한번은 어느 구두쇠 부자가 찾아와서 이 애버니디에게 의학상의 의견을 그저 슬그머니 물어 볼 작정으로 우선 둘이서만 마주 앉게 되었을 때, 일상적인 얘기를 주고받다가 가령 이러한 환자가 있다면 어떤 요법을 쓰면 될까요 하는 식으로 자기 병세를 이 의사에게 물어보았습니다. 이 사람의 병세는 이러이러한 것으로 생각하는데, 선생님 같으시면 무슨 약을 쓰라고 하시겠습니까? 하고 그 구두쇠가 물었습니다. '무엇을 쓰냐구요, 그야 물론 의사의 충고를 써야지요' 하고 애버니디가 대답했답니다."

"그러나 나는 서슴지 않고 다른 사람의 의견도 듣고 보답도 하겠습니다. 이 사건에서 원조해 주는 사람에게는 누구에게나 정말 5만 프랑을 제공하겠습니다."

이와 같이 총감은 약간 불안한 낯으로 말했다.

"그렇다면……,"

뒤팡은 서랍을 열고 수표책을 꺼내 놓으며 대답했다.

"이제 말씀하신 금액의 수표를 써 주십쇼, 수표에 사인만 하면 당장에 편지를 드리겠습니다."

나는 깜짝 놀랐다. 총감은 마치 벼락 맞은 사람처럼 잠시 말도 못하고 꼼짝도 못하며, 믿을 수 없다는 듯 입을 헤벌린 채 튀어나올 듯한 눈으로 뒤팡을 쳐다보고 있더니, 약간 정신이 드는지 펜을 들고 몇 번이나 머뭇머뭇하다가 수표를 멍청히 쳐다보더니, 5만 프랑을 수표에다 기입하고 사인한 다음 책상 이쪽에 있는 뒤팡에게로 돌려 보냈다. 뒤팡은 그것을 세밀히 조사한 다음 지갑에 집어 넣더니 사무용 책상 열쇠를 열고 편지를 꺼내 총감에게 주었다. 총감은 아주 기쁜 듯이 그것을 꼭 움켜쥔 다음 떨리는 손으로 펴 들곤 급히 그 내용을 읽더니 비틀거리며 문으로 달려가서 인사 한마디도 없이 방으로부터, 그리고 집으로부터 나가 버렸다. 뒤팡이 수표를 써 달라고 말한 때부터 그는 줄곧 말이라고는 한마디도 못했던 것이다.

총감이 가버리자 뒤팡은 나에게 다음과 같이 설명을 시작했다.

"파리의 경찰은 그 방면에 있어선 아주 유능하단 말일세. 인내심도 있고, 교묘하게 교활하고, 직무상 필요한 지식은 무엇이든 가지고 있다네. 그래서 말이지 G가 D장관의 집 안을 조사한 수색방법을 얘기했을 때 그가 노력한 범위 내에선 충분한 조살 했으려니 하고 전적으로 난 그 말을 신용했네."

"그가 노력한 범위 내에서란 말이지?"

"응, 그래. 사용한 방법은 그런 방면에선 최상의 것일 뿐아니라 절대 안전하게 실행되었을 테니 편지가 그들의 수색범위 내에 감춰만 있었다면 반드시 눈에 띄었을 것일세."

나는 웃음을 터뜨렸으나 뒤팡은 꽤 진지하게 이야기를 계속했다.

"하기야 채택된 방법도 훌륭했고 실행도 빈틈없었단 말일세. 하지만 옥에 티는 그 방법이 경우와 상대자에게 적합하지 않았다는 점일세. 총감이 자랑하는 대단히 교묘한 수단이라는 게 실상은 프로크루스테스*3의 침대와 같은 것으로 그는 그 침대에 자기의 계획을 억지로 두들겨 맞추는 것일세. 그러나 그는 당면한 사건에 대하여 지나치게 얕게 생각하거나 혹은 지나치게 깊게 생각하여 항상 실패만 한단 말일세. 이런 점에 있어선 초등학교 아동이 그보다도 훨씬 더 영리하단 말야. 나는 한 여덟 살 가량 된 어떤 애를 잘 알고 있는데 그애는 '짝수냐? 홀수냐?' 하는 놀이에서 너무도 잘 알아맞혀서 여러 사람의 칭찬을 받데그려. 그 놀이는 돌로 하는 간단한 것일세. 한 애가 여러 개의 돌을 쥐고 '짝수냐? 홀수냐?' 하고 묻는단 말야. 잘 맞히면 맞힌 애가 따게 되고 틀리면 물은 애가 반대로 따게 되는 거라네. 이제 내가 얘기한 애는 학교 애들의 돌을 전부 딴 거야. 물론 그애에게는 맞히는 데 원칙이 있었다네. 그것은 다른 애들의 꾀를 관찰하여 다만 잘 추측한 것에 지나지 않네. 가령 다른 애가 아주 바보라 치세. 그애가 손을 들며 '짝수냐, 홀수냐' 한단 말야. 이애는 '홀수다' 하고 그만 지게 된단 말일세. 그러나 다음에는 이긴단 말야. 왜 그러냐 하면 이 애는 '이 바보가 첫번에는 짝수로 이겼으니까 이 바보의 머리 정도로선 둘쨋번에는 기껏해야 홀수를 줄 거다. 그러니 이번에는 홀수를 불러 보아야지.' 이렇게 생각하고 '홀수!' 하고 불러 이긴단 말일세. 상대가 이보다는 좀 나은 바보라면 이애는 이런 식으로 추리한단 말이지. '이녀석은 내가 먼저 홀수라고 했으니까 둘쨋번에는 전의 바보처럼 곧 짝수를 홀수로 바꿔 볼까 하고 생각하지만, 다시 곧 생각을 고쳐 그래서야 너무도 간단한 변화일 것만 같아 결국 전과 같이 짝수로 나갈 것이다.' 그래 '짝수다' 하고 불러 결국 이긴단 말일세. 자, 이애의 이러한 추리법을 다른 애들은 '요행수'로 단정해 버리는데, 정말 그게 요행일까? 아니면 무엇이겠나? 이것이 애들 사이에서 '재수가 좋다'고 하는 말을 듣는 그애의 추리법인데, 자, 최후까지 이 논법을 분석하면 어떻게 되겠나?"

"그야 추리자의 지력과 상대자의 지력의 일치에 불과한 거 아니겠나."

"바로 그걸세. 그래 내가 '너는 어떻게 해서 그렇게 잘도 알아맞춰 이길 수 있었느냐'고 그애에게 물어 보았더니, 이렇게 대답을 하더군. '누구든지 그애가 얼마나 영리할까 또는 바보일까, 선량할까, 불량할까 혹은 또 그 순간 그애가 무슨 생각을 하고 있을까, 그것이 알고 싶을 때에는 내 얼굴 표정을 그애의 표정에 될 수 있는 대로 정확하게 맞춥니다. 그다음 그 표정에 따라오는 것처럼 나의 맘에 어떤 생각 또는 감정이 떠오르나 하고 기다립니다.' 이 초등 학생의 대답에는 로슈푸꼬[4], 라 브뤼에르[5], 마키아벨리[6], 캄파넬라[7] 등의 노력의 결과인 모든 허위의 심각성보다도 더 깊은 것이 있는 것일세."

"그리고 결국 자네의 말은, 추리자의 지력과 상대자의 지력의 일치는 이쪽이 상대방의 지력을 확실히 추측하고 있느냐 없느냐에 달려 있다는 것이군."

"그 실제적 가치는 거기에 달려 있는 거지. 총감과 그 부하들이 여러 번 실패한 것은 우선 이 일치가 없었던 것과, 다음 원인은 상대방의 지력을 오산한 것, 아니, 오히려 계산하지 않은 것에 있는 것일세. 그들은 다만 자기네들의 재주만 믿고 감춘 물건을 찾는 데 있어선 자기네들이 감출 듯한 방법에만 썼다네. 그들의 재주는 이런 정도에선 즉 일반 민중의 재주의 충실한 대표라는 의미에선 옳단 말일세. 하지만 특수한 악한의 노련하고 교활한 성격이 그들의 재주와 다를 때에는 말할 것도 없이 그들은 악한에게 넘어간단 말일세. 상대방의 지력이 그들의 지력 이상인 경우에는 언제든지 반드시 넘어가고 또 이하일 때에도 그렇단 말일세. 그들은 수색의 원칙에 있어 임기응변이 없단 말일세. 어떤 비상 사태에 부닥쳤을 때——막대한 보수라도 있으면——그 원칙을 좀 바꿔 보려고도 하지 않고 고작 한다는 짓이 그들의 상투 수단을 확대하거나, 확장하려는 정도의 것일세. 예를 들면 D의 경우에도 행동의 원칙에 무슨 변화가 있었단 말인가. 구멍을 파보거나, 송곳으로 쑤셔보거나, 두들겨보거나, 확대경으로 자세히 조사하여 보거나, 집 안을 각 평방 인치로 나누어서 번호를 기입한 것이 그게 다 무엇이란 말인가. 그 따위 것은 모두 총감이 오랜 재직중에 습득한 보통 인간의 지력에 대한 생각을 토대로 한 수색 방법중 한 개 또는 몇 개 원칙의 응용을 과장한 것이 아니고 무엇이겠나. 그는 사람마다 누구든지 반드시 의자 다리에 구멍을 파고 그곳에 편지를 감추지는 않는다 하더라도 적어도 그런 방법으로부터 암시되는, 사람의 눈에 띄지 않는 구멍이나 틈에 당연히 편지를 감출 것이라고 생각한 것이 아니겠나? 자네는 어떤가? 그러나 이러한 성가신 구석에다 감춘다는 것은 다만 보통 경우에만 또는 보통 지력을 가진 사람들이 흔히 하는 짓일세. 물건을 감출 때 이러한 성가신 방법으로 감춰진 물건은 대번에 추측되기 쉽고 실상 실제로 추측되는 것이라네. 그러므로 그것을 발견해 내는 것도 수색자의 예민함에 있는 게 아니라, 오로지 주의와 열성과 결심에 있는 것일세. 그리고 사건이 중한 것이라 할지라도——혹은 경찰의 눈에 있어선 동일한 것이지만, 보수가 굉장할 때——이제 내가 말한 수색의 특징은 조금도 변함없이 그대로 있는 것일세. 그러므로 도난당한 편지가 총감의 수색 범위 내의 어떤 곳에 있기만 하면——다른 말로 하면, 그의 은닉의 원칙이 총감의 수색 원칙에 포함되어 있었다면——그의 발견은 의심할 여지도 없었을 것이지만, 그러나 총감은 거두절미 넘어가 버렸단 말일세. 그의 실패의 원인은 장관이 시인으로서 평판이 있었기 때문에 그를 바보라고 가정해 버린 것에 있는 것일세. '모든 시인은 바보다'라고 총감은 생각하고 있는 거야. 이 전제로부터 추론을 내려 그는 판단이 개념을 끌어내지 못하는 오류를 범한 것일세."

"그러나 사실 장관이 시인일까? 형제가 둘 있어 둘 다 학문 방면에 이름을 날리고 있다는 것은 알지만. 장관은 미분학에 대한 뛰어난 저술이 있다고 생각하는데. 그는 수학자지 시인은 아닐 걸세."

"아냐, 그건 자네 오핼세. 난 장관을 잘 알고 있는데, 그는 양쪽 다야. 시인 겸 수학자란 말일세. 시인 겸 수학자로서 잘 추리하지. 다만 수학자뿐이라면 추리가 다 뭔가. 총감의 굴레에 빠졌을 걸세."

"여보게, 그렇다면 세상의 일반 의견과 모순 아닌가. 자네는 수세기 동안 내려오는 정설을 무시하는 건 아니겠지. 수학적 추리법은 오랫동안 최상의 추리법으로 인정되어 오지 않았나."

"'단언할 수 있는 것은'" 뒤팡은 샹포르*8의 말을 인용하여 대답했다. "'모든 세속적 관념 또는 모든 세속적 관례는 대다수가 대중의 의견에 적응되는 것이므로 어리석은 일일세.' 수학자는 자네가 이제 말한 그 통속적인 오류를 보급시키는 데 전력을 다해온 셈일세. 그것이 진리로 보급되어 왔다고 해도 오류는 역시 오류거든. 예를 들면 그들은 이런 것에 쓰기에는 좀 어울리지 않는 기술을 가지고 '분석'이란 말을 대수학에 교묘하게 적응시키고 있거든. 이 특수한 기만은 프랑스 인이 장본인일세. 하지만 만일 용어에 어떠한 중요성이 있다면——용어가 그 적응성으로부터 가치를 유도한다면——라틴어의 Ambitus*9가 거기서 나온 영어의 Ambition(야심)을, religio*10가 영어의 religion(종교), 또는 homines honesti*11가 영어의 honorable men(존경할 만한 훌륭한 사람들)을 의미하지 않는 것처럼 '분석'은 '대수학'을 의미하는 것은 아닐세."

"자넨 파리의 대수학자에게 선전 포고를 하는 것인가? 이 사람아, 좌우간 어서 얘기나 계속하게."

"나는 추상적 논리 이외의 특수한 형식에서 발달한 추리의 효력 또는 가치에 항의하는 것일세. 수학적 연구에서 유도된 이론에 대해서 특히 나는 반대하네. 수학은 형식과 수량의 과학이고, 수학적 추리는 형식과 수량에 관한 관찰에 적용된 논리에 지나지 않는 것일세. 소위 순수 대수학이라는 것의 진리가 추상적 혹은 보편적인 진리라고 가정한 것이 큰 오류일세. 그리고 이 오류가 놀랄 만큼 일반적으로 통용되고 있다는 것에 대해선 정말 대단하게 생각지 않을 수 없네. 수학의 공리는 보편적 진리의 공리는 아닐세. 관계에 대하여——형식과 수량에 대하여——진리인 것이 예를 들면 윤리학에 있어선 큰 오류로 되는 경우가 많거든. 윤리학에 있어선 부분의 총화는 전체와 같다는 것은 대개 진리는 아닐세. 화학에 있어서도 공리는 소용이 없네. 동기를 고려할 때 그렇지. 왜 그러냐 하면 저마다 일정한 가치를 가진 두 개의 동기는 그것을 합치더라도 반드시 개개의 가치의 합과 같은 가치를 가진 것이라고는 할 수 없으니까 말일세. 관계의 범위 내에서만 진리인 수학적 진리는 이외에도 얼마든지 있네. 그러나 수학자는 습관상 그들의 유한적 진리가 절대적으로 보편적 적응성을 가지고 있는 것처럼 주장하고, 세상 사람들도 그와 같이 생각하고 있는 것일세. 브라이언트*[12]가 그의 해박한 《신화학》에서 '이교도의 우화를 믿지 않으면서도 우리들은 으레 자기 자신을 잊어버리고 그것을 실화와 같이 인정하고 그런 우화로부터 추론한다'라고 한 말은 똑같은 오류의 근원을 지적한 말일세. 하지만 그는 자신이 이교적인 대수학자들의 경우는 이도교의 우화를 믿고 있으며, 그들의 추론은 기억 상실에서라기보다 뭐라고 설명할 수 없는 두뇌의 혼란에서 나오고 있는 걸세. 요컨대 나는 등근(等根) 이외의 것으로 신용할 수 있는 수학자, 혹은 x^2+px가 절대 무조건으로 q와 같다는 것을 슬그머니 자기의 신조로 삼지 않는 수학자를 아직까지 만난 적이 없네. 시험적으로 이러한 수학자의 한 사람에게 x^2+px가 q와 같지 않은 때가 있을 수 있다고 말하여 보게. 그리고 그것을 그에게 이해시킨 뒤에는 곧 도망치지 않으면 큰일 나네. 틀림없이 자네를 때려 죽이려고 할 테니까."

내가 그의 최후의 얘기를 듣고 다만 웃고만 있었더니 뒤팡은 또 말을 계속했다.

"그러니 만일 D장관이 수학자에 불과했더라면 총감은 이 수표를 나에게 줄 필요는 없었을 걸세. 그러나 나는 그가 수학자인 동시에 시인인 것을 알았네. 나는 그의 환경의 여러 사정을 고려하여 내 자를 그의 능력에 딱 맞춘 것일세. 나는 또 아첨꾼으로서, 또 대담한 음모가로서의 그를 알고 있었네. 이러한 사나이는 경찰의 상투수단을 잘 알고 있었을 것이고 노상에 경찰이 잠복해 있을 것을 예상하지 않았을 리가 없네. 그리고 결과는 그가 예측한 바와 같이 딱 들어맞았단 말야. 물론 가택 조사가 있을 거라 얘기했을 것이고 그가 가끔 밤에 집을 비워둔 것을 총감은 하늘이 도운 것이라 좋아했지만, 사실은 경찰에게 충분한 수색의 기회를 주어서 편지가 집 안에 없다는 확신을——G는 사실 결국 그렇게 생각했네만——한 층 더 빨리 그들에게 주기 위한 모략에 지나지 않았다고 나는 생각했네. 은닉 물품 수색에 관한 경찰의 상투적 방법에 관해 이제 내가 자네에게 힘을 들여 자세히 설명한 생각쯤이야 필경 장관의 머리에도 떠올랐을 것일세. 이런 생각은 그에게 보통 은닉 방식을 피하게 했을 것일세. 그의 집 안의 아무리 복잡하고도 눈에 띄지 않는 곳이라도 총감의 눈과, 바늘과, 송곳과, 확대경 앞에선 그가 늘 사용하는 벽장과 같다고 생각 못할 만큼 그가 바보는 아니라고 나는 생각했단 말야. 결국 나는 그에게 '어수룩한 방법'이 떠오르게 되리라는 걸 간파하였지. 의식적으로 그런 방법을 선택하지는 않을지라도 말일세. 맨 첫날 우리들이 총감을 만난 날 말일세. 이 사건은 너무도 빤한 일이 되어서 그를 괴롭힌 것인지도 모르겠다고 내가 말했을 때 총감이 배가 터질 듯이 웃어 댄 것을 자네는 알고 있겠지."

"그렇지, 생각나네. 참 유쾌하게 웃었지. 나는 여보게, 총감이 허파가 터진 줄만 알았네."

"물질계에는 비물질계와 꽤 닮은 것이 얼마든지 있거든. 그러므로 은유와 비유는 단지 문장을 꾸미기만 하는게 아니라 논의에 힘을 불어 넣는데도 도움이 된다고 하는 수사학상의 독단이 다소 진리의 색채를 띄게 되는 것일세. 예를 들면 타성의 원칙같은 것은 물리학에 있어서나 형이상학에 있어서나 동일한 것같이 생각되네. 물리학에 있어서 큰 물체는 작은 물체보다 움직이기가 곤란하고 그리고 거기 따르는 운동량은 이 곤란에 정비례하는 것인데, 이 사실은 마치 형이상학에 있어서보다 큰 능력을 가진 지력은 열등의 지력보다도 동작에 있어 강하고, 불변하고, 효과적이지만, 발동의 초보에 있어선 좀처럼 움직이지 않고, 귀찮고, 주저하게 되는 것과 마찬가지의 사실일세. 그리고 또 자넨 거리의 상점에 걸려 있는 간판 중에서 어떤 것이 제일 눈에 잘 띌 것인지 생각해 본 적이 있나?"

"생각해 본 적 없는데."

"지도를 펴 놓고 하는 지명 찾기라는 장난이 있네. 한편이 어떤 지명을 부르고 상대편에게 찾으라고 하는 거야. 읍, 강, 주(州), 혹은 제국, 좌우간 꽉 찬 지도 표면상의 어떤 지명이라도 상관없네. 장난에 서툰 풋내기는 괜히 깨알만한 지명으로 상대편을 골리려고 하지만, 익숙한 사람은 큰 글자로 지도 한 끝에서 한 끝에까지 펼쳐 있는 이름을 선택하는 거야. 이러한 글자는 너무도 큰 글자로 쓴 거리의 간판이나 광고처럼 도리어 사람들의 눈에 띄지 않는 것이라네. 그리고 이러한 것을 보지 못하고 지나가는 물리적 착각은 지력 있는 사람이 도리어 너무도 지나치게 명백한 것에 생각이 채 미치지 못하여 그대로 내버려두는 정신상의 부주의와 흡사한 것일세. 그러나 이것은 총감의 이해력 이상 혹은 이해력 이하의 점이겠지. 총감은 장관이 그 편질 세상 어떤 사람으로부터 들키지 않도록 세상 사람들의 바로 코 밑에다 감춰 두리라곤 꿈에도 생각지 못한 것일세. 그러나 내가 D의 대담하고도 당돌한, 영리한 두뇌의 교묘한 점을 생각하면 생각할수록——그가 그 편지를 이용하려고 하면 언제든지 곧 손 닿을 곳에 두지 않으면 안 된다는 사실과, 그리고 또 그 편지가 총감의 그 상투 수색 범위 내에 은닉되지 않았다는 총감 자신이 제공한 결정적인 증거를 생각하면 생각할수록 모든 사실이 더 분명해졌어. 요컨대 장관은 편지를 잘 감추기 위하여 일부러 전혀 감추지 않았다고 하는 실로 의미심장하면서도 너무도 총명한 수단을 택했다는 말이지. 나는 이러한 생각으로 머리가 꽉 차서 푸른 안경을 쓰고, 어느 잘 개인 날 아침 갑자기 장관 댁을 방문했단 말일세. 장관은 집에 있더군. 여전히 하품이나 하며 노곤해 하고 아주 시장해서 견딜 수 없다는 듯한 태도를 하더구만. 세상에서 이 작자처럼 정력가는 없겠는데. 그건 사람이 없을 때에만 그렇단 말일세.

　나도 그에게 지지 않게 눈이 나빠서 안경을 쓰지 않으면 안 되었다고 불평을 말하고, 기실은 주인의 애기에 귀를 기울이고 있는 척하며 안경으로 그의 주의를 피해 놓고 낱낱이 방 안을 살펴보았네. 나는 그의 옆에 있는 큰 책상을 특히 주의했네. 그 위에는 여러 통의 편지와 서류, 두서너 개의 악기와 두서너 권의 책이 난잡하게 놓여 있데. 한동안 세밀히 조사해 보았지만, 특히 의심할 만한 것이라곤 아무것도 없는 것을 알았네. 방 안을 휘휘 둘러보니까 마침내 내 눈은 난로 바로 한복판 아래에 있는 조그마한 구리 집게로부터 더러운 파란 리본이 매달려 있고 끝이 외모만 번드레한 철사로 장식되어 있는 마분지 편지꽂이로 떨어졌네. 서너 구분으로 나눠져 있는 이 편지꽂이에는 몇 장의 명함과 한 통의 편지가 들어 있데. 이 편지는 아주 더럽게 구겨져 있고, 처음에는 못쓸 것으로 찢어버리려다가 다시 생각하여 그대로 꽂아 둔 것처럼 가운데에서 둘로 찢어져 있데. 그 편지에는 꺼멓고 큰 봉인이 있고 뚜렷하게 D라는 기호가 있고, 가느다란 여자 필적으로 D장관에게 보낸 것이었네. 그리고 그것은 편지 꽂이 제일 위 칸에 아무렇게나 내던지듯이 꽂혀 있었네. 내가 이것을 보자마자 나는 이거야말로 내가 찾고 있

는 편지임에 틀림없구나 하고 생각했지. 물론 이 편지는 총감이 우리들에게 자세히 설명한 것과는 판이하게 달랐네. 이 편지의 봉인은 크고 꺼멓고 D라는 기호였네. 총감이 말한 편지는 봉인이 작고 빨갛고 S집안의 공작 문장이 있지 않았나? 또 이 편지의 주소는 가는 여자 필적으로 씌어 있는데, 그 편지는 어느 왕족이라고 총감이 말하지 않았나? 다만 편지의 크기만이 일치했단 말일세. 그러나 이러한 극단의 근본적 상이점과, 손때와 더럽고 찢어진 편지의 모양이 D의 빈틈없는 일상 생활의 습관과는 모순되어 있고, 그 편지를 보는 사람에게 그것이 아무 소용도 없는 것처럼 생각케 하려는 계획을 암시하는 것이라든가, 또 편지가 모든 방문자의 눈에 띌 수 있는 곳에 아무렇게나 놓여 있다는 점이 내가 전에 도달한 결론과 완전히 일치하는 것이었네. 이러한 사실은 수색할 목적으로 온 나에게 대번 강한 의심을 주었지.

나는 될 수 있는 데까지 오랫동안 머뭇거리고 앉아서 필경 그의 흥미를 끌며, 감동시킬 만한 문제를 끌어 내어 장관과 열렬히 토론하며 편지로부터 한순간도 주의를 떼지 않았네. 이와 같이 조사하는 동안에 나는 편지의 외모와 편지꽂이에 꽂혀 있는 모양들을 머릿속에 깊이 새겨 넣었네. 그리고 다음과 같은 것을 발견하고는 그만 나의 조그마한 의혹마저 일소되었네. 그것은 뭔고 하니, 편지 모서리를 유심히 살펴 보니까 필요 이상으로 구겨져 있단 말야. 딱딱한 종이가 한 번 접혀져 그 위를 집게로 누른 다음 그 꺾인 자리를 반대 쪽으로 다시 꺾을 적에 나타나는 갈라진 모양을 하고 있었네. 이것만으로 충분했단 말야. 편지가 장갑처럼 뒤집혀져 주소가 고쳐지고 다시 봉인을 한 것이 확실했네. 나는 장관에게 인사를 하고 일부러 금제 담뱃갑을 책상 위에 놓고 곧 돌아왔네.

다음날 아침 나는 담뱃갑을 찾으러 가서 전날에 우리들이 하던

애기를 다시 끄집어 내서 열심히 토론을 했지. 별안간 이때 창문 아래에서 권총소리와 같은 꽝! 하는 큰 소리가 들려오고 그에 따라 무서운 비명과 군중의 놀란 듯한 소리가 들려왔네. D는 갑자기 창 쪽으로 달려가 창문을 열고 밖을 내다 보았네. 그 순간 나는 편지꽂이 있는 곳으로 급히 가, 그 편지를 꺼내서 호주머니에 넣은 다음 외관상으로는 꼭 같은 가짜 편지를 대신 넣었네. 그것은 빵으로 만든 봉인으로 문제없이 D 기호를 흉내내서 집에서 미리 용의주도하게 만들어 가지고 간 것일세.

거리의 소동은 총을 가진 사내의 미친 짓 때문에 일어난 것일세. 부인들과 애들에게 발포했지만 탄알없이 공포를 쏜 것이 판명되어 미친 사람이 아니면 주정꾼의 탓으로 돌려 버리고 그만 석방되었네. 그가 가버린 뒤에 D는 다시 돌아왔는데, 나도 눈독 들인 물건을 손 안에 넣자 그 뒤를 좇아가서 창 옆에 가 있었더랬네. 그 뒤 곧 나는 인사를 하고 그 집을 떠났네. 그 가짜 미치광이는 내가 시킨 사나이라네."

"그런데 말일세. 뭣하러 가짜 편지 같은 걸 거기 넣었단 말인가? 자네가 제일 먼저 방문했을 때 버젓이 빼가지고 오지 않고."

"아냐, D는 물불을 가리지 않는 대담한 작자거든. 또 그의 집에는 그를 위해 생명을 내던질 하인들도 있고 해서 어디 될 말인가? 만일 자네 말대로 하다간 괜히 뼈도 못추리지. 파리 시민들도 내가 그 뒤 어떻게 됐는지 알지도 못하게. 그러나 이런 문제 외에도 나에겐 다른 목적이 있었던 거야. 내가 정치적 편견을 가진 것은 자네도 잘 알고 있지 않나? 이 사건에 있어서 나는 문제의 귀부인의 한 당원으로 활동하는 걸세. 18개월 간 장관은 그 귀부인을 제 세력 안에 굴복시키고 있었는데, 이번에는 그가 그 귀부인에게 굴복당할 차례지. 왜냐하면 그 편지가 손 안에 없다는 것을 모르니까 아직 있는 줄만 알고서 그는 여전히 제멋대로 행동할 것이 아닌가? 그래 대변에 정치적 파멸을 초래할 것이란 말일세. 그 떨어지는 꼬락서니야 말로 절벽을 굴러 떨어지는 것 같고 숨이 막힐 지경일 것일세. '지옥으로 떨어지기는 쉽다'*[13]라 해도 좋지만 카탈라니*[14]가 성악에서 저음에서 고음으로 올라가는 편이 쉽다고 한 것처럼, 무슨 일이건 떨어지는 쪽보다는 올라가는게 마음이 편한 법이지. 이 경우에 있어선 나는 떨어지는 자에게 아무 동정도 하기 싫을 뿐더러 조금도 불쌍하다고 생각지 않네. 그 작자는 무서운 괴물이야. 파렴치한 천재야. 그러나 총감의 말을 빌리면, 그가 말하는 그 '어떤 귀부인'한테 납작하게 되어 내가 편지꽂이에 쑤셔넣은 그 편질 펴보지 않으면 아니 될 경우에까지 이르렀을 때 그 위인은 어찌 생각할 것인가, 그 꼬락서니가 알고 싶어 죽겠네."

"왜? 그럼 자네는 그 속에 무엇을 써 넣었단 말인가?"

"그럼. 그냥 백지만 넣기도 좀 뭣하잖아. 그것은 D를 모욕하는 것만 같았어. D는 언젠가 한 번 비엔나에서 나를 크게 골린 적이 있다네. 그때 나는 불쾌한 낯을 하지 않고 다만 언제든지 이 일을 기억하고 있겠노라고 했지. 그래서 그의 모략보다 한 걸음 더 앞선 녀석이 누군지 그가 궁금해 할 것 같아서, 나는 단서를 주지 않는 것도 불쌍할 것만 같았단 말일세. 내 필적을 그도 잘 알고 있으니까 나는 백지 가운데에다 다음과 같은 글을 써넣었네.

이러한 무참한 계획은
아뜨레에게는 적당치 않을지 몰라도
디에스뜨에게는 어울릴 것이다.

이 글은 끄레비용*[15]의 《아뜨레》 중 일절일세."

＊1 라인은 척도의 단위. 12분의 1인치.

＊2 애버니디는 유명한 영국 외과의사.

＊3 프로크루스테스는 고대 그리스의 강도인데, 자기가 붙잡은 사람을 자기의 침대에 뉘어 놓고, 그 몸이 침대보다 크면 잘라 버리고 짧으면 침대만큼 잡아 뽑아서 죽였다는 이야기.

＊4 로슈푸꼬는 프랑스 윤리학자.

＊5 라 브뤼에르는 프랑스 윤리학자.

＊6 마키아벨리는 이탈리아 문예 부흥기의 정치사상가이자 저작가.

＊7 캄파넬라는 이탈리아의 신부이자 철학자. 나폴리 독립 운동에 헌신함.

＊8 샹포르는 프랑스 문인.

＊9 Ambitus는 영어 going about에 해당되는 말이고 빙빙 돌아다닌다는 뜻.

＊10 religio는 영어 punctiliousness에 해당한 말이고, 예의 범절을 엄수한다는 뜻.

＊11 Homines honesti는 영어 distinguished men에 해당하고 저명 인사라는 뜻.

＊12 브라이언트는 영국 고고학자.

＊13 원문은 〈facilis descensus Averni〉는 버질 작 《에네이드》에서 인용한 말. Averni는 이탈리아에 있는 지옥 입구에 있다는 상상의 호수 이름.

＊14 카탈라니는 이탈리아 성악가.

＊15 끄레비용은 프랑스 시인. 그의 명작은 《아뜨레와 디에스뜨》. 그 골자는 대개 이렇다. 디에스뜨는 아뜨레의 아내를 유혹한

죄로 국외추방을 당한다. 아뜨레는 디에스뜨와 화해를 하자하고 주연을 베풀고 그의 두 아들을 죽여 그 고기를 그에게 먹인 뒤 사실을 고백하여 복수했다는 그리스 전설을 극화한 것이다. 원문은 〈Un dessein si funeste, S'il n'est digne d' Atrée, est digne de Thyete.〉(1845)

아몬틸라도 술통

아무리 포츄나토가 심한 말을 해도 대꾸 한 마디 않고, 될 수 있는 대로 꾹 참고만 있던 나도 그가 감히 나에게 모욕을 주었을 때는 복수를 맹세하지 않을 수가 없었다. 물론 내 성질을 잘 알고 있는 사람들은 내가 입을 열어 그를 위협하였으리라고는 생각지 않을 것이다. 결국은 원수를 갚아야겠다, 이것이 내가 결심한 요점이었다. 그러나 이렇게 결심을 했지만, 위험은 피해야겠다는 생각이 들었다. 그에게 복수는 하되 나에게 해가 돌아오지 않도록 하지 않으면 안 된다. 징악자(懲惡者)에게 도리어 벌의 보답이 있게 되면 그것은 징악이 되지 못한다. 마찬가지로 징악자가 악을 범한 자에게 "이크 천벌이구나!" 하고 느끼게 하지 못하면 그것 역시 징악이 되지 못하는 것이다.

말에 있어서나 행동에 있어서나 나는 포츄나토에게 나의 선의를 의심할 계기를 전혀 주지 않았다는 걸 밝혀 두어야겠다. 나는 전과 다름없이 여전히 그의 앞에서 싱글벙글했으므로, 그는 내가 딴 속셈이 있어서 그러는 줄은 꿈에도 몰랐다. 그는———이 포츄나토는———여러 점에 있어 훌륭도 하고 사람들이 무서워까지 하는 인물이지만 약점이 하나 있었다. 그것은 술맛만 보면 그 술이 무엇인지 알 수 있다고 뻐기는 버릇이었다. 이탈리아인 치고 진짜 학식이 높고 사리분별까지 갖춘 사람은 아주 드물다. 그들의 예술적 감각이란 대개 시간과 형편에 따라서, 말하자면 영국인과 오스트리아의 갑부들을 속이는 데 사용되었다. 포츄나토도 그림이라든가 보석 방면에 있어선 다른 이탈리아인들과 같이 엉터리였지만, 묵은 술을 감정하는 데 있어선 대단하였다. 이 점에 있어선 나도 그에게 지지 않았다. 나는 이탈리아 산 포도주를 감별하는 데 자신이 있으므로 기회만 있으면 대량으로 사들였다.

사육제 철의 흥분이 극도에 달하였을 때의 어느 날 저녁 나는 포츄나토를 만났다. 술기운이 핑 돈 후였으므로 그는 대단히 쾌활한 어조로 나에게 말을 걸었다. 그는 광대처럼 몸에 꼭 맞는 얼룩덜룩한 옷을 입고 머리에는 방울이 달린 원추형의 모자를 쓰고 있었다. 나는 그를 만난 것이 어쩌나 반가웠던지 그의 손을 꼭 붙잡은 채 놓을 줄을 몰랐다.

"포츄나토 씨, 잘 만났습니다. 오늘은 굉장하시군요. 그런데 난 오늘 아몬틸라도 주(酒)라고 하기에 큰 통으로 하나 샀는데 어쩐지 의심스럽습니다."

내가 이렇게 먼저 말을 꺼냈다.

"뭐라구? 아몬틸라도 주? 큰 통? 무슨 소리야! 이제 사육제가 한창인데!"

"그러기에 의심스럽단 말이죠. 당신한테 물어 보지도 않고 술값을 치러 버렸으니 큰 실수를 했나 봐요. 당신도 안 계시고 또 싼 물건을 놓칠까 두려워 사기는 샀죠만."

"아몬틸라도 주란 말이지!"

"어쩐지 그것이 의심스럽단 말이죠."

"아몬틸라도 주라!"

"충분히 감정해야겠어요."

"흥, 아몬틸라도 주라……."

"당신은 바쁘실 테니, 루케시를 찾아갈 작정입니다. 감정할 수 있
는 사람은 당신 외에는 루케시밖엔 없을 테니까요. 그 사람이야 가
르쳐 주겠지요."

"루케시야 셰리 주와 아몬틸라도 주의 구별도 제대로 못하는 위인
인데."

"그러나 누가 그러는데 당신에게 지지 않는 명감정가라고 그러던데
요."

"자! 그럼 가세."

"어디로 말입니까?"

"자네 집 땅광으로 말야."

"아닙니다. 그리 폐를 끼쳐서야 되겠습니까. 암만해도 바쁜 일이
있으신 모양인데. 루케시는……."

"아냐, 아무 일도 없어, 가세."

"아닙니다. 일이 없다 해서가 아니라, 왜 그런지 좀 무척 추우신
것 같아 보이는데요. 땅광 속은 아주 축축하고 초석(硝石)이 온통
덮여 있는데요."

"상관 있나, 가세. 추위가 다 뭐야, 그까짓 것이. 아몬틸라도 주라
고 그랬것다! 속았네, 속았어. 그리고 루케시 녀석이야 셰리 주와
아몬틸라도 주의 구별도 못하는 위인이지."

포츄나토는 이와 같이 말하면서 내 팔을 붙잡았다. 검정 비단 마스
크를 쓰고 망토로 몸을 꼭 싼 나는 그가 끄는 대로 나의 집으로 걸음
을 재촉했다. 집에는 하인이라고는 하나도 없었다. 그들은 때가 때니

만큼 싸다니러 나간 것이었다. 내일 아침까지 돌아오지 않을 테니, 집으로부터 한 걸음도 나가면 안 된다고 단단히 분부를 해뒀는데도 그랬다. 이렇게만 한 마디 해 두면 내 모습이 사라지자마자 그들도 모두 곧 외출할 것을 나는 잘 알고 있었기 때문이다.

촛대(燭臺)에서 횃불을 두 개 집어 들어 하나를 포츄나토에게 주고, 여러 방을 지나 땅광으로 통하는 아치 길로 그를 공손히 안내했다. 내 뒤를 좇아오는 그에게 조심하라고 주의하며 나는 꼬불꼬불한 긴 계단을 내려갔다. 겨우 땅광 바닥에까지 와서 몬트레쇼 집안의 지하 묘지의 축축한 땅 위에 두 사람은 나란히 섰다.

포츄나토는 걸음걸이가 건들건들하여 걸을 때마다 모자 위의 방울이 달랑달랑 흔들렸다.

"술통은?"

그가 물었다.

"좀더 가야 됩니다. 그런데 보세요, 벽에 번쩍이는 흰 거미줄 같은 것이 뵈지 않습니까."

그는 나를 돌아다보며 술에 취해 눈물 어린 두 눈으로 나의 눈을 들여다 보았다.

"초석인가?"

겨우 그는 이렇게 물었다.

"초석입니다. 그런데 언제부터 그렇게 기침을 하시게 되셨습니까?"

"쿨룩…… 쿨룩…… 쿨룩…….."

포츄나토는 불쌍하게도 한동안 대답을 못했다.

"상관없어"

그는 겨우 이렇게 대답했다.

"자, 돌아가시지요."

나는 넌지시 한 마디 이렇게 건네 보았다.

"당신의 건강이 중하십니다. 당신은 부자고, 사람들에게 존경도 받고, 사랑도 받고 있습니다. 그리고 내가 옛날에 그랬던 것처럼 이제 당신은 행복하신 분이니까. 당신은 만일 무슨 사고가 있으면 남들이 슬퍼할 사람이죠. 나 같은 거야 아무래도 좋지만. 돌아가지요, 병이 나시면 난 책임질 수 없으니까요. 게다가 루케시가……."

"듣기 싫어. 이까짓 기침이 다 뭐란 말야. 설마 죽을라구? 기침으로 죽지는 않어."

"그야 그렇죠. 사실 쓸데 없는 말로 당신을 놀라게 할 생각은 없었습니다. 하지만 적당히 주의하지 않으면 안 됩니다. 이 메독 주(酒)나 한 잔 드시지요. 습기가 좀 없어질테니까요."

그러면서 나는 땅 위에 쭉 길게 서 있는 병 가운데에서 그중 하나를 집어 들고는 병마개를 뜯었다.

"자, 한 잔" 나는 그에게 잔을 내밀었다.

그는 눈을 가늘게 뜨며 술잔을 입술에 갖다 대었다. 잠깐 쉰 다음 나에게 다정히 머리를 끄덕였다.

"여기서 편안히 쉬고 있는 사람들의 혼을 위해 한 잔"

그는 말했다.

"그리고 당신의 장수를 위해."

그는 또다시 내 팔을 잡고 우리들은 앞으로 걸어갔다.

"땅광이 꽤 넓은데."

"그럼요, 몬트레쇼 집안이라면 크고 번성한 집안이었으니까요."

"자네 집 문장(紋章)이 뭐였더랬지?"

"하늘빛 바탕에, 거대한 금빛 사람 다리가 있고, 그 다리가 일어서려는 뱀을 밟아 누르고 있으며, 또 그 뱀이 발뒤꿈치를 물고 있는 그림입니다."

"그리고 좌우명은?"

"나를 해치는 자에게 보답 있으리라는 겁니다."

"좋은 격언이구먼."

술기운으로 그의 두 눈은 번쩍거리고, 방울은 달랑달랑 흔들렸다. 그 메독 주로 내 마음까지도 후끈해진 것만 같았다. 우리들은 군데군데 큰 술통이 섞여 있고 사람 뼈다귀가 담벼락처럼 수북이 쌓여 있는 사이를, 아몬틸라도 술통을 찾아 앞으로 앞으로 걸어갔다. 나는 또 한 번 발을 멈추고 이번에는 대담하게 선뜻 포츄나토의 팔꿈치를 잡아 끌어당겼다.

"초석입니다! 보세요, 어유, 무척 수가 많구먼요. 밑바닥까지 와서 그런지, 해골들이 온통 습기로 번드레하구먼요. 자, 늦기 전에 돌아갑시다. 당신의 기침은……."

"상관없어. 자, 더 들어가세. 우선 메독 주를 한 잔 더 마시고."

나는 드 그라브 주(酒)의 병마개를 뽑아 그에게로 내밀었다. 그는 그것을 단숨에 쭉 들이켰다. 그의 두 눈에는 날카로운 빛이 떠돌고 웃는 낯으로 나에게는 까닭 모를 몸짓까지 하며 병을 위로 냅다 팽개쳤다. 나는 깜짝 놀라 그를 쳐다보았다. 그는 또 한 번 그 이상한 몸짓을 되풀이했다.

"모르겠나?"

"모르겠는데요."

"그러면 자넨 조합원이 아닌 걸세그려?"

"어째서요?"

"자넨 공제조합원이 아닌가 보군."

"아뇨, 조합원입니다."

"자네가? 될 말인가. 조합원이라니?"

"조합원인데요."

"조합원이라는 표적은?"

"이겁니다."

이렇게 대답하며 나는 망토 주름살 아래에서 흙손을 꺼내 보였다.

"쓸데없는 소리."

그는 몇 걸음 뒤로 물러서며 이렇게 외쳤다.

"하지만 그까짓 게 대순가. 어서 아몬틸라도 주 있는 데로 가세."

"그럽시다."

나는 흙손을 망토 속에 집어 넣은 다음 한 팔을 그에게 내밀며 대답했다. 그는 내 팔에 무겁게 매달렸다. 우리들은 아몬틸라도 술통을 찾아 걷고 걸어 오르락내리락하며 여러 아치 길을 지나 기어이 토굴에 이르렀다. 그 안의 공기는 축축했으므로 우리들이 들고 있는 횃불은 환하게 비치지 않고 껌벅거렸다.

이 토굴 제일 끝에 더 좁은 토굴이 하나 보였다. 담벼락에는 파리의 대지하 묘지 모양으로 해골이 천장까지 잔뜩 쌓여져 있었다. 토굴 내부 삼면의 벽은 이처럼 해골로 장식되어 있었지만, 나머지 한 면의 담벼락으로부턴 해골이 허물어져 땅 위에 아무렇게나 난잡하게 흩어져 한 곳에 수북이 모여 작은 산을 이루고 있었다. 해골을 헤치고 그 속에서 나온 담벼락 속에 깊이 4피트, 넓이 3피트, 높이 6, 7피트 가량의 또 하나의 구덩이가 나타났다. 이 구덩인 그 속을 특별히 사용할 목적으로 만들어 둔 게 아니라, 토굴의 지붕을 받쳐 놓은 두 개의 큰 기둥 새에서 저절로 생긴 틈이고 뒤는 굳은 화강암의 벽으로 둘러싸여 있었다.

포츄나토가 빛이 희미한 횃불을 쳐들어 그 토굴 속 구석을 들여다 보려고 했지만 좀처럼 보이지 않았다. 희미한 빛은 끝까지 그 빛을 던져 주지 못하는 것이었다.

"들어가 보세요. 바로 거기 아몬틸라도 주가 있습니다. 루케시라면

......."

"아! 그녀석은 아무것도 모른대두."

내 말을 가로막으며, 포츄나토는 비틀비틀 그 안으로 들어갔다. 나도 곧 그 뒤를 좇아갔다. 이내 그는 구덩이 끝에 이르렀지만, 앞에 바위가 우뚝 가로막혀 있는 걸 보고선 그만 멈칫 섰다. 그 순간 나는 벼락같이 달려들어 그를 바위 위에 잡아매버렸다. 바위에는 옆으로 2 피트 간격을 두고 U자형의 철못이 두 개 박혀 있고 그 한쪽에는 짧은 쇠사슬이, 다른 한쪽에는 맹꽁이 자물쇠가 달려 있었다. 포츄나토의 허리에 쇠사슬을 감고 그것을 바싹 졸라매는 데 불과 몇 초도 걸리지 않았다. 그는 어처구니가 없는지 저항도 못했다. 열쇠를 뺀 다음 나는 재빠르게 그 구덩이로부터 밖으로 휙 나와 버렸다.

"손으로 벽을 훑어보세요. 초석이 손에 닿을 테니. 정말 몹시 축축합니다. 또 한 번 돌아가자고 재촉해 볼까요, 싫으시다구요? 그렇다면야 할 수 없구먼요, 당신만을 여기 떼어놓고 나 혼자 돌아갈 수밖에요. 그러나 나는 떠나기 전에 될 수 있는 대로 당신에게 낱낱이 주의를 해둬야겠습니다."

"아몬틸라도 주!"

그는 아직 놀란 마음이 풀리지 않아 버럭 소리를 질렀다.

"네, 그렇습니다. 아몬틸라도 주구말구요."

나는 전에 애기한 그 해골 사이를 이리저리 걸어다니며 뼈다귀를 헤치고 건축용 석재와 석회를 골라 내었다. 이러한 재료들을 가지고 나는 흙손으로 분주히 토굴 입구를 틀어막기 시작했다.

제1열의 석축(石築)이 대강 되었을 때 포츄나토가 꽤 술이 깬 것을 알 수 있었다. 그것은 우선 토굴 저쪽 끝으로부터 얕은 신음소리가 들려오는 걸로 알 수 있었다. 그 목소리는 벌써 취한의 목소리는 아니었다. 그 뒤 긴 누르는 듯한 갑갑한 침묵이 흘렀다. 나는 제2열,

제3열, 제4열, 이런 순서로 돌을 쌓아 올라갔다. 그때 쇠사슬을 몹시 흔드는 소리가 쩌렁쩌렁 들려왔다. 이 소란한 소리는 몇 분 동안 계속되었는데, 그동안 나는 그 소리를 흡족할 만큼 듣고 싶어서 일을 쉬고 해골 위에 걸터앉았다. 드디어 쩔렁쩔렁 쇠사슬 흔드는 소리가 뚝 그치고 사방이 고요하여졌을 때 나는 또다시 흙손을 들고 무난히 제5열, 제6열, 제7열의 순서로 돌을 쌓아 올렸다. 담은 이제 거의 내 가슴 높이에까지 달하였다. 또 한번 나는 일손을 멈추고 횃불을 돌담 위로 쳐들어 구덩이 속 사람 쪽으로 희미한 광선을 보내 보았다.

결박당한 사람의 목에서 갑자기 터져 나오는 계속적인 큰 날카로운 고함소리는 나를 뒤로 몹시 떼밀어 버리는 것만 같았다. 잠시 동안 나의 몸은 소스라치며 부들부들 떨려왔다. 다음 나는 장검(長劍)을 뽑아 구덩이 속을 이리저리 쿡쿡 찔러 보았다. 갑자기 '이만하면 됐구나' 하는 생각이 머리에 떠올랐다. 튼튼히 쌓아올린 석축을 손으로 흔들어 보았지만, 꼼짝도 하지 않았으므로 나는 마음이 든든해져 담벼락 쪽으로 바싹 다가가 죽겠다고 떠들어대는 그의 비명에 보조를 맞춰주었다. 나는 호령을 하여 그에게 지지 않게 크고 힘 있는 소리로 그를 압도했다. 내가 이렇게 고래고래 퍼부었더니 그의 소리는 잠잠해졌다.

한밤중에야 내 일도 대강 끝나게 되었다. 나는 제8열, 제9열, 제10열의 석축을 끝마치고 최후의 열한 줄째의 것도 절반쯤이나 끝마쳤다. 그 다음에는 돌 하나만 올려 놓고 석회만 싹 바르면 그만이었다. 마지막으로 무거운 돌을 낑낑대며 쳐들어 겨우 제자리에 올려 놓았다. 바로 그때 토굴 안에서 내 머리털을 곤두서게 하는 얕은 웃음소리가 들려왔다. 그 뒤를 따라 곧 슬픈 소리가 들려왔는데, 그 소리야말로 그 고상한 포츄나토의 소리라고 하기는 어려운 목소리였다.

"하하하…… 헤헤…… 참 훌륭한 농담이다. ……멋있는 농담이야.

집에 돌아가서 실컷 웃을 수 있고…… 헤헤헤…… 술을 마시며……
…… 헤헤헤."

"아몬틸라도 주지!"

내가 외쳤다.

"헤헤헤…… 헤헤헤…… 그럼 아몬틸라도 주구말구. 그러나 너무
늦지 않았나. 집안 식구들이 우리들을 기다리고 있지나 않을까?
아내며 다른 사람들이. 자, 돌아가세."

"네, 돌아갑시다."

"제발 비네. 몬트레쇼 군."

"네, 제발 빌고말고요."

이렇게 대꾸하며 나는 또 그의 대답을 기다리고 있었으나 아무 소
리도 들리지 않았다. 나는 참다못해 큰 소리로 그를 불러 보았다.

"포츄나토!"

그러나 아무 대답도 없었으므로 다시 한번 불러보았다.

"포츄나토!"

여전히 또 대답이 없었다. 나는 남은 돌담 틈으로 횃불을 쳐박아
안으로 떨어뜨렸다. 방울이 달랑달랑 흔들린 외에는 아무 소리도 들
려오지 않았다. 지하 묘지의 습기로 나는 가슴이 갑갑해졌다. 나는
빨리 일을 끝마치려고 최후의 남은 틈을 돌로 틀어막고는 그 위를 석
회로 싸발라 버렸다. 내가 쌓아올린 이 새 석축 밖에다 나는 또한 꽤
오래된 해골로 산을 쌓아올렸다. 반세기 동안 이것을 허문 사람은 아
무도 없었다.

그가 길이길이 편안히 쉬기를!

절름발이 개구리

그 임금처럼 농담에 민감한 사람도 드물었다. 그는 마치 농담을 위해서 사는 것 같았다. 그럴싸한 농담을 잘하는 것이 임금의 신임을 얻는 가장 확실하고 빠른 길이었다. 그러므로 그의 일곱 대신들 모두가 익살꾼으로서의 재간은 국내에서 손꼽을 만한 사람들이었다. 그들은 농에 있어서 일등 가는 인물들일 뿐 아니라 비대하고 투실투실하게 살이 찐 점에 있어서도 임금과 비슷했다. 농담만 하면 저절로 뚱뚱해지는지 혹은 뚱뚱해지기만 하면 저절로 농담을 좋아하게 되는지 그 점은 아직 단정할 수 없지만, 좌우간 바싹 마른 농담꾼이라는 것이 별반 없는 것만은 확실하다.

임금은 품위, 즉 자신의 표현을 빌리면 기지의 '정신'은 전혀 마음에도 두지 않았다. 그는 익살도 내용이 풍부하고 짧은 것을 특히 즐겨했다. 내용만 풍부하다면 길다고 해서 별로 싫어하지는 않았다. 너무 미묘한 것에는 곧 싫증을 냈다. 볼테르의 《자디》보다도 라블레의 《가르강튀아와 팡타그뤼엘》을 좋아하는 편이고, 대체로 농담보다는 장난이 썩 그의 취미에 어울렸다.

이 시대에는 농담을 직업으로 삼고 있는 자들이 궁정에 아주 없지는 않았다. 유럽 대륙의 열강 제국에선 아직까지도 '광대'들을 두었다. 얼룩덜룩한 옷을 입고 모자를 쓰고, 방울을 단 이들 광대들은 임금의 식탁에서 굴러떨어진 빵부스러기들을 재료로 언제든지 날카로운 익살이 즉석에서 입 속으로부터 술술 튀어나오게 하지 않으면 안 되었다.

이 임금도 물론 광대를 두었다. 사실 광대와 같은 어리석은 존재가 그에게는 꼭 필요하기도 했다……임금은 고사하고 그 총명한 일곱 대신들의 엄숙한 지혜와 균형을 맞추기 위해서도. 그러나 임금이 둔 광대, 직업적 익살꾼은 여기저기서 흔히 볼 수 있는 그러한 광대는 아니었다. 그는 난쟁이며 절름발이라는 사실로 말미암아 임금의 눈에는 세 배의 가치가 있었던 것이다. 그 무렵 궁정에는 광대가 있으면 으레 난쟁이도 있었다. 그리고 수많은 임금들은 같이 웃어낼 광대와, 웃기는 난쟁이가 없으면 어떻게 해서 매일을 보내야 할지(궁정에는 다른 데보다도 해가 길다) 두통거리였을 것이다. 그러나 전에도 말한 바와 같이 익살꾼이라는 작자들은 백에 99까지는 비대하고 육중하고 뻔뻔스러운 위인들이다. 그러므로 그 중 하나인 '절름발이 개구리' (이것이 이 광대의 이름이었다)가 이 세 가지의 보물을 한꺼번에 구비하고 있다는 것은 임금에게는 적지않은 만족의 대상이었다. '절름발이 개구리'라는 이름은 이 난쟁이가 세례받을 때 대부에게서 받은 것이 아니라, 그가 다른 사람들과 같이 걷지 못하는 탓으로 일곱 대신의 각료회의 결과 그에게 부여된 이름이다. 사실 절름발이 개구리의 걷는 꼬락서니란 뛰는지 뒹구는지 알 수 없는, 머뭇머뭇거리다가 겨우 한걸음을 떼어 놓는 일종의 움직임에 지나지 않았다. 그리고 이 움직이는 꼬락서니가 무한한 흥취를 돋구었으므로 물론 임금에게도 위안을 준 것만은 사실이다. 왜 그러냐 하면 임금은 배가 툭 불거져 나왔고, 날 때부터 대갈 장군이었지만 조정의 모든 신하들로부터 훌륭한 체구라고 칭찬을 받고 있었기 때문이다.

두 다리가 뒤틀린 절름발이 개구리가 길과 마룻바닥을 걸을 때에는 무한히 고생을 하여 겨우 아기작아기작 걸을 수 있을 정도였지만, 조물주는 그에게 다리의 결점 대신 비상한 완력을 주었는지, 나무라든가, 줄타기라든가, 그 밖의 올라가는 것에서는 무엇이고 간에 놀랄 만한 재주를 가지고 있었다. 이러한 운동들을 할 때에는 그는 개구리라기보다는 오히려 다람쥐 또는 조그마한 원숭이처럼 보였다.

이 절름발이 개구리가 본래 어느 나라에서 왔는지는 알 수 없지만 아무도 그 이름을 듣지 못한, 어느 벽촌, 왕궁으로부터 멀리 떨어진 곳에서 온 것만은 확실하다. 절름발이 개구리와 그에 못지않게 키가 작은 젊은 처녀(몸매가 날씬하고 굉장한 무용가였지만)를 저마다의 고향에서 강제로 끌어와 임금에게 진상품으로 바친 것은, 늘 승리를 자랑하는 임금 휘하의 장군들 중 하나였다. 사정이 이러하니 두 난쟁이들에게 친밀한 우정이 싹튼 것도 놀랄 일은 아니었다. 사실 그들은 이내 둘도 없는 친구가 되었다. 절름발이 개구리는 많은 재주를 부렸지만 결코 인기가 있는 편은 아니었으므로, 츄리페타에게 별로 도움이 되지는 않았다. 그러나 그녀는 (비록 난쟁이지만) 우아하고 뛰어나게 아름다웠기 때문에 모든 사람들의 존경과 사랑을 한몸에 받고 있었다. 그리하여 그녀는 굉장한 영향력을 가지고 있었는데, 기회만 있으면 절름발이 개구리를 위해 그 영향력을 발휘하는 것을 잊지 않았다.

어느 큰 잔치 때에, 무슨 잔치인지 그 이름은 잊어버렸지만 임금은 가장무도회를 열 계획을 세웠다. 가장무도회 또는 그런 종류의 잔치가 궁중에서 열릴 때에는 언제든지 반드시 절름발이 개구리와 츄리페타의 연희에 많은 것이 기대되었다. 특히 절름발이 개구리는 야외극을 조직하거나 재미난 배역을 생각해 내거나 의상 준비를 하는 데 뛰어난 재주가 있었으므로, 그의 조력 없이는 아무것도 진행할 수 없는 형편이었다.

드디어 잔칫날 밤이 왔다. 츄리페타의 지휘 아래 홀은 가장무도회에 어울리는 갖가지 장식이 화려하게 치장되었다. 궁정 안은 온통 무도회에 대한 기대로 들끓고 있었다. 의상과 배역에 관해서는 벌써부터 저마다 제멋대로 결정하고 있었다. 대부분의 사람들이 어떤 가장을 하는가를 일주일, 아니 한 달 전서부터 정하고들 있었다. 그리고 사실 임금과 일곱 대신을 제외하고는 무엇이고 간에 결정되지 않은 것이라곤 하나도 없었다. 왜 그들만이 꾸물거리고 있는지, 그것 역시 배짱에서 나온 익살인지, 아니면 그 외에 무슨 다른 까닭이 있는 것인지 알 수가 없었다. 어쩌면 너무도 뚱뚱해서 무슨 가장을 해야 좋을지 결정하지 못하고 있는지도 몰랐다. 하여튼 시간은 빨리도 흘러 갔다. 그래 그들은 최후의 수단으로 절름발이 개구리와 츄리페타를 불러들였다.

이 조그마한 두 친구가 임금의 부름을 받고 그 곁에 왔을 때 임금은 일곱 대신들과 같이 술상을 받고 있었다. 그러나 웬일인지 기분이 꽤 언짢은 것 같았다. 임금은 절름발이 개구리가 술을 싫어하는 것을 알고 있었다. 술은 이 절름발이 개구리를 흥분시켜 마치 미친 사람처럼 만들었기 때문이다. 그리고 그러한 꼴이 된다는 것은 이 절름발이 개구리 자신에겐 그다지 유쾌한 것이 못되었다. 그러나 임금은 장난이 하고 싶었고 임금 자신의 말대로 한다면 절름발이 개구리에게 억지로 술을 먹여 그를 '쾌활하게 만들고' 싶었다.

"가까이 오너라, 절름발이 개구리야." 절름발이 개구리와 츄리페타가 방 안으로 들어갔을 때 임금은 이렇게 말했다.

"자, 이 술 한 잔을 고향에 있는 네 친구들의 건강을 위해 들이마셔라(이 말을 듣고 절름발이 개구리는 한숨을 내쉬었다). 그리고 너는 새로운 의견이 있을 테니, 그걸 좀 듣기로 하자. 우리들도 배역이 필요하단 말이다, 배역이. 좀 신기한 것으로, 여태까지 하던 것과는 색다른 것으로 말야. 이제 그런 것에는 아주 싫증이 났어. 자, 들어라. 한 잔 들면 좋은 생각이 나올 테니까.”

절름발이 개구리는 전과 다름없이 임금의 말에 익살로 대답하려고 애를 썼다. 그러나 그 노력은 헛수고였다. 그날은 우연히도 이 불쌍한 난쟁이의 생일날이었던 것이다. 더군다나 ‘고향의 친구’를 위하여 한 잔 하라는 임금의 명령은 그의 두 눈에서 눈물을 흐르게 했다. 이 폭군의 손으로부터 술잔을 공손히 받았을 때 커다란 구슬 같은 많은 쓰라린 눈물이 그 속으로 뚝뚝 떨어졌다.

“핫핫하.” 난쟁이가 억지로 술잔을 기울이는 것을 보고 임금은 껄껄 웃었다. “술이란 참 좋은 놈이란 말야! 자, 봐라, 네 눈이 벌써 번쩍이는구나.”

불쌍하게도 그의 큰 두 눈은 번쩍인다기보다 오히려 희미해지고 있었다. 왜냐하면 술은 그의 흥분하기 쉬운 뇌를 콕 찔렀을 뿐만 아니라 취기도 빨랐던 것이다. 그는 술잔을 상 위에 내던지다시피하고 거의 미친 듯한 눈으로 좌중의 사람들을 힐끔 휘둘러보았다. 그들은 모두 임금의 장난이 성공한 것을 보고 대단히 흥거운 모양이었다.

“자, 그러면 해볼까요?” 하며 아주 뚱보인 수상이 말을 꺼냈다.

“그렇지.” 임금이 이에 대꾸했다. “자, 절름발이 개구리야, 도와 달란 말이다. 무슨 배역을 해야 좋겠냐, 응? 애야, 우리들은 배역이 필요해, 우리들 모두 말야. 핫핫하!” 그리고 이 말은 임금이 익살로 하는 말인지라 일곱 대신도 그 뒤를 따라 껄껄댔다. 절름발이 개구리도 따라 웃었다. 어딘가 약하고 좀 공허감을 느끼게 하는 쓸쓸한 웃음이었지만……

"자, 자," 임금은 갑갑하다는 듯이 재촉했다. "무슨 제안이 없는 가?"

"신기한 것을 생각해 내려고 이제 궁리 중이올시다."

술로 정신이 오락가락하는 난쟁이는 좀 건방지게 대답했다.

"궁리 중이라?" 폭군이 버럭 소리를 질렀다.

"그건 대체 무슨 뜻이냐? 아, 알았다. 네가 통명을 부리고 있는 게로구나. 이런 시러베아들놈 같으니라구. 술을 좀 더 마셔야 되겠 단 말이지? 자, 그렇다면 한 잔 더 마셔라. 옜다, 받아라."

임금은 또 한 잔 술을 가득히 따라 절름발이 개구리에게로 내밀었 다. 그러나 그는 다만 숨을 헐떡거리며 술잔을 빤히 바라보고 있을 뿐이었다.

"마시라니까! 마시지 않는다면……."

난쟁이는 사뭇 머뭇거렸다. 임금은 발끈하여 얼굴빛이 새파래졌다. 일곱 대신들은 모두 빙그레 웃고들 있었다. 츄리페타가 죽은 사람처 럼 파랗게 질려 왕좌 앞으로 걸어나와 그 앞에 엎드리면서 친구의 용 서를 애원하였다. 폭군은 츄리페타의 당돌한 행동에 어처구니없다는 듯이 잠깐 그녀를 내려다보았다. 어찌해야 좋을까, 뭐라고 해야 좋을 까. 무슨 방법으로 자기의 격노를 적당히 표시해야 좋을까, 당황하고 있는 듯싶었다. 마침내 말 한 마디 없이 임금은 그녀를 홱 떼밀더니, 가득히 든 술잔을 그녀의 얼굴에다 홱 뿌렸다.

이 불쌍한 처녀는 겨우 일어나 한숨 한 번 내쉬지도 않고 상끝에 있는 제자리로 돌아왔다. 잠시 동안 쥐죽은 듯이 고요한 침묵이 흘렀 다. 한 장의 나뭇잎, 한 개의 깃털이 떨어지는 소리라도 들렸을 것이 다. 이 고요한 침묵은 방의 네 모서리로부터 동시에 들려오는 것 같 은 얇고 귀에 거슬리는, 길게 이를 가는 소리로 깨졌다.

"뭐야? 이놈아, 그 소리가 뭐냔 말야!"

임금은 무섭게 난쟁이 쪽을 향해 덤벼들었다. 난쟁이는 술이 깬 낯으로 폭군의 얼굴을 빤히 쳐다보며 다만 한 마디 이렇게 말했다.

"제가요? 제가요? 천만에 말씀이죠."

"그 소린 밖에서부터 들려온 것 같습니다. 아마, 창가에 있는 앵무새가 주둥이를 새장에 비벼대는 소리 같습니다."

대신 하나가 이렇게 대답했다.

"암, 그렇겠지."

이 대답으로 마음이 꽤 풀어졌다는 듯이 임금이 대답했다.

"난 꼭 이 고얀놈의 짓인 줄로 알았군."

그러자 난쟁이는 웃음을 터트리며 (농이라면 혹하는 만치 웃음에는 관대한 임금이다) 곧 남대문만한, 튼튼하고 새까만 이를 드러내고 얼마든지 마시라는 대로 술을 마시겠노라고 말했다. 임금의 분노는 씻은 듯이 사라졌다. 아무 탈 없이 또 한 잔의 술을 쭉 들이킨 뒤에 절름발이 개구리는 곧 가벼운 마음으로 가장무도회 준비에 착수했다. 그는 태연자약하게 술이라곤 난생 처음 마셔 본다는 듯이 말했다.

"왜 이런 생각이 갑자기 머리에 떠올랐는지는 모르겠습니다만, 폐하께서 츄리페타를 때리시고 그녀의 면상에다 술을 뿌리신 바로 그 순간, 폐하가 그런 행동을 하신 바로 그 순간, 그리고 앵무새가 창밖에서 그 이상한 소리를 냈던 그 순간 갑자기 머리에 굉장한 생각이 하나 언뜻 떠올랐습니다. 소인의 고향에서 하는 유희올시다. 우리 고장에서는 가장무도회 때에 흔히들 하는 것이지만, 이곳에선 아주 신기할 겁니다. 그러나 사람 수가 꼭 여덟 명 필요하다는 것이 좀 무엇하다면 무엇하다고 할까요, 그리고……."

"됐다, 됐어!" 하고 임금은 지레 떠들며 좋아했다. 그가 재빠르게 그 인원수를 찾아 냈다는 것을 기뻐하며 "꼭 여덟 명이로구나. 나와 대신 일곱하고, 자, 그런데, 대체 어떤 것이냐?"

"우리들은 그것을 쇠사슬로 맨 여덟 마리의 성성이(猩猩—)라고 부릅니다. 잘만 하면 참 재미있습니다."

"그것을 하기로 하자!"

임금이 앞으로 한 걸음 다가앉으며 눈을 가늘게 뜨고 좋아했다.

"재미있겠는걸!"

임금과 일곱 대신들은 이구동성으로 이렇게 외쳤다.

"소인이 폐하와 각하들을 성성이로 가장해 드리겠습니다. 만사를 소인에게 맡기십시오. 가장무도회에 오신 손님들이 폐하와 각하들을 정말 성성이가 온 줄로만 알게 감쪽같이 가장해 드리겠습니다. 이렇게 되면 물론 손님들은 놀라 질겁할 겁니다."

"오, 그것 참 훌륭한걸! 절름발이 개구리야, 널 한 자리 시켜 주마" 하며 임금이 좋아했다.

"쇠사슬은 쩔그렁쩔그렁하는 소리로 혼잡을 한층 더 야기시키기 위해서입니다. 폐하와 각하들께서는 다 같이 방금 우리에서 도망쳐 나온 것처럼 보여야 됩니다. 쇠사슬로 묶인 성성이 떼가 일으킨 소동은 폐하도 좀 상상하시기가 어려우실걸요. 모든 손님들에겐 진짜 성성이처럼 보일 것이고, 그것들이 무서운 고함소리를 고래고래 지르며, 나들이옷을 곱게 차려입고 온 남녀 손님들 틈으로 돌진해 갑니다. 그 대조야말로 뭐라 할 수 없습니다."

"그도 그렇겠군!"

임금이 좋아했다. 그리고 회의를 곧 집어치우고(밤도 꽤 깊어갔기 때문에) 절름발이 개구리의 계획을 실천에 옮길 준비를 하기 시작했다. 절름발이 개구리가 사람들에게 성성이의 가장을 시키는 방법은 극히 간단한 것이었지만, 그의 목적을 위해선 충분히 효과적인 것이었다.

문제의 동물은 이 시대에는 문명국에서 별로 볼 수 없는 것이었다.

그리고 난쟁이가 만들어 낸 가장은 그들을 진짜 성성이처럼 보이게 하는 데 충분했고, 그 모습은 더할 나위 없이 무서웠으므로 이것으로 그들의 가장은 대성공이었다. 우선 임금과 대신들은 몸에 착 달라붙는 메리야쓰 셔츠와 바지를 입고 그 위를 콜타르로 새까맣게 발랐다. 대신 가운데 하나가 깃털을 사용하면 어떻겠느냐고 제의했지만 난쟁이는 이 제안을 곧 물리쳤다. 그는 성성이 같은 짐승의 털을 흉내내기에는 깃털보다도 삼(麻)이 더 적당하다는 것을 눈 앞에 실제로 보여 주며 여덟 명을 납득시켰다. 그래서 콜타르를 온몸에 바른 다음, 그 위에 삼을 두툼히 붙였다. 그 다음엔 쇠사슬을 구해다가 우선 임금의 허리에다 감고 동여맸다. 이런 순서로 남은 일곱 사람도 똑같이 동여맸다. 일이 끝났을 때 그들이 될 수 있는 대로 간격을 두고 서니까 하나의 원(圓)이 되었다. 그리고 모든 것을 자연스럽게 보이게 하기 위해서, 절름발이 개구리는 나머지 쇠사슬을 그 원 내부에 십자 모양으로 둘러쳤다. 이것은 현재 보르네오에서 침팬지와 그 밖에 큰 원숭이들을 잡는 사람들이 사용하고 있는 방법을 모방한 것이었다.

가장무도회가 열릴 대무도관은 천장이 대단히 높은 둥근 방이었고, 천장에 달린 하나밖에 없는 창으로부터 햇빛이 흘러 들어왔다. 밤에는(이 방은 특히 밤의 무도회를 위해 설계되었다) 주로 천장에 달린 큰 샹들리에가 켜졌다. 이 등은 창 한복판으로부터 쇠사슬로 달려 있고, 이럴 때 늘 사용되는 평형추를 이용해서 아래위로 오르락내리락할 수 있는 장치가 되어 있었다.

방 안의 준비는 츄리페타의 지휘에 맡겨져 있었다. 그러나 몇 가지점에 있어선 그녀는 친구인 절름발이 개구리의 한층 더 냉정한 판단을 따른 것 같았다. 이번에 그 샹들리에를 떼게 한 것도 절름발이 개구리의 제안이었다. 초가 뚝뚝 녹아 떨어져(날씨가 무척 더웠기에 초가 흘러내리는 것을 미리 방지할 수는 없었다) 귀빈들의 훌륭한 옷을 더럽힐 것이 확실했기 때문이다. 왜냐 하면 무도장이 사람들로 혼잡을 이루었을 때는 무도장 가운데로, 즉 그 등잔 밑으로 밀려가지 않으리라는 보장이 없기 때문이었다. 여분의 벽 촛대가 방 이곳저곳에 사람들의 방해가 되지 않도록 설치되었다. 그리고 벽을 등지고 서 있는 성모상(그런 것이 다해서 약 5, 60개나 있었다)의 오른손에 향기를 뿌리는 횃불이 놓여졌다.

여덟 마리의 성성이들은 절름발이 개구리의 충고에 따라 밤중까지 (그때 방 안은 모든 가장자들로 빽빽했다) 나타나지를 못하고 꾹 시간이 되기를 기다리고 있었다. 그러나 시계가 땡땡 치는 소리가 채 그치기도 전에 그들은 일제히 와! 밀려나왔다. 아니, 굴러들어왔다. 왜 그러냐 하면 들어올 때 쇠사슬에 걸려서 그들은 대개 넘어졌거나 넘어지지 않은 사람은 비틀거렸기 때문이었다. 방 안의 가장자들의 놀라움은 대단한 것이어서 임금의 가슴은 기쁨으로 흡족했다. 예상했던 것과 같이 손님들 중에는 이 무서운 짐승들을 성성이라고까지는 채 생각을 못했다 하더라도 무슨 진짜 짐승이라고 생각한 사람들도 적지 않았다. 많은 부인들이 놀라 기절했다. 그리고 만일 임금이 미리 명령하여 무도장에서의 모든 무기를 압수시키지 않았더라면 임금과 신하들은 자기들의 장난 때문에 피로 물들여졌을지도 모른다. 그런 까닭으로 모든 사람들은 문 쪽으로 와! 밀려갔다. 그러나 임금은 그가 방 안으로 들어오자마자 곧 문을 잠가버릴 걸 이미 명령해 두었고, 그 열쇠는 난쟁이의 제의에 따라 그에게 맡겨 두었던 것이다. 방 안은 더할 나위 없이 혼잡을 이루고 모든 가장자들은 저마다 자기 한 몸의 안전만을 찾았다(사실 흥분된 군중들이 서로 떼밀고 있었으므로 실제로 많은 위험도 있었다).

그때 평소에는 샹들리에가 달려 있고 그렇지 않을 때에는 말려 있는 그 쇠사슬이 서서히 내려오는 것이 보였다. 그리고 그 쇠사슬의 갈고랑이 끝은 마루 위 3피트까지 내려왔다. 그 뒤 얼마 안 되어 방 안을 이리저리 비틀거리며 돌아다니던 임금과 그의 일곱 대신들은 마침내 방 한가운데로, 그 쇠사슬의 끝이 그들의 몸에 닿는 곳에까지 오게 되었다. 그들이 이와 같이 방 한가운데로 오게 되었을 때, 그때까지 그들의 뒤를 소리도 없이 바짝 쫓아다니며 소동을 선동하고 있던 난쟁이가 십자 모양으로 가로 잡아맨 그 쇠사슬의 한복판을 붙잡고 눈 깜짝할 사이에 샹들리에를 걸어 두는 쇠갈고리를 그 속으로 집어 넣었다. 그러자 삽시간에 어떤 눈에 보이지 않는 힘에 끌려 손이 닿지 않을 만한 높이에까지, 샹들리에의 쇠사슬이 위로 끌려올라갔다. 그 결과 필연적으로 성성이들은 얼굴을 서로 맞댄 채 한 덩어리가 되어 끌려올라갔다.

가장자들의 놀라움은 이때에는 좀 가라앉았다. 그리고 모든 것이 다 잘 계획된 장난으로만 알고 있었으므로 이 곤궁에 빠진 성성이들의 꼴을 보고선 그들 사이에는 한바탕 큰 웃음이 터졌다.

"그녀석들을 내게 맡겨 두시오!"

이때 절름발이 개구리가 이렇게 외쳤다. 그의 날카로운 목소리는 이 모든 소란 가운데서도 뚜렷이 들렸다.

"그녀석들은 내게 맡겨 두시오. 나라면 그녀석들을 알 것 같습니다. 잘 들여다보면 그녀석들이 누구인지 알 수 있겠지요."

이와 같이 말을 하며 군중들의 머리 위를 엉금엉금 기어 벽에까지 와서 성모상의 하나로부터 횃불을 집어 들고 또다시 방 한가운데로 전과 같이 되돌아와 순식간에 원숭이처럼 날쌔게 임금의 머리 위로 뛰어오르더니, 또다시 거기서부터 쇠사슬 위로 3, 4피트 기어올라갔다. 그리고 횃불을 높이 쳐들고 성성이들을 조사하며 더욱 날카로운 소리로 외쳤다.

"나라면 곧 이녀석들이 누군지 압니다!"

이 말을 듣고 방 안에 가득 찬 사람들은(성성이들도 포함하여) 배를 움켜잡고 한바탕 웃어 댔다. 그때 난쟁이의 휘파람소리가 날카롭게 온 방 안에 울렸다. 갑자기 그 순간 쇠사슬은 약 30피트 위로 맹렬한 기세로 휙 올라가고 그와 동시에 놀라 기쓰는 성성이들도 위로 끌려올라가 창과 마루 사이 한복판에 대롱대롱 매달려 있게 되었다. 절름발이 개구리는 쇠사슬이 올라갈 때 몸을 쇠사슬에다 착 붙인 채 성성이들에게 대해 전과 같은 위치를 유지하고 있었다. 그리고 여전히 (마치 아무 일도 없었던 것과 같이) 그들을 누군지 알아내려는 진지한 태도로 횃불을 그쪽으로 쑥 내밀고 있었다.

방 안에 꽉 들어찬 사람들은 이 성성이들의 매달린 꼴에 깜짝 놀라 방 안에 약 1분 동안 죽은 듯한 침묵이 흘렀다. 이 침묵은 전날 임금이 츄리페타의 얼굴에 술잔을 내던졌을 때 임금과 일곱 대신들의 주의를 끌었던 이를 가는 듯한 귀에 거슬리는 소리로 깨뜨려졌다. 그러나 이번에는 그 출처를 의심할 여지가 없었다. 그것은 난쟁이의 어금니 사이에서 나온 것이고, 그는 입거품을 내뿜으며 이를 뿌드득뿌드득 갈고 있었다. 그리고 악마와 같이 격노에 타오르는 얼굴로 임금과 일곱 대신들의 얼굴을 흘겨보고 있었다.

"야, 이젠 이녀석들이 누군지 알겠군!"

노여움의 불덩이가 된 난쟁이는 이렇게 외치며 임금을 더 자세히 보려는 듯이 횃불을 쳐들어 임금의 전신을 싸고 있는 삼옷에다 갖다 대었다. 임금의 온몸은 삽시간에 불덩어리가 되어 타올랐다. 30초도 못 되어 여덟 마리의 성성이들은 무서워 부들부들 떨며 갈팡질팡하면서 아래에서 군중들이 멍하니 위만 쳐다보고 있는 가운데 온통 불덩어리가 되어 맹렬한 기세로 타고 있었다.

갑자기 불길이 활활 타올랐으므로 난쟁이는 불길이 닿지 않는 위를 향해 쇠사슬을 기어 올라갔다. 그동안 또 방 안에는 잠시 침묵이 흘렀다. 절름발이 개구리는 그 기회를 놓치지 않고 또다시 말을 이었다.

"이 작자들이 누군지 나는 이제 확실히 알았다. 이 녀석들은 임금과 일곱 대신이다. 허약한 여자를 때리고도 조금도 양심의 가책을 느끼지 않는 임금과, 임금을 부채질한 일곱 대신 녀석이다. 자, 그러면 나라는 자는 누군고 하니, 다른 사람이 아니라, 익살꾼 절름발이 개구리다! 그리고 이것이 내 최후의 익살이란 말이다!"

콜타르와 그것에 착 달라붙은 삼은 불붙기가 아주 쉬웠으므로 절름발이 개구리의 이 짧은 연설이 채 끝나기도 전에 이 복수도 완성되었다. 이 여덟 시체는 악취를 내며 시꺼멓고 무시무시한, 분별할 수 없는 한 덩어리가 되어 쇠사슬 끝에 매달린 채 흔들리고 있었다. 절름발이 개구리는 횃불을 그쪽으로 던지고 유유히 천장으로 기어올라가 창 밖으로 사라져 버렸다.

츄리페타가 무도장 지붕 위에서 이 화장(火葬)을 도왔음에 틀림없었다. 그리고 그들은 둘 다 그들의 고국으로 도망쳐 버린 탓인지, 그 뒤 이 나라 안에서는 두 번 다시 그들의 모습을 볼 수 없었다.

범인은 너다

래틀배러 수수께끼를 풀기 위해 이제부터 나는 오이디푸스 역을 맡기로 한다. 래틀배러 기적을 일으킨 속임수의 비밀을 풀 수 있는 사람은 나밖에 없다. 이제 그 과정을 여러분에게 상세히 설명하려 한다. 그 기적은 유일무이하며 진실하다. 또한 누구나 인정하고 이의를 제기하지 않는 분명한 현상으로서, 래틀배러 지방의 무신론에 분명한 종지부를 찍었다.

어울리지 않게 가벼운 어조로 논하는 것이 다소 유감스럽지만, 이 사건은 18××년 여름에 일어났다. 그 지방의 가장 덕망있는 부호 가운데 한 사람인 바나바스 셔틀워드 씨가 의혹의 상황에서 며칠 동안 실종되었다. 셔틀워드 씨는 어느 이른 토요일 아침, 말을 타고 래틀배러를 떠나며 ××시로 간다고 했다. 그곳은 15마일 거리에 있는 도시이며 셔틀워드 씨는 그날밤 돌아오기로 되어 있었다. 그러나 그가 떠난 지 두 시간이 지나, 주인은 물론 안장도 없이 말만 돌아왔다. 말은 큰 상처를 입었으며, 온몸에 진흙이 뒤덮여 있었다. 이런 상황들을 접한 주변 사람들은 크게 놀랐다. 하루가 지나 일요일 아침이 되어도 실종자가 나타나지 않자, 래틀배러 사람들은 모두 모여 그의 시체를 찾아 나섰다.

이 수색에 가장 열성적이었던 사람은 찰스 굿펠로우 씨였다. 그는 셔틀워드 씨의 친한 친구였다. 사람들은 그를 찰스 굿펠로우 혹은 올드 찰리 굿펠로우라고 불렀다. 우연의 일치인지 아니면 모르는 사이에 이름 자체가 성격에 큰 영향을 미치는지 확신할 수는 없지만, 찰스라는 이름을 가진 사람들은 모두 개방적이고, 남자답고, 정직하고, 친절하고, 솔직한 사람이라는 것에는 의심의 여지가 없다. 그들은 듣기 좋은 부드럽고 분명한 목소리에, 늘 상대방의 얼굴을 똑바로 쳐다보며 이렇게 말하는 듯한 눈을 가졌다. "나는 양심이 깨끗하며, 아무도 두려워하지 않으며, 비열한 행동과는 거리가 멀지요"라고. 그러므로 인심 좋고 대담한 무대의 '살아 있는 신사들'은 모두 찰스라는 이름임에 분명하다.

올드 찰리 굿펠로우.

그는 래틀배러에 온 지 여섯 달 정도밖에 되지 않았고, 이곳에 정착하기 이전의 그에 대해 아는 사람은 아무도 없었지만, 그는 이곳 래틀배러의 모든 인사들과 알고 지내는 데 아무런 어려움도 겪지 않았다. 남자들은 그의 꾸밈없는 말을 수없이 들었다. 여자들로 말하자면, 그에게 감사받을 일은 무엇이든 했다는 것은 말할 필요도 없을 것이다. 이 모든 것은 그가 세례받은 찰스라는 이름과 '최상의 추천서'라는 말처럼 순진무구한 얼굴을 지니고 있었기 때문이었다.

셔틀워드 씨가 존경받는 인물 가운데 한 사람이며, 래틀배러에서 가장 부유한 사람이라는 것은 이미 말했다. 그는 올드 찰리 굿펠로우와는 마치 형제처럼 친한 관계를 맺고 있었다. 두 사람은 이웃에서 살았다. 하지만 셔틀워드 씨가 올드 찰리 굿펠로우의 집을 방문하는 일은 거의 없었다. 설령 방문해도 굿펠로우의 집에서 식사를 하거나 하지는 않았다. 그럼에도 불구하고 두 사람은 지나칠 정도로 친밀해져 갔다. 올드 찰리는 하루도 거르지 않고 친구를 보기 위해 서너 번씩 셔틀워드 씨의 집에 드나들었다. 그는 셔틀워드 씨의 집에서 자주 아침을 먹거나 차를 마셨다. 때론 저녁까지 먹곤 했다. 두 사람이 한 번 식사하는 데 없어지는 포도주 양은 거의 확인하기 어려울 정도였다. 올드 찰리가 좋아하는 포도주는 샤토 마르고였다. 셔틀워드 씨는 찰리가 이 술을 계속 마시는 것을 바라보며 흐뭇해했다. 그러던 어느 날, 술이 들어가고 술의 자연스러운 결과인 위트가 등장하자 그는 친구의 등을 두드렸다.

"이보게, 올드 찰리. 이상한 일이지만 자네는 이제까지 내가 태어나서 만난 사람들 중에서 가장 원기 왕성한 사람일세. 그렇듯 포도주를 폭음하니, 샤토 마르고를 큰 상자로 선물하지 않으면 벌받겠는걸. 그럼 그렇지."

셔틀워드 씨는 말을 덧붙이는 고약한 버릇이 있었다. '그럼 그렇지', '그렇고 말고', '암 그래'를 빠뜨리는 일은 거의 없었다. 그는 말했다.

"그럼 그렇지, 바로 오늘 오후에 가장 좋은 포도주 두 상자를 시내에 주문해서 자네에게 보내 주지. 암, 그렇고 말고! 자네는 아무 말할 필요 없네. 이제 끝났네, 며칠 지나면 손에 들어올 테니. 자네가 찾지 않을 바로 그때에!"

셔틀워드 씨의 호기에 대해 말한 것은, 두 사람 사이에 얼마나 친애의 이해 관계가 싹터 있었는지 보여주기 위해서이다.

그 문제의 일요일, 셔틀워드 씨가 살해당했다는 것이 거의 확실해졌을 때 올드 찰리 굿펠로우만큼 심하게 충격받은 사람은 없었다. 말이 주인도 안장도 없이 가슴에 피를 흘리며 돌아왔다는 소식을 처음 접했을 때, 그는 죽은 이가 마치 자신의 형제나 되는 것처럼 발작을 일으키듯 온 몸을 떨었다.

처음에 그는 너무 큰 비탄에 잠겨 아무것도 할 수 없었다. 또 어떤 계획도 세울 수 없었다. 그는 주변 사람들에게 문제에 대해 소란 피우지 말고 당분간 기다리는 것이 최상이라고 설득했다. 다시 말해 한두 주 혹은 한두 달 정도 후, 셔틀워드 씨가 자연스럽게 돌아와 말을 먼저 보낸 이유를 설명할지도 모르는 일이라고 했다. 형세를 관망하고 늑장을 부리는 이러한 성향은 너무도 큰 슬픔에 사무치는 사람들에게서 볼 수 있는 법이다. 그들의 마음은 마비되어 어떤 행동도 하기 두려워한다. 마치 노부인처럼 침대에 조용히 누워 그들의 '슬픔을 달래는 것'이다. 즉 그들은 고통을 반추하는 것 외에는 아무것도 하지 않는다.

래틀배러 사람들은 올드 찰리의 지혜와 분별력을 높이 평가했다. 대부분의 사람들은 그의 의견을 존중하여 '어떤 일이 일어날 때'까지 소란을 일으키지 않겠다고 동의했다. 결국 이것이 일반적인 결론이 되었다. 그러나 다소 성격이 급한 한 젊은이가 매우 의심스러운 말을 던졌다. 바로 셔틀워드 씨의 조카였다. 페니페더라는 이름의 그 조카는 '조용히 앉아 있자'는 말 따위는 듣지 않고, '죽은 사람의 시체를 곧장 찾아낼 것'을 주장했다. 이것이 그가 사용한 표현이었다. 그때 바로 굿펠로우 씨는 이렇게 말했다.

"이상한 표현이군. 다시는 그런 말 말게."

올드 찰리의 말은 모여 있던 사람들에게 큰 영향을 끼쳤다. 그 중한 사람이 이렇게 말해 매우 강한 인상을 남겼다.

"페니페더 씨는 부자 삼촌의 행방불명과 관계된 상황을 어떻게 저렇게 정확히 알아서 삼촌이 '죽은 사람'이라고 분명하고 거리낌없이 단언한단 말인가!"

그러자 여러 사람들 사이에, 특히 올드 찰리와 페니페더 씨 사이에 말다툼이 오갔다. 그러나 두 사람 사이의 언쟁은 그리 새로운 것이 아니었다. 지난 서너 달 동안 두 사람 사이에는 호감이라고는 전혀 없었기 때문이다. 자신의 삼촌 집에서 올드 찰리가 지나치게 방종하게 구는 것을 보고 페니페더 씨는 그를 때려눕힌 일까지 있었다. 이 사건에 대해 올드 찰리는 모범적일 정도로 온화하고 자비롭게 행동했다. 그는 쓰러졌던 자리에서 일어나 옷차림새를 바로 했을 뿐이었다. 그는 전혀 보복하지 않았다. 다만 '시기를 보아 모두 갚아 주지'라고 몇 마디 중얼거렸을 뿐이었다. 그것은 자연스럽고 정당한 분노의 표시였을 뿐, 화를 풀면 금방 잊어버릴 것이었다.

래틀배러 사람들은 페니페더 씨의 설득으로 마침내 실종된 셔틀워드 씨를 찾아 주변 지역을 수색하기로 결정했다. 그들은 우선 '이 결정에 도달했다'고 말했다. 그 이후에 최종적으로 결정된 것은 수색팀을 나누어 주변 지역을 좀 더 샅샅이 뒤지기로 한 것이었다. 하지만 올드 찰리가 어떤 교묘한 근거를 대서 그것은 무분별한 계획이라고 설득했는지는 기억나지 않는다. 결국 페니페더 한 사람을 제외한 래틀배러의 모든 사람들은 한데 뭉쳐 수색에 나섰다. 올드 찰리가 길을 앞장서 수색팀을 이끌었다.

사실 길을 찾아 나서는 데 올드 찰리만한 적임자가 없었다. 그는 살쾡이처럼 민첩하게 길 안내를 맡았다. 그가 안내하는 대로, 누구도 그 근처에 그런 길이 있다고 생각지도 못한 막다른 함정과 골목들을 들쑤시고 다녔다. 그 일은 거의 일 주일 동안 밤낮으로 쉬지 않고 진행되었다. 하지만 셔틀워드 씨의 흔적은 어떤 것도 발견되지 않았다. 어떤 흔적도 발견되지 않았다고 했는데, 문자 그대로 이해해서는 안 된다. 어느 정도는 흔적이 존재했기 때문이었다. 먼저 말굽 자국이 (그것은 다소 특이했는데) 발견되었다. 래틀배러에서 동쪽으로 3마일 정도, 도시로 향하는 큰길에 나 있었다. 여기에서 말발굽은 숲을 지나 옆길로 들어갔다. 그 옆길은 다시 큰길로 돌아오는 반 마일 정도의 지름길이었다 이 좁은 길 아래로 말발굽을 따라가자 사람들은 마침내 물웅덩이에 이르렀다. 물웅덩이는 오른편의 가시덤불로 반은 가려져 있었는데, 웅덩이 맞은편에서 발자취가 사라졌다. 그러나 어떤 몸부림 같은 자국이 나 있었으며, 어떤 크고 무거운 것이, 사람보다 훨씬 무겁고 큰 것이 좁은 길에서부터 웅덩이까지 끌려간 것 같았다. 웅덩이를 두 번 조심스럽게 훑어보았으나 아무것도 발견되지 않았다. 아무런 결과도 없이 사람들이 돌아가려는 순간, 굿펠로우 씨는 계시라도 받은 듯 웅덩이에서 물을 퍼내 보자고 제안했다. 이 제안은 흔쾌히 받아들여졌다. 그의 슬기로운 생각에 많은 사람들이 감탄했다. 물웅덩이는 빠르게 바닥이 드러났다. 바닥을 드러낸 진흙 가운데에 검은 실크 벨벳 조끼가 보였다. 사람들은 그것이 페니페더 씨의 것이라는 것을 곧 알 수 있었다.

조끼는 많이 찢겨진 채 피로 얼룩져 있었다. 몇몇 사람들은 셔틀워드 씨가 시내로 떠나던 아침, 페니페더 씨가 그 조끼를 입고 있었다는 것을 명확히 기억하고 있었다. 셔틀워드 씨가 실종된 이후 *그가 그 조끼를 입고 있었다고 말하는 사람은 아무도 없었다.* 사태는 이제 페니페더 쪽으로 매우 심각해졌다. 그에 대한 의심이 더욱 분명해진 것은, 그가 어떤 변명의 말조차 단 한마디도 하지 못했기 때문이다. 사람들 사이에서 그를 체포하라는 요구가 빗발쳤다. 그러나 굿펠로우의 관대함은 이와 대조를 이루어 빛을 발했다. 그는 페니페더를 온정 넘치는 말로 변호했다. 그는 '셔틀워드 씨의 상속자인 이 젊은이가 자신을 모욕했던 것을 진심으로 용서한다'고도 말했다. 그는 이렇게 말했다.

"나는 진심으로 그를 용서했습니다. 이렇게 말할 수밖에 없어 유감 천만이지만, 페니페더 씨에게 더없이 불리하게 나타난 이 의심스러운 상황을 철저하게 파헤치기 보다는 오히려 최대한 양심적으로 노력해서, 그러니까……이 처치곤란한 머리아픈 사건을……음, 뭐랄까……타파하기 위하여 다소나마 변호하고 싶은 심정입니다.”

그렇게 그는, 머리와 가슴으로 약 반 시간 정도 얘기해 나갔다. 그러나 마음이 따뜻한 사람은 사태를 냉정하게 관찰하지 못한다. 그런 사람들은 친구를 도우려는 성마름 때문에, 뜻밖의 사고나 불의 같은 번거로움에 빠지게 된다. 그렇게 해서 그 의도를 관철시키기보다는 손상시키는 경우가 종종 있다. 바로 그 순간, 올드 찰리의 연설도 그렇게 되었다. 그는 페니페더를 열심히 변호할 의도였다. 그러나 그가 한 말은 자신도 모르게 직접적인 결과가 되고 말았다. 그의 말은 이미 의심받고 있는 이의 의혹을 가중시켜 사람들의 노여움만 더 커지게 했다.

그가 저지른 가장 기묘한 실수는 곤경에 빠진 사람을 가리켜 ‘존경스러운 노신사 셔틀워드 씨의 상속자’라고 한 것이었다. 사람들은 그때까지 거기까지 생각이 미치지 않았다. 그들이 기억했던 것은 셔틀워드 씨가 1, 2년 전에 그 조카에게 의를 끊겠다고(그 조카를 제외하고는 살아 있는 친척이 아무도 없었다) 위협한 것뿐이다. 그러므로 그 위협은 기정 사실로 받아들여졌다. 래틀배러 사람들은 그렇게 단순했다. 그러나 올드 찰리의 말로 사람들은 곧바로 이 문제에 대해 생각하기 시작했고, 그 위협이 단지 위협에 그쳤을 가능성을 알게 되었다.

여기에서 ‘cui bono’라는 당연한 의문, 그 끔찍한 범행을 그 젊은이의 몫으로 만든 조끼보다 더 근거 있는 의문이 나왔다. 여기에서 오해의 소지를 없애기 위해 잠시 이야기에서 벗어나, 내가 사용한 너무나 짧고 간단한 라틴어 문장을 살펴보고자 한다. 이 문장은 오역되어 잘못 사용되는 경우가 많다. ‘cui bono’는 온갖 재치 있는 장편소설이

나 그 이외의 작품들, 예를 들어 《세실》의 저자 고어 부인의 작품들 속에 나온다. 그녀는 카르디아 어에서 치카소 어에 이르기까지 모든 언어를 인용하는데, 백포드 씨의 체계에서 도움을 받았다. 한편 온갖 재치 있는 장편소설이라 했는데 블루워, 디킨스에서부터 터너페니, 에인즈워드에 이르는 소설들 속에 'cui bono'라는 두 마디의 라틴어는 '무슨 목적으로' 혹은 '무슨 이익으로'라는 뜻으로 사용되었다. 그러나 그 의미는 '누구의 이득을 위해서'이다. 'cui"는 '누구에게'이고 'bono'는 '이득'을 뜻하기 때문이다. 이것은 순수한 법률 용어로, 지금 우리들이 생각하는 것처럼 어떤 한 행위와 행위자 간의 상관관계에서 그 행위의 달성이 누가 어떤 이익을 얻느냐 하는 경우에 적용하는 것이 올바른 해석일 것이다. 그렇다면 이제 'cui bono'라는 의문은 바로 페니페더 씨를 끌어들였다.

그의 삼촌은 유언장을 작성한 뒤 그에게 의를 끊겠다고 위협했다. 그러나 그 위협은 실제로 지켜지지 않았다. 그리고 원래의 유언장도 고쳐지지 않은 것 같았다. 만약 고쳐졌다면, 용의자 측의 유일한 살인 동기는 당연히 복수였을 것이다. 그러나 이것은 다시 의를 이으려는 삼촌의 호의에는 거스르는 일이었을 것이다. 그러나 유언장은 고쳐지지 않았으며, 유언장을 고치겠다는 위협이 조카의 머릿속에 계속 남아 있었다면, 여기에서 범행의 강력한 동기가 나타난다. 훌륭한 래틀배러 시민들은 그렇게 현명하게 결론을 지었다. 따라서 페니페더는 그 자리에서 체포되었고, 사람들은 좀 더 수색한 뒤 그를 끌고 집으로 돌아왔다. 그러나 돌아오는 길에 의혹을 뒷받침하는 또 다른 상황이 벌어졌다. 열성적으로 앞장서 가던 굿펠로우 씨가 갑자기 앞으로 달려나가 풀 위의 어떤 작은 물체를 집어 올리는 것이었다. 서둘러 살펴본 뒤, 그것을 감추려는 의도인 양 자기 외투 주머니에 넣는 것을 사람들은 목격했다. 그가 집어 올린 물건은 스페인제 주머니칼이었다. 사람들은 그것이 페니페더의 것임을 금방 알아차렸다. 게다가 그의 이니셜이 손잡이 위에 새겨져 있었다. 칼은 뽑힌 채 피가 묻어 있었다.

이제 조카의 유죄에는 의심의 여지가 없었다. 래틀배러에 도착하자마자 그는 신문을 받기 위해 곧장 치안판사 앞으로 끌려갔다. 이곳에서 사태는 다시 불리한 방향으로 진전되었다. 셔틀워드 씨가 실종된 날 어디 있었느냐는 물음에, 그는 몹시 거만하게 대답했다. 바로 그날 아침 그는 굿펠로우 씨의 현명함으로 피묻은 조끼가 발견되었던 물웅덩이 근처에 라이플 총을 가지고 사슴 사냥을 갔었다고 말했다.

굿펠로우는 눈에 눈물을 글썽이며 앞으로 나아가, 자신을 신문해 달라고 간청했다. 그는 신이 그에게 내린 신성한 의무 때문에 더 이상 침묵할 수 없다고 말했다. 그는 페니페더에 대한 진정한 애정으로 그를 구하려 했다. 그는 페니페더에게 너무나 불리해 보이는 의심스러운 상황을 설명하기 위해 온갖 상상력으로 갖은 가설을 제시하기 위해 안간힘을 썼다. 그러나 상황은 너무 분명하고 손을 댈 수가 없었다. 굿펠로우는 비록 자신의 가슴이 터진다 해도 더 이상 주저하지 않고 아는 것을 모두 말하겠다고 했다. 그리고 그는 다음과 같이 설명했다. 셔틀워드 씨가 시내로 출발하기 전날 오후, 그는 굿펠로우가 있는 곳에서 조카에게 이렇게 말했다. 그가 다음날 시내로 가는 것은 농상(農商)은행에 거금을 예치하러 가는 것이며, 원래의 유언장을 무효로 하고 그에게는 1실링을 주고 의를 끊겠다고 했다. 증인은 그가 말한 것이 모든 면에서 사실인지 대답하라고 피고에게 엄숙하게 요구했다. 그곳에 있던 사람들 모두가 놀랍게도, 페니페더 씨는 그렇다고 솔직히 시인했다.

판사는 이제 삼촌 집에 있는 피고의 방을 수색하기 위해 두 경관을 보내는 것이 자신의 임무라고 판단했다. 이 수색에서 두 경관은 적갈색 가죽 지갑을 가지고 곧 돌아왔는데, 그것은 셔틀워드 씨가 수 년 동안 지니고 다녔던 것이었다. 그러나 귀중한 내용물은 없었다. 판사는 피고에게 그것을 어떻게 썼는지 혹은 어디에 숨겨 두었는지 여러 차례 심문했으나 소용이 없었다. 페니페더 씨는 그 사실에 대해서는 아무것도 모른다고 완강히 버텼다. 경관은 피고의 침대 주변에서 그의 이니셜이 새겨진 셔츠와 손수건을 발견했는데, 모두 피해자의 피로 끔찍하게 더럽혀져 있었다.

이 시점에서 관심사는 다시 피해자의 말로 옮겨졌다. 말은 이미 총상을 입어 마구간에서 죽었다. 굿펠로우는 총알을 찾아내기 위해 가능하다면 죽은 말을 검시해야 한다고 주장했다. 그것은 곧 이루어졌다. 피고의 유죄는 의심의 여지가 없다는 것을 증명하기라도 하듯, 굿펠로우는 말 가슴의 총알 구멍에서 총알을 찾아냈다. 그것은 페니페더 씨의 라이플 총에 정확하게 들어맞았다.

이 총알이 발견되자 판사는 더 이상 증언을 듣지 않았다. 그는 곧바로 이 사건에서는 보석이 허용되지 않는다고 단언한 뒤 피고를 판결에 넘겼다. 이 가혹한 처치에 굿펠로우는 온정있게 항의했다. 올드 찰리 편에서의 이러한 너그러움은 래틀배러에 그가 머물며 변함없이 보여주었던 상냥하고 기사도적인 행동에 들어맞았다. 굿펠로우는 너무나 동정심에 겨워 있었으므로 그 젊은이를 위한 보석을 신청할 때 자신에게는 단 1달러도 없다는 것을 완전히 잊어버린 듯했다.

이 범행의 결과는 이미 예견되었다. 페니페더는 모든 래틀배러 사람들의 저주 속에서 다음 번 형사재판을 받게 되었다. 굿펠로우의 양심 때문에 법정에 제출하지 않을 수 없었던 몇몇 추가된 명백한 사실들로 더 분명해진 연속적인 상황 증거는 너무나 굳건하고 결정적인 것으로 간주되었다. 따라서 배심원들은 협의도 하지 않고 '1급 살인죄'의 평결을 내렸다. 이후 그 불쌍한 젊은이는 사형선고를 받고 가

차없는 법의 복수를 기다리기 위해 지방 형무소로 압송되었다.

그러는 한편 올드 찰리 굿펠로우는 그의 존귀한 행동으로 래틀배러 사람들과 예전보다 훨씬 더 친밀해졌다. 사람들은 그를 이전보다 열 배는 더 좋아하게 되었다. 그가 받은 호의의 자연스러운 결과로 그는 자신의 집에서 조촐한 친목회를 자주 열곤 했다. 친목회는 재치와 쾌활함이 넘쳤다. 물론 고인이 된 절친한 친구의 조카에게 드리워진 불행하고 음울한 운명이 가끔 기억나 약간 열기가 식어 버리기는 했지만.

어느 날씨 좋은 날, 이 관대한 노신사는 다음의 편지를 받고 매우 기뻐하며 놀랐다.

찰스 굿펠로우 귀하.

아룁니다. 존경하는 고객 바나바스 셔틀워드 씨로부터 약 두 달 전에 주문받은 보라색 봉인 샤토 마르고 한 상자를 귀하의 주소로 보내드리겠습니다. 상자에는 번호와 표시가 가장자리마다 표시되어 있습니다.

H. F. B 회사
××시 18××년 6월 21일

추신 : 포도주 상자는 이 편지를 받는 다음 날 마차로 배달될 예정입니다. 존경하는 셔틀워드 씨에게 인사올립니다.

H. F. B 회사

사실 굿펠로우는 셔틀워드 씨의 죽음 이후 그가 약속한 샤토 마르고는 완전히 잊고 있었다. 그러므로 그는 그것을 특별한 신의 섭리로 여겼다. 그는 너무나 기뻐했으며, 너무 기쁜 나머지 다음날 래틀배러

사람들을 초대해 만찬회를 열기로 했다.

내가 바로 기억하고 있다면 그는 만찬 직전까지 포도주를 선물받았다는 사실을 어느 누구에게도 말하지 않았다. 그는 단지 친구들을 불러, 두 달 전에 주문하여 내일 도착하는 아주 양질의 부드러운 포도주를 같이 마셔 달라고 했다. 왜 올드 찰리가 그의 옛친구의 선물에 대해 아무런 말도 하지 않았는지 나는 종종 혼란스러웠다. 그가 침묵한 이유를 나는 정확히 이해할 수 없었다. 그에게는 분명 그럴 듯한 대단한 이유가 있었겠지만.

결국 그 다음날이 되어, 굿펠로우의 집에 잘 치장한 여러 사람들이 모였다. 아마 래틀배러 사람들의 반은 왔을 것이다. 나도 그 중 하나였다. 그러나 당혹스럽게도 올드 찰리가 대접한 거나한 식사가 거의 끝나 갈 늦은 시각까지 샤토 마르고는 도착하지 않았다. 하지만 결국 그것은 왔다. 그러나 그 상자는 괴물 같이 컸다. 모인 사람들은 모두 기분이 좋았으므로 테이블 위에 올려 내용물을 꺼내자고 결정했다. 말하자마자 실행에 옮겨졌다. 나도 거들었다. 순식간에 우리는 병과 잔을 치우고 테이블 위에 상자를 올렸다. 그 사이 병과 잔이 몇 개 깨어졌다. 상당히 취해 있던 올드 찰리는 얼굴이 벌개진 채 우스꽝스러운 위엄을 갖추고 식탁 맨 앞자리에 앉아 그 보물을 개봉하는 의식을 진행했다. 그동안 그는 질서를 지키라고 요구하면서 유리병으로 탁자를 꽝 내리쳤다.

잠시 소란이 있은 다음 이런 비슷한 경우에 등장하는 아주 깊은 정적이 깃들었다. 뚜껑을 열어달라는 부탁을 받고 나는 무척 기뻐하며 받아들였다. 끌을 집어넣고 망치로 서너 번 가볍게 두드리자, 상자 뚜껑 윗부분이 갑자기 튕겨 올라갔다. 그와 동시에 상처와 피투성이로 얼룩진 셔틀워드 씨의 주검이 튀어 올라와 굿펠로우 바로 맞은편에 앉은 자세로 고정되었다. 주검은 부패하고 빛을 잃은 눈으로 굿펠

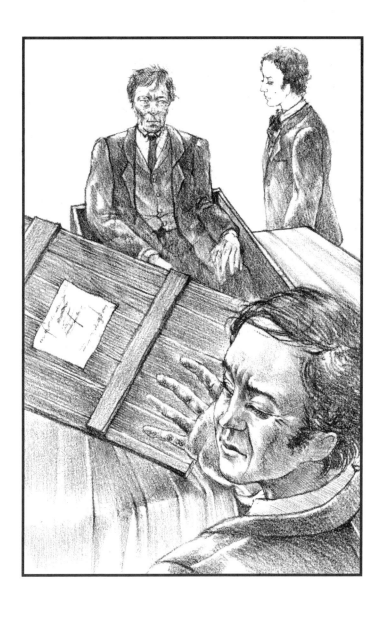

로우의 얼굴을 똑바로 서글프게 잠시 쳐다보았다. 그리고 천천히 그러나 분명한 음성으로 '범인은 너다'라고 말한 뒤, 이제 온전히 만족한 듯 테이블 옆으로 쓰러져 사지를 약하게 떨었다.

일어난 광경은 도저히 말로 표현할 수 없었다. 사람들은 문으로 창으로 내몰렸다. 그곳에 있던 억센 남자들도 이 완전한 공포에 기절해 버렸다. 결국 모든 사람들의 눈은 굿펠로우를 향했다. 그는 승리감과 술에 취해 벌겋던 얼굴에 핏기를 잃었다. 그의 고통스런 표정은 내가 천년을 산다 해도 영원히 잊혀지지 않을 것이다.

잠시 동안 그는 대리석상처럼 움직이지 않고 앉아 있었다. 그의 텅 빈 눈은 비참하고 끔찍한 자신의 넋을 생각하는 데 함몰되어 있는 것 같았다. 그 눈은 결국 갑자기 외부 세계로 향했다. 그는 벌떡 자리에서 일어나 머리와 어깨를 테이블에 무겁게 떨구었다. 그리고는 시체에 다가가 이 끔찍한 범행에 대해 격렬한 말투로 상세히 털어놓았다.

그가 말한 것은 대강 이러했다.

그는 물웅덩이 근처까지 피해자 셔틀워드 씨를 따라갔다. 그곳에서 총으로 말을 쏜 다음 권총 개머리판으로 때려 그를 살해했다. 그리고 그 지갑을 손에 넣었다. 그리고 말 위에 셔틀워드 씨의 시체를 얽어매어 숲에서 멀리 떨어진 안전한 장소에 숨겼다. 조끼, 주머니칼, 지갑, 총알은 페니페더에게 복수할 의도로 일정한 장소에 숨겨 놓았다. 피묻은 손수건과 셔츠도 마찬가지로 숨겼다.

그 섬뜩한 독백이 끝날 무렵 그 죄인의 말은 공허해졌다. 고백이 끝나자 그는 일어나 테이블로부터 뒷걸음치며 비틀거리다가 쓰러져 죽었다.

이 시기 적절했던 고백을 이끌어 낸 방법은 효과적이었지만, 실제로는 매우 단순했다. 굿펠로우의 지나친 솔직함에 나는 넌더리가 났다. 그는 처음부터 내 의심을 샀다. 페니페더가 그를 때려눕혔을 때 나는 그 자리에 있었다. 그때 그의 얼굴에 떠올랐던 악마 같은 인상은 비록 순간적이었지만 복수에 대한 위협이 가능하다면 분명히 실행될 것이라는 확신을 주었다. 그러므로 나는 선량한 래틀배러 시민들의 입장과는 매우 다른 관점에서 올드 찰리의 행동을 지켜볼 준비가 되어 있었다.

범죄 증거가 직접적으로 간접적으로 모두 그에 의해 발견되었다는 것을 나는 곧 알아차릴 수 있었다. 그러나 사건의 진상에 대해 분명히 눈뜨게 해준 것은 굿펠로우가 말의 시체에서 찾아낸 총알이었다. 총알이 말을 관통할 때 들어간 구멍과 나온 구멍이 다르다는 것을 래틀배러 사람들은 잊고 있었지만 나는 잊지 않았다. 총알이 관통했는데 말의 몸 속에서 발견되었다면 그것은 그가 넣어 둔 것임이 분명했다. 피묻은 셔츠와 손수건은 총알로 추측했던 생각을 확고하게 만들었다. 피는 검사 결과 포도주에 지나지 않는 것으로 판명 났기 때문이다. 이러한 사실들과 굿펠로우의 씀씀이가 늘어난 것을 생각하기에 이르자 의혹이 생겼는데, 나만 알고 있었으므로 그 의혹은 더욱 강했다. 당분간 나는 굿펠로우가 사람들을 안내했던 곳으로부터 되도록 넓은 범위에 이르기까지 비밀리에 셔틀워드 씨의 시체를 찾아 나섰다. 그 결과 사나흘이 지나 나는 마른 우물을 하나 발견했는데 덤불로 입구가 거의 숨겨져 있었다. 그 우물 바닥에서 나는 내가 찾던 것을 찾았다.

그때 굿펠로우가 셔틀워드 씨가 샤토 마르고 한 상자를 약속하도록 감언이설로 부추길 때, 두 사람 사이의 이야기를 얼핏 들었던 것이 떠올랐다. 여기에 착안해서 나는 일을 꾸몄다. 단단한 고래의 뼈를 구해 시체의 목구멍으로 집어 넣고, 헌 포도주 상자에 시체를 담았다. 고래뼈를 반으로 접을 수 있도록 매우 조심스럽게 시체를 반으로 접었다. 이런 방법으로 시체가 그대로 유지되도록 뚜껑을 세게 누르고 못으로 박았다. 물론 뚜껑을 열자마자 시체가 튀어올라 꼿꼿하게 서기를 기대했던 것이다.

상자를 정리한 뒤 앞서 말한 대로 편지를 써 부쳤다. 그리고 셔틀워드 씨가 거래했던 포도주 상인의 이름을 적고, 내가 신호를 주면 굿펠로우 씨 집으로 그 상자를 보내라고 일러두었다. 시체에게 말을 하게 한 것은 내 복화술에 의존했다. 그 효과는 살인을 저지른 자의 양심을 찔리게 하기 때문이었다.

이제 더 이상 설명할 것은 없다고 생각한다. 페니페더는 그 자리에서 풀려났다. 그는 삼촌의 유산을 물려받았고, 경험의 교훈을 빌려 새로운 사람이 되어 줄곧 행복하게 새로운 삶을 살았다.

말하는 심장

사실이다! 나는 너무나도 신경질적이었으며 지금도 그러하다. 그렇지만 왜 나를 미친 사람이라고 말하려 드는가? 병 때문에 내 감각은 날카로워졌지만, 마비되지도 둔해지지도 않았다. 무엇보다 청각이 예민해졌다. 나는 하늘과 땅의 모든 소리를 들었다. 지옥의 소리도 수없이 들었다. 그런데 내가 미치다니? 여러분은 이 이야기를 경청하기를! 그리고 내가 얼마나 분명하고 차분하게 이야기하는지 관찰하기를! 그 생각이 처음에 어떻게 내 머릿속에 떠올랐는지는 말할 수 없다. 그러나 한 번 떠오른 뒤에는 밤이고 낮이고 머릿속을 떠나지 않았다. 거기에는 목적도 없었고 열정도 없었다.

나는 그 노인이 좋았다. 그가 나에게 잘못한 적은 한 번도 없다. 나를 욕한 적도 결코 없다. 나는 그의 재산을 바란 것이 아니었다. 생각하건대, 그것은 그의 눈 때문이었다. 바로 눈 때문이었다! 그의 한쪽 눈은 독수리의 눈을 닮았는데, 창백하고 푸른 눈 위에 얇은 막이 있었다. 그 눈이 내게로 향할 때마다 피가 얼어붙는 것 같았다. 그리고 서서히, 너무나도 서서히 그 노인의 목숨을 빼앗아 그 눈으로부터 영원히 벗어나겠다고 마음먹었다. 이 점이 중요하다. 여러분은 내가 미쳤고, 미친 사람은 아무것도 모른다는 환상을 가질 것이다. 내가 얼마나 조심스럽고, 깊게 생각하며, 감쪽같이 그 일을 현명하게 해 나갔는지 여러분이 보았어야 하는데……

나는 일에 착수했다. 그를 죽이기 전 일주일 동안 나는 그에게 더 없이 친절히 대했다. 그리고 매일 밤 자정 무렵에 그의 방 걸쇠를 돌려 너무나도 살며시 문을 열었다. 그리고 머리가 들어갈 만큼 문을 연 뒤 빛이 새어나오지 못하도록 덮개를 잠근 희미한 등불을 방 안으로 집어넣고 머리를 들이밀었다. 얼마나 교묘히 머리를 집어넣었는지, 여러분이 보았다면 웃었을 것이다. 나는 서서히, 너무나도 서서히 움직였기 때문에 노인의 잠을 깨우지 않았다. 머리를 다 들이밀고 노인이 침대에 누워 있는 것을 보기까지 긴 시간이 걸렸다. 보라, 미친 사람이 어떻게 이처럼 현명할 수 있단 말인가? 머리가 무사히 방으로 들어간 뒤 조심스럽게, 정말이지 조심스럽게(문이 삐걱거렸으므로) 등불 덮개를 열자 한 줄기 엷은 빛이 그 독수리 눈에 떨어졌다. 이 일을 나는 일곱 밤 내내 자정 무렵에 했으나 그 눈은 늘 감겨 있었다. 그러므로 그 일을 하기란 불가능했다. 나를 괴롭혔던 것은 그 노인이 아니라 그의 악마의 눈이었으므로.

매일 아침 동이 틀 때 나는 대담하게 그 방으로 들어가 용기를 내어 그에게 말을 걸고 다정한 목소리로 그를 부르며 밤새 잘 잤는지 물었다. 매일 밤 정각 12시에 내가 자고 있는 그를 찾아갔다고 의심했다면, 그 노인은 선견지명을 가진 늙은이일 것이다.

여드레째 밤에는 여느 때보다 더 조심스럽게 문을 열었다. 시계의 분침이 내 손보다 더 빨리 움직이는 듯했다. 그 이전에는 나의 총명함, 나 자신의 능력이 그렇게 대단하다고 느끼지 못했었다. 나는 승리감으로 흥분을 감추지 못할 지경이었다. 내가 거기에서 서서히 문을 열려고 할 때, 노인은 나의 비밀스런 행동과 생각은 꿈도 꾸지 못했을 것이다. 그런 생각이 들자 나는 키득거렸다. 그리고 그는 아마 내 소리를 들었을 수도 있다. 마치 놀란 듯 갑자기 침대 위에서 몸을 뒤척였기 때문이다. 내가 물러섰을 거라고 생각하겠지만, 그렇지 않다. 도둑맞을까 두려워 덧문을 걸어 잠가 두었으므로 방은 짙은 어둠으로 캄캄했다. 그러므로 나는 그가 문 여는 것을 보지 못했다는 것을 알았고 문을 서서히 계속 밀었다. 머리를 집어넣고 등불 덮개를 열려 할 때 손가락이 양철에 미끄러지자, 노인은 침대에서 벌떡 일어나 소리쳤다.

"거기 누구냐?"

나는 조용히 있었고 소리도 내지 않았다. 한 시간 내내 나는 근육 하나 움직이지 않았는데 그 동안 노인이 드러눕는 소리를 듣지 못했다. 그는 여전히 침대에 앉아 귀를 기울이고 있었다. 마치 내가 밤마다 벽 속에 있는 죽음의 파수꾼에 귀를 기울인 것처럼.

이윽고 희미한 신음 소리가 들렸다. 그것은 죽음을 두려워하는 신음 소리라는 것을 나는 알 수 있었다. 고통이나 슬픔의 신음 소리가 아니었다. 결코 아니었다! 그것은 공포에 억눌렸을 때 영혼의 심연으로부터 올라오는 낮은 숨막힘의 소리였다. 나는 그 소리를 잘 알고 있었다. 수많은 밤, 정확히 자정에, 세상 모든 것이 잠들었을 때, 그 소리는 내 가슴으로부터 올라와 그 끔찍한 메아리를 울리며, 내 마음을 어지럽히던 공포를 더 깊게 했다. 나는 그 소리를 잘 알고 있었다고 할 수 있다. 나는 그 노인에게 어떤 느낌이 들지 알고 있었고, 마음속으로 키득거렸지만 그를 동정했다. 침대에서 돌아누우며 희미한 소리를 낸 이후에도 그는 깨어 있다는 것을 알 수 있었다. 그가 느끼던 무서움은 그의 마음속에서 계속 커져 갔다. 그는 아무것도 아니라고 생각하려 애썼으나 그렇게 할 수 없었다. 그는 이렇게 스스로에게 중얼거렸다.

"굴뚝에서 나는 바람소리일 뿐이야. 마루에 생쥐가 지나가는 거겠지."

혹은,

"귀뚜라미가 한 번 운 것뿐이지."

그렇다, 그는 이런 가정들로 마음의 안정을 얻으려 했다. 그러나 그는 모두 헛수고임을 알았다. 모두 헛수고였다. 검은 그림자를 앞세우며 죽음이 그에게 다가와 그 제물을 둘러싸고 있었으므로, 그는 보지도 듣지도 못했지만, 알아차릴 수 없는 그림자의 음산한 영향으로 방 속에 있는 나의 존재를 느낄 수 있었다.

그가 드러눕는 소리를 듣지 못한 채 너무도 인내심 있게 오랫동안 기다린 나는 등불 덮개를 조금, 아주 조금 열기로 마음먹었다. 그걸 열었는데, 얼마나 서서히 열었는지 여러분은 상상할 수 없을 것이다. 드디어 거미줄 같은 희미한 한 줄기 빛이 나와 틈새를 지나 독수리 같은 그 눈에 떨어졌다. 눈은 떠져 있었는데 완전히 부릅뜬 눈이었다. 그것을 쳐다보자 나는 화가 치밀었다. 나는 너무나도 분명히 그 눈을 보았다. 전체적으로 희미한 푸른빛에 무서운 엷은 막이 있어 뼛속까지 얼어붙는 것 같았다. 그러나 나는 노인의 얼굴도 몸도 보지 못했다. 마치 본능에 의한 것처럼 나는 정확히 그 저주스러운 지점으로 빛을 비추었기 때문이다.

여러분들이 광기로 오해하는 것은, 감각이 지나치게 예민한 것에 지나지 않는다고 나는 이미 말한 적이 있다. 솜으로 싼 시계에서 나는 소리 같은 낮고 둔탁하며 빠른 소리가 이윽고 내 귀에 들렸다. 나는 그 소리 역시 잘 알고 있었다. 그것은 노인의 심장이 뛰는 소리였다. 북치는 소리가 병사들의 용기를 자극하듯 노인의 심장 뛰는 소리는 나의 노여움을 증폭시켰다. 그러나 나는 참고 조용히 있었다. 숨도 거의 쉬지 않았다. 움직이지 않은 채 등불을 잡고 있었다. 얼마나 오랫동안 불빛을 눈에 비출 수 있을지 시험했다. 그러는 동안 빌어먹을 심장박동 소리는 커져만 갔다. 그 소리는 매 초마다 점점 더 빠르고 커졌다. 노인의 공포가 극에 달한 것임에 틀림없다! 정말이지 매 초마다 커져 갔다! 여러분은 내 말을 잘 이해할 것이다. 나는 신경질적이라고 이미 말한 바 있다. 한밤중에, 낡은 집의 죽음 같은 침묵 속에서, 이런 소리는 나를 흥분시켜 참을 수 없는 공포를 느끼게 할 지경이었다. 그러나 몇 분 동안 참고 조용히 서 있었다. 박동 소리는 점점 더 커져만 갔다! 나는 심장이 터질 것이라고 생각했다. 그리고 이제 나는 새로운 걱정에 사로잡혔다. 옆사람이 소리를 들을지도 모른다는 걱정! 노인의 운명의 시간이 다가왔다! 큰 고함을 지르며 나는 등불 덮개를 열고 방 안으로 뛰어들었다. 노인은 외마디 소리를 질렀다. 단 한 마디. 곧 나는 그를 바닥으로 끌어내려 무거운 침구를 씌웠다. 그리고는 이제까지의 행동을 생각하며 웃어 제쳤다. 그러나 오랫동안 심장이 둔탁한 소리를 내며 뛰었다. 그러나 그것으로 나는 초조해 하지 않았다. 벽을 통해 들리지는 않을 테니까.

결국 박동 소리는 멎었다. 노인은 죽었다. 나는 침구를 치우고 시체를 살폈다. 그는 돌이었다. 죽은 돌이었다. 나는 노인의 심장 위에 손을 얹고 오랫동안 그대로 있었다. 박동은 멈추었다. 그는 돌처럼 죽어 있다. 그의 눈은 이제 더 이상 나를 괴롭히지 않을 것이리라.

여러분이 만약 여전히 나를 미친 사람으로 생각한다면, 시체를 숨길 때 얼마나 현명하게 준비했는지 설명을 들으면 더이상 그렇게 생각하지 않을 것이다. 밤이 이슥했고 나는 서둘러 일을 해치우기 시작했다. 그러나 아무런 소리도 내지 않았다. 우선 나는 시체를 토막냈다. 머리를 잘라 냈고 팔과 다리를 잘라 냈다.

방바닥의 널빤지 석 장을 뜯어내고 각목 사이에 그것들을 쑤셔 넣었다. 그리고는 너무도 간교하고 교묘하게 널빤지를 다시 맞추어 넣었는데, 어떤 사람도 심지어 그도 어떤 이상한 것을 찾아내지 못했을 것이다. 어떤 종류의 얼룩도 핏자국도 없었다. 그러기에는 나는 너무도 조심스러웠다. 통에 모두 넣었다. 하하하! 이 모든 일을 마치자 4시였고 자정처럼 여전히 어두웠다. 종소리가 시각을 알렸을 때 현관 문을 두드리는 소리가 들렸다. 나는 가벼운 마음으로 문을 열어 주러 아래로 내려갔다. 이제 두려울 것이 무엇이란 말인가? 세 남자가 들어왔는데 그들은 정중하게 자신들은 경관이라고 소개했다. 밤중에 이웃사람이 비명 소리를 들었다. 나쁜 일이 일어났을지도 모른다는 의심이 일었다. 소식이 경찰서에 전해져 그들(경관들)이 가택 수색을 나온 것이다. 나는 웃음지었다. 무엇을 두려워해야 한단 말인가? 나는 신사적으로 환영했다. 비명 소리는 내가 꿈속에서 지른 것이라고 말했다. 노인은 시골에 가 안 계신다고 말했다.

나는 방문자들을 집 안 이곳저곳으로 안내했다. 잘 조사해 보라고 부탁했다. 그리고 드디어 그들을 노인의 방으로 안내했다. 그의 재산이 안전하게 그대로 있는 것을 보여 주었다. 나는 승리감으로 확신에 차 방으로 의자를 가지고 와 그들에게 피곤할 테니 여기서 좀 쉬라고 했다. 완벽한 승리감에 대담해진 나는 내가 앉을 의자를 시체를 숨긴 바로 그 지점에 놓아버렸다.

경관들은 만족해 했다. 나의 태도가 그들을 납득시켰다. 나는 이상하게도 침착했다. 내가 기분 좋게 대답하는 동안 그들은 앉아 이런저런 이야기를 나누었다. 그러나 시간이 오래 되자 나는 자신이 창백해짐을 느끼고는 그들이 가 주기를 바랬다. 머리가 아프고 귀에서 울리는 소리가 들리는 것 같았다. 그러나 그들은 여전히 앉아 잡담을 나누었다. 울림이 더 분명해졌다. 귀울림은 계속되고 더욱 분명해져 갔다. 나는 이런 느낌을 없애기 위해 좀 더 자유롭게 이야기했다. 그러나 귀울림은 계속되어 극에 달했다. 결국 나는 그 소리가 내 귓속에서 나는 것이 아님을 알았다.

의심할 여지없이 나는 몹시 창백해졌다. 그러나 나는 더욱 유창하게 고조된 목소리로 말했다. 그러자 울리던 그 소리는 더 커졌다. 나는 대체 어떻게 한단 말인가? 그것은 낮고 탁하고 빠른 소리로, 솜에 싼 시계에서 나는 소리 같았다. 나는 숨이 막혀 헐떡거렸다. 그러나 경관들은 듣고 있지 않았다. 나는 더 빨리, 더 격렬하게 지껄였다. 그러나 그 소음은 꾸준히 커져 갔다. 나는 일어나 사소한 것들에 관해 논쟁을 했고 격렬한 몸짓을 써 가며 큰 목소리로 말했다. 그러나 소음은 계속 커져만 갔다. 왜 그들은 가지 않는 것일까? 그들에게 관찰되고 있는 것에 마치 화가 난 듯, 나는 무겁게 발걸음을 옮기며 이쪽저쪽을 돌아다녔다. 그러나 소음은 계속 커져만 갔다. 아! 어떻게 한단 말인가? 나는 거품을 물고, 고함을 치고 욕설을 퍼부었다! 그때까지 앉아 있던 의자를 잡아 흔들고 널빤지 위에 비벼 보았다. 그러나 소음은 더 커졌다. 소리는 점점 더, 점점 더 커졌다! 그리고 경관들은 여전히 즐겁게 지껄이며 미소를 짓고 있었다. 그들은 과연 듣지 못했을까? 전능하신 신이여, 이럴 수는 없습니다! 그들은 들었다! 그들은 의심했고 그들은 알았다! 놈들은 나의 공포를 갖고 논 것이다! 그렇게 생각했고 지금도 그렇게 생각한다. 그러나 어떤 것도 이런 고통보다는 낫다! 어떤 것도 이런 비웃음보다는 견딜 만하다! 이런 위선적인 웃음은 더 이상 참을 수 없다! 나는 소리를 지르거나 죽어야 한다는 느낌이 들었다! 그리고는 다시! 소리가 더 크게! 더 크게! 더 크게! 나는 소리쳤다.

"나쁜 놈들! 더 이상 시치미 떼지 마라! 내가 죽였다! 널빤지를 뜯어 봐! 여기, 바로 여기! 이 소리는 끔찍한 그의 심장박동이란 말이다!"

군중 속의 남자

몇몇 독일 책에 대해 '읽을 수 없다' 라고 표현한 것은 적절하다. 세상에는 말할 수 없는 몇몇 비밀들이 있다.

인간들은 밤마다 그들의 침대 위에서 죽는다. 고해성사 신부의 손을 꼭 잡고 연민에 찬 모습으로 그의 눈을 바라보며, 가슴에 절망을 안고 경련을 일으키며 죽는다. 풀리지 않는 끔찍한 미스터리 때문에. 아, 종종 인간의 양심은 너무 무거운 공포의 짐을 지고 있어, 비로소 무덤 속에서 그 짐을 내려놓을 수 있다. 그래서 모든 죄의 핵심은 폭로되지 않는다.

지난 가을, 저녁이 끝나 갈 무렵 나는 런던에 있는 D 커피하우스의 커다란 유리창가에 앉아 있었다. 몇 달 동안 건강이 좋지 않았으나, 이제는 회복되고 다시 힘을 얻어 권태와 정반대되는 행복한 기분이었다. 권태란 가장 예민한 욕망의 상태인 정신적 미래상의 얇은 막이 시작될 때, 분명하고 거리낌없는 라이프니츠의 철학이 조지아스의 미친 듯한 가벼운 수사학을 능가하듯 일상의 상태를 완전히 뛰어넘는다. 단지 숨쉬는 것조차 즐거움이듯. 부정적인 고통 속에서조차 긍정적인 기쁨을 이끌어 내듯.

나는 모든 것에 차분하지만 들뜬 관심을 느꼈다. 입에 담배를 물고 무릎에 신문을 얹은 채, 나는 저녁의 가장 즐거운 한때를 보내고 있었다. 신문광고에 대해 곰곰이 생각하기도 하고, 커피하우스 안 이곳 저곳의 사람들을 관찰하기도 하고, 담배연기 자욱한 창을 통해 거리를 바라보기도 했다. 그 거리는 런던의 주요 거리 중 하나였으며, 하루 종일 몹시 붐볐다. 그러나 어둠이 다가오자 사람들은 순식간에 줄어들었다. 그리고 불을 밝힐 때쯤 두 무리의 사람들이 문을 지나 몰려들어 왔다. 바로 이 같은 저녁 무렵에 나는 비슷한 상황에 처해 본 적이 전혀 없었다. 그러므로 나는 맑고 신기한 마음으로 술렁이는 인파에 빠졌다. 결국 나는 호텔 내에 있는 모든 것에 주의를 단념하고, 그 장면에 대한 생각에 빠져들었다.

우선, 나는 피상적으로 한 바퀴 빙 둘러보았다. 사람들의 무리 속으로 지나가는 사람들을 쳐다보았으며, 그 전체 관계에서 그들을 생각했다. 그러다 나는 세부사항으로 내려와 외형, 옷, 태도, 걸음걸이, 얼굴, 그리고 표정 등 수없는 다양성의 세계를 세세한 관심을 갖고 바라보았다.

지나가는 사람들의 대다수는 만족스럽고 사무적인 태도를 풍겼다. 그들은 사람들 사이를 뚫고 계속 나아가려는 생각밖에 하지 않는 것 같았다. 그들은 눈썹을 찌푸렸으며, 눈알을 빠르게 굴렸다. 잠시 떠돌이 여행자들이 문을 밀고 들어왔다가, 조바심을 내비치지 않고 서둘러 나갔다.

아직 여러 무리들이 있었는데, 그들은 움직임이 불안했으며 얼굴을 붉혔고, 마치 자신들을 둘러싼 바로 그 무리들 때문에 외롭다고 느끼는 듯 혼잣말을 하며 제스처를 취했다. 그 사람들은 더 나아갈 수 없자 갑자기 중얼거리는 것을 멈추었다. 그리곤 더 큰 몸짓을 하고 입술 위로 공허하고 과장된 미소를 지어 보이며, 그들을 방해하는 사람들이 나가기를 기다렸다. 그들은 사람들에게 떠밀리자 그대로 몸을 맡겼으며, 혼란에 압도당한 것 같았다.

내가 알아차린 무리 뒤에 있는 두 그룹에는 눈에 띄는 별다른 것이 없었다. 그들이 입고 있는 의복은 상당한 신분에 속하는 것들이었다. 그들은 분명 귀족, 부호, 변호사, 무역업 종사자, 증권투자가, 사회의 중산층, 책임을 지고 자기 사업을 이끄는 사람들이었다. 그들은 그다지 내 주의를 끌지 않았다.

사무원 무리는 눈에 띄는 그룹이었다. 그 무리는 두 양태로 뚜렷이 나누어졌다. 천한 집안의 젊은 사무원들이 있었는데, 몸에 꽉 조이는 코트, 밝은 색 부츠, 기름을 발라 넘긴 머리칼, 거만한 입술을 한 젊은이들이었다. 정확한 용어는 아니지만 사무주의라 할 수 있는 어떤 활기는 제쳐 두고라도, 그들의 모습은 약 1년 혹은 1년 반 전에 유행했던 것과 완벽하게 똑같은 것 같았다. 그들은 상류사회의 우아함을 벗어 던졌다. 그리고 이것은 그 무리를 가장 잘 정의해 주고 있다고 생각했다.

든든한 고위 사무관 혹은 '견실한 오랜 동지들'의 무리는 잘못 알아볼 리 없었다. 검정이나 밤색의 코트와 바지로 그들을 알아볼 수 있었다. 흰 나비넥타이와 양복 조끼, 견고해 보이는 널찍한 구두, 긴 양말과 구두를 신고 그들은 편안히 앉아 있었다. 그들은 모두 약간 머리가 벗겨졌다. 그들은 양손으로 늘 모자를 벗었다 다시 쓰며, 오래된 것 같은 짧은 금줄을 단 시계를 차고 있었다. 그들의 시계는 책임의 가장이었으며, 실제로 아주 엄숙한 가장이었다.

다시 많은 사람들이 몰려왔는데, 대도시에 난무하는 대단한 소매치기꾼들 족속에 속한다는 것을 나는 쉽게 알 수 있었다. 나는 이 무리들을 무척 호기심을 가지고 쳐다보았다. 어떻게 그들이 신사들로 오해되었는지 상상하기 어려울 지경이었다. 지나친 솔직함을 풍기는 그들의 넓은 소맷부리는 그들의 성격을 대번에 무심코 드러냈다.

몇몇 도박사들은 훨씬 알아보기 쉬웠다. 그들은 다양하게 옷을 입었다. 벨벳 조끼, 장식 목도리, 금도금 체인, 세공한 단추를 단 지독한 깡패의 옷부터 세심하고 간소한 성직자의 옷까지 다양했는데, 성직자의 옷보다 덜 의심받는 것은 없었다. 그러나 몽롱하고 거무스름한 안색, 가늘게 뜬 희미한 눈, 창백함, 굳게 다문 입술은 모두 그들을 다른 이들과 구분해 주고 있었다. 그 이외에도 다른 두 가지 특징이 더 있었는데, 그것으로 나는 그들을 간파했다. 대화에서의 억제된 저음과, 오른쪽 방향으로 오른쪽 손가락을 뻗곤 하는 것이었다.

이 도박사들과 함께 다소 다른 버릇을 가진 일련의 사람들이 있었는데, 여전히 끼리끼리 모인 무리들이었다. 그들은 자신들의 위트로 살아가는 신사들로 정의될 수 있을 것이다. 그들은 두 종류의 사람들로 멋쟁이들과 군인들이었다. 첫 번째 사람들의 중요한 특질은 오래 머문다는 것과 미소였으며, 두 번째는 군복과 찌푸린 얼굴이었다.

상류계급이라고 불리는 척도에서 더 아래로 내려가면, 어둡고 깊은 소재를 발견한다. 유태인 행상인을 보았는데, 어떤 면에서 보아도 비열함밖에는 보이지 않는 얼굴에 매 같은 눈이 빛나고 있었다. 거칠어 보이는 거리의 걸인은 좀 더 나은 처지의 걸인을 눈살을 찌푸리며 내려다보고 있었다. 절망만이 그를 밤으로 몰아넣는다. 약하고 끔찍하게 병들어, 죽음의 마수가 그에게 뻗쳐 있다. 그는 군중 사이로 가만가만 다가가 걸어들어가며 마치 어떤 위로를, 어떤 잃어버린 희망을 찾는 것처럼 모든 사람들의 얼굴을 애원하듯 쳐다보았다.

길고 지루한 일을 마치고 집으로 돌아가는 초라한 젊은 여자들은 악당들이 흘겨보자 분개한다기보다는 눈물 어린 모습으로 움츠러들었다. 그들은 악당들과 직접 맞닥뜨린다 해도 피할 수 없었다. 이 도시에는 모든 나이의, 모든 종류의 여자들이 있었다. 전성기의 아름다움을 지닌 여자들. 치장과 허식으로 더러워진 늙은 여자들. 악덕과 열정에 불타는 어린 여자들. 일그러진 얼굴빛의 술취한 여자들. 허풍의 감각적인 입술을 숨긴 여자들.

한때는 훌륭했을, 지금도 꼼꼼하게 솔질을 한 옷을 입은 사람들. 뛰어오를 듯이 걷지만, 안색은 끔찍할 정도로 창백하고 눈은 공허한 사람들. 그들은 군중 속을 지나다니며 손에 닿는 것이면 무엇이든 떨리는 손가락으로 움켜 잡는다. 그 밖에 파이 만드는 사람, 짐꾼, 석탄 하역인부, 청소부, 오르간 가정교사, 원숭이 보여주는 사람, 노래하는 사람들, 유행가 행상인들, 남루하고 지친 막노동꾼들. 그들 사이에 가득 찬 시끄러운 소리와 무절제한 생기는 귀에 거슬리며 눈을 아프게 한다.

밤이 깊어 가자 군중에 대한 나의 관심도 깊어 갔다. 군중의 전체적인 특징이 실제로 바뀌었을 뿐 아니라(늦은 시간이 가져다주는 밤의 파렴치와 함께 거친 모습은 더 대담하게 불거져 나왔다), 점점 강하게 타오르는 가스 램프의 불꽃처럼 모든 것은 어두웠지만 화려해져 갔다. 인도 스타일로 비유되는 흑단처럼.

빛의 거친 효과들로 나는 한 사람 한 사람의 얼굴을 쳐다보는데 흥미를 느꼈다. 유리창 앞으로 슬쩍 스쳐 가는 빛의 빠른 속도 때문에 하나하나의 얼굴을 스치듯 볼 수밖에 없었지만, 그때의 특별한 정신적인 상태에서는 그렇게 짧은 시간 동안 바라보아도 오랜 세월을 대충 읽을 것도 같았다.

눈썹에 유리가 닿을 정도로, 나는 그렇게 군중을 관찰하는데 빠져 있었다. 그 때, 쉰다섯에서 일흔 가량의 나이로 보이는 쇠약한 노인의 얼굴이 눈에 들어왔다. 그 얼굴은 단번에 내 주의를 사로잡았다. 그 인상의 절대적인 특질 때문이었다. 그 인상과 조금이라도 닮은 인물을 나는 본 적이 없었다. 그 얼굴을 보았을 때의 첫 번째 생각은 지금도 잘 기억하고 있는데, 화가 레치가 그 노인의 얼굴을 보았다면 악마를 형상화한 자신의 그림보다 훨씬 더 좋아했을 것이라는 생각이었다.

그를 잠시 관찰하는 동안, 내 마음속에는 거대한 정신력, 주의력, 인색함, 탐욕, 냉정함, 악의, 피에 대한 갈증, 승리, 명랑함, 과도한 공포, 강하고 절대적인 절망의 생각이 혼란스럽고 역설적으로 떠올랐다. 나는 그 생각들의 의미를 조금이나마 분석하기 위해 노력했다. 그것은 나를 이상하게도 환기시키고, 놀라게 하고 매혹시켰다. 나는 중얼거렸다.

거친 이야기가 가슴속에 쓰여 있구나!

그러자 그를 계속 보고 싶고, 그에 대해 더 알고 싶은 욕구가 강하게 일었다. 서둘러 외투를 입고 모자를 쓰고 지팡이를 집은 뒤 거리로 나갔다. 군중 속을 헤치며 나는 그가 지나간 방향으로 서둘러 나아갔다. 그는 거의 사라져 버렸기 때문이다. 약간의 어려움을 겪은 뒤 나는 결국 그를 다시 보았고, 그에게 접근해 갔다. 가까이 그러나 그가 눈치채지 않도록 조심스럽게 뒤따라갔다. 이제 그를 관찰할 수 있는 좋은 기회가 왔다. 그는 작은 키에 매우 말랐으며, 외관상으로는 매우 약해 보였다. 옷은 전체적으로 지저분하고 남루했다. 그러나 종종 강한 램프빛 속으로 들어올 때면, 그의 옷은 비록 지저분하지만 훌륭한 소재라는 것을 알아볼 수 있었다.

내 눈이 나를 속였다. 다시 말해서 그가 입고 있는 단추를 채운 헌 옷의 찢어진 틈 사이로, 나는 다이아몬드와 단검을 언뜻 보았다. 이런 것들을 보자 내 호기심은 더욱 커졌으며, 그가 어디를 가더라도 따라가겠다고 결심했다.

이제 완전히 밤은 깊었으며, 습기 찬 짙은 안개가 도시 위에 걸려 있었다. 곧이어 억수 같은 비가 계속해 내렸다. 이런 날씨의 변화는 쉽게 이상스런 영향을 끼쳐, 군중 전체는 곧 새로운 소요에 휩싸여 그늘진 우산의 세계로 들어갔다. 동요와 혼란과 와글거리는 소리는 열 배로 커졌다.

나로 말하자면, 비는 그다지 개의치 않았다. 몸에 오래 잠복해 있던 열 때문에 습기는 다소 위험할 정도로 나를 기분 좋게 만들었다. 입 주위에 손수건을 묶은 뒤 나는 계속 그를 따라갔다. 반 시간 동안 그는 큰 도로를 따라 어렵게 걸어갔다. 거기에서 나는 그를 놓칠 것 같은 두려움으로 그에게 바싹 다가가 걸었다. 뒤를 돌아보기 위해 한 번도 고개를 돌리지 않았으므로 그는 나를 보지 못했다. 서서히 그는 교차로를 지났는데, 교차로 역시 사람들로 몹시 붐볐지만 지나온 주요 도로만큼은 심하게 붐비지 않았다. 여기에서 그의 태도에 변화가 뚜렷해졌다. 그는 별 의도 없이 한결 더 천천히 걸었다. 그는 뚜렷한 목적 없이 길을 걷고 반복해서 또 걸었다. 매 움직임마다 군중들이 너무나 세차게 밀어닥쳐, 나는 그를 가까이 따라가지 않을 수 없었다. 길은 좁고 길었으며, 그 길에서만 거의 한 시간을 걸었다. 그 동안 거리의 사람은 점차 줄어들어, 정오의 공원 근처 브로드웨이에서 마주칠 수 있는 사람 정도만이 남았다. 런던의 복잡함과 붐비는 미국 도시의 복잡함에는 매우 큰 차이가 있었다. 두 번째로 돌아 들어가자 네모난 광장이 나왔는데, 밝은 불빛에 비쳐 생기가 넘치고 있었다.

그의 이전의 태도가 다시 나타났다. 턱을 가슴으로 끌어내리고, 단정한 눈썹 밑의 눈알은 그를 둘러싸고 있는 사람들을 향해 사방으로 거칠게 굴러다녔다. 그는 꾸준하고 인내심 있게 자신의 길을 계속 나아갔다. 그 광장을 한 바퀴 돈 뒤 다시왔던 길로 가는 것을 보고 나는 몹시 놀랐다. 그가 갑작스러운 동작으로 방향을 바꾸었을 때, 그는 나를 보았는지도 모른다.

이렇게 돌아오는데 그는 또 한 시간을 보냈다. 돌아오는 끝부분에서는 처음 때보다 군중들의 방해를 훨씬 덜 받았다. 비는 세차게 떨어졌다. 공기는 점점 차가워졌다. 그리고 사람들은 집으로 돌아가고 있었다. 조바심나는 태도로 그는 상대적으로 인적이 드문 뒷골목으로 들어갔다. 이 골목을 따라 300여 미터 정도를 그는 힘차게 뛰어내려 갔다. 그렇게 나이든 사람이 그처럼 힘차게 뛸 것이라고는 꿈도 꾸지 못했으며, 나는 따라가는 데 몹시 애를 먹었다. 몇 분이 지나 우리는 붐비는 큰 시장에 닿았다. 그는 이곳을 잘 아는 것 같았으며, 원래 태도가 다시 두드러져 그는 물건을 팔고 사는 사람들 사이를 목적 없이 이리저리 걸어다녔다.

우리가 이곳에서 보낸 약 한 시간 반 동안, 내 편에서는 그가 눈치 채지 못하게 가까이 따라가는 데 많은 주의를 했다. 운좋게 나는 생고무 장화를 신고 있었으므로 거의 아무런 소리도 내지 않고 걸어다닐 수 있었다. 어떤 순간에도 그는 내가 자신을 보고 있다는 것을 알지 못했다. 그는 이 상점 저 상점을 들어갔으며, 값을 물어 보지도 않았고, 아무 말도 하지 않은 채 거칠고 텅 빈 시선으로 모든 것을 응시했다. 나는 그의 행동에 몹시 놀랐으며, 어느 정도 그를 이해하는 데 만족하기 전까지는 헤어질 수 없다고 굳게 다짐했다.

시계가 큰 소리를 내며 열한 시를 쳤으며 사람들은 재빠르게 시장을 떠났다. 문을 닫던 점원이 그 노인을 난폭하게 밀칠때, 그 순간 나는 그의 몸에 덮친 강한 떨림을 보았다. 그는 서둘러 다시 거리로 나와 잠시 주위를 걱정스럽게 바라보았다. 그리고 나서 인기척이 드문 구부러진 좁은 길을 믿어지지 않을 만큼 빨리 달려 우리가 출발했던 D호텔이 있는 그 큰 도로에 다시 이르렀다. 그러나 그곳은 더 이상 같은 모습이 아니었다.

도로는 여전히 가스 램프로 빛나고 있었지만, 비가 억세게 퍼붓고 있었으며 사람들은 거의 보이지 않았다. 그는 창백해졌다. 그는 한때 사람으로 붐비던 거리를 침울하게 몇 걸음 걸은 뒤, 깊은 한숨을 쉬며 강 쪽으로 가 구불구불한 길로 들어갔다. 되돌아 나온 그는 결국 큰 극장이 보이는 곳으로 갔다.

극장은 거의 닫을 무렵이었으며, 관객들이 문에서 쏟아져 나오고 있었다. 그가 군중 속으로 들어갈 때, 나는 마치 숨이 막힌 것처럼 그가 헐떡이는 것을 보았다. 그러나 그 얼굴의 슬픔은 다소 누그러졌다고 생각했다. 이제 그는 관객들 대부분이 가고 있는 곳으로 가고 있었다. 그러나 나는 전체적으로 그의 변덕스러운 행동을 종잡을 수 없었다.

그가 계속 가는 동안 사람들은 점점 흩어졌으며, 그의 불안과 동요가 다시 시작되었다. 잠시 동안 그는 열두어 명 정도의 술취해 떠드는 사람들 무리에 가깝게 따라갔으나, 그 수도 하나하나 줄어들어 좁고 음침한 길에 단 세 명만이 남았을 뿐이었다. 그는 한순간 걸음을 멈추었는데, 생각에 빠진 것 같아 보였다. 그리고 나서 온갖 동요의 기색이 역력한 채 빠르게 길을 따라갔다. 우리는 도시 경계에 이르렀는데, 이제까지 우리가 다닌 데와는 매우 다른 곳이었다.

그곳은 런던의 가장 더러운 구역으로, 모든 것에 비참한 가난함과 극악한 범죄의 인상이 역력했다. 임시 램프의 희미한 불빛에 높고 오래된 목조 건물들이 이리저리 쓰러져 있어, 건물 사이의 길을 구분하기가 힘들었다. 포석은 아무렇게나 깔려 있고, 무성하게 자란 풀로 뒤덮여 있었다. 끔찍한 오물이 막아 놓은 도랑에서 썩어 가고 있었다. 모든 대기가 황폐함으로 가득 차 있다. 그러나 우리가 나아가는 동안 사람들의 목소리가 분명하게 되살아 났고, 드디어 런던 시민 중 가장 소외된 큰 무리가 이리저리 비틀거리며 걷는 것이 보였다. 노인의 정신은 꺼질 시간이 가까워진 램프처럼 다시 깜박거렸다. 다시 한 번 그는 탄력적인 걸음으로 앞으로 걸어나갔다. 골목을 돌자 갑자기, 섬광이 번쩍했다. 우리는 거대한 교외 사원 중 하나인 악마의 궁전, 방종의 사원 앞에 서 있었다.

이제 거의 새벽이었다. 그러나 여러 불쌍한 술꾼들이 여전히 깃발이 펄럭이는 입구로 밀려 들어오고 나가고 있었다. 노인은 안으로 밀고 들어가, 곧 그의 본래의 태도로 돌아와 사람들 사이를 별 다른 목적 없이 이리저리 활보했다. 문으로 몰려드는 무리로 보아 그리 오랜 시간이 지나지 않아 곧 사원의 문이 닫힐 것 같았다.

그것은 절망보다 강한 것이었으므로, 나는 그의 얼굴에서 내가 그렇게 집요하게 관찰했던 이상한 그 사람의 존재를 보았다. 그러나 그는 주저하지 않고, 거의 광적인 힘으로, 곧 발걸음을 돌려 런던의 중심으로 돌아왔다. 신속하게 움직이는 그는 마치 나는 것 같았다. 그러는 반면 나는 모든 관심이 집중된 그 대상을 놓치지 말아야겠다고 다짐하며 그를 따라갔다.

가는 동안 해가 떠올랐다. 그리고 다시 한 번 D호텔이 있는 도시에서 가장 붐비는 곳에 돌아왔을 때, 지난 저녁에 보았던 것에 못지 않은 사람들의 소란이 있었다. 여기, 매순간마다 커지는 혼란 속에서 오랫동안, 나는 그에 대한 추적을 계속했다. 그러나 늘 그렇듯 그는 이리저리 걸어다녔으며, 낮 동안에는 그 거리의 소란 속에서 빠져나가지 않았다. 두 번째의 저녁이 어두워 오자, 나는 죽도록 지쳐 그 방랑자 앞에 꼿꼿이 서서 그의 얼굴을 뚫어지게 바라보았다. 그러나 그는 나를 알아차리지 못하고 그의 엄숙한 걸음을 다시 떼어놓았다. 나는 따라가는 것을 그만두고 생각에 몰두해 앉아 있었다. 나는 결국 이렇게 말했다.

"그 노인은 알기 어려운 범죄인의 전형이며, 천재이다. 그는 혼자 있기를 거부한다. 그는 군중 속의 남자이다. 따라가는 것은 헛수고이다. 그에 대해서, 그의 행동에 대해서 아무것도 알 수 없기 때문이다. 이것은 아마 '읽을 수 없는' 신의 가장 큰 자비 가운데 하나일 것이다."

에드거 앨런 포의 생애와 작품

고독과 빈곤의 일생

에드거 앨런 포는 1809년 1월 19일 미국 동부의 보스턴에서 유랑 극단 배우의 둘째아들로 태어났다. 아버지가 아일랜드계였으므로 그의 몸엔 켈트 인의 피가 흐르고 있었으며, 이것이 바로 그의 환상적 기질에 짙은 음영을 던져 주게 되었다. 세 살도 되기 전에 부모를 여의고 고아가 된 포는 리치먼드에 사는 연초 수출상 집안의 양자로 가게 되어 유복한 유년 시절을 보내며 자랐다.

여섯 살 때 양부모를 따라 영국으로 건너간 포는 런던 근교에 있는 기숙 학교에 들어갔다. 영국에서 5년을 머문 다음 리치먼드로 온 그는 어린 나이에 친구의 젊은 어머니에게 뜨거운 사랑을 느끼는데, 이것이 뒷날 작품 속 서정의 근원이 되기도 하였다.

열 일곱 살 때 버지니아 대학에 입학했으나 약혼의 실패와 양부의 송금 거절로 학자금 마련을 위해 도박에 손을 대 막대한 빚을 지게 되고, 10개월 만에 퇴학, 괴로움을 달래려고 술에 빠졌으며, 양부모와의 불화로 가출하여 보스턴에 은거했다. 그러나 당장 생활에 쪼들리자 군에 입대하여 설리번 섬 요새에서 군대 생활을 하게 되는데, 얼마 후 제대하여 숙모 집에서 지내며 가난과 고투했다. 포가 창작에 손을 대기 시작한 것은 바로 이 무렵이었다. 1833년 그의 나이 스물네 살 되던 해에 문예잡지 〈볼티모어 새터데이 비지터〉의 현상 모집에 《병 속의 수기》가 당선된 이후 그는 73편의 단편소설과 여러 권의 시집을 남겨 놓았다.

1836년에 포는 나이 어린 열 네 살의 사촌 누이동생 버지니아 클렘과 결혼하나, 노름벽과 주벽은 그를 떠나지 않아 그가 얻은 모든 사회적 지위를 잃게 했다. 1847년 아내 버지니아가 폐병으로 세상을 떠나자 그의 절망은 더할 나위 없었다. 임종의 자리에 누워 있는 아내 버지니아를 덮고 있는 것은 다 떨어진 포의 헌 외투와 한 마리의 고양이 뿐이었을 정도로 빈곤했다.

포는 문필 수입으로도 그 기아 상태에서 탈출할 수 없었다.

그는 그의 일생을 통해 생계를 꾸리기 위한 한 방편으로 몇 군데 잡지에서 편집자로서 또는 정기 기고가로서 일을 하게 되고, 유능한 편집자로서 인정받기도 했으나, 고질적인 그의 악습은 그를 한 사회인이나 직업인으로서 붙들어 두지 않았다.

아내가 죽은 뒤로 포는 술과 빈곤과 고뇌와 실연 속에 파묻히게 되고, 이 고통을 잊기 위해 아편과 여자들의 애정에 탐닉하게 된다. 마침내 1849년 10월 7일 미망인이 된 옛 애인 로이스터와의 결혼식에 숙모를 초청하기 위해 여행하던 중, 볼티모어의 한 술집에서 과음으로 인사불성에 빠져 그곳 공립병원에 옮겨져 40년간의 쓸쓸한 일생을 마친다. 행려병자로 인생의 막을 내린 포의 생애는 한 마디로 그가 자서전에 쓴 바 있는 다음의 글로 요약된다.

"되는 대로 사는 것…… 충동과 정열과 고독에의 열성…… 미래를 향한 열망 속에 나타나는 모든 것을 경멸한다."

포 소설의 다양성

에드거 앨런 포의 단편 소설은 그 소설이 나온 지 백 년 이상이 지난 오늘날에도, 마치 금방 씌어진 것처럼 신선하여 널리 애독되고 있다. 《어서 집안의 몰락》《라이지아》《검은 고양이》 등의 단편은 아마 우리가 작자에 대해 아무런 예비 지식도 없이 갑자기 작품을 대했다고 한다면, 그것이 19세기 전반 미국 작가에 의해 씌어진 것이라고 상상하기는 힘들 것이다. 포가 글을 쓸 무렵은 아직 미국 문학의 전통이란 것이 성립되지 않았을 때였다. 그러므로 포는 국민 문학의 전통 없이, 이른바 국토적 진공 속에서 작품을 썼는데 그것이 역설적으로 포의 문학을 독자적인 것으로 만든 하나의 원인이 되는 것이다. 그는 영국식도 아니고, 더구나 러시아식도 아닌, 이를테면 어느 나라식 작가도 아니었기 때문에, 특히 미국식 작가가 아니었기 때문에 오히려 미국 작가가 된 것이다. 이와 같은 조건은 오늘날의 미국 작가들에게서는 이미 볼 수 없게 된 것이다. 이미 미국 문학의 전통이 확립되어 있어 작가들은 좋든 싫든 이 전통의 토대 위에 서야만 하기 때문이다.

포의 시대, 즉 미국 문학의 발흥기인 미국 낭만주의 시대는 이상한 시대라고 할 수밖에 없다. 포에게 그런 작품을 쓰게 한 조건은 세계의 문학사에서 19세기 전반의 미국에 꼭 한 번 나타났을 뿐이며, 앞으로도 두번 다시 나타나지 않을 성질의 것이다.

미국 낭만주의 문학을 만들어 낸 풍토적·문화적 요인을 들자면 여러 가지 사정을 들 수 있겠지만 그중 하나인 개척자 정신이란 것이 포에게 어떤 영향을 끼쳤다고는 보기 어렵다. 또한 멜빌에서와 같이 칼뱅주의적인 신(神)에 대한 의혹과 모정도 포에게서는 볼 수 없다. 또한 에머슨처럼 칼뱅주의에 대립하는 유니테리언주의로부터 출발하여 자기 자신의 마음속에 신의 목소리를 듣는다는 일도 포와는 전혀 무관한 일이었다. 그는 자기 나라와 자기 시대의 과제와는 아주 동떨어져 있는 작가처럼 보인다.

포의 단편 《윌리엄 윌슨》《검은 고양이》 등은 인간성의 선악을 깊이 파헤친 동시에 도스토예프스키에 의해 발전하게 되는 미묘한 심리 분석을 일찍부터 시도하고 있다. 그리고 이와 같은 주제를 다루는 데 있어 19세기 전반의 미국이라는 배경에 일체 구애받고 있지 않다. 이 밖에도 《군중 속의 남자》 가운데서 볼 수 있듯이 근대적 자아 문제를 재빨리 의식하고 있으면서도 멜빌과는 달리 그것을 미국 풍토에서 취급했다는 일, 그리고 국적이 없는 작품을 만들어 냈다는 일은 기묘한 일이다. 그것은 당시의 미국 문학 전통의 결여와 작가 자신이, 정신적으로는 유럽 문학이라는 추상적인 풍토 속에 있었다는 데 기인한다. 그러나 쿠퍼나 호돈이나 멜빌에게는 일어나지 않은 그와 같은 일이 어째서 포에게만 일어났는지 그 원인을 찾아내기란 그리 쉬운 일이 아니다. 아마 그것은 다분히 그의 기질 때문일 것이며 동시에 그의 생활도 큰 요인이 되었을 것이다.

포의 생애에서 소년 시절을 남부 버지니아 주에서 보낸 일과 남부의 귀족이라 할 만한 부유한 집안에서 자랐다는 일은 주목할 만하다. 남부는 옛 영국의 기사적 정신을 이상적인 것으로 전해 왔고, 귀족적인 질서 유지를 늘 존중하고 있었다. 이 일은 어렸을 때 영국에서 교육을 받은 일과 아울러 포를 미국 북부의 '데모크라시'에서 멀리 한 것 같다.

포는 자기가 살고 있는 미국에서 구세계의 아름다움과 풍요를 동경했을 것이다. 그러나 포에게는 눈 앞에 있는 미국에서 도피하여 복귀할 수 있는 과거의 미국이란 것이 없었다. 그러므로 그는 오로지 옛 대륙의 아름다움에 몰입할 수밖에 없었던 것이다.

철저한 순수미

《라이지아》나 《어서 집안의 몰락》《적사병의 가면》 등에서 볼 수 있는, 세속적인 것으로부터 모든 것이 격리되어 있는 새로운 세계의 창조는 에드거 앨런 포의 자질에 의해서만 가능한 것이었으며, 정성 들여 만들어진 그러한 미의 세계가 영국식도, 프랑스식도, 독일식도, 이탈리아식도 아니라는 점에 주의하여야 할 것이다. 그것은 어느 나라 식도 아니기 때문에 미국식이었던 것이다. 혹은 널리 인간적이라고 하는 편이 좋은지도 모른다. 포가 미국에 태어난 일은 인간적인 순수한 세계의 광범위한 창조를 가능케 한 것이다. 《윌리엄 윌슨》《검은 고양이》 등에 나타나는 인간 심리 탐구의 시도에 대해서도 같은 말을 할 수 있다.

그의 작품에 등장하는 인간은 어느 나라의 국민으로서가 아니라 단지 일반적인 인간으로서 반응한다. 그리고 작자가 지니고 있는 흥미는 이 인간 일반에 걸친 심리 구조의 움직임에 불과했다. 포는 그의 단편집《그로테스크한 이야기와 아라베스크한 이야기》의 서문에서 다음과 같이 말하고 있다.

"몇몇 비평가가 나의 견실한 단편에 아라베스크한 것이 넘쳐 있다는 이유로 부당하게도 독일식이라고 부르고 있으나, 이 비난은 악취미일 뿐만 아니라 그 근거도 확실치 않다…… 만일 나의 많은 작품의 테마가 공포라면, 그 공포는 독일식인 것이 아니라 심리적인 것이다. 나는 모든 합리적인 원인에서 이러한 원인을 끌어 내어 합리적인 결과로 그것을 밀고 나간 것이다."

극한 상황의 표출

《큰 소용돌이에 휘말려》나 《함정과 추》에선 이 점이 재삼 명확한 형태로 나타난다. 이 두 작품에 설정되어 있는 상황은 모두 다 극한 적이다. 하나는 해양의 소용돌이 속으로 휩쓸려 들어간다는 것이고, 또 하나는 종교 재판소의 지하 감옥에 투옥된다는 것으로 둘 다 죽음이 거의 확실하게 임박해 있는 상황이다. 그처럼 극단적인 상황 아래에서는 인간은 극도로 의식적이 된다. 그리고 극단적으로 긴장된 심리는 누구에게나 같은 심리적 반응을 나타내게 할 것이다. 포는 그것을 잘 알고 있었던 것 같다.

일상 생활에 있어서는 영국인이나 독일인, 또 같은 영국인이라 하더라도 런던 시민이나 에든버러 시민이 저마다 다를 것이다. 또 런던에 사는 시민이라 해도 A라는 인간과 B라는 인간으로 구별될 것이다. 그리고 영국인과 독일인, 런던 시민과 에든버러 시민, A와 B와는 다소나마 다른 기분의 움직임을 나타낼 것이다. 일반적인 소설은 이와 같은 뉘앙스의 차이에 그 구상성의 근거를 두고 있다. 그러나 소용돌이 속에 있어서나 종교 재판소의 지하 감옥 속에 있어서는, 즉 죽음이 임박한 상황 하에 있어서는 인간은 모두 같은 반응을 나타낼 것이다. 그런 상황에 처해 있는 인간은 국적이나 경력을 일체 불문에 붙인 추상적인 인간, 즉 일반적인 의식으로 화한다. 이리하여 《큰 소용돌이에 휘말려》나 《함정과 추》에서 포는 인간 심리 일반의 움직임을 도식으로 나타내는 일을 시도해서 그 시도에 성공한 것이다. 그리고 그 결과로서 또 하나의 놀랄 만한 성과를 얻게 되었다. 그것은 지속하는 시간이란 것이 비로소 문학에서도 표현된 것이다. 문학에 시간의 지속을 표현하려 한다면 그것을 인간 심리의 흐름과 바꿔 놓는 방법밖에는 없다. 포는 우선 극한 상황을 설정하고, 거기에 반응되는 일반적인 의식의 흐름을 묘사하며 시간 그 자체의 표현에 성공한 것이다.

포가 죽은 지 수십 년이 지난 뒤 제임스 조이스는 《율리시즈》에서 역시 인간 심리의 흐름을 그리려고 했다. 그러나 조건은 전혀 달랐다. 조이스가 선택한 상황은 더블린 시의 평범한 하루의 생활이었다. 거기 등장하는 사람들은 일반적인 인간이 아니라 더블린 시민이며 더블린 시민 개인으로서의 갖가지 특이성을 지니고 있었다. 조이스는 이와 같은 특이성을 통하여, 즉 개인을 통하여 광범위하게 일반적인 인간성을 나타내려 하고 있다. 이런 뜻에서 《율리시즈》는 그것이 획기적인 수법을 사용하고 있다 하더라도 세상에 있는 보통 소설과 같은 길을 걷고 있다고 할 수 있다. 반면 포는 그렇지 않다. 단지 조이스는 《율리시즈》의 끝머리에 나오는 블룸 부인의 독백에서 포와 같은 성과——심리에 의한 시간의 치환 표현——에 이르고 있다. 포는 극한 상황에 있어서는 인간 심리는 같은 상태가 된다고 생각하였고, 따라서 그것이 특히 신빙성을 갖는 것이며 시간의 지속을 가져오는 가장 확실한 수단이라고 믿었다. 그리고 조이스는 평범한 상황에서도, 의식적이 아닌 무의식적인 상태라고 한다면, 즉 심층 심리를 다룬다면, 시간의 지속에 대응할만한 심리 지속을 제공할 수 있을 것이라는 점에 착안했던 것이다.

포의 추리소설

추리소설의 원조로서의 포도 특기해야 할 것이다. 《모르그 거리 살인》《도난당한 편지》등은 추리소설의 고전일 뿐더러 이 분야에서 이들 작품을 능가할 만한 것은 그 뒤 나타나지 않았다고 해도 과언이 아니다. 확실히 포 이후 오늘날에 이르기까지 추리소설이 제기하는 수수께끼는 한층 복잡해져 독자도 탐정과 함께 수수께끼를 풀기에 여념이 없다. 그러나 포의 작품들처럼 지력의 활동 자체가 작품의 주제가 된 것은 없을 것이다. 그러므로 보통 추리소설에선 범인이 판명되면 그것으로 끝나는 것이다. 그렇기 때문에 결말은 '의외'라야 하고 작자는 '정반대로 뒤집히는 결과'를 준비해 두지 않으면 안 된다. 포의 작품에는 그와 같은 요소는 불필요하며, 흥미는 추리의 결과에 있는 것이 아니라 추리의 과정 자체──지력의 활동 방법 자체에 있는 것이다. 《모르그 거리 살인》은 추리소설로 '밀실'을 취급한 최초의 것이지만, 그런 사실보다는 오히려 뒤팡이 많은 증인의 증언을 분석하여, 거기서 오랑우탄의 살인을 캐어내는 과정이 흥미의 중심이다. 《도난당한 편지》에선 시인이고 수학자인 범인이 어디에 편지를 숨기고 있는가, 그것을 추리해 가는 과정이 재미있는 것이다. 이들 작품을 통하여 우리는 어느 구체적인 상황에 근거를 두고 일반적인 지력이 활동하고 있는 과정을 확대경으로 들여다보고 있는 듯한 인상을 받는다. 포의 추리소설이 유니크한 때문이다. 그리고 이들 '추리소설'의 주인공인 오귀스트 뒤팡이 또 국적이 없는 인물이라는 것을 주시해야 할 것이다. 라이지아가 일반적인 미(美)의 조형(造型)이라고 한다면 뒤팡은 일반적인 지성의 조형이다. 폴 발레리의 '테스트 씨'의 원형은 이 오귀스트 뒤팡이라 해도 무방할 것이다.

포의 문학활동

포의 문학 활동은 시와 비평과 소설의 3개 분야에 걸쳐 있으며 각각 중요하고 독자적인 위치를 차지하고 있다.

그의 시로서는 대표작인 《갈까마귀(1845년)》, 《헬렌에게(1831년)》, 《이즈라펠(1831년)》, 《율라룸(1847년)》, 철학적 산문시 《유리카(1848년)》, 기법의 극치를 보여 준 《종(鐘)(1849년)》, 《애너벨리(1849년 사후(死後) 발표)》 등이 있다. 또한 비평으로는 자작시 《갈까마귀》를 분석한 《시작(詩作)의 철학(1846년)》과 강연 원고 《시의 원리(1849년)》 등이 있으나 여기서는 단편 작가로서의 포만을 다루기로 하겠다.

그는 일생 동안 74편의 단편을 썼는데 그 중 널리 알려진 것으로는

《검은 고양이》《어서 집안의 몰락》《모르그 거리 살인》《황금벌레》
《윌리엄 윌슨》《적사병의 가면》 등이 있다.

그의 작품 경향으로는 《병 속의 수기》《너무 일렀던 매장》《큰 소
용돌이에 휘말려》 등 특이한 공포감을 주는 것, 《적사병의 가면》《함
정과 추》처럼 죽음의 공포를 다룬 것, 《어서 집안의 몰락》과 같이 나
른하고 어두운 분위기를 산문시풍으로 그린 작품, 《윌리엄 윌슨》과
같이 일상 생활 속의 특이한 기괴함을 다룬 것 등이 있으며 어느 것
이나 다 공포·우울·기괴함을 느끼게 한다. 《모르그 거리 살인》《마리
로제의 수수께끼》《도난당한 편지》 등은 소설의 영역에 추리소설이라
는 장르를 확립시킨 것으로서 세 작품을 통해 활약하는 탐정 뒤팡의
출현으로 뒷날의 추리소설의 본보기가 되었다.

《검은 고양이》

이야기는 주인공의 고백 형식으로 진행된다. 주인공은 아름답고 큰
검은 고양이를 기르고 있다. 그는 지나친 음주로 말미암아 점점 병적
인 성격이 되었다. 어느 날 밤, 술에 취해 돌아온 그는 고양이가 하
는 짓에 미움을 느껴 발작적으로 한쪽 눈을 빼버린다. 며칠 후에는
죄책감을 느끼면서도 고양이를 나뭇가지에 매달아 죽여 버린다. 그날
밤 그의 집은 원인 불명의 불로 타버린다. 다 타서 무너진 벽 위에는
이상하게도 고양이의 모습이 떠올라 있었다. 며칠 뒤 어느 술집에서
검정 고양이를 데리고 온다. 한쪽 눈이 없는 것이 먼저 고양이와 꼭
같다. 이를 알자 그는 존재에 압박감을 느낀다. 공포와 증오에 미친
그는 고양이를 도끼로 죽이려 하다가 이를 말리려 한 아내를 그 도끼
로 죽여 버리고 만다. 그는 아내의 시체를 벽 속에 넣고 겉을 발라
버린다. 경관들이 수색하러 왔다. 아무것도 발견 못하고 돌아가려 할
때 갑자기 긴 비명이 들린다. 그들이 벽을 부순다. 그 벽 뒤에서 썩

은 아내의 시체가 나왔다. 바로 그 머리 위에는 검은 고양이가 한쪽 눈을 부릅뜨고 있었다.

암시에 의해 전락해 가는 병적 심리와 양심의 가책을 섞어 공포와 충격을 느끼게 하는 작품이다.

《어셔 집안의 몰락》

주인공 로드릭 어셔는 어셔 집안의 마지막 사람이다. 오래된 늪가에 세워진 음산한 저택 속에 쌍둥이 여동생 메들라인과 살고 있다. 그는 유전적인 신경병 때문에 공포의 환영에 사로잡혀 있다. 여동생은 만성적 무감각 상태의 발작을 일으켜 나날이 여위어 간다. 이 이야기는 로드릭의 친구 '나'의 입을 통해 이야기된다. 로드릭은 작시(作詩)•독서 등에 의해서 한때 위안을 받는 것처럼 보이지만 그것도 결국은 병적인 이상 신경을 나타내는 데 그친다. 로드릭은 어느 날 여동생이 죽었다고 얘기한다. 시체는 관 속에 넣어져서 가매장(假埋葬)된다. 며칠 뒤 바람이 세차게 부는 한밤중에 '나'는 로드릭에게 이야기 책을 읽어 주고 있었다. 그때 억누른 듯한 음향이 들려오고, 이윽고 방의 무거운 문이 소리 없이 열린다. 깜짝 놀라서 보니 수의를 걸친 메들라인이 피투성이가 되어 서 있었다. 그녀는 발작이 일어난 동안에 오빠 손으로 매장되었다가 필사의 힘으로 빠져 나왔던 것이다. 그녀는 낮은 신음소리를 내며 오빠에게 쓰러진다. 쌍둥이 남매는 한데 포개져 숨을 거둔다. 놀란 나머지 뛰쳐나온 '나'가 뒤돌아보니 진홍의 달빛 아래 어셔의 저택이 무너져 깊이를 알 수 없는 어두운 늪 속으로 소리없이 빨려 들어간다. 스스로 정신 이상에 빠지는 것을 두려워한 포의 불안과 공포에서 생겨난 것이 이 작품이며 첫머리부터 끝까지 암울함과 황량함과 공포에 넘친 환상적 작품이다.

《모르그 거리 살인》

포는 가본 적이 없는 프랑스 파리에 모르그 거리라는 가공의 거리를 설정하여 이 거리의 어느 집에서 벌어진 끔찍한 살인 사건을 다루고 있었다. 난장판이 된 방안, 딸의 시체는 굴뚝에서, 어머니의 시체는 목이 잘린 채 뒤뜰에서 발견된다. 살해자의 목소리를 들은 증인들이 있으나 범인의 존재는 종잡을 수 없다. 문은 잠겨 있고 열쇠는 방안에 있었다. 창문도 모두 닫혀 있었다. 사건은 미궁 속으로 빠져 들어간다. 이때 등장한 탐정 오귀스트 뒤팽은 이 범죄가 인간의 짓이라기엔 너무나 잔인한 점에 주목하여 추리를 거듭한 끝에 그 살인마가 오랑우탄이라는 것을 밝혀 내고 그 소유주를 찾아 내어 사건을 해결한다. 포의 추리소설의 처녀작이며 이야기의 구성력과 분석·추리가 뛰어난 작품이다.

《적사병의 가면》

적사병이 오랫동안 북부 이탈리아 지방을 휩쓸었다. 그래서 프로스페르 공은 약 1천 명의 기사와 귀부인들을 데리고 수도원으로 은둔하여 외부 세계와의 단절을 꾀하고, 그 안에서 호화로운 생활을 한다. 공은 어느 날 성대한 가면무도회를 열었다. 이 흥겨운 무도회장에 적사병의 가면을 쓴 사람이 나타나 즐겨 날뛰던 무리들을 죽음 속으로 몰아넣는다. 전체가 죽음을 상징하는 핏빛 이미지로 가득 차 있는 이 작품은 우의적인 성격을 띠고 있으며 포 작품 중에서 구성이 가장 잘된 것 중의 하나다.

《황금벌레》

신문 현상 모집에 당선된 소설로 무대는 사우스 캐롤라이나 주의 설리반 섬이다. 이곳에 사는 주인공 윌리엄 레그랜드가 이야기의 서

술자인 나와 흑인 하인 쥬피터의 도움을 받아 가며 풍뎅이와 양피지
에 써 있는 암호를 가지고 옛날 해적이 숨겨 놓았던 보물을 찾아 낸
다는 줄거리다. 서정적인 시적 아름다움과 예리한 추리가 하나로 융
합된 뛰어난 작품으로 구성상에 있어서도 사건 전체의 발전은 전반부
에 처리되고 후반은 수수께끼의 해명이 이루어지는 단일한 효과가 멋
지게 발휘되어 포의 산문 중에는 이른바 그의 문학의 본격을 드러내
는 전형적인 작품이다.